明僧弘秀集

〔明〕毛晋　輯
李玉栓　校點
詹緒左　審訂

全國高等院校古籍整理研究工作委員會直接資助（編號1005）
國家社科基金重大項目資助（編號 13&ZD116）
安徽省省級學科建設重大項目計劃資助

安徽師範大學出版社
·蕪湖·

責任編輯：房國貴
裝幀設計：丁奕奕
責任印制：郭行洲

圖書在版編目(CIP)數據

明僧弘秀集/〔明〕毛晋輯；李玉栓校點. — 蕪湖：安徽師範大學出版社，2015.7
ISBN 978-7-5676-1729-2

Ⅰ.①明… Ⅱ.①毛… ②李… Ⅲ.①僧侣—古典詩歌—詩集—中國—明代
Ⅳ.①I222.748

中國版本圖書館CIP數據核字(2014)第290978號

明僧弘秀集
〔明〕毛　晋　輯　李玉栓　校點　詹緒左　審訂

出版發行：安徽師範大學出版社
蕪湖市九華南路189號安徽師範大學花津校區　郵政編碼：241002
網　址：http://www.ahnupress.com/
發 行 部：0553-3883578　5910327　5910310(傳真)　E-mail：asdcbsfxb@126.com
印　刷：虎彩印藝股份有限公司
版　次：2015年7月第1版
印　次：2015年7月第1次印刷
規　格：787×960　1/16
印　張：36
字　數：613千
書　號：ISBN 978-7-5676-1729-2
定　價：88.00元

明僧弘秀全集序

神駿先驅于吳會，高座多風；瓊柯建誓于廬陰，陵峰競秀。矧寶月不媿休文，義林克繩少傅。猗歟盛哉！無何頻來匡鼎，莫問禪林，繇晉屆唐，僅見李龏唐僧弘秀一帙也。宋元以降，亦有『琢玉工』『射鵰手』之對，亦有『羅嬋娟』『醉花月』之評，搜其遺編，幾乎絶緒。逮皇朙受圖，光宅建業，太祖高皇帝詔天下大浮屠宗泐、弘道輩，集鍾山，展寶座，聖製首出，華梵賡歌，聳天人龍鬼之聽，所謂瀏音雄富，群立崢嶸，未有盛于昭代者也。自是假觚翰力，成文句身，燈燈相續，可稱名弘才秀者，若大海無涯隅。晉仰遡太祖壬辰臮武宗辛巳一百七十一秊，得一百九十七人，詩一千七百首有奇，仍名『弘秀』，別以『明僧』，釐爲全集一十三卷，非敢追躡和父之規衡，妄效次公之筏喻，惟懼鯨瘖魚寂，題壁塵埋，轍亂旗靡，錦囊灰滅爾。但謏聞眇見，多所未周，弘明君子，惠縫其綻，幸甚無斁。

皇明崇禎第十六春上巳日琹川毛晉子晉序

明僧弘秀集總目

明僧弘秀全集序……○○一
明僧弘秀集卷一……○○一
季潭　六十七首……○○一
元璞　四十三首……○二三
良圭　二首……○三七
泉澄　一首……○三八
覺照　二首……○三九
子賢　二首……○四十
福初　一首……○四一
無言　一首……○四一
伯明　三首……○四二
至奐　五首……○四三
法堅　二首……○四四
復初　四首……○四五
復原　二首……○四九
性原　一首……○五○
無念　三首……○五一
明僧弘秀集卷二……○五五
夢觀　一百二十三首……○五五
物元　二首……○八六
懷瑾　一首……○八九
文謙　三首……○八九
至剛　二首……○九○
溥叡　二首……○九一
不虛　八首……○九二
無極　二首……○九四
性空　一首……○九五
天澤　二首……○九六
一菴　一首……○九七
無言　一首……○九七
大啟　一首……○九八

普照 一首 ……○九八

明僧弘秀集卷三 ……○九九

見心 九十一首 ……○九九
無二 一首 ……一二八
默堂 一首 ……一二八
雷隱 一首 ……一二九
用堂 二首 ……一三○
南洲 二首 ……一三二
行中 二首 ……一三二
德嵓 一首 ……一三三
大章 三首 ……一三四
大材 一首 ……一三五
白雲 四首 ……一三六
宗元 八首 ……一三八
原明 二首 ……一三九
道立 二首 ……一四○
懋詷 二首 ……一四一

明僧弘秀集卷四 ……一四二

楚石 一百六十九首 ……一四二
清遠 四首 ……一六八
西白 三首 ……一六九
天淵 十一首 ……一七一
玄極 二首 ……一七三
古潭 十首 ……一七四
竺隱 六首 ……一七七
同菴 九首 ……一七九
靈惲 一首 ……一八三
無敵 二首 ……一八三
柏子庭 三首 ……一八四
象原 一首 ……一八五
希遠 一首 ……一八六
古明 二首 ……一八七
立成 一首 ……一八八

明僧弘秀集卷五

明僧弘秀集卷五……一八九
道原　三十一首……一八九
古庭　五十四首……二〇〇
恕中　四十六首……二一〇
以中　三十一首……二二二
東白　十五首……二三一
古淵　一首……二三九
蘊中　二首……二四〇
遂初　二首……二四一
了性　一首……二四一
一印　一首……二四二
觀白　一首……二四二
常菴　一首……二四三

明僧弘秀集卷六

明僧弘秀集卷六……二四四
止菴　一百十首……二四四
笑隱　三十二首……二七一
覺隱　七首……二八三
法智　三首……二八六
半顛　二首……二八七
唯菴　一首……二八八
呆菴　五首……二八九
元明　一首……二九一
了菴　五首……二九二
行已　六首……二九四
笑堂　一首……二九六
湛源　一首……二九七
古心　二首……二九七
破窓　一首……二九八
慧深　一首……二九八

明僧弘秀集卷七

明僧弘秀集卷七……二九九
九皐　五十首……二九九
雲章　五首……三一四
克剛　五首……三一五
豫中　四首……三一六

竺菴　十二首……三一七
機先　十七首……三二一
念峰　五首……三二六
岱宗　八首……三二七
裕之　三首……三二九
無夢　五首……三三一
履菴　四首……三三三
性菴　四首……三三三
嘿菴　一首……三三五
古鼎　一首……三三六
明僧弘秀集卷八……三三七
天鏡　五首……三三七
天眞　四首……三三九
蘭江　十七首……三四一
仲銘　六十首……三四七
楚材　二首……三六三
大用　四首……三六四
性海　一首……三六五
用章　八首……三六六
漚寓　三首……三六九
仲明　四首……三六九
本明　二首……三七一
絶宗　一首……三七二
道元　一首……三七四
法誠　一首……三七四
志西　十一首……三七五
明僧弘秀集卷九……三七八
南石　六十五首……三七八
伯瑩　一首……三九四
無爲　八首……三九五
古春　三十六首……三九九
懷海　五首……四一〇
立中　一首……四一一
鑑中　三首……四一二

古鼎　一首……四一三
月林　一首……四一四
西源　一首……四一五
信源　一首……四一五
道權　一首……四一六
道遐　二首……四一六
雲屋　六首……四一七
存拙　一首……四一九
明僧弘秀集卷十……四二〇
南洲　六十九首……四二〇
無辨　一首……四三四
法亮　一首……四三五
永傑　二首……四三五
立中　七首……四三六
恒白　十一首……四三八
古溪　五首……四四三
中行　一首……四四五
萬峰　二十六首……四四六
幻菴　二十八首……四四九
如海　二首……四五五
東白　二首……四五五
起巖　一首……四五六
用潛　一首……四五六
金澤　八首……四五七
明僧弘秀集卷十一……四五九
海舟　二十五首……四五九
太初　十六首……四六二
竹室　四十九首……四六五
金山　二首……四六九
守拙　一首……四七四
大用　一首……四七五
德寶　一首……四七五
本初　一首……四七六
惟信　一首……四七六

祖瑛 一首……四七七
觀幻 一首……四七八
雄覺 一首……四七八
元鼎 一首……四七九
元遜 一首……四八〇
仲聯 一首……四八〇
平石 二首……四八一
釋蕙 一首……四八一
日章 一首……四八二
大亨 一首……四八三
別岸 一首……四八三
書古 一首……四八四
壽智 一首……四八四
永祚 一首……四八五
感芝 一首……四八五
元本 一首……四八六
淨圭 十二首……四八六
善行 一首……四八八
明僧弘秀集卷十二……四八九
石窓 十二首……四八九
空谷 二十首……四九三
秋厓 九首……四九七
孤月 四首……四九九
行紀 一首……五〇二
道立 一首……五〇二
物外 一首……五〇三
秀崖 一首……五〇四
釋樵 一首……五〇四
天祥 十六首……五〇四
師文 一首……五一〇
雪江 七十七首……五一一
玄穆 一首……五三二
道超 二首……五三三
無方 一首……五三四

智鉉　三首……五三五
本初　二首……五三六

明僧弘秀集卷十三……五三八

斯道　五十四首……五三八
鳳陽僧　一首……五六〇
西湖僧　一首……五六一
無名氏　一首……五六二

校後記……五六三

明僧弘秀集卷一

虞山毛晉子晉父編

季潭　六十七首

戰城南〔一〕

進兵龍城南，轉戰天山道。烽烟漲〔二〕平漠，殺氣霾荒徼〔三〕。將軍重爵位，天子尚征討。不辭鬭死多，但恨生男少。

【校記】

〔一〕此首又見全室外集卷二樂府、列朝詩集閏集卷一、石倉歷代詩選卷三六六明詩初集八六。

〔二〕漲：石倉歷代詩選作「連」。

〔三〕徼：列朝詩集作「僥」。

俠客行〔一〕

平生重然諾，意氣横高秋〔二〕。拔劍悲風吼，上馬行報仇。報仇向何處，堂堂九衢路。突上秦王庭，直入韓相府。回身視劍鍔，血漬霜華薄。敢持一片心，爲君摧五岳。五岳卽可摧，此心終不灰。恥没兒女手，完質歸泉臺。

【校記】

〔一〕此首又見全室外集卷二樂府、列朝詩集閏集卷一、石倉歷代詩選卷三六六明詩初集八六。

〔二〕高秋：全室外集、石倉歷代詩選作「素秋」。

江南曲〔一〕

汎舟出晴溪，溪迴抱山轉。欲采芙蓉花，亭亭秋水遠。心非檣上帆，隨風豈〔二〕舒卷。但得紅芳遲，何辭歲年晚。

【校記】

〔一〕此首又見全室外集卷二樂府、古今禪藻集卷十八、四朝詩明詩卷十五樂府歌行十二、列朝詩集閏集卷一、石倉歷代詩選卷三六六明詩初集八六、雅頌正音卷四。

〔二〕豈：石倉歷代詩選作「起」。

隴頭水〔一〕

隴樹蒼蒼隴坂〔二〕長，征人隴上廻望鄉。停車立馬不能去，況復隴水驚斷腸。誰言此水原〔三〕無極，盡是征人流淚〔四〕積。拔劍斫斷令〔五〕不流，莫教惹動征人愁。水聲不斷愁還起，淚下還滴東流水。封書和淚付東流，爲我殷勤達鄉里。

【校記】

〔一〕此首又見全室外集卷二樂府、古今禪藻集卷二十、石倉歷代詩選卷三六六明詩初集八六、列朝詩集閏集卷一、四朝詩明詩卷十五樂府歌行十二。

〔二〕坂：列朝詩集、石倉歷代詩選作「阪」。

〔三〕原：全室外集等均作「源」。

〔四〕流淚：石倉歷代詩選作「淚流」。

〔五〕令：石倉歷代詩選作「今」。

春江曲〔一〕

春江沉沉春水滿，柳條拂水蒲芽短。鴛鴦睡美不畏人，日色遲遲素沙暖。

【校記】

〔一〕此首又見全室外集卷二樂府、古今禪藻集卷二十、列朝詩集閏集卷一、四朝詩明詩卷十五樂府歌行十二、石倉歷代詩選卷三六六明詩初集八六。

巫山高〔一〕

巫山高，望不極，十二危峰倚大碧。陽臺神女徒盈盈，豔質嬌容〔二〕果誰識。襄王荒怪不足徵，宋玉微辭豈堪惜。至今雲雨自朝昏，山鬼哀猿叫蒼壁。

【校記】

〔一〕此首又見全室外集卷二樂府、石倉歷代詩選卷三六六明詩初集八六。

〔二〕嬌容：全室外集、石倉歷代詩選作「妖容」。

楊柳枝詞二首〔一〕

赤欄〔二〕橋外有東風，舞態委蛇學不工。公子等閒來繫馬，梢頭斜插酒旗風〔三〕。

萬樹千株汴水隈，春風青眼爲誰開。錦帆曾拂中間過，只到揚〔四〕州竟不迴。

【校記】

〔一〕此二首又見全室外集卷二樂府，列朝詩集閏集卷一收第二首。

〔二〕欄：全室外集作「闌」。

〔三〕風：全室外集作『紅』。

〔四〕揚：全室外集作『楊』。

從軍行二首〔一〕

明月照孤營，蕭條數聲角。開門天宇高，仰見妖星落。撫髀一長歎〔二〕，龍泉自〔三〕鳴躍。

拾骨當炊薪，淘屍作泉窟。平野不見人，寒雲雁飛没。悄悄橫吹悲，梅花爲誰發。

【校記】

〔一〕此二首又見全室外集卷二樂府，列朝詩集閏集卷一收第二首。

〔二〕長歎：全室外集作『慷慨』。

〔三〕自：全室外集作『立』。

墓上花〔一〕

墓上花，開滿枝，行人看花行爲遲，行人有恨花不知。不生名園使人愛，却生墓上令人哀。誰家此墓臨古道，寒食無人來祭掃。莫是東君惜無主，遣此閒花伴幽兆。聊持一杯酒，酹爾泉下客。今日此花開正好，但恐明日花狼籍〔二〕。人生似花能幾時，古人今人皆可悲。

【校記】

〔一〕此首又見全室外集卷二樂府、列朝詩集閏集卷一、石倉歷代詩選卷三六六明詩初集八六、古今禪藻集卷二十。

〔二〕此句列朝詩集作『但恐明日此花開狼藉』。

喜清遠兄至，用齊己韻六首〔一〕

一別動二紀，累念山海長。何期風雪裡，來此溪上航。乍見如不識，大喜忽欲狂。燈花解人意，今夕爛生光。

因亂阻殊邦，及見消往憶。始愛道貌清，復驚鬢毛白。論新無少矔，話舊有深惻。坐久忽忘言，芳梅照寒席。

前年淛僧來，稍稍聞去就。持斧住越山，移幢入吳岫。高居既隣支，朗詠亦依晝〔二〕。應世自無心，麻衣澹如舊。

今年遠書至，念我戀茲山。如魚在池沼，江海忘往還。不才負高誼，此生多厚顔。惟思拂衣好，老去一身閒。

少年同居日〔三〕，聞君拂絲桐。高齋月〔四〕照席，兩耳生松風〔五〕。當時青雲士，竒文詠空同。往事春花歇，江水今自東。

人生空中雲，東西散復聚。古來賢達輩，何曾定出處。乗流任所之，遇險從自阻。今日偶重逢，相看復何語。

【校記】

〔一〕此六首又見全室外集卷三五言古詩，列朝詩集閏集卷一收二、三、五首，四朝詩明詩卷三五五言古詩二十收三、五首，石倉歷代詩選卷三六六明詩初集八六收一、二、五首。

〔二〕晝：四朝詩作「書」。

〔三〕此句石倉歷代詩選作「少年同室居」。

〔四〕月：石倉歷代詩選作「日」。

〔五〕松風：全室外集作「秋風」。

懷以仁講師入觀圖〔一〕

旭日千萬峰，白雲二四朵。一笑山容開，獨自松下坐。瀑流〔二〕天上來，飛花〔三〕面前墮。此時中觀成，無物亦無我。

【校記】

〔一〕此首又見全室外集卷三五言古詩、列朝詩集閏集卷一、石倉歷代詩選卷三六六明詩初集八六、四明山志卷七。

〔二〕瀑流：列朝詩集作「暴流」。

〔三〕飛花：石倉歷代詩選、四明山志作「花飛」。

霅川題青山書舍圖爲周伯陽作〔一〕

春日遊苕霅，復茲對画圖。青山白雲際，綠樹幽人廬。衆芳生磵曲，新泉落岩趺。不見黄叔度，東風忽愁予。

【校記】

〔一〕此首又見全室外集卷三五言古詩、吳興藝文補卷五六。詩題霅川，全室外集、吳興藝文補作「霅上」。「青山」，吳興藝文補作「菁山」。

氷雪窩〔一〕

道人氷雪窩，巖栖稱岑寂。洞門白日陰，三徑青苔色。片雲簷外生，落葉階前積。更深芋火紅，晝靜茶烟碧。淡泊中自怡，安居無不適。彼美西方人，時時勞念憶。

【校記】

〔一〕此首又見全室外集卷三五言古詩、列朝詩集閏集卷一、四朝詩明詩卷三五五言古詩二十。

送裕上人歸天臺〔一〕

我本〔二〕赤城東，不識華頂嶠。遠道送君歸，昨夜夢中到。厓泓有泉瓢，竹室留茶竈。珍重山中人，拂衣願同調。

【校記】

〔一〕此首又見全室外集卷三五言古詩、石倉歷代詩選卷三六六明詩初集八六、四朝詩明詩卷三五五言古詩二十、明詩綜卷九八。

〔二〕本：全室外集等均作『家』。

送銛上人省親〔一〕

青山澹斜暉，驚風在高樹。行客起遐思，雙親髮垂素。雲飛滄海遙，雁下寒空暮。老來惟夢歸，隨君故鄉路。

【校記】

〔一〕此首又見全室外集卷三五言古詩、列朝詩集閏集卷一、石倉歷代詩選卷三六六明詩初集八六、四朝詩明詩卷三五五言古詩二十。

雷氏逸清堂〔一〕

逸人在山澤，境靜心自清。堂構〔二〕不必廣，取適三四楹。几席何所有，圖書浩縱横。尊罍時復具，客至輒與傾。東風散庭樹，衆鳥相和鳴。高歌有至樂，所樂非世情。食薇卧首陽，空留苦節名。奮衣起草廬，勛業竟何成。士師與乘田，行義不在榮。嗟嗟雷夫子，吾知得其生。

【校記】

〔一〕此首又見全室外集卷三五言古詩。

〔二〕堂構：全室外集作『樹堂』。

秋鸎歌〔一〕

千林入秋露氣清，林中尚有黄鸎聲。似與群蟬爭意氣，東林飛過西林鳴。向來春風花滿城，柳條拂地如長纓。綿綿蠻蠻斷復續，千人萬人側耳聽。高樓半醉客閣艤〔二〕，停吹笙，白馬貴，公子挾彈不敢驚。此時何爲〔三〕不喜聽，奈何節序移人情。只合深藏緘爾口，亦有妒爾金衣明。反舌無聲良已久，伯勞布穀俱潜形。秋鸎，秋鸎，爾能翩然入幽谷，老翁歌詩送爾便覺心和平。

【校記】

〔一〕此首又見全室外集卷四七言古詩、古今禪藻集卷二十、列朝詩集閏集卷一、佩文齋咏物詩選卷四三七鶯類。

〔二〕⿰角戔：列朝詩集作「盞」。

〔三〕何爲：全室外集等均作「胡爲」。

歲暮寄琴溪釣者〔一〕

溪上天寒草屋貧，古臺幽處獨垂綸。曾無〔二〕綠醑消閒日，只有青山似故人。鯉背好游天上國，羊裘不染世間塵。一年幾度能相見，明日匆匆歲又新。

【校記】

〔一〕此首又見全室外集卷六七言律詩。

〔二〕曾無：全室外集作「已無」。

斸黄獨〔一〕

雨歇林氣〔二〕涼，草没澗西路。荷鋤入深幽，石邊欣一遇〔三〕。長歌對白雲，清風滿山樹。向來垂涕人，遥遥千載慕〔四〕。

【校記】

〔一〕此首又見全室外集卷三五言古詩、列朝詩集閏集卷一、石倉歷代詩選卷三六六明詩初集八六。

〔二〕林氣：石倉歷代詩選作「林風」。

〔三〕此句列朝詩集闕「一」字。

〔四〕慕：石倉歷代詩選作「暮」。

奉和鐳彥基尊師待相空至〔一〕

實公同門英，論交二十載。賦詩多新語，亦足邁前代。偶與仙翁言，久別思一會。溪山入春明，花鳥亦相待。孤雲本無期，行蹤定何在。日暮倚東風，疎鐘起天外。

【校記】

〔一〕此首又見全室外集卷三五言古詩、列朝詩集閏集卷一、四朝詩明詩卷三五五言古詩二十。

贈畦樂翁〔一〕

開圃藝嘉蔬，芳畦繞茅屋。春雨昨夜來，滿眼浮新綠。短鋤日以〔二〕擕，不課兒與僕。但知此中趣，餘外非所欲。陶令恒從容，董生何局促。浩歌對青山，孤雲暮歸麓。

【校記】

〔一〕此首又見全室外集卷三五言古詩。

〔二〕以：全室外集作「已」。

朝陽軒〔一〕

開軒面東旭，晴光絢蒲座。霜顱眼倍明，壞衲如雲破。乞來五色帛，針線堪自課。窗戶洞虛白，心田無雜涴。爐香裊餘烟，梵唱松風和。天寒補未完，短日簷前過。

【校記】

〔一〕此首又見全室外集卷三五言古詩。

分題龍宮寶石送陳庭學之官成都〔一〕

成都山水區，龍宮遺寶石。苔蘚滋古文〔二〕，波濤含潤色。驪珠化海榴，神變安可測。想當聽經時，雲寒夜堂寂。蜀中天下險，兵戈屢充斥。城郭雖已非，此石尚如昔。京華歲將闌，萬里送行客。時淸衛府閒，搜奇撫陳迹。平生獨往願，蹉跎頭半白。悵望西南天，空慙遠飛翼。

成都，唐高僧智浩常誦法華經，所居近龍祠，龍女時來聽經，一夕遺一明珠，浩不受，珠化爲石，似石榴，以水洗之，有四字曰『龍宮寶石』，至今存焉。

【校記】

〔一〕此首又見全室外集卷三五言古詩、列朝詩集閏集卷一。

〔二〕文：全室外集作『紋』。

出峽圖〔一〕

瞿塘水如馬，五月不可下。兩舟何處來，披圖一驚詫。前行稍趍平，勢若閒暇者。後來方履險，衆篙不停把。崿廻古木披，峽束哀湍瀉。嗟爾駕舟人，安危在操舍。

【校記】

〔一〕此首又見全室外集卷三五言古詩、列朝詩集閏集卷一、古今禪藻集卷十八、四朝詩明詩卷三五五言古詩二十、明詩綜卷八九、題畫詩卷五六行旅類。

雨花臺送客〔一〕

梁朝雨花臺，近在城南陌。不見講經人，空林澹秋色。登高俯大江，目送千里客。白鳥下滄波，孤帆遠山碧。

【校記】

〔一〕此首又見全室外集卷三五言古詩、古今禪藻集卷十八、金陵梵刹志卷三四。

觀吳子行別仇山村詩，作絶句弔之

子行詩云：『劉伶一鍤事徒然，蝴蝶飛來別有天。欲語太玄何處問，西泠西畔斷橋邊。』〔一〕

吹簫人去竹房空，海内猶憐學術〔二〕工。最是西泠橋畔路，淡烟疎柳夕陽中。

【校記】

〔一〕此首又見全室外集卷七七言絶句、明詩綜卷八九、列朝詩集閏集卷一、石倉歷代詩選卷三六六明詩初集八六、南濠詩話。題中『吳子行』，列朝詩集、明詩綜、石倉歷代詩選作『吾子行』。

〔二〕學術：列朝詩集、明詩綜作『翰墨』。

松下居偶作〔一〕

我此松下居，卽事良可悅。閉戶留白雲，開軒放明月。松響風忽〔二〕來，泉流雨初歇。時有〔三〕西齋人，相親嘿無說。

【校記】

〔一〕此首又見全室外集卷三五言古詩、列朝詩集閏集卷一、四朝詩明詩卷三五五言古詩二十、佩文齋咏物詩選卷二七七松類、南屏净慈寺志卷二。

〔二〕忽：全室外集作『急』。

〔三〕時有：南屏净慈寺志作『有時』。

樂樵〔一〕

明時忘世士，所樂在樵蘇。自無鍾鼎念，此心常宴如。清晨礪斧出，孤雲引行裾。薄暮負薪入，明月照庭除。新篘已在甕，隣叟行可呼。大瓢喜滿眼，醉後歌嗚嗚。青天若覆盂，白日無根株。不見北邙道，貴賤同丘墟。

【校記】

〔一〕此首又見全室外集卷三五言古詩、石倉歷代詩選卷三六六明詩初集八六。

夜坐襍言〔一〕

老來百念忘，外緣何用屏。秉月坐更深，和雲卧峰頂。青燈靜照壁，白髮倒垂領〔二〕。尚懷分芋人，寒嵓甘息影。

【校記】

〔一〕此首又見全室外集卷三五言古詩、列朝詩集閏集卷一、石倉歷代詩選卷三六六明詩初集八六。

〔二〕此句全室外集、石倉歷代詩選作「白髮垂到領」。

偶地居〔一〕

偶地即吾廬，絶勝樹下宿。不在千萬間，安居心自足。古人三十年，辛勤乃有屋。我無一日勞，何必較遲速。燕坐白日閒，青山常在目。明月到床前，更深代明燭。几有寒山詩，興來時一讀。十日不出門，滿階春艸緑。

【校記】

〔一〕此首又見全室外集卷三五言古詩、古今禪藻集卷十八、列朝詩集閏集卷一、石倉歷代詩選卷三六六明詩初集八六。

雪舟圖爲王公擇作〔一〕

小船載雪月明裏，一色溪山夜如水。巖前哀狖〔二〕噤無聲，沙上眠鷗鷺不起。引觴擊楫歌調清，到門興盡非無情。丹青豈必圖千載，王氏風流今尚在。

【校記】

〔一〕此首又見全室外集卷四七言古詩、石倉歷代詩選卷三六六明詩初集八六、題畫詩卷二天文類。

〔二〕狖：題畫詩作「猿」。

阻風行〔一〕

黃蘆獵獵江浩浩，洪濤簸天昏復曉。一日舟行〔二〕兩日留，上水風多下風〔三〕少。未出門時思遠道，在路還思在家好。坐看鴻雁去遙遙，却笑人生不如鳥。

【校記】

〔一〕此首又見全室外集卷四七言古詩、古今禪藻集卷二十。

〔二〕舟行：全室外集、古今禪藻集作「行舟」。

〔三〕風：古今禪藻集作「水」。

松雲歌〔一〕

境公開軒幽澗湄，青松白雲相對宜。朝看白雲松上起，暮看白雲松下歸。松雲無情豈相戀，幾度天風吹不散。忽如眠鶴喬松顛，又似游龍掛松半。月明仙侶下瑤臺，翠葆素車空外來。冰髯玉貌照山澤，停驂弭節相徘徊。有時林間暫分隔，松自青青雲自白。若人定起閒〔二〕怡情，倚檻無言山寂寂。

【校記】

〔一〕此首又見全室外集卷四七言古詩。

〔二〕閬：全室外集作「閒」。

度關隴〔一〕

隴頭流水關山月，月色淒涼水嗚咽。今古征人盡斷腸，野客經過亦愁絶。連林二月氷〔二〕不開，猛虎一吼蒼崖裂。鸚鵡能言好寄書，心事茫茫向誰說。

【校記】

〔一〕此首又見全室外集卷四七言古詩、古今禪藻集卷二十、石倉歷代詩選卷三六六明詩初集八六、逃虚子集詩集補遺。

〔二〕氷：石倉歷代詩選作「水」。

淮之水一首送別〔一〕

淮之水，向東流，水流只載行人舟。舟行如飛水如射，一日可到吳江頭。何不載此離情去，擲向天涯不知處。華梁〔二〕有客今白頭，望斷孤雲海天暮。

【校記】

〔一〕此首又見全室外集卷四七言古詩、古今禪藻集卷二十、列朝詩集閏集卷一、四朝詩明詩卷十五樂府歌行十二、石倉歷代詩選卷三六六明詩初集八六。

〔二〕華梁：全室外集、古今禪藻集、列朝詩集、四朝詩、石倉歷代詩選作「濠梁」。

送瀾法師歸雲門〔一〕

故山從此去，何日更相逢。獨倚千峰閣，閒聽六寺鐘。石牀流水繞，蘿逕落花封。會有東歸興，來尋雲外蹤。

【校記】

〔一〕此首又見全室外集卷五五言律詩、四朝詩明詩卷六六五言律詩十七、石倉歷代詩選卷三六六明詩初集八六、明詩鈔明詩五言排律、明詩綜卷八九、雅頌正音卷四。

閒　行〔一〕

林下可逍遙，閒行意頗超。幽花不礙路，偃木自成橋。度嶺何須屐，斟泉豈用瓢。無媒甘老去，愛爾草蕭蕭。

【校記】

〔一〕此首又見全室外集卷五五言律詩、石倉歷代詩選卷三六六明詩初集八六。

喜王子謙見過〔一〕

積雨林居僻，俄驚使節臨。不因今日話，寧見〔二〕古人心。疎磬青蘿外，流鶯碧樹陰。松門閒不掩，此後更誰尋。

【校記】

〔一〕此首又見全室外集卷五五言律詩、石倉歷代詩選卷三六六明詩初集八六。

〔二〕寧見：全室外集、石倉歷代詩選作「争見」。

與徐伯廉再往南陵〔一〕

又向南陵去，復攜良友同。人烟千嶂裏，客路百花中。雉雊初晴日，鸎啼滿樹風。漸知精舍近，清磬出林東。

【校記】

〔一〕此首又見全室外集卷五五言律詩、列朝詩集閏集卷一、四朝詩明詩卷六六五言律詩十七、明詩綜卷八九、石倉歷代詩選卷三六六明詩初集八六。

贈立恒中〔一〕

海外趍商船，江東住幾年。華音雖已習，鄉信若爲傳。一鉢隨緣飯，諸峰到處禪。凉秋明月夜，夢度石橋烟。

【校記】

〔一〕此首又見全室外集卷五五言律詩、列朝詩集閏集卷一、四朝詩明詩卷六六五言律詩十七。

雪　嶺〔一〕

華戎〔二〕分壞處，雪嶺白嵯峨。萬古消不盡，三秋積又多。寒光欺夏日，素彩爍天河。自笑經過客，相看鬢易〔三〕皤。

【校記】

〔一〕此首又見全室外集卷五五言律詩、列朝詩集閏集卷一、古今禪藻集卷二二、明一統志卷二七。

〔二〕華戎：古今禪藻集作「邊城」，列朝詩集、明一統志作「華夷」。

〔三〕易：古今禪藻集作「匆」。

屋　舟〔一〕

吴人舟似屋，今子屋爲舟。四面水都繞，百年身若浮。下臨知有地，中坐恐隨流。夢裏天無際，微茫發棹謳。

【校記】

〔一〕此首又見全室外集卷五五言律詩、古今禪藻集卷二二。

白蓮沼〔一〕

不作虎溪念，開池種白蓮。但知今日事，寧論昔時賢。疊石高爲岸，疏渠細引泉。看花初日際，玉立淨娟娟。

【校記】

〔一〕此首又見全室外集卷五五言律詩。

對池亭〔一〕

一亭如甕大，自可著閒身。白首幾時客，青山有限人。到秋蓮實老，得雨芡花新。莫謂無心事，朝朝送日輪。

【校記】

〔一〕此首又見全室外集卷五五言律詩。

偶　作〔一〕

竹外茅齋椽下亭，半池蓮葉〔二〕半池菱。匡床曲几坐終日，萬疊青山一老僧。

【校記】

〔一〕此首又見全室外集卷七七言絶句、古今禪藻集卷二七、列朝詩集閏集卷一、石倉歷代詩選卷三六六明詩初集八六。

〔二〕蓮葉：全室外集、古今禪藻集作「荷葉」。

大寧寺喜雨〔一〕

何處新聞雨，深山古寺中。曉聲兼蟋蟀，秋意在梧桐。已覺人情喜，深知歲事豐。山翁病全減，相對笑顔同。

【校記】

〔一〕此首又見全室外集卷五五言律詩、古今禪藻集卷二二。

雪　夜〔一〕

沉沉寒夜永，歷歷禁鐘餘。空館三更雪，殘燈一卷書。禪扉原寂寞，客舍獨何如。不是忘情者，孤懷詎可舒。

【校記】

〔一〕此首又見全室外集卷五五言律詩。

題送別圖送客〔一〕

送别長干道，仍題送客圖。平林帶遠谷，白鳥下寒蕪〔二〕。天際帆千幅，沙頭酒一壺。勞勞亭畔柳，還似渭城無。

【校記】

〔一〕此首又見全室外集卷五五言律詩。

〔二〕寒蕪：全室外集作「青蕪」。

次韵東軒見訪〔一〕

老結淮山屋，重圍橡樹林。鹿行巖徑窄，虎飲澗泉深。風雨人間事，冰霜世外心。夜來明月上，擁毳一長吟。

【校記】

〔一〕此首又見全室外集卷五五言律詩、古今禪藻集卷二二。

法華山房爲敷竺曇賦〔一〕

山房白日静，正〔二〕對五蓮峰。猿坐沼邊石，鶴巢檐外松。開門無客到，深徑有雲封。座〔三〕冷千林雨，香殘半夜鍾。道情甘淡泊，身計得從容。莫戀一枝穩，鳥飛無定踪。

【校記】

〔一〕此首又見全室外集卷五五言律詩、古今禪藻集卷二五。

〔二〕正：全室外集、古今禪藻集作「政」。

〔三〕座：全室外集、古今禪藻集作「坐」。

和程續古秋日見過兼次韻〔一〕

上方高處古禪關，一曲清溪萬疊山。松樹不嫌僧共老，菊花應笑客能閒。西風岸口孤帆轉，落日林邊獨鳥還。一自兵餘行樂少，且須今日盡歡顔。

【校記】

〔一〕此首又見全室外集卷六七言律詩、古今禪藻集卷二四、列朝詩集閏集卷一、石倉歷代詩選卷三六六明詩初集八六。

和蘇平仲見寄〔一〕

西去諸峰千萬層，帳房牛糞夜然燈。馬河只許皮船渡，戎地全憑驛騎乘。青蓋赤旛迎漢使，茜衣紅帽雜蕃僧。愧如玄奘新歸洛，欲學翻經獨未能。

【校記】

〔一〕此首又見全室外集卷六七言律詩、列朝詩集閏集卷一。

送憲上人歸臨海龍華寺〔一〕

菊花開日問歸舟，三載錢塘已倦游。舊業池臺因夢去，異鄉風土爲誰留。白雲山寺楓林晚，黃橘人家海岸秋。珍重而翁好懷抱，幾時同倚夕佳樓。

【校記】

〔一〕此首又見全室外集卷六七言律詩、古今禪藻集卷二四、石倉歷代詩選卷三六六明詩初集八六。

巖潭道中〔一〕

古木〔二〕灣頭漁艇，夕陽山下人家。風起〔三〕一溪白浪，秋來滿地〔四〕黃花。

【校記】

〔一〕此首又見全室外集卷八六言五言絶句、古今禪藻集卷二六、列朝詩集閏集卷一、四朝詩明詩卷一一八六言詩二。

〔二〕古木：列朝詩集、四朝詩作「古水」。

〔三〕風起：全室外集、古今禪藻集作「風送」。

〔四〕滿地：全室外集、古今禪藻集、列朝詩集、四朝詩作「滿路」。

山中小景〔一〕

四山一片秋色，埜客獨坐茅亭。渡頭紅葉如雨，石上長松自青。

【校記】

〔一〕此首又見全室外集卷八六言五言絶句、古今禪藻集卷二六、列朝詩集閏集卷一、四朝詩明詩卷一一八六言詩二、明詩綜卷八九。

徽宗雪江獨棹圖〔一〕

艮嶽秋深百卉〔二〕腓，胡塵〔三〕吹滿衮龍衣。凄凉五國城邊路，得似寒江獨棹歸。

【校記】

〔一〕此首又見全室外集卷七七言絶句、列朝詩集閏集卷一、石倉歷代詩選卷二六六明詩初集八六、明詩鈔明詩七言絕句、明詩紀事乙籤卷十四、蓉塘詩話卷二一、全閩詩話卷八。

〔二〕百卉：石倉歷代詩選作「百草」。

〔三〕胡塵：全室外集作「沙塵」，石倉歷代詩選作「塞塵」。

題　画〔一〕

閒門寂寂掩芳春，坐看梨花帶雨新。鳥自白頭渾不覺，可堪啼向白頭人。

【校記】

〔一〕此首又見全室外集卷七七言絶句、古今禪藻集卷二七、四朝詩明詩卷一一四七言絶句十四、列朝詩集閏集卷一。

梅花莊水軒望清遠不至〔一〕

望君水軒西，恨殺前村樹。日暮溪雨來，扁舟在何處。

【校記】

〔一〕此首又見全室外集卷八六言五言絶句、列朝詩集閏集卷一、四朝詩明詩卷一百五言絶句五。

山水圖〔一〕

危峰削玉出雲端，仙館霜清古木寒。記得匡廬秋雨後，彭郎湖口倚篷看。

【校記】

〔一〕此首又見全室外集卷七七言絶句、石倉歷代詩選卷三六六明詩初集八六、題畫詩卷八山水類。

寄東軒〔一〕

黄菊初開白露零，淮河水落遠山〔二〕青。一聲雁度秋雲冷，吟到〔三〕黄昏月滿庭。

【校記】

〔一〕此首又見全室外集卷七七言絶句、石倉歷代詩選卷三六六明詩初集八六。

〔一〕遠山：石倉歷代詩選作「暮山」。

〔二〕吟到：石倉歷代詩選作「坐到」。

季潭，法名宗泐，別號全室，天台人。高皇帝稱爲「福慧僧」。嘗事龍翔廣智禪師，上命嗣座說法金陵，又命西域取經，往返數萬里者五年。有全室集行世，多欽和御製篇。國初，鉅公推重其詩堪與白蓮、杼山、禪月集並傳。余家藏南坡老人艸書摘句詩卷，多稱別號，不露姓氏，高僧詩居大半，如蘭窓詩云「美人結新愛，似遇深相知」，不羈行云「天街看明月，一身風露秋」，樵隱云「明月照茅屋，涼風吹薜衣。濁醪在瓦缶，大白兀自持。」夜坐云「月下〔一〕猿亦來，窓前弄林影」，秋江送別云「可惜長條盡，那堪折短條」，一室云「偶將眞意會，却與古人同」，題画云「將非夢境中，或是曾遊處」，欽和御製山居詩云「鳥爲銜花渾不恐，兔因煖足自相忘」，又云「經行偶見岩花落，睡起忽聞山鳥歌」，應制無事出山云「白雲巖壑自幽閒，偶被天風引出山」，路逢清明云「兩岸人家插楊柳，不知今日是清明」，墨竹云「一竿秀出何瀟洒，美人獨立竦而野」，皆全室句也。恨未能遍讀國初隱集，悉辨爲某某公之同好。

【校記】

〔一〕下：全室外集卷三、列朝詩集閏集卷一作「上」。

元璞　四十三首

題羅漢圖

天台之山不可攀，金銀僊刹煙霞間。水流花開林窈窕，禪坐經行時往還。一聲金磬暮壑靜，數片衲衣秋葉斑。門徒再拜有何請，至道無言心自閒。

病中一詩奉招牛彦伊徐大章諸公

卧病半旬久，了然知病原。是身况空聚，病生本無根。心王獨淸寧，烜赫恒自尊。一念寂不起，神光耀海暾。君子本同理，學海苦瀾飜。肯加證定功，珠瑩濁水源。春陰掩香閣，山鳥時一喧。蘭芬靜逾韻，池色綠無痕。能來坐永晝，揮麈兩忘言。

八月十七日，天章老師過香閣，淸坐儁談，定水主者優游雙磵之上，因而有懷，遂賦唐律一首以寄

每憶同心友，人來問好音。兵戈催白髮，書札比黄金。室靜桂花落，澗空蒲葉深。寄詩吟不穩，倚筆對秋陰。

送哲愚上人歸日本二首

學佛悟心宗，還歸故國中。杯看萬里海，帆動九秋風。洗鉢天河白，開經曉日紅。僊妃迎寶蓋，龍伯出珠宫。山水雖云異，雲霞本自同。青年須努力，吾道盛于東。

船到望榑桑，驎洲是故鄉。風輕息鯨浪，日出動龍光。譯語通錢貨，游觀引客商。松林深十里，羅樹直千行。賜供分金鉢，開堂據寶坊。懸知説法處，花雨綺筵香。

玉山艸堂（一）

玉山草堂婁水西，雜樹遠近春雲低。王維昔賦宫槐陌，杜老亦住浣花溪。彈棋局在高梧落，委珮聲傳暮竹迷。閣老文章全盛日，釣竿磐石慰幽棲。

【校記】

〔一〕此首又見玉山名勝集卷一。

草堂壁間有張貞居題惠山泉詩，就韵留别〔一〕

草堂幽幽竹西偏，鑿池種蓮渠引泉。大峰小石雲郁若，松風野日秋蕭然。結廬何必青山腹，空谷難留人似玉。浣花自得杜陵榮，北山却被周顒辱。塵埃汨人吾可逃，不歸或恐山靈嘲。明朝獨鶴渡海去，仙山一抹如秋毫。

【校記】

〔一〕此首又見玉山名勝集卷一。

七月既望，玉山主人與客酌于草堂，時暑漸退，月色出林樹間，分得爽字〔一〕

草堂凉夜延清賞，石逕楓林秋颯爽。隣屋不同南北阮〔二〕，稻畦眞似〔三〕東西瀼。彈琹石上風生衣，載酒船來月蕩槳。青山自與白雲期，莫遣移文謝來往。

【校記】

〔一〕此首又見四朝詩明詩卷四九七言古詩十四、明詩綜卷八九。

〔二〕阮：四朝詩、明詩綜作「院」。

〔三〕眞似：四朝詩作「真似」。

又口占〔一〕

栁陰新月出〔二〕銀盤，入坐〔三〕清暉落酒寒。莫把間情聽絡緯，露華已濕玉闌干。

【校記】

〔一〕此首又見四朝詩明詩卷一一四七言絶句十四、明詩綜卷八九。

〔二〕出：四朝詩、明詩綜作「上」。

〔三〕坐：四朝詩、明詩綜作「座」。

玉山佳處〔一〕

玉山洲居何許深，玉山六月寒蕭森。松雲細落三峰雪，桃水清〔二〕生百洞陰。草亭已爲楊雄〔三〕結，石壁還供支遁吟。重欲隨潮野航去，秖愁月霧障青林。

【校記】

〔一〕此首又見玉山名勝集卷二。

〔二〕清：玉山名勝集作「晴」。

〔三〕楊雄：玉山名勝集作「揚雄」。

集顧君玉山〔一〕

玉山窈窕集瓊筵，手撥鵾雞十二弦。巢樹老僧狂破戒，散華天女醉談禪。鵝兒色重酴醾酒，桂葉香深翡翠煙。最愛碧桃歌扇靜，長瓶自煮白雲泉。

【校記】

〔一〕此首又見列朝詩集甲集前編卷八下、玉山名勝集卷二、檇李詩繫卷三一、六研齋三筆卷二。

又同鐵笛道人賦〔一〕

鐵笛倒吹江上去，聞在玉山仙子家。自喜酒船逢賀監，定將玄易授侯巴。露凉冰椀〔二〕金莖凍，月滿湘簾玉樹花。人生歡樂何可暮，遲爾龍門望太霞。

【校記】

〔一〕此首又見玉山名勝集卷二、六研齋三筆卷二。

〔二〕冰椀：六研齋三筆作「磁椀」。

玉山草堂拜月〔一〕

月照玉山浮紫嵐，樓臺宛近百花潭。魚鱗屋潤波文動，翠羽簾陰水氣涵。竹外瑤笙時一聽，風前玉麈正多談。瀛洲只尺群仙在，老客滄洲獨我慚。

【校記】

〔一〕此首又見玉山名勝集卷二。

後至芝雲堂〔一〕

芝草生香秋雨凉，風流賓客滿高堂。禰衡彩筆題鸚鵡，子晉瑤笙吹鳳凰。玉洞暗泉流決決，青林微月散蒼蒼。偏憐杖策來何晚，落盡芙蓉菊已芳。

【校記】

〔一〕此首又見玉山名勝集卷二。

碧梧翠竹堂〔一〕

碧梧〔二〕翠竹之高堂，廼在玉山西石崗。濃陰晝護白日靜，翠氣〔三〕夜合〔四〕清秋涼。堂中孅人雙鳴璫，不獨癡絶能文章。北海李生共放曠，東林惠遠同徜徉。張騫乘槎下銀潢，奉詔遠降天妃香。帷中靈風神欲語，壇上五色星垂光。舟廻鯨濤遡長江，故人宛在江中央。入門相見各青眼，花間促席飛霞觴。清歌遏雲錦瑟張，亦有衆賓相頡頏。禰衡賦就故驚座〔五〕，寬饒酒深眞醉狂。黃河東鴈南翱翔〔六〕，輶車明朝歸帝鄉。玉堂掖垣梧竹長，題詩寄遠毋相忘。

【校記】

〔一〕此首又見玉山名勝集卷二、古今禪藻集卷二十、列朝詩集甲集前編卷八下、四朝詩明詩卷四九七言古詩十四。

〔二〕碧梧：古今禪藻集作「碧桐」。

〔三〕翠氣：玉山名勝集作「翠影」。

〔四〕合：列朝詩集、四朝詩作「含」。

〔五〕故驚座：玉山名勝集、列朝詩集、四朝詩作「驚滿座」。

〔六〕此句古今禪藻集、玉山名勝集、列朝詩集、四朝詩作「黃河東流雁南翔」。

冬日集玉山得以字〔一〕

長空凝雲朔風起，扁舟暮泊桃花沚。故人艸堂許屢到，一笑相迎竹梧裡。白頭王孫已在坐，青眼省郎初脱履〔二〕。江湖契濶忽相見〔三〕，把手驚呼問行李。主人張筵趣華饌，再拜稱觴列孫子。綠酒黃柑旣滿眼，錦瑟瑤琹亦陳几。人生所貴適意耳，丹砂豈能留迅晷。友朋會合不作樂，老向塵埃竟何以。我愧山林人所鄙，詞華幸接群公美。願言交誼相終始，有不同心如白水。

【校記】

〔一〕此首又見玉山名勝集卷二。

〔二〕履：玉山名勝集作「屣」。

〔三〕忽相見：玉山名勝集作「初相迎」。

釣月軒〔一〕

明月不可釣，流泉仍好音〔二〕。天高雲與薄，石古樹微陰。豈獨忘塵慮，亦復散沖襟。倏然〔三〕濠濮趣，契我幽人心。

【校記】

〔一〕此首又見玉山名勝集卷八。

〔二〕好音：玉山名勝集作「至音」。

〔三〕倏然：玉山名勝集作「脩然」。

秋日集釣月軒分不字〔一〕

七月已徂暑，炎氣忽蒸鬱。涼雨颯然至，清風亦披拂。翳翳西軒下，青桐照瑤席。欣言置樽酒，雅歌襍琹瑟。高適適遠到，照眼氷玉質。及門雨滿袖，言笑春盈色。落落癡絶者，雲夢在胸臆。紓辭麗天藻〔二〕，賦詩奪鋒鏑。赤松脱世鞅，思遠縛禪律。終慙山澤癯，游從接文物。人生易契濶，歲月亦飄忽。良會既非偶，爲樂豈云不。明當蕩蘭槳，歸隱山中橘。相思獨廻首，秋江玉峰屹。

【校記】

〔一〕此首又見玉山名勝集卷八。

〔二〕此句玉山名勝集作『抒辭麗文藻』。

晚酌芝雲堂〔一〕

金氣生凉清夜靜，銀河垂地綠烟沉。庾公月下興不淺，宋玉秋來愁已深。自愛芙蓉當席好，可憐蟋蟀近人吟。東行萬里題詩遍，遮莫霜凋楓樹林。

【校記】

〔一〕此首又見玉山名勝集卷八。

會飲芝雲堂談詩亹亹不絶〔一〕

飲酒以行禮，百拜意何亶。廼知古人心，爲樂戒盈滿。賢哉玉山士，芳筵列華館。杯行言色溫，樂奏詩音緩。清歌蘭風起，素手薇露瀞。蓴滑入鱠絲，氷寒凝金碗。洩洩父子樂，欣欣衆賓衎。山水况在眼，魚鳥共蕭散。顔瓢日屢空，孔席不暇暖。愧兹林泉者，飽食事疎懶。詩成月已出，竹院門可款。清歡不知終，秋宵一何短。

【校記】

〔一〕此首又見玉山名勝集卷八。

種玉亭〔一〕

久愛幽栖似學仙，山中種玉不知年。綠陰分綴三危露，瑞氣飛成五色烟。璞裡辨文裁襍珮，囊中飡法自藍田。安知此地非蓬島，月下鸞笙夜夜傳。

【校記】

〔一〕此首又見玉山名勝集卷三。

碧梧翠竹堂〔一〕

舊種竹梧千尺強，清陰碧色護新堂。高崗晴發朝陽氣，淇水春霑湛露香。玉田瑞液生芝菌，金井廻瀾宿鳳凰。何意老騎支遁鶴，與君相對坐雲牀。

【校記】

〔一〕此首又見玉山名勝集卷三。

夜集碧梧翠竹堂〔一〕

今日復何夕，讌〔二〕此玉山家。桐筠〔三〕深繡戶，凉蔭覆碧紗。朱絃度法曲，香斝貯流霞。念昔空山陰，在今猶浣花。風流維子輩〔四〕，滄海近仙槎。

【校記】

〔一〕此首又見玉山名勝集卷三。

〔二〕讌：玉山名勝集作「宴」。

〔三〕桐筠：玉山名勝集作「桐陰」。

〔四〕輩：玉山名勝集作「所」。

湖光山色樓〔一〕

新樓一登眺，忽爾〔二〕見湖山。興落滄洲遠，心與〔三〕雲物閒。漁歌方互起，鳥倦忽飛還。牽舟成獨去，清月滿虛灣。

【校記】

〔一〕此首又見玉山名勝集卷三。

〔二〕忽爾：玉山名勝集作「不爾」。
〔三〕與：玉山名勝集作「超」。

避暑湖光山色樓〔一〕

斷雲將雨過瑤山，極浦烟開白鳥還。隔水漁郎驚客夢〔二〕，笛聲嗚咽起空灣。
廻溪斷岸柳陰疎，酒舍漁家竹逕迂。一片湖光暮雲隔，荷花荷葉帶〔三〕平蕪。
仙人自是好居樓，江氣生寒雨作秋。赤日長安塵没馬，幾人囬首憶滄洲。
重重樓戶燕穿風，曲曲紅橋綠水通。薄暮鈎簾對涼雨，一時秋思在梧桐。

【校記】
〔一〕此組詩又見玉山名勝集卷三，列朝詩集甲集前編卷八下、四朝詩明詩卷一一四七言絶句十四選録二、四兩首。
〔二〕夢：玉山名勝集作「意」。
〔三〕帶：玉山名勝集作「滿」。

夜集湖山樓外閣橋聽絲竹得高字〔一〕

何處最堪聽鳳簫，衣〔二〕涼閣道蹋金鼇。風生高士飛霞佩，月照謫仙宮錦袍。豈畏秋聲催鬢改，且憑春酒助詩豪。清酣欲散涼如水，河漢西流北斗高。

【校記】
〔一〕此首又見玉山名勝集卷三。
〔二〕衣：玉山名勝集作「夜」。

柳塘春別友〔一〕

亂後山人兩鬢蒼，雲山百里久相望。孤舟江水夜乘興，流水桃花春滿莊。談笑便須相抵掌，淸幽何所共持觴。芙蓉芳渚雙溪轉，楊柳飛軒萬樹長。陰拂綺筵賓正集，花吹玉斝酒偏香。倉庚得友間關好，翡翠窺魚取次翔。世上風塵方澒洞，山中日月且徜徉。輞川別業聲名似〔二〕，栗里閒居志趣強。君向此時眞遁跡，我慙明日過橫塘。

【校記】

〔一〕此首又見玉山名勝集卷六、四朝詩明詩卷九五七言長律四。

〔二〕聲名似：玉山名勝集作「聲相似」，四朝詩作「聲聞似」。

漁莊〔一〕

楊柳葉黃秋雨疎，芙蓉花亂月明初。觴流綠水〔二〕渾如鳥，橋隔靑蒲不碍魚。寂寞每憐楊子宅，風流長〔三〕憶輞川居。少微此夜光華動，恐致雲中五色書。

【校記】

〔一〕此首又見玉山名勝集卷六。

〔二〕綠水：玉山名勝集作「淥水」。

〔三〕長：玉山名勝集作「常」。

金粟影〔一〕

幽軒欄檻絶低小，渾似毘耶〔二〕丈室空。金粟花浮雙樹月，白蓮香散一池風。每聞天鶴乘雲下，莫遣仙姝入坐中。却愧袈裟留滯〔三〕久，釣船猶繫柳橋東。

【校記】

〔一〕此首又見玉山名勝集卷八、列朝詩集甲集前編卷八下。

〔二〕毘耶：玉山名勝集作「毘那」。

〔三〕留滯：列朝詩集作「留住」。

納涼池上〔一〕

雨浥荷花香滿池，水涵樓閣影參差。舊游忽憶西湖夢，第一橋頭看月時。

【校記】

〔一〕此首又見玉山名勝集卷八、四朝詩明詩卷一一四七言絶句十四。

書画舫〔一〕

玉山之人清且賢，賸藏書画屋如船。彩虹白月光連海，青艸綠波春接天。好事豈惟賓客玩，承家已有子孫傳。一來清坐忘歸路，每聽漁歌起暮烟。

【校記】

〔一〕此首又見玉山名勝集卷七。

春暉樓〔一〕

君子娛親樂讌遊，傍花臨水結飛樓。青山西峙雲霞發，白日東生江漢流。隺髮垂垂似緱母，鸞笙嫋嫋接浮丘。願持春酒相爲壽，亦欲題詩到上頭。

【校記】

〔一〕此首又見玉山名勝集卷七。

秋華亭〔一〕

片玉山西境絶偏〔二〕，秋華亭子最精妍〔三〕。三峰秀割崑崙石，一沼深通渤澥〔四〕淵。鸜鵒隔窓留客語，芙蓉暎水使人憐。桂叢舊賦淮南隱，雪夜常〔五〕廻剡曲船。北海樽中長〔六〕瀲灩，東山席上有嬋娟。紫薇花照銀瓶酒，玉樹人調錦瑟絃。醉過竹間風乍起，吟行〔七〕梧下月初懸。一聲白鶴隨歸珮，何處重尋小有天。

【校記】

〔一〕此首又見玉山名勝集卷七、古今禪藻集卷二五、列朝詩集甲集前編卷八下、四朝詩明詩卷九五七言長律四、檇李詩繫卷三一。

〔二〕偏：四朝詩作「編」。

〔三〕精妍：玉山名勝集、古今禪藻集、列朝詩集、四朝詩作「清妍」。

〔四〕渤澥：玉山名勝集、檇李詩繫作「渤海」。

〔五〕常：四朝詩作「嘗」。

〔六〕長：四朝詩作「常」。

〔七〕吟行：玉山名勝集作「吟成」。

又次玉山主人韵〔一〕

亭子重來讌綺筵，秋華數樹向人妍。濁醪妙理自可信，白髮生秋何足憐。幽徑獨行苔冉冉，紅蓮堪把水涓涓〔二〕。還山明日應相憶，寫得新詩趂鶴傳。

【校記】

〔一〕此首又見玉山名勝集卷七。

〔二〕涓涓：玉山名勝集作「娟娟」。

君子亭〔一〕

隱居何蕭爽，種竹竹成林。清露湛秋氣，微雲蕩春陰。泛泛樽中酒，泠泠石上琹。於焉寄玄賞，樂爾君子亭〔二〕。

【校記】

〔一〕此首又見玉山名勝集卷二。

〔二〕亭：玉山名勝集作「音」。

綠波亭〔一〕

桃溪綠水接深池，芳艸如雲護石磯。色暎緗簾春雨細，波明画舫夕陽微。最憐才子新成句，因憶王孫久未歸。況有高亭更蕭爽，日長留客看清暉。

【校記】

〔一〕此首又見玉山名勝集卷五、四朝詩明詩卷九十七言律詩二三。

秋夜集綠波池上〔一〕

今宵白月滿孤輪，大地山河無一塵。天上分明呈玉兔，水中清切見冰鱗。橫簫度曲聲初轉，剪葉分題意更新。却憶年時〔二〕同會者，相思直欲鬢如銀。

【校記】

〔一〕此首又見玉山名勝集卷五。

〔二〕年時：玉山名勝集作「當時」。

又口占〔一〕

避地去年因共難，臨池今日喜同閒。晴沙艸接春簾外，落日鳥鳴芳渚間。詩卷一朝歸趙璧，野亭百里見吳山。已知金粟眞成隱，約我釣船長往還。

【校記】

〔一〕此首又見玉山名勝集卷五。

趙王孫仲穆作看雲圖，高士顧仲瑛索同題于苕溪之上〔一〕

舊遊淸苕上，愛看弁峰雲。稍〔二〕將春雨度，始見遠林分。起滅悟眞理，逍遙遺世紛〔三〕。於焉自怡悅，永懷陶隱君。

【校記】

〔一〕此首又見列朝詩集閏集卷二、元詩選三集卷十六、石倉歷代詩選卷三六六明詩初集八六、草堂雅集卷十四、吳興藝文補卷五四、題畫詩卷四七閒適類、式古堂書畫彙考卷四六畫十六、趙氏鐵網珊瑚卷十二、珊瑚木難卷二。

〔二〕稍：列朝詩集作「梢」。

〔三〕世紛：吳興藝文補作「世氛」。

元璞，名良琦，住天平山之龍門，自稱爲「龍門山釋」。與楊鐵崖、倪雲林、句曲外史、金粟道人齊名于國初。余讀見心和尚澹游集，得其詩五篇，復從玉山唱和集得三十餘篇，又與于鍊師聯句云：

「桐陰竹色不見日，水氣荷風都〔一〕是凉。」又：「嫩〔二〕篁承宇清搖幘，文藻縈波綠映裳。」又：「飯輸香積眞成愧，酒送金莖或可嘗。」又：「木盌泠泠寒欲凍，蓴絲細細滑仍香。」又：「詩成醉卧不知處，翠雨霏霏滿竹房。」惜未見全集。或曰此元僧也。請頌其詩云：「避地去年因共難，臨池今日喜同閒。」又云：「今宵白月滿孤輪，大地山河無一塵。」可謂頌聖之至，不受胡氛者。

【校記】

〔一〕都：玉山名勝集卷二、元詩選三集卷十六作「多」。

〔二〕嫩：原誤作「嬾」，據文意及元詩選改。

良圭 二首

題陳履元画玉山艸堂圖〔一〕

傳道崑山有艸堂，風流不減百花莊。窓前綠竹飛鸚鵡，井上高梧集鳳凰〔二〕。每想對床延孺子，近聞築室款支郎〔三〕。乘閒亦欲攜樽酒，雪裡清江泛野航。

【校記】

〔一〕此首又見玉山名勝集卷一、四朝詩元詩卷六十七言律詩十八。

〔二〕鳳凰：玉山名勝集、四朝詩作「鳳皇」。

〔三〕郎：底本誤作「郎」，據玉山名勝集、四朝詩改。按：支郎指晉代高僧支遁，亦泛稱僧人。

龍門山人玉山主人詩名著海內，僕景慕久矣，敬以弊寺六咏求題品之，就寫長句奉柬〔一〕

二子風流迥不羣，詩名海內每傳聞。苦吟杜甫行日午，覓句湯休坐夜分。開籠放鶴好明月，拄笏看山多白雲。寂寞滄江舊蘭若，品題亦欲托高文。

【校記】

〔一〕此首又見玉山名勝集外集。

良圭，自題其齋曰『懷晉』，可想見其爲人。

泉澄 一首

題玉山艸堂圖〔一〕

徵君家住玉山西，雅集詩成每自題。高爽只同崔氏宅，風流不減浣花溪。碧桃春霧〔二〕迷青鳥，翠竹晴沙散錦鷖。聞道白雲泉上客，近攜鉼錫寄幽棲。

【校記】

〔一〕此首又見玉山名勝集卷一、四朝詩元詩卷六十七言律詩十八。

〔二〕春霧：玉山名勝集、四朝詩作『春露』。

泉澄，人呼『水長老』，未詳其行業。

覺照 二首

玉山佳處〔一〕

玉山青青青若蓮，山中樓閣白雲連。採藥相從赤松子，吹簫時約紫霞仙。鮫人獻寶珠盈斗，石壁題詩筆似椽。相去地無三十里，會須騎馬艸堂前。

【校記】

〔一〕此首又見玉山名勝集卷二、四朝詩元詩卷六十七言律詩十八。

近體一首奉寄玉山主人〔一〕

草堂東望白雲深，主人愛書如愛金。下榻每因楊執戟，得句長懷支道林。松花樹滿〔二〕可爲酒，竹笋隔簾成綠陰。我欲乘閒遠相過，坐對石牀彈玉琴。

【校記】

〔一〕此首又見玉山名勝集外集、四朝詩元詩卷六十七言律詩十八。

〔二〕樹滿：玉山名勝集、四朝詩作「滿樹」。

覺照，一本作「照覺」，元甬東人。

子賢　二首

玉山艸堂〔一〕

玉峰〔二〕佳地小徘徊，霞氣丹光接上台。白日山移蓬島去，紫宫花繞蕋珠開。雲邊花鳥迎人語，溪上黄童采藥田。昭代衣冠非隱世〔三〕，馮〔四〕軒誌〔五〕筆寫仙才。

【校記】

〔一〕此首又見玉山名勝集卷二、元詩選三集卷十六、草堂雅集卷十四。

〔二〕元詩選「玉峰」下有注：「一作山。」

〔三〕隱世：元詩選作「避世」，草堂雅集作「辟世」。

〔四〕馮：玉山名勝集、元詩選、草堂雅集作「憑」。

〔五〕元詩選「誌」下有注：「一作泚。」草堂雅集即作「泚」。玉山名勝集作「志」。

寄翠峰寺敏仲謙〔一〕

敏公遥住洞庭西，咫尺烟波路欲迷。落日斷霞山叠叠，揚舲鼓枻〔二〕風凄凄。魚龍出没隨潮上，橘柚參差壓樹低。東崦人家更清絶，也思來此作幽栖。

【校記】

〔一〕此首又見四朝詩元詩卷六十七言律詩十八、元詩選三集卷十六、吴都文粹續集卷三十三寺院、草堂雅集卷十四。

〔二〕枻：列朝詩集、四朝詩作「角」。

子賢，名士愚，住天台山寺。

福初 一首

漁莊〔一〕

君家漁莊在何處，江波迢迢隔烟霧。清秋獨釣蘆花風，明月長歌白蘋渡。高堂絲管延佳〔二〕賓，舉網得魚皆錦鱗。小奴鸞刀出素手，金盤斫鱠如飛銀。走也山林老釋子，拄杖行吟嗟未已。平生雅有濠上游，相思瀰瀰東流水。

【校記】

〔一〕此首又見古今禪藻集卷二十、列朝詩集甲集前編卷八下、四朝詩元詩卷三四七言古詩十、江西詩徵卷九十釋子、玉山名勝集卷二。

〔二〕佳：列朝詩集、四朝詩作「嘉」。

福初，吴淞人，或云松陵人。

無言 一首

訪顧仲瑛〔一〕

故人一別知幾秋，相逢談笑便登樓。圍棋細說東山〔二〕法，酌酒應爲靖節留。蓮葉秋深猶色淨，蕖華露冷尚香浮。界溪文物風流在，不減當年顧虎頭。

【校記】

〔一〕此首又見玉山名勝集卷二、四朝詩元詩卷六十七言律詩十八。

〔二〕東山：玉山名勝集作「生公」。

無言，名至訥，法名廣宣，住福岩寺。工詞翰，趙松雪、馮海粟、柯九思、顧玉山皆有詩文贈之。

伯明 三首

夜集顧隱君艸堂[一]

玉醴徐洞酌，銀燈消薄寒。清談方欲洽，高宴殊未闌。孰知契濶餘，盡此平生歡。驚風起山河，鴻鴈[二]行路難。嘉會豈云易，長歌爲辛酸。

【校記】

[一] 此首又見玉山名勝集卷二、四朝詩元詩卷二四五言古詩十二。

[二] 鴻鴈：玉山名勝集、四朝詩作「斷鴻」。

代簡玉山徵君[一]

西關送別晚山青，一舸秋風去窅冥。未審幾時過竹院，燒香煮茗夜談經。

【校記】

[一] 此首又見玉山名勝集外集。

題黃氏林屋山圖[一]

林屋秋風起，滄江客思多。墓田多感慨，歲月坐蹉跎。白髮經時變，青山柰老何。思親心獨在，歸夢洞庭波。

【校記】

[一] 此首又見式古堂書畫彙考卷五二畫二二、趙氏鐵網珊瑚卷十五。

伯明，名寶月。

至奐 五首

春艸池〔一〕

爲愛幽居好，清池近艸堂。雨晴春澹淹，月白夜光芒。憶弟情何極，題詩興不忘。祇應無俗事，濯足向滄浪。

【校記】

〔一〕此首又見玉山名勝集卷五、四朝詩元詩卷四二五言律詩八。

唐律四首奉寄玉山徵君〔一〕

草堂風物靜朝曛，春日題詩每憶君。澗底松清〔二〕疑過雨，山頭玉氣總成雲。神鵬未展溟南翮，天馬能空冀北羣。曾見丹陽爲內史，笑揮白羽樹高勛。

老去高情〔三〕獨放歌，新亭結搆近滄波。狎鷗泛渚知人意，稚子應門喜客過。山色湖光春浩蕩〔四〕，碧梧翠竹雨漊娑〔五〕。絶勝池上山〔六〕公子，醉看〔七〕江東白鷺蓑〔八〕。

小逕升堂舊不斜，幽居渾佀杜陵家。五株桃樹當春艸，一帶溪流入浣花。每自放船歌白苧，也從漉酒脫烏紗。風流更憶瀛洲客，應獻安期棗佀瓜。

春到江南野水濱，絶憐幽事總相親。風飄玉雪楊〔九〕花落，雨濕琅玕竹樹新。洗研〔一〇〕時時臨晉帖，賦詩往往佀唐人。向來爲識江村路，此日過從莫厭頻。

【校記】

〔一〕此四首又見玉山名勝集外集、四朝詩元詩卷六十七言律詩十八。

〔二〕清：四朝詩作「青」。

〔三〕高情：玉山名勝集作「情懷」。
〔四〕浩蕩：四朝詩作「蕩漾」。
〔五〕漊娑：玉山名勝集、四朝詩作「婆娑」。
〔六〕山：玉山名勝集作「三」。
〔七〕看：玉山名勝集、四朝詩作「著」。
〔八〕簑：玉山名勝集、四朝詩作「蓑」。
〔九〕楊：四朝詩作「柳」。
〔一〇〕研：玉山名勝集、四朝詩作「硯」。

至奂，住天台山寺。

法堅　二首

綠波亭〔一〕

雪消春色滿江沱，春艸〔二〕纖纖覆綠波。最是高陽池上客，狂歌無奈醉時何。

亭前修竹淨漪漪，烟暖沙頭杜若肥。一夜雨餘春水漲，白鷗日日到柴扉。

【校記】

〔一〕此二首又見古今禪藻集卷十七、四朝詩元詩卷七九七言絶句十二、玉山名勝集卷五。
〔二〕春艸：四朝詩、玉山名勝集作「芳草」。

法堅，雲門僧。

復初 四首

贈顧元臣〔一〕

將軍駕舶來東海，喜見升堂奉起居。自是經年趨画省，已膺三品佩金魚。鐃歌載道從軍樂，忠孝傳家教子書。此夕稱觴淴歡樂，烽烟莫問近何如。

【校記】

〔一〕此首又見玉山名勝集卷四。

賦崑山〔一〕

馬鞍山在〔二〕句吳東，山中佳氣常〔三〕鬱葱。層巒起伏積空翠，芙蓉削出青天中。六丁夜半石壘壁，殿閣〔四〕煌煌絢金碧。嚮〔五〕師燕坐講大乘，虎來問法作人立。天華散雨娑羅樹，一聲共命〔六〕雲深處。我時細讀孟郊詩，興來更上龍洲墓。憶昔曾同信信友〔七〕，七尺枯藤長在手。數年音問墮〔八〕茫然，頓覺羈懷〔九〕醉如酒。嗟彼習俗耽〔一〇〕歡娛，錦韉細馬紅氍毹。画船吹箭〔一一〕撾大鼓，吳兒棹歌越女歈。只今歌樂難再得，面顔已帶風塵色。何如張讌溪上樓，山光倒浸湖光白。我愛虎頭金粟子，十〔一二〕載論交淡於〔一三〕水。每懷故舊參與商，二老〔一四〕到門驚復喜。我留玉山君〔一五〕卽歸，天風泠泠吹〔一六〕客衣。人生會合如夢寐，焉能對酒成〔一七〕吁嚱。我歌長歌君〔一八〕起舞，山川信〔一九〕美非吾土。褰裳涉澗采昌陽，且向山中作重午〔二〇〕。

【校記】

〔一〕此首又見古今禪藻集卷二十、四朝詩元詩卷二四七言古詩十、江西詩徵卷九十、玉山名勝集卷二、檇李詩繫卷二一。

〔二〕在：古今禪藻集、江西詩徵作「西」。

〔三〕常：古今禪藻集、江西詩徵作「長」，檇李詩繫作「時」。

〔四〕閣：玉山名勝集作「開」。

〔五〕嚮：四朝詩、玉山名勝集、檇李詩繫作「響」。

〔六〕一聲共命：檇李詩繫作「聞聲供命」。

〔七〕信信友：古今禪藻集、江西詩徵作「忠信友」，玉山名勝集作「信心友」。

〔八〕墮：江西詩徵作「隨」。

〔九〕羈懷：古今禪藻集、江西詩徵作「饑懷」。

〔一〇〕耽：江西詩徵作「酣」。

〔一一〕簡：檇李詩繫作「簫」。

〔一二〕十：江西詩徵作「千」。

〔一三〕於：古今禪藻集、四朝詩、玉山名勝集、檇李詩繫作「如」。

〔一四〕二老：檇李詩繫作「三老」，有注：「謂盧昭、秦約、袁華也。」

〔一五〕君：古今禪藻集、江西詩徵作「今」。

〔一六〕吹：江西詩徵作「吟」。

〔一七〕成：四朝詩、玉山名勝集作「如」。

〔一八〕君：古今禪藻集、江西詩徵作「若」。

〔一九〕信：四朝詩、玉山名勝集作「洵」。

〔二〇〕重午：檇李詩繫作「端午」。

亂後集書画舫〔一〕

綠波池頭書畫舫，窓開晴日見梅花。愛賢曾讀當時傳，好事嘗傳米老家。座上酒罌傾臘螘，硯坳書水滴文亀。嬉時會合須謀醉，莫向空江歎歲華。

【校記】

〔一〕此首又見四朝詩元詩卷六十七言律詩十八、玉山名勝集卷七。

餞謝子蘭於書画舫〔一〕

結屋如画船，飛橋〔二〕水中度。廻窓與曲欄，粲粲足可數。書卷高滿床，張嵒設茶具。驩娛集佳宴〔三〕，山水發深趣。幽人殊方來，雅論夙欽慕。眷言聊徜徉，扁舟逐飛鶩。明當送子行，相期遲歲暮。

【校記】

〔一〕此首又見四朝詩元詩卷二四五言古詩十二、玉山名勝集卷七。

〔二〕橋：四朝詩、玉山名勝集作「梁」。

〔三〕此句四朝詩、玉山名勝集作「驩虞集佳賓」。

復初，名自恢，豫章人，住海鹽法喜寺。其贈顧元臣詩袁華叙云：「乙未秋九月，平江等處水軍都萬戶納麟哈剌公拜江淛行省叅知政事，奉旨統兵常鎮，時寧海所正千戶顧元臣在行間。越明年二月，寧海君由無錫道太湖入杭，維時姑蘇檇李之壤杳如吳越，音問不相知者二載。今年春三〔一〕月，寧海君以功陞水軍都府副都萬戶，奉省檄道天台航〔二〕海而歸，時秋閏九月也。玉山翁嘉子〔三〕之歸，乃置酒會友朋于可詩齋。寧海君綵衣金符，照暎〔四〕左右，奉觴行酒，偘偘愉愉。嗚呼！父子之親，君臣之義，鮮有能兩全者。今寧海君能攄誠致義，陞秩三品，居重慶之下，奉溫凊之養，可謂上不負聖天子，下不負所學矣。座客皆能賦者，遂以「客從遠方來，遺我雙鯉魚」，以平聲循次分韵，予得「從」字，詩云：「出處能全孝與忠，寧辭大海駕蒙衝。秪將禮義爲干櫓，豈但韜鈐閱〔五〕虎龍。烽火頻年成遠別，酒樽今日復相從。金符紫綬居重慶，勳業當期上景鍾。」顧瑛得「方」字，詩云：「海上風飆似馬狂，歸來仍喜佩銀章。三年報國存忠直，一旦見親全義方。祖逖誓江期復晉，董徽仗節樂還鄉。聖恩已見金雞放，醉飲寧辭累十觴。」繆侃得「來」字，詩云：「桃花渡口錦帆開，遠喜將軍海上來。綵袖稱觴行臘蟻，画室撾鼓動春雷。親朋每共論高義，忠孝應知屬大才。縱是西風吹樹急〔六〕，放歌清夜醉徘徊。」陸仁得「雙」字，詩云：「將軍南省承恩日，歸拜庭闈意氣降。王事賢勞殊不忝，忠心許國已無雙。總戎每見行奇陣，開閫仍當駐大江。一說烟塵一惆悵，臨風坐擁碧油幢。」』

良圭以下十有一人，皆與元璞同時，唱和諸篇悉見玉山艸堂集中，惜未見全集，未詳始末耳。當戎馬交馳之際，金粟道人結廬玉山佳處，讀書績文，四方賢士大夫爭與之游，凡一亭一榭必觴詠流連，竟日累月，積有若干卷。既而兵入艸堂，星流雲散，幸而通守馮秉中氏全得之，復全歸金粟道人，復集同好分韵以紀其事。嗟呼！時世變遷，友朋離合，茫不可問，而詩文有靈，常留天地寸心，自知金粟道人眞無媿五柳先生矣。

【校記】

〔一〕三：玉山名勝集卷四、元詩選初集卷六四作「二」。

〔二〕航：玉山名勝集、元詩選作「杭」。

〔三〕子：玉山名勝集、元詩選作「予」。

〔四〕照暎：玉山名勝集、元詩選作「照耀」。

〔五〕閲：耕學齋詩集卷十作「闕」。

〔六〕此句玉山名勝集作「總是西風吹浪急」。

復原　二首

續蘭亭會　補彭城曺譓詩〔一〕

晴雲冉冉，幽草茸茸。群賢戾至，衎樂攸同。芳葩汎灩，翔羽遡風。亦有旨酒，可以〔二〕從容。

柔條扇微風〔三〕，輕波漾晴旭。群彦此委蛇，鳴條〔四〕集中谷。列席依岩廻〔五〕，飛觴隨水曲。緬懷古先哲，庶以繼遐躅。

【校記】

〔一〕此二首又見蘭亭志卷二、兩浙金石志補遺、（萬曆）紹興府志卷九，四朝詩明詩卷三四言詩收第一首，明詩綜卷八九、元詩紀事卷十五録第二首。

〔二〕可以：兩浙金石志補遺作「聊以」。
〔三〕微風：兩浙金石志補遺作「循風」。
〔四〕鳴條：兩浙金石志補遺作「鳴佩」。
〔五〕廻：蘭亭志作「迴」，明詩綜、元詩紀事作「限」。

復原，名福報，台之臨海人，族方氏。石湖美公主淨慈，一見器之，爲祝髮。時徑山端禪師門庭嚴峻，師往咨决，問荅契機，命掌藏鑰。久之出世慈溪之廬山、越州之東山、四明之智門。洪武初，被召廷對，稱旨。三年賜還智門，結海印菴于寺東，爲終老計。因徑山虚席，强師往。凡前住持象原淑公經始事，師力完之。忽病瀕危，侍者請偈，師笑曰：『吾尚有三年。』已而果然。享壽八十有四，全身塔在寂照之右岡。

性原　一首

奉和太子正字桂公韻

松榻常依薝蔔林，經窗晝永竹陰森。五湖浪静空諸識，一鏡光開見本心。春筍每嘗親切玉，霜柑旋剖客分金。相忘時共蒲團坐，說到無生味轉深。

性原，名一覺，姓曹氏，慈溪人。祝髪于永明寺，刺血寫華嚴經八十一卷。善吟咏，有寒泓稿行世。常見太子正字桂良彦恭述盛事云：『洪武十七年正月望日，彦良侍上文華殿，欽承顧問臣在鄉里時與誰遊，謹奏曰：「有僧覺性原，嘗以詩贈之。」因誦云：「大寶峰前紫竹林，一泓寒碧影蕭森。軒窗洒落超塵表，巾拂飄颻稱野心。趺坐蒲團人似玉，血書貝葉字如金。月明幾度間尋訪，相對忘機坐夜深。」上稱善。翌日賜和，命考功監丞徐瑛録示云：「上人侶影處幽林，紫竹寒潭映水森。艸舍半間雲外月，松窗一榻谷中心。玄譚靜夜風生石，頂禮清晨鐘撞金。有客叩禪曾問道，昂昂寂寂悟機深。」隨蒙賜彥良歸里養老，復與性原遊，遂敷宣聖意，謹書御制詩歸之，俾藏山中爲千載恩榮。又見烏斯道和篇云：「孤坐閒房風滿林，寒泓炯炯竹森森。一生溪上雲無跡，萬數僧中月是心。但見可人投白璧，不知浮世重黃金。此身已覺遊清泰，何用山林特地深。」」

無念 三首

應制說偈〔一〕

萬機之暇究真玄，百草頭邊佛祖禪〔二〕。毛孔遍含塵刹土，毫端見〔三〕出性中天。定回坐看雲橫谷，行樂閒觀石湧泉。林下小僧無以報〔四〕，祝延聖壽億千年〔五〕。

【校記】

〔一〕此偈又見鄧尉聖恩寺志卷六、續燈存稾卷九本傳、續燈正統卷二七本傳。

〔二〕佛祖禪：續燈正統作「大有禪」。

〔三〕見：鄧尉聖恩寺志等均作「現」。

〔四〕此句鄧尉聖恩寺志等均作「林下衲僧何以報」。

〔五〕億千年：續燈存稾、續燈正統作「萬斯年」。

覲畢舟歸武昌〔一〕

舟行帆飽柁機玄〔二〕，船室堪栖老衲便。兩岸樹催風力健，一江波湧蜃威鮮〔三〕。邯鄲誰問黄粱夢，少室渠參不二禪。午夜雪山星忽見，前三三是苦空年。

【校記】

〔一〕此首又見鄧尉聖恩寺志卷六、吴都文粹續集卷三二。

〔二〕玄：吴都文粹續集作「圓」。

〔三〕鮮：吴都文粹續集作「宣」。

武昌歸隱〔一〕

躡雲深入萬重山，回首烟村遠世寰〔二〕。初夜不聞三弄引，五更惟覺四時閒〔三〕。天香馥郁盈禪座〔四〕，月色精英照影閒。比似市廛車馬集，此心無事與相關。

【校記】

〔一〕此首又見鄧尉聖恩寺志卷六、金陵梵剎志卷一。

〔二〕世寰：鄧尉聖恩寺志、金陵梵剎志作「世間」。

〔三〕閒：鄧尉聖恩寺志、金陵梵剎志作「寒」。

〔四〕座：鄧尉聖恩寺志、金陵梵剎志作「悟」。

無念，名勝學，應山孟畈村陳必貴子，九歲投寶林寺無極爲師。洪武初，楚王迎居九峰山。二十七年，靈通侯荐于天子，使中官召至京師，與語大悦，禮之。御制詩贈之云：『從師童子問清玄，世事茫然學坐禪。幼出漸知心是佛，老來悟得性通天。朱門不謁藏金錫，茅屋無干領碧泉。召至九重談玅法，問伊落魄幾經年。』拜辭還山，上錫袈裟衲衣一襲，金鉢盂瓶等器，復使中官乘傳送之，楚王登舟迎歸。寶林二十九年八月，御制懷無念文云：『朕于庶務隙中，將世人心意較之是非，析之兩端，思之再三，謀之不已，其人之情〔一〕意變態多端，倏此忽彼，是非混淆，紛然難析。朕閲人既多，歷事且久，尚不能治不善而安善良於仁壽之鄉，此果不思古〔二〕而有此耶？抑人心不古而有此耶？嗚呼！靜觀熟慮，人之情意，始古至今，倏然忽然，反覆不常，艱於治化。古人有云：「犯刑憲如飲食，疾良善如讐隙。」信有之不誣也。常〔三〕聞西方有大聖人，不教而自化〔四〕，不治而不亂，此大覺金仙之道也。朕於繁慮中觀〔五〕踵佛之道者，能如是快矣哉！出三界而不輪廻，神通妙用無碍于上下逍遥乎？兩間常云：「出世斯出世也。」前者僧無念，戒行精于皎月〔六〕，定慧穩若巍山，暫來一會，厺此常懷，懷之不已，遣人就見，特以松實供之，兼以詩勞之，曰：「志空五蘊隱藤蘿，深行由來積歲多。山鬼鑑之〔七〕常擁護，水神到處每撝呵。戒如皎月天將曉〔八〕，定若巍山世欲歌。幾度有時思善者，命齎松寔〔九〕詣盤陀。」又：「談空幽隱入烟蘿，路合蒼苔歲月多。問道無門明五教，進齋何處受三呵。殘經對月從容〔一〇〕誦，補衲朝陽自在歌。侶影山間眞寂寞，傳〔一一〕燈松下任坡陀。」』又有聖諭，載隨州志中。卽無遮會中諸名宿，未有恩眷隆重如是者。永樂初逝，年八十，塔在九峰。

【校記】

〔一〕情：底本誤作『精』，據鄧尉聖恩寺志卷六改。

〔二〕古：底本漏闕，據文意及鄧尉聖恩寺志補。

〔三〕常：鄧尉聖恩寺志作「嘗」。

〔四〕此句鄧尉聖恩寺志無「自」字。

〔五〕觀：鄧尉聖恩寺志作「視」。

〔六〕此句鄧尉聖恩寺志作「戒精明於皎月」。

〔七〕鑑之：鄧尉聖恩寺志作「鑑知」。

〔八〕曉：鄧尉聖恩寺志作「悅」。

〔九〕寔：鄧尉聖恩寺志作「實」。

〔一〇〕容：底本誤作「空」，據鄧尉聖恩寺志改。

〔一一〕傳：鄧尉聖恩寺志作「儔」。

明僧弘秀集卷一終

明僧弘秀集卷二

虞山毛晉子晉父編

梦觀　一百二十三首

螺山隱士歌〔一〕

螺山有隱士，飄飄仙者徒。朝游螺之巔，莫息螺之隅。紅塵拂落身外事，白首讀盡人間書。不騎琴高鯉，不釣任公魚。手披演雅篇，架列山海圖。蛾司漫給五斗黛，蛤浦豈羨〔二〕雙明珠。槐臺封侯笑螻蟻，楚關脱網怜蜘蛛。人言大隱隱朝市，小隱螺山無不是〔三〕。何物老病香山翁，隱作留官〔四〕良可鄙。酌螺之杯隱螺几，坐對螺山淨如洗。鈿屏矗矗鏡邊來，佛髻峨峨〔五〕望中起。千林飛翠〔六〕散晴空，半島寒雲浸秋水。我尋螺山居，遂識螺山路。一見螺山人，再誦螺山句。紛紛艸堂文，悠悠遂初賦。丈夫無遠謀，千載何足慕。我本逍遙人，亦有罝罔慮。買山每寄沃州書，寥落江鄉嘆遲暮。江鄉寥落不可留，便當卜爾山之幽。安得神鼇負山去，共蹋青螺海上游。

【校記】

〔一〕此首又見四朝詩明詩卷四九七言古詩十四、列朝詩集閏集卷二、明詩鈔明詩五言律、六藝之一録卷三九一、式古堂書畫彙考卷二八書二八、珊瑚網卷十三法書題跋。

〔二〕羨：珊瑚網作「美」。

〔三〕無不是：明詩鈔、列朝詩集、四朝詩作「無乃是」。

〔四〕留官：明詩鈔、列朝詩集、四朝詩作「流官」。
〔五〕峨峨：四朝詩作「俄俄」。
〔六〕飛翠：明詩鈔作「翠靄」。

清暉樓歌　并引

洪武乙卯六月六日，崇福道源師集客于清暉樓，其徒敏夫以伯修方公所爲記，伯貞戴侯所爲詩索余唱和，余以二公品題之妙不翅崔顥之詠黄隺，無容措語，固辭弗克，勉爲長歌一解，以副其勤。時同賦者歸雲、雲扉，侍行者張用敫、韓式、戴東也。

清暉之樓在何許，湘山之南越江滸。下臨倒影涵青空，百尺亭亭出風雨。樓臺沓嶂開屏幃，闌干縹緲生烟霏。謝公昔日品題處，至今岩壑含清暉。清暉娛人不能去，怊悵重懷謝公句。眼中雲物變朝昏，老我登臨今幾度。梵王古屋幽浦邊，宋家陵樹秋風前。歸帆斜度半江日，翻雅遠没平林烟。竹雪紛紛洒窓几，十二湘簾淨如洗。玉笛清隨爽籟生，疎鍾夜送寒潮起。倦游頗念荊州客，羸馬疲童布衣窄。山川搖落已如此，凭高作賦工何益。信翁子弟元龍孫，襟懷磊磥非常倫。讀書兹樓二十載，出語往往皆清新。樓頭呼酒喜良會，誰共同遊方與戴。戴侯于我情最親，每話舊時增感慨。方公晚遇若平生，氣酣披膽陳交盟。亦有高僧道林輩，索我爲作清暉行。我歌清暉奈才薄，崔顥題詩在黄隺。興來援筆竟忘言，長嘯清風動寥廓。

弘上人蓄秋山圖〔一〕

萬峰霜晴翠如洗，峰底行雲度流水。西北高樓爽氣邊，江南落木秋聲裡。蒹葭〔二〕潮長魚在梁，白鷗飛盡天茫茫。松根丈人讀書處，時有疎鍾來上方。仙槎影没銀漢遠，木末夫容爲誰剪。何處凉風送客船，歸來似是東曹椽。東曹頗笑未識機，掛颿直待鱸魚肥。山川搖落已如此，不信艸露沾人衣〔三〕。平生画手不可遇，坐閲新圖得眞趣。題詩寄與沃州僧，吾亦買山從此去。

【校記】

〔一〕此首又見列朝詩集閏集卷二、明詩綜卷八九、四朝詩明詩卷四九七言古詩十四、明詩別裁集卷十二、明詩鈔明詩五言律、題畫詩卷十九山水類、石倉歷代詩選卷三六六明詩初集八六。

〔二〕兼葭：列朝詩集作「蒹葭」。

〔三〕此句明詩別裁集作「未草露沾人衣」，下闕。

題溫日觀葡萄次唐溫如韻〔一〕

龍扃失鑰十二重，驪珠迸落鮫人宮。鑌刀〔二〕剪斷紫瓔珞，纍纍馬乳垂金風。樹根吹火照殘墨，冷雨松棚秋鬼哭。蔗丸嚼碎流沙水〔三〕，鴨酒呼來江上〔四〕綠。銕削虬藤劍三尺，雷梭怒穴〔五〕陶家壁。曇胡醉起坐秋石〔六〕，一索摩尼掛空壁〔七〕。

【校記】

〔一〕此首又見列朝詩集閏集卷二、四朝詩明詩卷四九七言古詩十四、廣群芳譜佩文齋廣群芳譜卷五七果譜、題畫詩卷九二禾麥蔬果、石倉歷代詩選卷三六六明詩初集八六。

〔二〕鑌刀：題畫詩作「并刀」。

〔三〕水：列朝詩集、四朝詩、廣群芳譜、石倉歷代詩選、題畫詩作「冰」。

〔四〕江上：列朝詩集、四朝詩、廣群芳譜、石倉歷代詩選、題畫詩作「漢江」。

〔五〕穴：列朝詩集作「沈」。

〔六〕坐秋石：列朝詩集、四朝詩、廣群芳譜、石倉歷代詩選、題畫詩作「面秋岩」。

〔七〕空壁：四朝詩、題畫詩作「空碧」。

爲竹心道人賦綠猗堂〔一〕

竹心老人心愛竹，赤手栽成萬竿玉。古色猗猗映翠簾，金影疏疏墮〔二〕秋屋。滿天明月子喬笙，半窗涼雨官奴燭。老人積書如積金，竹邊每置三千牘。開門日日問平安，呼酒時時飲新綠。倚醉長歌淇澳篇，驅愁不買玲瓏曲。大兒方辭吏部郎，小兒未食官家祿。傳家清事托吟編，閲世閒情付棋局。媚人何物琉璃瓶，披襟曬我琅玕腹。孤節有客扣青扉，一笑下堦迎白足〔三〕。錦章爛出五色雲，快目不辭三過讀。鋏翁仙遊艾翁老，惆悵何由繼華躅。我本山林厭塵俗，食笋也知勝食肉。說盡眉山玉版禪，更待春雷動幽谷。

【校記】

〔一〕此首又見石倉歷代詩選卷三六六明詩初集八六。

〔二〕墮：石倉歷代詩選作「墜」。

〔三〕白足：石倉歷代詩選作「健足」。

題無盡法師所藏太白廬山觀瀑圖〔一〕

九江西來廬山高，飛流歕薄翻銀濤。白日松頭雪花落，青天雨脚秋聲號。眼前傾覆何艸艸，世路不須驚蜀道。洗盡哇淫〔二〕兩耳清，拍手雲中招五老。我懷謫仙詞浩詞，涼風萬里來天河。杜陵有客更相憶，頭白不歸將奈何。

【校記】

〔一〕此首又見石倉歷代詩選卷三六六明詩初集八六。

〔二〕哇淫：石倉歷代詩選作「滛洼」。

題方方壺画〔一〕

方壺老人年九十，醉把〔二〕金壺傾墨汁。染得蓬萊左股青，烟霧空濛〔三〕樹猶濕。危橋過客徐徐行，白石下見谿流清。仙家樓閣〔四〕在何處，雲中彷彿聞雞聲。古臺蒼蒼烟景暮，藥艸春深滿山路。招取吹笙兩玉童，我欲淩風從此去。

【校記】

〔一〕此首又見列朝詩集閏集卷二一、四朝詩明詩卷四九七言古詩十四、明詩綜卷八九、石倉歷代詩選卷三六六明詩初集八六、靜志居詩話卷二三、題畫詩卷十三山水類。

〔二〕把：四朝詩作「抱」。

〔三〕空濛：列朝詩集作「空蒙」。

〔四〕樓閣：列朝詩集、四朝詩、明詩綜、石倉歷代詩選、靜志居詩話、題畫詩作「樓館」。

題趙希遠画蟠松玉兔圖，子昂趙公鑑記〔一〕

天水王孫重毫素〔二〕，愛寫蟠根萬年樹。上有徂徠五色雲，下有中山雙白兔。清陰散作秋滿林，只尺〔三〕高堂起烟霧。丹桂吹香野菊黄，玉葉金枝亂無數。迢迢錦水汎蒼鳬，漠漠青天飛白鷺〔四〕。人間画手非不多，自是王孫得眞趣。浮玉山人列仙侶，雅與王孫同出處。妙画題來字字眞，兵後收藏乃奇遇。宣和遺譜世莫傳，艮岳荒凉風景暮。眼中人事已非前，画裏山川尚如故。老我披圖一愴然，落日長謌弔南渡。

【校記】

〔一〕此首又見列朝詩集閏集卷二一、明詩綜卷八九、石倉歷代詩選卷三六六明詩初集八六、題畫詩卷七二樹石類。

〔二〕毫素：明詩綜作「豪素」。

〔三〕只尺：列朝詩集、明詩綜、石倉歷代詩選、題畫詩作「咫尺」。

〔四〕白鷺：列朝詩集、明詩綜、石倉歷代詩選、題畫詩作「雪鷺」。

採菊篇爲鄭生作〔一〕

朝採菊，莫採菊，朝莫歸來不盈掬。芒鞋緩踏東籬霜，酒杯倒吸南山綠。寒風西來吹碧艸，崇蘭委質湘江道。秦川桃李枝亦摧，只有柴桑秋色好。勸君醉解頭上巾，未必今人非古人。但令采菊不采根，一年一見黄花新。

【校記】

〔一〕此首又見古今禪藻集卷二十。

來漚亭爲姚宗文賦〔一〕

來漚道人狎漚處，東海蒼茫隔烟霧。淸晨開戶看漚來，落日彈琴送漚去。忘機不獨海上人，亭前日日還相親。紅樹沙烟泖東晚，碧天野水江南春。玉羽飄蕭弄明月，人兮漚兮兩同潔。半空飛雨散秋雲，千里凉風捲晴雪。人漚相對本無情，誰能更結烟霞〔二〕盟。乘軒不羨籠中鶴，掣臂每憐韝上鷹。鳳山青青落窓几，九朵夫容淨如洗。鳴皋歌罷漚復來，一聲漁笛滄浪起。

【校記】

〔一〕此首又見古今禪藻集卷二十。題中「漚」，古今禪藻集作「鷗」，下同。

〔二〕烟霞：古今禪藻集作「烟波」。

拄笏軒詩爲王指揮作

將軍晉代叅軍孫，青年好武仍好文。華軒新搆題拄笏，燕坐看度三山雲。三山雲收復雲起，朝來爽氣清如水。斑簾十二捲晴煙，朵朵夫容落窓几。淸晨劍履侍皇居，歸來夜讀牙籤書。丹心何以報明主，人生須作執金吾。橫槊高歌氣如虎，萬里封侯眞自許。樓頭王粲謾多才，幕下郄生何足數。綠楊陰轉春日低，群鴉影没西山西。銀牋何處寫新詠，深院隔花聞馬嘶。

白雲樓詩爲滋上人賦〔一〕

越山東南多白雲，結樓政與雲爲隣〔二〕。朝迎白雲似賓客，暮對白雲如故人。有時隨鶴度松頂，散作兜羅半窓影。有時從龍作雨還，倏忽〔三〕銀濤三萬頃。平生我亦雲爲徒，看雲每想雲中居。沃州在望不可到，幾度欲寄支郎書〔四〕。樓中〔五〕之人道機熟，野心已被雲羈束。臨風獨唱白雲篇，落花飛滿姚江曲〔六〕。

【校記】

〔一〕此首又見天目山志卷三，題作「白雲堂」。
〔二〕此句天目山志作「開堂正與雲爲隣」。
〔三〕倏忽：天目山志作「倏息」。
〔四〕書：天目山志作「詩」。
〔五〕樓中：天目山志作「堂中」。
〔六〕姚江曲：天目山志作「三潭曲」。

送珂月屋還處州分得淸風峽〔一〕

巨靈何年移五嶽，石扇中開兩崖削。峽中六月淸風寒，仰視靑冥何漠漠。碧谿泉脉海眼通，白日雪花人面落。勾連石棧不可梯，縹緲烟中見樓閣。山人不歸今十年，幾度空林愁夜鶴。帝城遊覽豈不嘉，還念仙都舊巖壑。江淮雨過秋氣涼，金錫玲玲度寥廓。山川雖好毋久留，袈裟暫掛西巖角。玻璃瓶內浴香泉，早向雙溪問要約。

【校記】

〔一〕此首又見石倉歷代詩選卷三六六明詩初集八六。

孤松行

東山有孤松，兵餘能獨在。雖遭霜雪緐，靑靑終不改。歲寒要礪銕石心，一枝秀拔山之陰。褒封曾受大夫貴，雨露早沐天恩深。早沐天恩一何厚，自是靈根培植久。堂前諼艸共忘憂，嶺上靑楓同不朽。野客長歌歌激烈，爲愛孤松有貞節。却笑章臺弱栁枝，一夜西風盡摧折。

山陰徐烈婦〔一〕

我讀太史書，遂知徐烈婦。英英閨中柔，落落氣如虎。爲婦當徇夫，爲子當徇父。生托結髮情，死共一抔土。寸銕鏤誓詞，全身赴火聚。觀其倉皇際，出處心獨苦。使有健士力，執仇在掌股。既無生夫術，一死眞自許。有生孰不死，爾獨得死所。日落靑楓雲，天黑巴陵雨。長謌烈婦詩，悲風起林莽。

【校記】

〔一〕此首又見古今禪藻集卷十八。

秋夕病中〔一〕

夕雲斂中天，月出萬象正。九野聲影消，平湖湛寒鏡。驚風著露艸，棲螢光不定。新新感時物〔二〕，金氣颯已應。扶羸捲前幔，銷肌怯虛靜。憂來復就枕，蕭條發孤詠。

【校記】

〔一〕此首詩又見列朝詩集閏集卷二、明詩綜卷八九、石倉歷代詩選卷三六六明詩初集八六。

〔二〕此句石倉歷代詩選作『感新喟時物』。新新：列朝詩集、明詩綜作『賞新』。

題風雪歸莊圖〔一〕

北風號枯林，寒雲没西嶺。歸翁雪滿笠，欲渡愁日暝。孤舟斷磯下，驚浪無時靜。遂令世外人，感此画中景。

【校記】

〔一〕此首又見古今禪藻集卷十八、列朝詩集閏集卷二、四朝詩明詩卷三五五言古詩二十、題畫詩卷五六行旅類。

垤鶴〔一〕

垤鶴何翩翩，頗與鶴同類。秦人羅致之，怜愛無不至。固無警露姿，實有乘軒貴。羽毛已鮮澤，習性亦驕恣。秦人既鶴呼，鶴亦鶴自謂。忽逢浮丘伯，借之乘謁帝。長鳴玉陛前，帝怪鶴音異。敕令擊殺之，不充〔二〕膳夫饋。浮丘報秦人，秦人方自媿。爲誡畜禽家，畜禽辯眞僞。

【校記】

〔一〕此首又見列朝詩集閏集卷二。

〔二〕不充：列朝詩集作『下充』。

古邨爲曹簡伯作

結廬古邨裏，自號古邨民。白水流遶屋，喬木蔭當門。濁醪會親友，醉擊老瓦盆。時雨靄桑麻，涼風散雞豚。既喜生意緐，況無車馬喧。且盡餘生樂，此外非所論。

松竹居爲翁士白賦

玉山有高士，結廬松竹林。愛此後凋色，不受霜雪侵。中宵坐苔石，涼月散淸陰。口誦白雲篇，手弄太古琴。夷齊不可作，悠悠千載心。

題分翠軒

崇軒過朝雨，山翠濃欲滴。攬之不盈掬，玩之若有得。日落雲夢寒，天空楚江碧。何處候鐘聲，岩前獨吟客。

待月軒爲式藏主作〔一〕

月出青松林，照我松下戶。床前光未滿，褰裳更延佇。蓮漏下初更，綠烟散東塢。浩歌步中庭，衣露濕如雨。

【校記】

〔一〕此首又見列朝詩集閏集卷二、四朝詩明詩卷三五五言古詩二十、明詩綜卷八九。

題錢選畫〔一〕

大峰〔二〕青蓮高，千仞苔壁古。招提隔層雲，孤徑入深隝。鐘鳴谷口風，木落溪上雨。何處夜啼猿〔三〕，歸帆下秋浦。

【校記】

〔一〕此首又見列朝詩集閏集卷二、四朝詩明詩卷三五五言古詩二十、明詩綜卷八九、石倉歷代詩選卷三六六明詩初集八六。

〔二〕大峰：列朝詩集、四朝詩、石倉歷代詩選作「太峰」，明詩綜作「太華」。

〔三〕啼猿：列朝詩集、四朝詩、石倉歷代詩選、明詩綜作「猿啼」。

二月三日泊瓜洲渡與具菴同賦〔一〕

淮烟漠漠夕陽收，楚樹昏昏翳客舟。風度鐘聲來北固，帆將燈影過揚州。雲銷碧海天無際，波撼金山地欲浮。獨恨壯遊非昔日，滿江風露〔二〕夜如秋。

【校記】

〔一〕此首又見列朝詩集閏集卷二、列朝詩集甲集卷十八補詩、四朝詩元詩卷四九七言律詩七、四朝詩明詩卷九十七言律詩二三、石倉歷代詩選卷三六六明詩初集八六、明文在卷十二律詩、淵鑒類函卷三五地部十三。題中「具菴」，列朝詩集閏集卷二、四朝詩明詩卷九十七言律詩二三、石倉歷代詩選作「吴菴」，列朝詩集甲集卷十八補詩、四朝詩元詩卷四九七言律詩七、明文在卷二十律詩、淵鑒類函卷三五地部十三題作「泊瓜洲渡」。

〔二〕風露：石倉歷代詩選作「風景」。

哀妙以中

石頭城下別忽忽，海上從來又夢中。無復同衾聽夜雨，空將雙淚洒秋風。數編遺藁生新蠹，一曲哀絃寄斷鴻。黄浦東流客西去，夕陽衰艸恨無窮。

留別入上人

湘水湘山照眼新，此行端不爲湘蓴。花邊稚子能迎客，葉底流鶯更可人。自分布衣謌白石，也勝席帽走黄塵。浮蹤聚散知無定，明日孤舟野水濵。

題雲門翠微深處〔一〕

谿閣重重翠崦〔二〕遮，無時雲氣濕袈裟〔三〕。千峰樹色藏朝雨，六寺鍾聲送晚鴉〔四〕。筆冢天寒收柿葉，茶壇風落掃松花。

倦遊每憶消閑地，早晚扁舟向若耶。

【校記】

〔一〕此首又見古今禪藻集卷二四、列朝詩集閏集卷二、明詩鈔明詩七言律、石倉歷代詩選卷三六六明詩初集八六、檇李詩繫卷十六，檇李詩繫題作『山寺』。

〔二〕翠崦：檇李詩繫作『翠影』。

〔三〕此句檇李詩繫作『不知雲起溼袈裟』。

〔四〕晚鴉：古今禪藻集作『晚霞』。

四月九日與斯道衍公登虎丘〔一〕

紺宮高湧〔二〕碧崔嵬，曾是秦王〔三〕駐蹕來。虎石半銷金氣盡〔四〕，翠崕中斷劍池開。岩僧掃月千峰淨，山鬼吟風〔五〕萬壑哀。老我登臨春已晚，落花吹滿〔六〕講經臺。

【校記】

〔一〕此首又見列朝詩集閏集卷二、明詩鈔明詩七言律、石倉歷代詩選卷三六六明詩初集八六，明詩鈔題作『登虎丘』。

〔二〕高湧：石倉歷代詩選作『海涌』。

〔三〕秦王：列朝詩集、明詩鈔作『秦皇』。

〔四〕金氣盡：明詩鈔作『金來盡』。

〔五〕吟風：明詩鈔作『迎風』。

〔六〕滿：石倉歷代詩選作『徧』。

寄宋無逸先生〔一〕

艸玄閣上楊〔二〕夫子，每說江南宋玉才。鳳闕書來船北上，蠻溪花發鳥〔三〕南迴。青衫無淚沾歌袖，白髮多情照酒杯。處士一星雲霧裏，客樓東望幾徘徊。

【校記】

〔一〕此首又見列朝詩集閏集卷二。

〔二〕楊：列朝詩集作「揚」。

〔三〕鳥：列朝詩集作「馬」。

題珉上人所藏嘉定曆〔一〕

一從杭汳隔風塵，四見南朝鳳曆新。戰士淮襄悲割土，殘民河洛望頒春。淹留歲月周家統，牢落乾坤夏正寅。莫說當年郊祀地，吳山烟艸更愁人。

【校記】

〔一〕此首又見列朝詩集閏集卷二。

題安上人松聲軒卷

爲愛松聲滿耳清，翠陰深處著幽亭。潮音奏梵來滄海，雨脚吹笙過洞庭。簾外飛花春正晚，僧前落子夢初醒。相知只有陶弘景，曾向茅山月夜聽。

題畊隱爲王子安作〔一〕

讀殘書卷雨聲稀，耕破春雲曉色〔二〕微。瓦缶自傾蒼朮酒，金貂不換綠蓑衣。江花未落秧針短，隴艸初深繭栗肥。翻笑義熙陶縣令，田園荒後始知歸。

【校記】

〔一〕此首又見四朝詩明詩卷九十七言律詩二三、明詩綜卷八九、石倉歷代詩選卷三六六明詩初集八六，題中「畊隱」，四朝詩作「耕南」。

〔二〕曉色：四朝詩、明詩綜作「晚色」。

題富春山川臺

觀山臺殿壓春城，下奠群峰鎮百靈。半石浮黿波影白，一沙横鮆燒痕青。鐘魚水國催僧飯，簫鼓江天送客星。自笑謾遊成底事，又隨歸雁度前汀。

四明王起東以江皋艸堂画卷徵題，援筆率就，并贈其行

醉脱烏紗寫練裙，高懷未減右將軍。霜晴水樹收紅葉，風落庭松掃白雲。有口不談身外事，無錢惟賣篋中文。峨眉山月秋無價，半榻何時許共分。

吳山觀潮次劉本中韻〔一〕

誰扶砥柱障狂瀾，謾向江亭酹酒看。風力拔山鼉鼓震〔二〕，雨聲搖海蜃樓寒。尋常漚鷺〔三〕知何在，多少魚龍〔四〕不自安。獨愛劉乂〔五〕詞賦好，伍王祠下更凭闌。

【校記】

〔一〕此首又見列朝詩集閏集卷二、海塘録卷二四，題中「觀潮」，海塘録作「觀濤」。

〔二〕震：海塘録作「振」。

〔三〕漚鷺：列朝詩集作「鷗鷺」，海塘録作「鷗鳥」。

〔四〕魚龍：海塘録作「龍魚」。

〔五〕义：列朝詩集作「叉」。

次韻荅唐羽士

長笑千金養客軀，靜將雙眼閱乘除。盡抛身外無窮事，遍讀人間未見書。鏡曲西風來欵段，槎頭新水上鯿魚。悲調幾度懷同谷，雪後黄精擬共鉏。

送僧還閩中

霜落江亭樹葉空，冶城歸客思匆匆。一宵清夢飛南宕，十幅蒲帆掛北風。閩海望來雲嶼白，莆田到日荔枝紅。長沙舊館今寥落，好爲將詩弔銑公。

雲嶼，山名。

送康郡馬北征

北望交河紫塞遥，將軍鼙鼓撼晴霄。兵臨大漠雲初合，馬度陰山雪盡消。中貴爭隨李驍騎，胡兒驚見霍嫖姚。氐羌谷蠡無多種，收取奇勳荅聖朝。

贈画士閻仲斌

浮玉山翁骨已仙，松雲筆意得眞傳。石田瑤艸春迷路，野水菭花月滿川。無酒不過揚子宅，有書都載米家船。濠梁共說雙臺梦，又是人間二十年。

贈野癡

雪江漁老愛清奇，手把蠻牋索賦詩。盛世不同牛口隱，前身恐是虎頭癡。二三童子斑衣舞，八十慈親白髮垂。明日濠梁又相别，碧雲紅樹晚離離。

次韵沈文舉忽見梅花〔一〕

看梅曾感故園情，每到開時别恨生〔二〕。舊樹已從兵後盡，新枝忽見水邊横。夢廻山閣梨雲白，月滿江城画角清。欲寄西湖早春信，楚天霜冷雁無聲。

【校記】

〔一〕此首又見四朝詩明詩卷九十七言律詩二三、明詩綜卷八九。

〔二〕此句四朝詩作『每到開梅别後生』。

題常長史松菊艸堂卷

長史宅前松菊榮，親王特賜艸堂名。花飛簾外收香粉，酒熟籬邊采落英。匡阜結巢懷李白，柴桑歸去笑淵明。朝回三徑無餘事，賸寫新詩頌太平。

欽和御製江東橋詩三首

西郭橋成壯王京，盧溝壩上漫垂名。碧潭雷吼蜿蜒起，滄海雲收蝃蝀横。河漢九天黄道正，華夷一統泰階平。輪蹄衮衮長安客，宵旰寧知聖主情。架石爲橋控大江，闌干高擁五雲鄉。市無閑地民居盛，海不颶波聖化彰。夜月貫虹光欲動，春潮拍岸力能當。也知博濟功何極，一視同仁帝道昌。橋成古渡陋齊梁，四海來朝被寵光。職貢已知輿地廣，賡謌喜見股肱良。月波夜照黿鼉窟，桃浪春翻錦綉章。多少遊人瞻勝槩，江東華扁萬年彰。

挽曹貞隱

艱難一别兩星霜，回首論交竟渺茫。拾兔曾歸明月窟，騎龍應在白雲鄉。滿窓涼雨孤桐老，半隴秋烟宿艸黄。天竺遊僧雁山客，幾回攜手哭斜陽。

次韵荅周祠部

青春奉詔出璚林，襄事還朝悅聖心。詩憶故人松下榻，衣懷慈母手中針。宦遊江海黃金盡，夢覺池塘碧艸深。何幸白頭方外客，簫韶同聽鳳凰音。

次韵贈顒懺首

白門涼雨雁初飛，九月長安送客歸。故國青山横海曲，高堂白髮倚庭闈。戴公塘下新粳熟，巾子峰前落木稀。才過越鄉霜雪近，天寒早辦芰荷衣。

送葉無傳住楓橋寒山寺〔一〕

何處招提隔遠峰，姑蘇城外有靈踪。雲埋虎阜千年石，月落楓橋半夜鍾。寒雁叫殘沙漠漠，昏雅歸盡樹重重。泊船不見題詩客，吴水〔二〕吴烟自淡濃。

【校記】

〔一〕此首又見石倉歷代詩選卷三六六明詩初集八六。

〔二〕吴水：石倉歷代詩選作「楚水」。

詠更漏

鼎篆烟飛遶燭龍，沉沉清漏咽霜風。水催銅史初更箭，月轉金門午夜鍾。曆統屢頒時刻正，渾儀一定古今從。長安陌上雞聲早，萬國衣冠拜聖容。

晉齊諸將宴鶴鳴樓

諸將宴酣江上樓，翻思快馬踏清秋。鼓鳴絶塞貔貅合，礮激空山虎豹愁。横槊賦詩超漢魏，平胡歌徹想并幽。明朝拜舞彤墀下，日上天門曉霧收。

遊廬嶽〔一〕

帆落〔二〕東風十幅蒲，西行五日指匡廬。柳垂湖口知彭澤，山落船頭見小孤〔三〕。白雨亂峰皆瀑布，紫烟高處是香爐。兹行安得王摩詰，爲掃蓮花社客圖。

【校記】

〔一〕此首又見石倉歷代詩選卷二六六明詩初集八六、廬山志卷十五。

〔二〕落：石倉歷代詩選、廬山志作「掛」。

〔三〕小孤：石倉歷代詩選作「小姑」。

贈洞岩康法師

攜手花溪各問安，笑分花露薦金柈。十年世事雲千變，五月歸舟水一竿。落落江湖人盡老，沉沉風雨夜生寒。跏趺晚飯無餘願，豈羨春風飽太官。

金　山〔一〕

神禹開天塹，中流碣石存。蓬萊分左股，灩澦失孤根。驛騎催官渡，歸帆〔二〕拂寺門。甕城燈火起，鍾鼓送〔三〕黄昏。

【校記】

〔一〕此首又見古今禪藻集卷二二、列朝詩集閏集卷二、四朝詩明詩卷六六五言律詩十七、明詩綜卷八九、虚齋名畫録卷八。

〔二〕歸帆：古今禪藻集、列朝詩集、四朝詩、明詩綜作「風帆」。

〔三〕送：古今禪藻集、列朝詩集、四朝詩、明詩綜作「報」。

四月六日訪長慶一源

出郭思依依，登臨挹翠微。雨聲花外盡，春色樹頭歸。山靄濃逾墨，溪雲白勝衣。上方僧定起，清磬出巖扉。

題墨梅

一樹花如玉，山房看画圖。夕雲收庾嶺，寒月到西湖。素笑思何遜，行吟憶老逋。孤禪幽夢熟，青鳥莫催呼。

荅桂獨芳

禪居近市闤，一室道情閒。圃樹年深長，谿雲日莫還。清貧高士操，衰謝老夫顔。會待秋風冷，來看菊蘤斑。

次韵王右軍詠雪

凍合歕梅重，風回入竹斜。誰將銀漢水，散作上林花。光照翻匙飯，聲消沸鼎茶。衝寒有官騎，時訪野僧家。

送顯親省師還吴

禮罷閑雲叟，歸帆白下開。雨深吴苑艸，春老蜀山梅。水鶴嗟聾俗，沙鷗看渡杯。長安談道處，他日待重來。

題画〔一〕

積雨平原〔二〕烟樹重，翠厓千丈削夫容。招提更在秋雲外，只許行人聽曉鍾。

【校記】

〔一〕此首又見列朝詩集閏集卷二、明詩綜卷八九、石倉歷代詩選卷三六六明詩初集八六、靜志居詩話卷二三、題畫詩卷二七名勝類、佩文齋咏物詩選卷一八五樂律類、石渠寶笈卷二十貯。

〔二〕平原：石渠寶笈作『空濛』。

宿橫翠樓

蘿房竹雪僧居淨，茶鼎松風客夢清。喚起燈前十年事，空山深夜讀書聲。

黃筌雪鷺

聯拳却立頂絲垂，水濶風寒欲舉遲。百鳥不飛魚在藻，黃蘆叢底雪深時。

風雨歸莊圖〔一〕

濕雲漲斷隔溪山，依約茅堂碧樹間。好是鏡湖秋雨裏，陸家莊下載書還。

【校記】

〔一〕此首又見四朝詩明詩卷一一四七言絶句十四、明詩綜卷八九。

剡中雜興

天姥西來剡水東，五龍盤翠入晴空。山民服食多仙艸，猶有溪頭百歲翁。

天姥西來剡水東，清溪斷處水源窮。無人解道閑閑語，紅雨桃花落晚風。

題宋子章画

白沙風冷水烟空，回首江天貫夜虹。海岳菴前一杯酒，風流憶殺米南宮。

遊白塔寺〔一〕

春艸禪扃路欲迷，白頭感慨故宮西。鍾聲送盡寒潮水，月落冬青杜宇啼。

【校記】

〔一〕此首又見列朝詩集閏集卷二、四朝詩明詩卷一一四七言絶句十四。

書珉上人壁〔一〕

五年一度見西崑，舊雨來人半不存。只有高梧三十本，春風依舊長兒孫。

【校記】

〔一〕此首又見明詩綜卷八九。

題松雪道人四景山水四首〔一〕

積水浮藍染碧空，飛花如雨亂晴風。舊遊臺樹今淪落，只有雲山似画中。

碧樹沉沉覆野塘，湘簾高揭藕風凉。人間無地逃炎暑，安得移家住上方。

霜空笠澤鴈來稀，山落吴雲鳳欲飛。巨口魚肥蓴葉老，如何張椽不思歸。

萬樹銀花一色新，山川高下淨無塵。官橋凍合危如棧，亦有衝寒策蹇人。

【校記】

〔一〕大觀録北宋諸賢名畫卷十三收第二首。

題画菜

故山菘圃久荒凉，坐對新圖味更長。青甲半叢和露煮，人間何物太官羊。

林居四首

凉葉層層覆石池，遊絲冉冉罥書帷。弦琴奏罷山居操，細聽烏鹽隔樹吹。

竇犬安眠社客稀，樹雞新長石羊肥。孤笻踏盡溪南路，招得閒雲作伴歸。

半紙殘經明月下，數聲清磬白雲間。个中受用能消得，蓋世功名是等閒。

豈愛青山絕馬蹄，自甘白髮與雲棲。社人果有陶公輩，相送何妨過虎溪。

題吳中圭墨竹

玉笙吹散紫鸞群，半入蒼梧半入雲。老去洋州郍復見，夜窗山雨不堪聞。

酒醒南湖夜月高，揮觚風外寫蕭騷。一枝倒影秋□力，猶解長汀掣巨鼇。

題画松

蒼蒼雪榦倚晴天，謖謖風枝奏晚弦。雨過石壇山月上，琤然一子落僧前。

懷友二首〔一〕

湖艸青青上客舟，辛夷花老麥初秋。一春多少懷人夢，半在鄉山雨外樓。

送盡梨花雪滿林，坐來桐樹綠成陰。十年故舊如雲散，一夜春愁似海深。

【校記】

〔一〕此二首又見列朝詩集閏集卷二、四朝詩明詩卷一一四七言絕句十四，明詩綜卷八九、靜志居詩話卷二三，佩文齋咏物詩選卷二五九蔬菜類選錄第一首。

書張句曲登善菴壁

古苔封斷白雲關，春水盤流碧玉環。不見柱頭千歲鶴，野雅啼滿夕陽山。

題葡萄

山翁鉢底艸龍珠，曾博凉州刺史符。今日無人償此價，一枝寒影月輪孤。

次白雲主者韵三首 并序

余坐夏白雲四十日，楚珉爲予類鄙稿二帙，無益之言，徒苦心膂，所謂弊帚千金，惟重慚恧而已。又時得仲怡、竺泉不以山途險阻，數相過從，其崇愛之心，尤足嘉尚。余出山之明日，白雲主者作詩餞行，且有示及二三子之語，余得假韵三章，以畣諸兄殷重之意云。

漫稿兵餘總不留，斷篇何處更追求。釣竿擬拂鯨鯢海，郤恐蘭苕不耐秋。

我向雲中一月留，爾攜書卷數相求。精勤好在青燈夜，潦倒空慚白髮秋。

觸暑過從竟日留，自慚於我復何求。遙知別去應相憶，吟倚岩前碧樹秋。

鷺　絲〔一〕

雨聲瀝瀝瀉秋荷，雪羽翩翩映綠莎。莫倚前灘栖息穩，江湖一日幾風波。

【校記】

〔一〕此首又見石倉歷代詩選卷三六六明詩初集八六。

題太白少陵二像〔一〕

歌罷秦樓月滿闌，天風兩袖錦袍寬。花前莫艸清平調，飛燕深宮不耐寒。

關山雲冷笛聲秋，一曲南征感舊遊。滿地月明雙鬢雪，斷腸今夜望鄜州。

【校記】

〔一〕此二首又見石倉歷代詩選卷二六六明詩初集八六、題畫詩卷五二古像類、四朝詩明詩卷一一四七言絶句十四、明詩綜卷八九選録第二首。

題越王臺〔一〕

輦土爲臺積〔二〕恨深，營門今氣尚森森〔三〕。當時吴破非兵力，只在西施一捧心。

【校記】

〔一〕此首又見逃虚子集詩集卷九、水西全集卷七。

〔二〕積：逃虚子集、水西全集作「抱」。

〔三〕此句水西全集作「營門金炁正蕭森」。今氣：逃虚子集作「金氣」。

過湘湖訪伯貞使君，南坡老人肅客艸亭，談讌至夕，明日西還，口號四章，書以識別

半年不見老南坡，一笑湘中奈樂何。秋色豈關吾輩事，滿湖風露采蓮歌。

仙翁華髮玉鬖鬖，亭上新秋挹笑談。歌管休論當日事，酒痕猶在舊青衫。

落日雲林梵苑鐙，西風烟艸宋諸陵。俗塵不到藏書屋，滿竹題詩許野僧。

稚柳千章竹萬竿，看花無梦到長安。短琴自寫松風曲，不與王門作樂官。

白蓮池

芬陁花散石池香，六月無風水殿凉。洗足坐來心似水，篆烟消盡漏聲長。

虎溪橋

斷橋流水三人笑，落葉空山一虎鳴。從此香爐峰下月，寒光終夜不勝清。

題山農画紅梅二首

天女花來紺殿春，將軍樹老錦溪新。暗香流出溪頭去，悮殺漁郎遠問津。

姑射仙人厭雪霜，染花重換壽陽粧。空令巨室癡兒女，寒夜燒燈看海棠。

寄賢古愚

鶴山艸樹半凋零，只有鍾峰入望青。我本少年今亦老，白頭想見更星星。

題東坡墨竹

儋翁老去氣崢嶸，尚擬長竿掣海鯨。好倩官奴重秉燭，何山風雨寫秋聲。

題徽廟松枝喜鵲〔一〕

花石岡頭看早〔二〕春，萬年枝上露華新。只圖月夜南飛〔三〕鵲，不管明朝北虜塵。

【校記】

〔一〕此首又見穰梨館過眼録卷九。

〔二〕早：穰梨館過眼録作「蚤」。

〔三〕飛：穰梨館過眼録作「蜚」。

三月八日過毘陵

冢紙飛灰雪滿城，綠楊水國又清明。故山松葉知誰掃，腸斷東風子母情。

楊　花

楊花三月滿長堤，風裏顛狂東復西。風力定時狂亦歇，野田隨處便沾泥。

題許由棄瓢圖

風瓢厭聽樹間聲，擲向中流敝屣輕。喧寂於人本無繫，先生何事未忘情。

題　画〔一〕

白雲流水繞幽居，萬壑千岩落木初。好買錢唐順風櫂，看山一日過桐廬。

長松風落晚生寒，潭底遊魚未上竿。一個輕舟如葉小，五湖烟水似天寬。

杜紅蘭若滿汀邊，烟際平林似輞川。安得寬閑如此地，看山坐老夕陽船。

【校記】

〔一〕元詩選二集卷十四收第三首。

送山容一源二師歸吴中

江雁南來燕北歸，人間往往事多違。何由得似雲中鶴，萬里晴天自在飛。

江柳禁秋葉漸疎，不堪城外送行車。卽來也是初冬節，莫待匆匆更寄書。

懷淞友

舊遊臺榭艸萋萋，聞道移家在水西。落盡江花春已莫，相思一夜子規啼。

老　將

鵜膏曾淬劍，鵲血舊膠弓。攻破單于壘，當時第一功。

題　画

木落洞庭波，月明秋浦歌。扁舟早歸去，風浪夜深多。

題顧雲屋画古松古栢圖

武侯祠下樹，雲屋画中看。矯矯孤龍影，空山莫雨寒。

昔慈雲大師云：『吾或從事于文墨，非以廢道沽名，蓋有不得已也。』先師夢觀和尚蚤工于詞詠，其亦不得已資黼黻焉耳，豈特尚聲韵之峻哉？於是板刻遺稿，以共知道者。時洪武歲在辛巳季春，四明延慶住持門人祥彤謹識。

夢觀，名守仁，字一初，居四明延慶寺。高皇帝召入都門，眷顧甚渥。嘗有受誥口占云：『九重雷送千門雨，五嶽風傳萬歲聲。』五月廿四日受誥云：『傍日捧來雲欲動，自天題處墨猶香。』謝恩奉天門云：『尚方晨盞分雲子，中使春杯獻乳花。』又云：『雉尾風清天咫尺，螭頭香煖霧横斜。』賜衣履禪衾謝恩云：『野服侵晨拜瑣闈，九重有旨賜朝衣。著來舞蹈丹墀下，攜得天香滿袖歸。』又云：『赤履頒來雨露新，青鞋不復想雲門。人間舉足皆王土，跬步寧忘荅聖恩。』又云：『特賜禪衾荷至尊，石牀從此得春溫。願推仁覆如天德，挾纊無衣總被恩。』奉旨奔母喪賜鏹殯殮謝恩云：『寶鏹重頒出紫宸，勑歸江國葬慈親。南山山下新阡樹，總沐天朝雨露春。』令人想見皇恩浩蕩，天門賜坐，香擁袈裟，與搖五岳氣象。

富春釋如蘭編次夢觀集六卷行世，題画詩篇篇可誦，一時名僧見于詩題者甚多，如與斯道云：『老禪卓錫住泉頭，坐看流泉與雲起。』贈潔長老云：『泉南到日定相憶，榕葉滿山鶯亂啼。』送定岩云：『月明何處寄相憶，滿林風露天香秋。』送蘊中云：『蘭燈粲月夜皎皎，天花吹雨朝冥冥。』送現藏主云：「高城月出海蓮白，野亭鶯囀山花紅。」送石田云：「青山削壁勢欲隤，劍花照水芙蓉開。」送一源云：「涇南樵唱風回棹，松頂鵑啼月到窓。」送宗冕云：「山僧洗鉢白雲動，澗猿飲子蒼岩幽。」送照菴云：「獨攜金錫度前嶺，野花啼鳥爭相迎。」送宗源云：「曉風吹散香爐烟，五老青青望中起。」題仰山圖云：「獺徑苔衣雨花積，龍湫瀑布銀河懸。」送龍長老云：「狂鼇負石去無迹，游龍鼓浪來相迎。」趣上人云：「幽花落窓扉，秋藤覆檐瓦。」瑾師云：「山褐秋風涼，林鍾暮烟薄。」實上人云：「流光入禪戶，凉思滿衣襟。」全室云：「雨深堦艸積，風落庭花春。」送同菴云：「拂拭宗鏡書，青燈夜深讀。」贈俊長老云：「彈琴送去鴻，鳴鍾集歸鴉。」題竺曇云：「林間香氣霏，岩前雨花積。」送肆懺首云：「鍾鼓肅朝飡，燈火嚴夜讀。」挽嘿菴云：「山精夜嘯溪風冷，海鶴秋歸隴樹昏。」天鏡禪師云：「萬索荷錢春易買，千石菱租秋早輸。」恭上人云：「籬邊甲子渾忘世，谷口人家半是仙。」寄樸隱云：「卧聽溪閣三更雨，數到江花幾信風。」荅千江以仁云：「滿樹涼風催絡緯，一枝殘雨占鵂鶹。」大雲菴云：「長腰飯顆充齋軟，廣舌溪聲入梦寒。」寄竺菴云：「一嘿坐來經小劫，五言傳去失長城。」送瑞雪牛云：「風清絡緯家家月，白露芙蓉个个秋。」寄芳林云：「鍾鼓朝喧龍象窟，香雲春繞鳳凰臺。」懷冷泉云：「已喜法支流日本，賸傳詩價到雞林。」送無竭云：「斗城兵後居民少，石鏡僧歸古刹多。」淨土法師云：「林蝶不知花事晚，艸蛙爭吠麥田秋。」冣首座云：「憶曾湖閣倚晴窓，南北峰高玉髻雙。」龍門云：「鶤絃白雪吟山鬼，繭紙烏絲寫洛神。」寄能仁大徹云：「花散翠微朝講歇，詩成白戰午茶香。」山容老人云：「投老幾爲同社客，相逢多是半途人。」荅南州云：

『故人消息雙魚素，遊子衣裳寸艸心。』別本空云：『花深古院藏書屋，柳濕青燈載雪船。』送方藏主云：『潮白小江過九堰，天青大海望三韓。』編蒲堂常首座云：『采蒲日日澗之濵，織屨孜孜爲養親。』瞻蔔堂岳藏主云：『靈種何年移竺國，天香午梦襲袈裟。』送寧藏主云：『白雲流水荒城晚，黄葉空林古寺秋。』送無住云：『山川舊説烟霞古，艸木新霑雨露榮。』寄伯遠云：『禁鍾初動趍朝班，翻憶高居獨掩關。』贈復菴云：『疎鍾古寺同朝飯，落葉空山獨夜禪。』送瑩中云：『帆將落日寒收港，馬蹴層氷度曉河〔一〕。』送白水還蜀云：『峩嵋翠色烟中見，峽口猿聲月下來。』送申菴云：『仙家樓閣烟雲外，春雨山川錦綉中。』贈精禮云：『玉女機絲長弄月，金仙臺殿幾經秋。』題霞城云：『江流似帶東西遶，霞氣如雲日夜蒸。』贈瑞光云：『赤烏舊塔祥光在，麋鹿荒臺霸業空。』瑄上人成親塋云：『山囘海國青鸞舞，日落松丘白兔眠。』答蒲菴云：『隄水恐流黄菜去，捲簾長待白雲歸。』贈顯道云：『解將痴絶囊中筆，寫得維摩病裡容。』寄瓛長老云：『秋林禪月夜纖纖，悵望令人別恨添。』答靈隱禪師云：『舊文每許閑人録，新句寧容俗眼看。』送瞬上人云：『歸鴉半帶江雲黑，佳菊都隨野艸黄。』悼具菴云：『梦覺夜堂三際斷，林空幻海一漚輕。』贈左闡教云：『朱闌縹緲依紅日，清梵悠揚起白雲。』送如一云：『松渚千年歸舊鶴，楊林二月囀新鶯。』題心宗白雲深處云：『清宵月色浮銀海，白日天風捲雪濤。』贈稠華二師云：『梵筴不翻唐國語，南冠猶有越人吟。』送修藏主云：『瓜圃風清仙化鶴，桐廬潮過客登舟。』送茂上人云：『秋雨空梁催去燕，晴天歸路快飛鴻。』送性圓還雲南云：『八番自昔尊中夏，六詔于今款聖朝。』和同菴云：『白水遶隄羅刹石，青山隔岸越王臺。」送西堂云：「城上霜寒荊樹赤，船頭雲盡蜀山青。」贈句曲僧云：「州回二水分羅帶，樹入三茆擁翠幃。」贈高郵僧云：「水寺疎鍾烟接海，竹房清梵月當樓。」送用霖云：「梅子雨中分袂去，藕花風裏獨帆開。」送天淵云：「落月半峰僧在定，腥風滿谷虎行威。」送左覺義云：「巖下佛花寧有種，澗邊仙艸不知名。」送允中還蜀云：「巴山到日春應暮，兩岸雲林叫子規。」送靜師云：「蚕叢祠老烟霞古，獅子峰高日月隣。」送聲外云：「錢塘潮落空懷古，太末雲開只見山。」送罕宗住法相云：「漫隄楊柳濃如翠，出水蓮花大似輪。」送靜菴住南禪云：「始見北山朝北闕，又從南岳過南禪。」送澤藏主云：「江斷越吳分兩浙，路從徐范入三村。」送無盡云：「萬頃湖光連鏡曲，千峰雲氣接蓬萊。」贈宗原云：「歸路暖風芳艸合，講臺春雨雜花深。」贈寶幢云：「香雲擁樹迎歸棹，法雨吹花落寶幢。」送謙講主云：「一篷涼月山陰雪，兩岸晴雲錦谷花。」題紹禪師云：「萬頃雪波魚散子，半簾山雨鳥銜花。」送菁巖云：「經霜艸樹凋零盡，賴有梅花耐歲寒。」送弘懺首云：「秋來日日送行車，老去情懷轉不舒。」送澄長老云：「天低白鳥烟中没，雲斷青山水上來。」送本初云：「丹楓葉盡霜連野，白雁聲沉月滿樓。」送洪山長老云：「山雨足時梅子熟，水風涼處藕花開。」贈顒懺首云：「白門涼雨雁初飛，九月長安送客歸。」送竺曇云：「兩峰雲氣浮禪榻，一澗泉聲到寺門。」贈洞岩云：「攜手花溪各問安，笑分花露薦金柈。」答無咎云：「赤書兵後絶，白髮鏡中多。」與斯道云：「竹輿輕似馬，林屋小如舟。」送實菴云：「霜葉藏溪院，天花暗海樓。」文上人云：「庭花妍露夕，山果熟霜天。」送彰上人云：「稻熟千村雨，猿啼萬壑秋。」寄揚州僧云：「綺閣眞虛幻，瓊花定有無。」送采長老云：

『松風清客枕，花雨洒僧袍。』送澈上人云：『短棹涼風發，長洲宿雨晴。』昂知客云：『鶴舞僧歸院，猿啼客過溪。』贈天寧禪友云：『喬木千家古，空山一寺新。』送廷上人云：『鷗渚逢杯渡，鷹巢禮鏡容。』送慈感云：『春水魚龍上，晴山笋蕨肥。』贈性長老云：『銕笛一聲何處起，老龍聽法過滄洲。』送大機云：『自説青山終老去，寸心長在五雲邊。』送山容一源二師云：『去後離情何處托，獨槐風雨夜瀟瀟。』送觀知客云：『雁飛不盡雲天濶，一點吳山夕照中。』贈湛講師云：『露房香晚翠雲低，水樹風清玉雁啼。』泗州僧云：『艸木荒涼山殿冷，月明金索響寒潭。』送彬法師云：『明月滿天淮水白，禪心中夜不勝清。』寄淨慈云：『秦淮過客重回首，只有南天一雁高。』宿淨因觀堂云：『磬聲喚起雲僧定，門揜松風白晝長。』答無盡云：『亂雲飛盡青天濶，野鶴盤盤自在遊。』送眞上人云：『青溪斷處客帆收，紅稻香時水寺秋。』挽恭師云：『不見題詩楊銕史，短籬黄菊自秋風。』題亡友以中壁云：『來青室外松邊石，政是襄陽墮淚碑。』寄澹居云：『百本青松手自栽，兩肩白髮定初回。』哀雨田云：『空餘舊日耕雲處，野水平田斷蔗苗。』七哀云：『追憶晦岩天目事，篝燈清夜淚潸潸（眞嬾）』；『落盡講花春寂寂，玉芝峰頂白雲寒（淨住）』；『萬里西遊莫回首，三峰如劍割愁腸（天岩）』；『不得天香重話別，空林殘葉雨紛紛（元璞）』；『雙檜峰前黄葉路，不堪腸斷雪眉翁（絶輝）』；『金色伽黎元不壞，洞天霜冷玉龍歸（雲谷）』；『鳳凰城裏群兒女，夜夜燒香禮碧空（照菴）』。據前題中詩禪不下百人，余所見寂寂如寒木蟬聲，始識傳薪之難，令我心驚不已。

【校記】

〔一〕度曉河：列朝詩集閏集卷二作『曉度河』。

物元 二首

續蘭亭會 補任城令呂本詩〔一〕

遲遲春陽，藹藹蘭苕。樂爾嘉賓，以宴以遨。靜覩物化〔二〕，坦懷逍遙。一觴一詠，庶永終朝〔三〕。

禊飲秘圖湖，天氣淑且柔。傳觴際〔四〕曲渚，濯纓臨芳洲〔五〕。纖條亂風樹，幽葩落晴溝。衆賓亦以樂，正忘塵世憂〔六〕。

【校記】

〔一〕此二首又見蘭亭志卷一、兩浙金石志補遺、（萬曆）紹興府志卷九古蹟志一，四朝詩明詩卷四樂府歌行一收第一首，明詩綜卷九十、元詩紀事卷十五釋子收第二首。

〔二〕此句兩浙金石志作「靖觀□□」。

〔三〕此句兩浙金石志作「庶永今朝」，四朝詩作「庶水終朝」。

〔四〕際：明詩綜作「祭」。

〔五〕此句兩浙金石志闕「芳洲」二字。

〔六〕此二句兩浙金石志作「衆賓亦樂止忘彼□□□」。

物元，名如阜，明眞院僧，精修梵行。洪武初，與白雲悅公同徵至南京，館于天界寺，無疾而逝。宋玄禧〔一〕序略云：『吾鄉靈秘山物元上人所營有軒，曰「入翠」，曰「逍遙」，有室曰「觀樹」，有蓬〔二〕曰「雪蓬」，有閣曰「怡雲」，曰「西閣」。西閣之前有隙地，植茶曰「苦茶」，原植薇曰「紫薇」，坡曰「離卉」，林曰「芭蕉」。亭閣之右偏有大沼，瀦山泉而溢竇垣，下入溝，溝廣四尺，泉流紺〔三〕而潔，經閣前不絶。通溝植蓮，有小木梁跨其上，曰「白蓮港」。港之前有地，可遊息，曰「琅玕塢」。塢之左偏有小屋，可宴坐，曰「桐陰舍」。其流循舍下注石竇以出，而豬於垣外，曰「白鷺池」，其曲曰「瀉鵝灣」。殿閣池館皆曲極其妙。時海内兵興，桴鼓之聲達於境内。明眞當萬山之秀，而物元營構之勝又可賞適，故一時文人名士多避地于此。』嘗讀劉仁本序云：『庚子春，治師會稽之餘姚，乃相龍泉之左麓，州署之後山，得神禹秘圖之處，水出岩罅，豬爲方沼，疏爲流泉，卉木叢茂，行列紫薇，間以竹篁，彷彿乎蘭亭景狀，因作雩詠亭以表之。合甌越來會之士，得四十二人同修禊事，取晉人蘭亭會圖詩缺不足者，各占其次，補四五言各一首，因曰「續蘭亭會」。余補叅軍劉密詩：「俛仰宇宙，睠兹山川。欣欣卉木，冷冷流泉。豈伊獨樂，尚友千年。飛觴拊詠，萬化陶然。陽春沐膏澤，艸木生微暄。靈圖發幽秘，感此禹迹存。衣冠繼芳集，臨流引清樽。性情聊自適，理亂復奚言。」謝理補侍郎謝瑰詩：「瞻彼阿丘，神禹秘之。茂陰嘉樹，清泛芳池。臨流引觴，衎衎以嬉。俛仰千古，逝者如斯。東溫散晴旭，灌木浮嘉陰。良辰事脩禊，我友欣盍簪。方池注清流，可以濯煩襟。一觴復一詠，暢情忘古今。」趙俶補叅軍孔盛詩：「青陽既啟，以遨以遊。采蘭從阿，濯纓芳流。翰藻載詠，羽觴載浮。絜我禊事，于以寫憂。喧風播曠宇，欣懷托陽春。盥祓寄幽暢，虛襟遺世塵。擷芳遵丘阿，接盃沼澗濵。詠歸何逍遙，遐哉仰斯人。」朱右補餘杭令謝滕詩：「陟彼崇阿，遊目遙岑。川雲凌岫，林木蔽陰。喈喈黃鳥，懷之好音。亦有良朋，載歌載吟。息徒坐蘭渚，臨流濯清泉。光風被林薄，春服麗以鮮。持觴撫流景，鳶魚樂天淵。俛仰同一慨，弱毫從所宣。」王霖補王獻之詩：「濔彼源泉，其流泱泱。誰其逶之，以詠以觴。酌此春酒，以祓不祥。華髮宴餘春，微風宿雲散。蘭皋野氣芳，桐江日初旦。群賢集崇丘，臨流水光渙。酌酒清湍曲，俯泉慨長嘆。」諸綱補府曹勞夷詩：「俯挹清流，遙睇崇嶺。于焉遊盤，寄興遐永。放同觀濠，高企臨潁。泠風徐來，暢焉深省。叢木翳林薄，搆亭俯澗濵。旭日散晴采，光風媚芳春。臨流轉輕觴，于以樂嘉賓。詠歌意自適，酣暢趣益眞。茲遊敦所尚，庶足酬令晨。」徐昭文補府主薄后綿詩：「柔風扇和，百卉具芳。攜我良儔，憩于崇岡。怡情詠歌，激水汎觴。俯仰宇內，聊以徜徉。茲辰天氣佳，駕言寫我憂。衣冠盛良會，祓禊俯長流。川容澹疎雨，樹色翳崇丘。清風接千載，復此逍遙遊。」秘圖隱者鄭彝補山陰令虞國詩：「興懷古先，仰觀玄造。尼歎逝川，平念芳艸。暮春維和，爰舒幽抱。皎焉白駒，嚶其黃鳥。夙駕稅幽麓，汎醴循流瀾。芳蕤被巖瀨，葩蕚耀林端。靡靡時運近，斯焉撫巑岏。主欣遠賓集，陶肰有餘歡。」張溥補鎮國大軍椽卞廸詩：「藹藹雲岡，溶溶秋水。集我朋儔，掇茲蘭芷。千載同流，夷猶芳軌。美哉良會，衎樂而已。茲辰暮春初，散策臨泉石。雲渠引微波，浮觴薄前席。伊人既已去，古今同一適。睠茲脩禊地，遙岑澹空碧。」時高僧預會者惟師與白雲復原三人，其詩分列集中。苐當天下糜沸枕戈擐甲之日，越帥劉君對羣山之參差，促膝舉觴，迭互鋒起，千載而下，令人一唱三嘆。」

【校記】

〔一〕宋玄禧：四明山志卷二作「宋元僖」。

〔二〕蓬：四明山志作「篷」。

〔三〕紺：四明山志作「甘」。

懷瑾 一首

崑福寺〔一〕

峩峩跨蒼穹，登臨豈辭陡。冷風天外來，陽烏〔二〕檻前走。縱目春正妍，蹊桃紅間栁。徙倚漫裁詩，不覺日在酉。對〔三〕景感舊懷，臨風一搔首。恍焉凌太虛，煩褋復何有。

【校記】

〔一〕此首又見吳都文粹續集卷三四寺院、（正德）姑蘇志卷三十。

〔二〕陽烏：吳都文粹續集作「陽鳥」。

〔三〕對：吳都文粹續集作「樹」。

懷瑾，嘉定人，出家保寧寺。任副都綱，好讀儒書，永樂中預修大典。

文謙 三首

次韻秋懷二首〔一〕

三邊虜氣幾時平，一物周流謝寵榮。銘勒燕然迂北伐，功標銅柱失南征。誠非遺世才難用，豈不懷歸計未成。旅鴈故依樓外響，桂花偏向夜深明。

命世〔二〕昔聞千矢賜，拜韓今見一軍驚。地連赤縣城中阻，水入黃河揔未清。幾莖素髮殊方病，半幅鄉書故國情。洛下傷時同賈誼，成都〔三〕賣〔四〕卜似君平。

【校記】

〔一〕此二首又見列朝詩集閏集卷二、全閩詩話卷十一。

〔二〕世：列朝詩集、全閩詩話作「旹」。

〔三〕成都：列朝詩集作「西都」。

〔四〕賣：全閩詩話作「買」。

寄黄別駕

不問浮山舊布衣，爲勞王事逐旗麾。文章幙府陳琳檄，播落天涯宋玉悲。一鶴東歸遼海闊，雙魚南下素書遲。早收勛業歸裴度，曾讀平淮盖代碑。

文謙，福州人。幼穎悟絶人，十一出家，性好遠遊，後住黄岩之覺慈寺，再住鴻福寺。洪武初，召至京師，言論稱旨。久之，忽謂其徒曰：「吾將去矣。」援筆書偈云：「有世可辭是衆生見，無世可辭是如來見。踏破須彌座，空虚無背面。」遂端坐而化。所著有牧隱集。

至剛 二首

山居〔一〕

門外青山知幾堆，白雲閑鎖不曾開。嶺梅也似憐孤悄，時送暗香窗外來。

春染百花紅爛熳，烟凝千嶂碧崚嶒〔二〕。目前一段天機巧，縱有丹青画不成。

【校記】

〔一〕此二首又見閩詩録戊集卷六流寓，四朝詩元詩卷七九七言絶句十二，訒斧詩存卷三蘭谿櫂歌選録第一首。

〔二〕崚嶒：閩詩録作「嶙嶒」。

至剛，閩縣人，居聖羅山，人稱爲「石門和尚」。能詩，有「菖蒲葉瘦黄花老，白虎黄猿自往來」，又「砂鍋常煑和根菜，不與人間氣味同」之句，皆爲人所稱道。所著有石門語録，其徒姚少師爲之序。

溥叡 二首

普鑒院

岸柳藏春春樹新，窗開静對總宜人。香生錦綉花千朶，凉透玻璃月一輪。兩日相延緣有舊，十年不到爲無因。燈前下食頻更僕，何事諸公意獨勤。

紫金山

祇樹聯暉翠羽寒，殿飛秋影落松關。天開圖画微茫裏，雲近蓬萊咫尺間。密雨護龍池面起，長風送鶴海頭還。仰惟神衛鍾山水，永作吾皇萬歲山。

溥叡，開化縣明連里人。永樂初，住持蔣山靈谷寺。所作詩文爲一時名公稱賞，同里吾公紳尤禮重之。所著有旅泊集。

不虛 八首

經廢花徑寺〔一〕

畫璧〔二〕暗塵凝，蘿龕冷佛燈。壞垣攲老樹，古榻〔三〕擁殘僧。齋斷禽長散，樓傾客畏登。生涯同幻泡，興廢總難憑。

【校記】

〔一〕此首又見古今禪藻集卷二二、石倉歷代詩選卷三六六明詩初集八六、（萬曆）紹興府志卷二一祠祀志三。

〔二〕畫璧：石倉歷代詩選作『畫壁』，（萬曆）紹興府志作『盡壁』。按：當作『畫壁』。

〔三〕古榻：（萬曆）紹興府志作『古塔』。

登江心寺〔一〕

古刹中流見，孤高絶世氛。談經聚螺女，鳴磬起龍君。江濶涵青漢，囪虛度白雲。更看雙樹外，花雨亂繽紛。

【校記】

〔一〕此首又見石倉歷代詩選卷三六六明詩初集八六。

自京師回至江寺聞梵〔一〕

禪宮仙梵起泠泠，一泒餘音隔翠屏。亂逐怒濤翻海島，微隨落葉散林坰。月明馴鹿銜花至，晝靜神龍擁座聽。十載江湖塵土夢，今宵〔二〕却向此中醒。

【校記】

〔一〕此首又見四朝詩明詩卷九十七言律詩二三、石倉歷代詩選卷三六六明詩初集八六。

〔二〕今宵：石倉歷代詩選作『今朝』。

尋竹隱寺〔一〕

聞鍾識寺遥，小徑緣雲入。日暮冒嵐〔二〕歸，秋衣不知濕。

【校記】

〔一〕此首又見列朝詩集閏集卷二、明詩綜卷九十、石倉歷代詩選卷三六六明詩初集八六、佩文齋咏物詩選卷一三三佛寺類。

〔二〕冒嵐：明詩綜作「下山」。

獨坐〔一〕

悠悠佛境清，擾擾衆喧歇。閑持一卷經，坐對千峰月〔二〕。

【校記】

〔一〕此首又見石倉歷代詩選卷三六六明詩初集八六。

〔二〕月：石倉歷代詩選作「日」。

題宫女讀書圖〔一〕

院院燒燈亂〔二〕月星，笙歌一派隔銀屏。垂簾正誦周南什，不省羊車過後庭。

【校記】

〔一〕此首又見古今禪藻集卷二七、石倉歷代詩選卷三六六明詩初集八六。

〔二〕亂：石倉歷代詩選作「禮」，古今禪藻集作「似」。

題樵雲樓〔一〕

天峰結小樓，旭日隔林丘。拂檻石雲重，捲簾花雨浮。鶴分雙樹蔭，龍借半潭秋〔二〕。忽動九江興，尋詩來上頭。

【校記】

〔一〕此首又見（萬曆）會稽縣志卷十六禮書八、（萬曆）紹興府志卷二一祠祀志三。

〔二〕秋：（萬曆）會稽縣志作「湫」。

國清寺〔一〕

遠問〔二〕天台訪五峰〔三〕，短筇扶入翠重重。溪風滿寺散花雨，秋色一簾横古松。童子倚門長喚鶴，老禪談法解降龍。嬉遊何日更相遇，雲逐水流無定蹤。

【校記】

〔一〕此首又見四朝詩明詩卷九十七言律詩二三、天臺山全志卷十八。

〔二〕問：天臺山全志作「向」。

〔三〕五峰：四朝詩作「玉峯」。

不虚，名懷讓，天童寺僧。越中諸名山梵刹遊跡殆遍，題詩甚多。

無極　二首

西江艸堂

鐂君洛陽英，避地越江曲。縛屋臨清湍，虚檐交翠木。高情樂琴書，永日親鷗鷺。得中久已安，於世澹無欲。采采芙蓉花，一笑山水緑。

寄孟熙先生

幽齋坐虛敞，終朝無好懷。況當凉氣肅，梧葉落空階。良友別我久，感物經時乖。援琴託深意，商調詎能諧。芝湖在何處，望望不得偕。日莫碧雲合，杳是天之涯。

無極，名宗原，越人。

性空 一首

書懷[一]

古剎小江邊，棲遲又幾年。一從披壞衲，便覺斷塵緣。睡鶴同秋夢，孤猿伴夜禪。還期扶短策，遠上鷲峰巔。

【校記】

[一] 此首又見古今禪藻集卷二三、石倉歷代詩選卷三六六明詩初集八六。

性空，越人，住南山禪林。止菴有寄性空上人詩云：『南山掛錫已多年，不涉人間一線緣。上殿龍[一]來誰共坐，數竿修竹舊房前。』舊刻山居詩云：『心性雙空猶隔妄，色空不二尚餘塵。百鳥不來春又過，不知誰是住菴人。』又撥櫂歌云：『船子當年返故鄉，没蹤跡處妙難量。眞風偏寄知音者，鐵笛橫吹作散場。』此是宋紹興間桃花菴主妙普禪師作也，亦號性空，後人混入，録此辨譌。

【校記】

[一] 龍：列朝詩集閏集卷二作『罷』。

天澤　二首

登安國寺南樓〔一〕

半生雲水恣遨遊，覽勝重登百尺樓。疊嶂遠排晴漢出，寒潮遙帶夕陽流。鍾聲隱約聞吳越，簾影依稀拂斗牛。喚起悲秋懷古恨，斷鴻嘹嚦滿滄洲。

【校記】

〔一〕此首又見石倉歷代詩選卷三六六明詩初集八六。

喜表兄魏鴻臚見訪〔一〕

幾年〔二〕靜隱白雲深，珂馬勞君遠見尋。高誼肯留蘇子帶，閑情且聽穎師琴。清泉白石供遊覽，野鶴孤猿伴嘯吟。一自虎溪相送後，文光瀛〔三〕得照禪林。

【校記】

〔一〕此首又見石倉歷代詩選卷三六六明詩初集八六。

〔二〕幾年：石倉歷代詩選作「長年」。

〔三〕瀛：石倉歷代詩選作「贏」。

天澤，名智潤，號玉峰，旌德住持。

一菴 一首

詠 苔〔一〕

翠色遥連薜荔陰，紅塵一點未能侵。沾泥曾上登山屐，帶雨常緣掛壁琴。曲徑蝸蜒〔二〕凝處濕，閑庭鶴迹印來深。青錢滿地從教拾，難當遊人貫酒金。

【校記】

〔一〕此首又見古今禪藻集卷二五、石倉歷代詩選卷三六六明詩初集八六。

〔二〕蜒：古今禪藻集作「涎」。

一菴，名道乾，字東白，僧録覺義。

無言 一首

登寶叔寺〔一〕

樓臺高百尺，氣勢壓岧嶢〔二〕。塔影斜浸〔三〕漢，鐘聲遠送潮。崖深藏日月，地迥絶塵囂。即是清凉境，何須問石橋。

【校記】

〔一〕此首又見石倉歷代詩選卷三六六明詩初集八六。

〔二〕此句石倉歷代詩選作「氣壓勢岧嶢」。

〔三〕浸：石倉歷代詩選作「侵」。

無言，名明德，越人。

大啟 一首

寄題虛上人禪室〔一〕

一室千峰裏，超愁〔二〕絶世氛。遥知孤坐處，長鎖半龕雲。鉢静看龍卧，窗虚見鹿群。心期未能到，佳境亦空聞。

【校記】

〔一〕此首又見石倉歷代詩選卷三六六明詩初集八六。

〔二〕超愁：石倉歷代詩選作『超然』。

大啟，名宗軒，越人。

普照 一首

大樹軒　與宧菴聯句

樓外千年樹，參天四十尋。蟠根應有地，閲世豈無心**晟**。雨漬霜皮落**宧**，苔封蟻穴深。修藤垂老虺**晟**，空腹聚幽禽。葉細知春晚**宧**，枝高背日陰**晟**。鳥啼風正急**宧**，鵲噪月初臨**晟**。涼氣分禪榻，秋聲雜梵音。棟梁終見用**宧**，斤斧莫相侵**晟**。名豈時人識**宧**，材緣故老欽**晟**。槎枯思泛海，龍化欲爲霖**宧**。孫臏謀難測**晟**，錢鏐澤未沉**宧**。尚懷馮異事，空想少陵吟**晟**。擁腫瘤多贅，攲傾力不任**宧**。吁嗟成老大，感慨對蕭森**晟**。若木同榮朽，扶桑共古今。更爲兵後傳，相與老山林**晟**。

普照，名曇晟。大德中建南詢寺于吴江，正統間又修奉先寺。惜其詩不多見，山陰高布衣僅選其與宧菴聯句，宧菴詩亦罕傳。

明僧弘秀集卷二終

明僧弘秀集卷三

虞山毛晉子晉父編

見心 九十一首

寄洞庭葉隱君[一]

一舸南歸鬢欲華，買山湖上卧烟霞。尊知[二]北海應多酒，園擬東陵亦種瓜。丹壑泉舂雲碓藥，橘林風掃石牀[三]花。傳家自與隣翁異，只說藏書有五車。

【校記】

[一]此首又見列朝詩集閏集卷一、四朝詩明詩卷九十七言律詩二三、明詩鈔明詩七言排律、石倉歷代詩選卷三六六明詩初集八六、江西詩徵卷八九釋子、草堂雅集卷十四。

[二]知：四朝詩、明詩鈔、石倉歷代詩選、草堂雅集作「如」。

[三]牀：江西詩徵作「林」。

遊石湖蘭若[一]

荷花蕩漾[二]湖水深，上有蘭若當高岑。客吟時見猿鳥下，僧定不聞鍾磬音。雨香秋林橘子熟，雲落空磵棠梨陰。閒來掃石坐竹裏，靜與山人論素心。

【校記】

〔一〕此首又見古今禪藻集卷二四、列朝詩集閏集卷一、明詩綜卷八九、明詩鈔明詩七言排律、石倉歷代詩選卷三六六明詩初集八十六、江西詩徵卷八九釋子、草堂雅集卷十四等。

〔二〕漾：列朝詩集、明詩綜、江西詩徵作「西」。

西湖二首〔一〕

芙蓉灣口綠陰斜，吹笛何人隔彩霞。驚起沙頭雙翠羽，銜魚飛上刺桐花。

流觴亭子鳳山阿，都護行春小隊過。笑擲金錢花底醉，玉簪彈出白翎歌。

【校記】

〔一〕此二首又見古今禪藻集卷二七、列朝詩集閏集卷一、明詩綜卷八九、四朝詩明詩卷一一四七言絕句十四、石倉歷代詩選卷三六六明詩初集八六、江西詩徵卷八九釋子、靜志居詩話卷二三等。

寄主一都事四首

我昔鍾陵丞識君，□□□□□頻分。滕王閣上吟疎雨，孺子湖邊看白雲。周鼎商彝存古制，洛經岐篆見遺文。東游此日重相會，故國兵塵不忍聞。

獨向青山斸紫芝，卧雲松下住多時。賈生慟哭非無策，賀監清狂漫有詩。酒熟每邀隣父飲，囊空任使世人嗤。近聞徧寫湖光好，吟對梅花雪滿枝。

宦遊隨地問畊鋤，買占湖山十畝居。天北故人來遠信，浙東從事拜新除。嗟休祿薄生無計，但得身閒樂有餘。飽啖黃精一千石，蓬萊何日候仙車。

瀟灑茅堂旁釣磯，春山擁坐翠成圍。已知地僻幽棲穩，莫笑官閒生事微。五柳門前陶令醉，百花潭上杜陵歸。古來言行關榮辱，好向風塵早息機。

寄伯溫左丞兼簡本初樞密四首〔一〕

學士風流玉雪標，早陪鳳輦聽仙韶。光分蓮炬從天下，香帶爐烟近日飄。書擬漢秦誇二篆，史修南北見三朝。承恩曾記東來日，繡斧光華擁使軺。

江淮烽火數州連，分鎮東吳有歲年。化雨早清蛟蜄氣，文星夜動斗牛躔。貢來南粤終歸漢，書入聊城遂破燕。天下澄清今日望，角巾未許賦歸田。

賀蘭公子鄖僉書，早握銀符贊上樞。材屬經綸思稷契，兵知合變説孫吳。春吟茂苑花圍座，夜醉官壚酒滿壺。遙憶别來今七載，每煩傳語到慈湖。

别來鄞海重相思，滿目兵塵厭亂離。寒製綠荷聊禦臘，晨炊黃獨謾充饑。廬山誰問東林社，嶽麓新傳北海碑。多謝高文賁泉石，虹光白日走蛟螭。

【校記】

〔一〕列朝詩集閏集卷一收一、二首，江西詩徵卷八九釋子、宋元詩會卷一百録第一首，元藝圃集卷四選第四首。

附周伯琦次韻四首〔一〕

字伯溫，號玉雪坡，鄱陽人。至正間由翰林直學士兵部侍郎拜監察御史，累遷江東肅政廉訪使，江浙行省左丞。精篆隸書，有詩文集行世。

雙峰玉立儼高標，萬壑松風協濩韶。東麓久聞金刹樹，半空時見寶花飄。清泉基創傳唐代，白馬神通自漢朝。何日追遊洗塵渴，肩輿相訪不須軺。

浙水東頭佛舍連，蒲菴上士坐忘年。五雲古衲層瀾湧，百寶浮圖列宿躔。牀上貝書多譯梵，門前海舶直通燕。比丘喜得階蘭秀，應種菩提滿法田。

九載違離得遠書，幾更歲曆斗旋樞。華星秋月超元白，峻領重江限越吳。栢子樹陰浮碧砌，蓮花漏水響銅壺。老夫素有林泉癖，一曲何當乞鑑湖。

千里相望費夢思，長江淼淼樹離離。自收田秫聊供醉，誰采山芝獨療饑。南服久尊居士室，西林敢儗太常碑。懸知釋教雄龍象，不待趺龜與首螭。

【校記】

〔一〕列朝詩集甲集前編卷十、四朝詩元詩卷五二七言律詩十、元詩選初集卷五三、江西詩徵卷三八元、宋元詩會卷九六等選録一、三兩首。

答堯叟御史兼簡翰林敬止諫掾終吉八首

東泛滄洲寺，論文見老成。雪髯秋更白，風骨鶴同清。野服編荷葉，山杯泛菊英。肯從林下賞，世亂且逃名。

南紀新峩豸，居官不厭貧。異才今獨見，直諫古誰倫。花底青驄好，棠陰白兔馴。酒酣呼賀老，筆陣掃千人。

河朔纏兵氣，妖星近紫微。雪營開虎帳，天詔賜龍衣。稍絶蠻租貢，頻驚羽檄飛。知君飽經術，報國願無違。

天啟中興運，風雲六合隨。假王南鎮久，嗣主北征遲。終見車書混，寧憂社稷危。山林吾所好，有約話深期。

翰幙知名久，相逢語入微。鳳毛池上有，駿骨世間稀。頒詔從天下，揚帆渡海飛。□□歸及早，春色柳依依。

翟君江左士，東越久離居。避地儲無祿，回天諫有書。近辭蓬閣吏，欲問華山鋤。笑我嵒栖懶，身閒不願餘。

江海誰青眼，漂流厭戰塵。作官南逐北，防寇夕兼晨。鹿馬明欺世，豺狼暗伺人。紫芝香可茹，丘壑且容身。

老我清泉寺，茶杯與飯盂。觀心無別佛，論道有通儒。風鐸鳴空外，天華落座隅。南宗今莫振，魔說可勝誅。

附蘇天民八首 并序〔一〕

字堯叟，保定人，南臺監察御史

至正甲辰，予以使事過四明，院掾李仲彬致書於定水寺見心長老，予素未及識，至則訪之，縉紳先生亟稱其才德俱高，無不樂道而與之游，予心竊慕焉，恨不一見爲歉。越數日，見心來城訪予湖心寓舍，見心亦假館于東廡之別室，相從談論接日，見其樂易温雅，動容周旋，超然有林下風致。因出其所編澹游集以示予，皆當代虞歐揭張諸先輩，及時賢朝貴逸人高士贈答酬唱之作，悉以道義相親而致景慕之意。及觀所載請銘受業之先師，收殯無歸之亡友，編蒲菴以思母，通唱和以納交，與夫起廢寺於喪亂之餘，措身心於安閒之地，其設施行事則又有大過人者矣。蓋古昔懷才抱德之士與世不偶，或厭塵勞而不屑爲，往往逃於空虛，如慧遠、道安、支遁、佛印之流是也，立微言，勵高行，卓卓然拔出於塵俗之表，又能從遊於陶蘇諸公，以故騰英聲於當代，垂芳譽於後世，愈久而愈彰也。見心其亦無媿於前修已乎，此劉羽庭所謂『不爲法所纏縛而能出入者也』。適院掾翟終吉以辭役來東鄞，與見心交舊，見心將還山中，握手有不忍別去之嘆，乃欲邀予二人同往。予亦久厭塵囂，思得幽隱之地以息心養神，柰以俗務轇轕而未果，然心慕神馳有不能忘者也，輒述成數章，聊發一笑。

大德山靈護，禪宮寶搆成。翻經磐石古，洗鉢澗泉清。奉母編蒲屨，延賓爇桂英。天香題丈室，湖海仰高名。

悠然超物外，補壞不知貧。德義孚交友，聲名邁等倫。石從蒼鹿卧，池泛白鷗馴。玄學通三昧，如師有幾人。

見說雙峰寺，緣溪一逕微。泉香供客飲，山翠溼人衣。老鶴依松立，輕雲著樹飛。高僧清坐久，都與世相隨。

路入雙峰境，逍遥杖履隨。定鍾鳴曙早，梵唄出林遲。代步籃輿穩，攀躋石磴危。陶潛雖殢酒，敢負遠公期。

與世相違久，深居近翠微。道流叅問廣，俗客往來稀。龍入袈沙隱，鶴隨金錫飛。禪龕如許借，吾欲遠相依。

蒲菴龍象士，避世愛山居。靜刻蓮花漏，閒看貝葉書。園葵和露摘，畦藥引泉鋤。放曠雲霞外，心淸樂有餘。

早棄人間事，幽棲避世塵。山林忘歲月，鐘鼓樂昏晨。獻果猿將子，聽經龍化人。亂離無恐怖，名利不關身。

學業書千卷，生涯飯一盂。問叅多老宿，交結總名儒。爲道資三益，談玄舉一隅。借師菴側地，吾欲把茅誅。

【校記】

〔一〕四朝詩元詩卷四十五言律詩六選二至六首。

寄何山堂上南洲法兄二首　南洲詩另見

南望何山翠欲流，諸天擁蓋雨花浮。水精寒映千江月，帝網光含萬象秋。聽法黃龍湖上起，馱經白鹿樹間遊。近聞僧省多公道，豈向高峰久滯留。

松泉昔住海門樵，折簡還聞遠見招。江月一杯浮汗漫，山雲雙屐度岧嶤。青精作飯朝頻喫，紫芋分盤夜共燒。幾讀新詩煩慰藉，臨風玉樹想淸標。

答愚谷元帥

楊家池館滄洲上，鹿鶴來依動作群。雨後苓香還自斸，霜前橘熟每同分。衣冠舊續關西譜，筆削新傳嶺北文。見說論功班上爵，除書飛下九重雲。

附楊貴亨一首〔一〕

號愚谷，天台人，浙東道僉都元帥

清泉老子多蕭散，定起談空思不群。一室天香秋更好，千林月色夜初分。詩傳黃閣新題句，碑讀蒼厓舊勒文。我欲相期傍幽隱，經函松下共看雲。

【校記】

〔一〕此首又見四朝詩元詩卷五三七言律詩十一。

德舉天使來自太原，會予鄞之湖心寺，蒙惠詩，遂次韻以謝

黃塵歲月苦駸尋，激烈長懷報主心。五色雲中頒使節，九重天上奉綸音。吏迎官驛葡萄熟，馬度秋營苜蓿深。解后相逢東海寺，漚波千頃共清吟。

附賈實烈門一首〔一〕

字德舉，眞定人，獲鹿人鹿泉文正公之孫，內史院都事

定水高踪何處尋，雲林燕坐靜觀心。虎來磐石依禪錫，龍出靈湫聽梵音。月窟天香金粟老，王城祇樹寶花深。遙知東澗蒲菴好，擬着藤床夜共吟。

【校記】

〔一〕此首又見四朝詩元詩卷五三七言律詩十一。

遊大慈山留題

同芝軒中丞伯防工部仲能憲使

大慈樓閣被崖峩，暇日遙陪使節過。一水天開湖影濶，萬松雲濕夜寒多。佛巖白晝垂瓔珞，相隴青春長薜蘿。聖代祇今勤外護，叢林搖落奈愁何。

附賈實烈門和篇一首

金刹蟠雲擁翠峩，衛王祠下得經過。六時花雨天香滿，萬壑芝烟玉氣多。渡海有僧留杖錫，歸田無客卧松蘿。三生欲問磐陀石，塵刼茫茫奈老何。

德舉內史訪余定水山中，以其先世文正公所賦古詩十首命題其後。文正公當中統至元間，以偉才雄畧佐世祖定天下，其清慎廉介尤爲太宗所稱，後出鎮荊湖，繼遷江西行省叅知政事，所至有惠政，民皆圖像而祠事之。此詩蓋是遷江西時所賦也，故有『卜居鹿泉，懷處荊鄂』之句。當至元初，南北甫定，而荒檄之氓，或猶負固梗化，公悉推誠招徠而撫綏之。由至元及今至正，治將百年，盜賊復大起，竊據郡縣而塗毒生靈，有不忍言者安得如公數輩，叅錯海內以贊中興之業哉！撫事懷人，不勝凄斷，故勉賦五十六字，以寓余之所感云。

武皇開國混華夷，公佐雄藩肅令儀。勳烈已看垂後世，文章還憶重當時。鹿泉風月歸吟咏，鄂渚烟霞入夢思。撫卷只今重可感，中興誰共濟艱危。

德舉天使將還京師，過余清泉，徵語爲别，遂賦長歌以贈

鳳凰山人金馬客，九重出入聲輝赫。今年奉使經南洋，白浪如山蜃雲黑。乞靈海神神扶持，火輪晝墮潛蛟螭。一身萬里百感集，赤心獨許皇天知。國家威靈重有賴，頃刻鯨濤息澎湃。乘流直遡蛟門山，三日揚帆北風快。東藩丞相蒙國恩，控鎮海島綏黎元。一見靦迎設高燕，畫堂絲竹羅盤飧。我憶相逢甬東驛，把臂論交寫胸臆。日月湖邊數往回，笑折梅花看春色。重來訪我雙峰巔，夜分芋火烹清泉。人間興廢何足較，細說石上三生緣。君家文正國元老，昔佐世皇事征討。

鹿泉買得桑麻田，早擬功成拾瑤艸。今君嗣世何雄傑，磊落青雲見高節。題詩每愛筆如椽，抗疏還知心似鐵。翩然北望思蓬萊，手持龍節東膠囬。天山只尺入眼底，欃搶盡掃烟塵開。我聞中興下明詔，諸將論兵總英妙。知君入奏多良籌，定有嘉名振廊廟。鳳池天潤花冥冥，傳宣拜舞趋承明。內官酒賜葡萄瓶，稱觴激烈歌太平。

次韵答翰林承旨潞國先生

白髮河東叟，虛游興未涯。才名當世重，功業後人誇。戀闕馳阿閣，看山夢若耶。恩霑天上露，思繞洞中霞。錫爵曾分土，傳宣屢艸麻。風雲動鼇石，奎璧煥龍沙。文許蘇儋耳，交論鮑叔牙。久知班玉筍，還憶賦瓊花。直筆垂三史，群書會百家。學仙身已蛻，入佛語無華。願我林丘老，思君道路賒。相邀徒折簡，遠泛欲乘槎。觀世都如幻，謀生秖謾嗟。乾坤同一寓，日月轉雙車。補壞從衣破，欹顛任帽斜。夜禪依睹史，朝梵禮耆闍。講或趋龍象，漁非擁蜆蝦。自甘氷齏蘗，誰共雪烹茶。臃腫材全棄，胼胝足倦跏。何時留玉帶，乞與佛袈裟。

附張翥一首

聞道能仁叟，高風播海涯。道爲尊宿重，詩許大方誇。裁鑑眞圭玉，機鋒古莫耶。幽禪寄巾錫，微思入烟霞。經舊繙新鈔，厨香飯熟麻。靈峰標塔寺，法界偏河沙。佛現騎師子，蠻來進象牙。人尋彼岸筏，天雨滿筵花。儒墨雖殊軌，文章本一家。諸公各吳會，獨我久京華。圭組身猶繫，山林跡尚賒。昔如櫟社樹，今作洑流槎。隔歲纔音問，臨風每嘆嗟。敢期分半院，終擬覓三車。衰疾才全退，眵昏字易斜。視身猶土苴，應物且蘭闍。舉世狼依狽，從誰蛇目蝦。遠公休禁酒，顯衲要分茶。笻仗閒扶老，藤牀靜結跏。屈眴吾已辦，早晚製袈裟。

答西亭文學

穿楊曾憶賦凌雲，早有聲名浙下聞。北闕欲瞻龍鳳質，南天尚阻虎狼群。題詩竹裏聽春雨，把酒花前醉夕曛。近喜黃麻新拜命，虹光千丈煥奎文。

附楊彝一首

自別京華戀白雲，姓名那得廟堂聞。吹噓不待河東賦，顧盼俄空冀北群。往事關心驚逝水，長吟搔首對斜曛。故人林下曾相約，莫遣山亭便勒文。

寄彥明中丞二首〔一〕

三月扁舟渡鑑湖，楝花風急雨晴初。共知出處心無愧，自信經綸志未疏。海上雲霞明黼斧，人間奎壁〔二〕煥圖書。中興近報王師捷，徵詔行看下玉除。

郭外行窩竹樹深，登臨渾似越山陰。碧筩飲罷月生浦，白紵歌殘風滿林。亦有文公邀共講，可無賀監許同吟。相過不負高秋約，重賦天香答賞心。

【校記】

〔一〕列朝詩集閏集卷一、江西詩徵卷八九釋子收第一首。

〔二〕奎壁：列朝詩集作「奎璧」。

附月魯不花二首〔一〕

每見詩文湖海上，前年相識北來初。客邊解后〔二〕情何密，方外交游跡似疎。師喜已通三藏法，我慚未讀五車書。新秋〔三〕欲赴雲泉約，一榻清風萬慮除。

玉立雙峰古寺深，團團桂樹結清陰。編蒲盡孝追尊宿，製錦成文重士林。常日談經山鬼聽，有時持鉢洞龍吟。遠公曾許淵明醉，又寄詩來動客心。

【校記】

〔一〕此二首又見元詩選三集卷九。

〔二〕解后：元詩選作「邂逅」。

〔三〕新秋：元詩選作「秋風」。

附烏本良二首〔一〕

去年曾共看芙蕖，今日秋風落木初。只道錦幪遊處熟，豈知金策出林疎。奉親獨比陳尊宿，訪古不忘虞秘書。欲過山中聽軟語，幾番西望立階除。

橐駝峰下路幽深，翠靄飛來白晝陰。老衲候人登石嶺，中丞問俗到山林。睦州蒲向閒邊織，祕監詩從定後吟。月窟天香如昔夢，室中談笑想同心。中丞赴舉時，先一夕主文龍麟洲先生夢月中有花，及公魁右榜，名與夢合，今師以誠齋楊文節公「天香來月窟」之句扁室，而中丞造焉，又與主文之夢相合，故云。

【校記】

〔一〕此二首又見四朝詩元詩卷五四七言律詩十二。

附烏斯道二首〔一〕

一別老禪三載餘，每懷溪上笑談初。春山細雨霑烏帽，晴日閒華墮碧疎。九日登高曾有約，二王小楷未能書。至今不到天香室，深媿埃塵少滌除。

矯首令人感慨深，浮雲蔽日閣曾陰。六時花散金銀刹，千里塵飛劍戟林。經罷看山長獨坐，定囬倚石自微吟。絕憐松下淸泠水，好與人間洗渴心。

【校記】

〔一〕此二首又見四朝詩明詩卷七十七言律詩二、春草齋集春草齋集卷五。

附迺賢四首

託交湖海十年餘，重見情同握手初。尉藉獨看方外好，笑談頗覺老來疎。久知齊己憐茅屋，更愛高閒善艸書。一夜秋風吹桂樹，天香搖落滿階除。

山中書至最情深，秋半相招坐竹陰。內相才華專北省，上人行業著東林。月明莫惜移床飲，雨罷須同曳杖吟。便著青鞵過泉上，請師與我早安心。

生涯老去一茅廬，白髮南歸賦遂初。夜半竹窗燈澹澹，秋深山葉雨疎疎。金人已分三緘口，玉陛無由再上書。慙媿衰殘等樗櫟，敢將寵辱較乘除。

寓直曾依玉署深，高槐合抱晝陰陰。百年人物多清選，千古文章重禁林。雨漬鼇峰漫舊刻，霜摧鴨脚動新吟。白頭歸卧滄江上，戀闕空懸萬里心。

附桂悳稱二首

熊車遠過清泉寺，正值西風白鴈初。翠掃苔花當戶靜，香分桂子落林疎。馳情北闕愁多夢，得句東軒醉自書。忽報綸音來日下，豺狼當道喜先除。

上人宴坐翠微深，祇樹秋高碧殿陰。嵐氣朝來侵壞衲，溪聲夜半出長林。一尊獨許陶潛醉，七字眞同越徹吟。已悟浮生如夢幻，閒雲流水自無心。

附桂如祖二首

星動蓬萊候使車，金銀佛寺桂花初。喜瞻上相威儀盛，深媿狂生禮法疎。甘露凝香瑤席酒，鄉雲絢綵錦箋書。座隅屢沐垂青盼，敢頌明廷錫峻除。

禪伯閒居寶地深，白雲滿室散清陰。石龕虎跡留苔蘚，銕鉢龍光出樹林。曉座雨花僧共講，夜窓燒燭客同吟。瀛洲學士清游處，何日重過遂夙心。

次韻芝軒中丞四首

南遊吴越北青徐，歷覽名山千載餘。醉解肅霜留客飲，賦成嬰武課兒書。辭官共憙全高節，避俗寧愁久索居。自昔多才爲世用，長揚諫獵重相如。

歲月催人任疾徐，論心且共樂三餘。吹噓早有楊雄賦，慟哭寧無賈誼書。京闕漫勞星使召，田園欲學野人居。掌珠新捧應貪看，天上麒麟画不如。

荊揚烽火接南徐，郡邑頻年戰伐餘。論蜀漫傳司馬檄，平蠻誰賜尉陀書。公私征斂多乖治，民庶流移少定居。憂國早知心獨苦，秋風兩鬢雪霜如。

曾陪驄馬步紆徐，東澗尋幽數里餘。愛酒每從花下酌，題詩多就竹間書。江關未息豺狼鬬，林洞還依鹿鶴居。最憶文章揭工部，閒心早與白雲如。

附月魯不花一首〔一〕

至正乙巳秋八月，訪見心禪師於定水，出翰林歐虞諸公往來詩文，皆當代傑作也，歎賞久之。因語及同年鼎實監州將挈家赴任，客死于鄞，貧不能喪。見心買山以葬，使其存歿皆有所託。感其高義，因成一律以謝

名山登覽意舒徐，不覺留連七日餘。童僕飽餐香積飯，主賓閒閱翰林書。買山瘞友開神道，度子爲僧奉母居。方外高風敦薄俗，同年感激更何如。

【校記】

〔一〕此首又見元詩選三集卷九。

附揭汯一首

金門獻策異嚴徐，家世煌煌閥閱餘。綱紀肅清中執法，銓衡平允部尚書。自從抗節霜臺日，遂有閒情山寺居。況遇道林多雅致，共談性相悟如如。

附迺賢一首

憶昨蒼龍在執徐，芝軒燕客素秋餘。錦囊傳看中丞笏，玉匣閒評內史書。天上九門頻入夢，山中半院許分居。解纓且濯滄浪水，坐對罏薰只宴如。

寄上玉山處士三首〔一〕

不到東滄十二年，艸堂梧竹故依然。丹經只許山人讀，璞藁多從海客傳。瓊樹著花明似雪，金壺盛酒美如泉。遙知別後風流在，長醉青春玳瑁筵。

雲霞剪就衲衣輕，曾憙逃禪早避兵。賈島未忘林下約，湯休豈戀世間名。石牀花雨經函祕，水殿荷風梵唄清。應共龍門采樵者，詩筒來往寄閒情。

浮玉山前種紫芝，松雲蘿月〔二〕共幽期。封侯不羨黃金印，對客長歌白雪詞。柳浪平湖春放棹，花陰圍座晝彈棋。從游公子多才俊，不寄新詩慰別離。

【校記】

〔一〕列朝詩集閏集卷一、四朝詩明詩卷九十七言律詩二三選録第二首。

〔二〕松雲蘿月：列朝詩集、四朝詩作『松蘿雲月』。

附顧阿瑛三首〔一〕

前者鳳庭上人還山，曾次韵所寄元璞師三詩，爲四大安隱之問，想達机格區區，流寓異鄉，守道度日，一聞之外無以爲故人道。又承貽詩存問，多見不忘，謹次韵奉酬，聊代書耳，幸冀一笑〔一〕

鴛鴦湖上住三年，每憶僧中有皎然。路遠夢憑蝴蝶去，江空信斷鯉魚傳。問人盡説山藏寺，卓錫應知地湧泉。未得青鞋滄海上，燒香白日散花筵〔二〕。

無官身似一絲輕，閒却胸中十萬兵。爲愛淵明能入社，獨憐靈運不逃名。敲門看竹題詩徧，煮石煎茶汲井〔三〕清。廷尉雀羅今可設，死生誰復見交情。

神山處處產神芝，獨有神仙不可期。賈誼過秦曾著論，息躬絶命亦摛詞。千年離合雌雄劍，一著輸贏黑白棋。多少英雄皆鬼録，天年全付病支離。

【校記】

〔一〕此三首又見檇李詩繫卷五。

〔二〕此句檇李詩繫作『燒香來看散花筵』。

〔三〕井：檇李詩繫作『水』。

次韵答芝軒中丞二首

蓬萊高閣倚清風，驄馬曾看度越中。每憶放歌回剡櫂，何須沽酒憶郫筩。月中花影符秋夢，天上奎文貫夜虹。此日東游尋舊約，雙峰惜别苦怱怱。

脫巾林下灑松風，坐挹湖光似鏡中。萬斛黃金蒸桂子，一杯清露飲荷筩。綉衣執法光扶日，綵筆題詩氣吐虹。雲樹芝泉重有待，東歸行李莫怱怱。

附月魯不花一首〔一〕

余來四明，見心禪師以詩見招。既至，山中使人應接不暇，見心相與數日抵掌談笑，情好益洽，故再倡秋風之句，爲他日雙峰佳話云

相過有約待秋風，今到招提八月中。已遂登臨陪杖錫，不煩來往寄詩筩。雙峰對立開金粟，兩澗交流貫玉虹。政好雲泉共清賞，江頭歸櫂又怱怱。

【校記】

〔一〕此首又見元詩選三集卷九。

泛鳴鶴湖二首

芙蓉水淺漾蘭舟，白苧涼生秋氣浮。漫把天香來月窟，曾誇春色占鼇頭。山林舊好從疎散，江海微蹤歎謬悠。却憶杜陵詩句好，西枝每爲賛公留。

鸂鶒鵁鶄旁釣舟，明湖如練水光浮。故人供饌憐青眼，父老迎車愛白頭。四海風塵長衮衮，九霄雲鶴自悠悠。江山有約應重到，莫厭東南久滯留。

附月魯不花一首〔一〕

杜若湖中試綵舟，波光千頃鏡奩浮。芙蓉露冷滄洲上，楊柳風清古渡頭。鳴鶴數聲秋澹澹，閒漚幾點思悠悠。相過未盡登臨興，更把琴書且暫留。

【校記】

〔一〕此首又見元詩選三集卷九。

次韻答伯防工部

放舟鳴鶴渚，海濶青山長。搴雲陟崇崗，泛月經白洋。悠然發遐思，飄飄遡流光。采掇幽蘭花，永言佩孤芳。眷兹同心人，高風邈難忘。廟堂豈不樂，於焉此徜徉。終當賛皇謨，以慰蒼生望。浩歌起寥廓，六合風浪浪。

附揭汯一首

平湖古寺東，演迆十里長。上人憙我至，相攜泛汪洋。發棹晴宇動，浮雲亂波光。沿堤攬寒綠，傍渚搴幽芳。景會願已愜，趣深慮俱忘。始遊本邂逅，清賞成徜徉。日落漁艇集，隔浦遙相望。塵纓一已淨，無用歌滄浪。

答元璞　元璞詩另見

吳天東蹴海，相望聽潮音。渚白虹流玉，江明日湧金。室依祇樹好，幢擁雨花深。長憶芭蕉底，袈裟坐綠陰。

游天童山

九隴峰高列翠旗，諸天幢戟寶花垂。帝青倒影浮春殿，太白流光落夜池。供佛遠分天上鉢，朝元新勅賜來碑。重游憙得陪驄馬，拄杖看雲共賦詩。

附月魯不花一首〔二〕

山盤九隴翠岧嶤，太白星高手可招。路入松關雲氣合，天連寶閣雨花飄。承恩賜額開名刹，奉勅文碑荷聖朝。晨鼓暮鍾思補報，行看四海甲兵消。

【校記】

〔一〕此首又見元詩選三集卷九。按：集中所選附詩皆與前詩同韻，此詩例外。

夜宿大慈山次金左丞韻

南渡招提覓舊游，層台高出翠微幽。白河影落千峰曉，碧海寒生萬壑秋。月滿諸天雲葉散，風清大地雨花稠。人間有路通兜率，莫問仙家十二樓。

附月魯不花一首〔一〕

大慈名勝舊曾游，路轉平湖景最幽。嵓下珠瓔時散彩，林間石馬尚鳴秋。昔扶紅日勛勞遠，今見青山艸木稠。把酒不須評往事，海風吹月上西樓。

【校記】

〔一〕此首又見元詩選三集卷九。

游育王山次芝軒中丞韵

鄮峰形勝甬東傳，殿角高開歷有年。設利湧壇紅貫日，靈鰻出井雨垂天。銜花鹿卧金沙上，掃葉僧來玉几前。清賞自慚違使節，袈裟歸泛月湖船。

附月魯不花一首〔一〕

育王名刹古流傳，鐙火于今幾百年。舍利有光垂半榻，雨花無數散諸天。鐵輪高揭晴軒外，玉几端臨寶閣前。最憶能吟澹游叟，東湖先渡月波船。

【校記】

〔一〕此首又見元詩選三集卷九、（雍正）浙江通志卷十三。

彥良文學寄和陶詩次韻二首

誅茅獨我久安禪，辟穀多君欲問仙。是處黃塵猶蟻戰，何時滄海共鷗眠。巖間分芋寒留火，溪上栽花曉引泉。有酒且須謀一醉，肯如彭澤嘆無錢。

避俗無營獨賴詩，清狂頗覺老來癡。春吟柳外迷行屐，夜醉花前倒接籬。遠信漫憑黃耳送，閒心只許白漚知。近聞新下求賢詔，聖王恩深及四夷。

附桂悳稱二首

重憶雙峰一老禪，詩名曾動玉堂仙。天香滿室秋多思，明月當空夜不眠。爲母編蒲營別業，延賓煮茗試清泉。高情能念陶彭澤，莫惜時時遺酒錢。

酒酣捉筆和陶詩，不覺旁人笑我癡。夏日吟風眠北牖，秋霜采菊過東籬。田園樂趣嗟誰識，形影相看只自知。漫爾成編愧疎率，敢煩一一爲芟夷。

衡山福巖寺二十詠

船若寺

大士談空般若臺，三生結願剪蒿萊。寶輪宮殿蟠雲起，帝網山河照日開。巴蜀馬師傳道至，洞庭龍伯護經來。袈裟我昔依禪觀，幾聽微鍾夜定囬。

天柱峰〔一〕

一柱通天鎮火維，層標拔起勢孤危。翠摩日月蟠三楚〔二〕，影落沅湘帶九疑。羅漢時來垂白鹿，祝融晝下閃朱旗〔三〕。神燈夜夜朝金刹，知有高僧禮六時。

【校記】

〔一〕此首又見列朝詩集閏集卷一、四朝詩明詩卷九十七言律詩二三、江西詩徵卷八九釋子。

〔二〕此句列朝詩集、四朝詩、江西詩徵作「翠磨日月盤三楚」。

〔三〕朱旗：江西詩徵作「宋旗」。

退道坡

石作高坡橫紫煙，巉嵓直與五峰連。百盤下壓龍湫嶮，一峽中通鳥道懸。人度湘潭經犖确，僧歸嶽寺上龕緣。倦游多少迷途客，絶頂誰知別有天。

開虹橋

虹橋飛影跨崔嵬，上接朱陵百尺臺。直擬青龍連海起，空瞻烏鵲渡河來。霧迷長恐山無路，雨漲還驚瀑似雷。試問清湘題柱客，誰憐司馬獨多才。

兜率橋

縹緲垂虹映日開，栴檀樓閣共崔嵬。山圍紫蓋蟠孤柱，路入銀河接上台。五百梵僧鳴錫度，十千天子散花來。梯雲不用朝閶闔，飛步高登彌勒臺。

八功德池

八功池水雲泠泠，源出金沙泄地靈。流處汪洋通大澤，酌來清洌勝中⿰氵靈。三秋影落天河白，一派光涵嶽雨青。我昔西方曾灌沐，蓮花香裏聽談經。

嶽心亭

虛檐靈氣翠絪緼，鎮嶽中居遠俗紛。下直離宫蟠地軸，上通斗極應天文。窗含楚月三江迥，門俯湘雲七澤分。釋子偎翁共來往，松蘿吟笑日爲群。

擲鉢子

鉢峰青覆祝融西，曾覓靈踪上石梯。夜見神燈天外落，晚聽仙鳥雨中啼。空餘化飯來香積，遙憶徵書降紫泥。鐵券不磨前代敕，采芝誰共羽人栖。

目雲亭

目雲靈嶽悟心空，妙語傳來識寶公。燕坐六窓無壅隔，冥觀萬象自靈通。諸天日月空濛外，大地山河隱見中。一口盡吞三世佛，至今龍象仰高風。

迎雲亭

亭上閒雲盡日飛，卷舒無跡暎山輝。晴隨海鶴凌風下，暝逐湘龍作雨歸。縹緲或乘偎子蓋，空濛長濕定僧衣。何當散作明時瑞，五色輪囷遶紫微。

磚鏡亭

最勝幢高擁象筵，馬師曾此悟機緣。磨磚謾説能成鏡，作佛應知不離禪。洞視太虛無影跡，照空諸相絶媸妍。金雞早應多羅識，誰信曹溪有別傳。

定心石

巍巍磐石倚孱顏，高壓衡雲鎮祖關。刼燒無痕平似砥，虛空不動兀如山。拂衣僊度諸天近，習觀僧來白日閒。共說磨磚曾得旨，馬駒蹤跡遍人間。

隱身嵓

眞僧岩洞嶽雲連，九夏深居記昔年。日射寶珠龍問法，風鳴金錫虎依禪。菩提子落磐陀石，優鉢花香瀑布泉。儗借一龕相近住，石橋方廣聽松眠。

煨芋嵓

雙石爲門薜荔懸，瓚師禪隱記當年。長鑱曉斸蹲鴟雨，新火寒吹榾柮煙。飛蓋嶽君時聽法，擁爐山客共談玄。不知天上來丹詔，鼻涕垂頤日宴然。

讀書堂

水繞石門花繞渠，芸香曾是鄴矦居。白衣不作山中相，黄卷空留架上書。經國有才心獨苦，畫灰無語意何疎。至今紫蓋峰前路，人憶絃歌尚駐車。

御書閣

上方書閣鎮山靈，金榜高開九疊屏。五夜文光煥奎壁，六時花雨落青冥。龍香賸貯親題字，翠石多傳舊刻銘。此日王臣勤黼黻，重看賜札下彤庭。

大慧塔

天柱峰頭古道場，盤盤石塔跨穹蒼。琅璫風外傳靈響，舍利雲中放寶光。鼓瑟湘君時護繞，吹燈山鬼夜潛藏。法輪最勝應重轉，花雨繽紛滿上方。

止南寮

南公風骨世應稀，昔隱嵓房傍翠微。早識泐潭爲死語，終從衡嶽悟生机。窓當瀑布珠璣落，座擁山屏錦綉圍。莫話韶陽舊宗旨，至今雲月爛相輝。

藏雪寮

嶽蓮浮翠入軒墀，蒲榻曾延雪竇師。諸部遍繙娑羯藏，百篇惟讀貫休詩。虎馴樹底安禪石，龍護花間洗鉢池。遙想當時清盥罷，雲窓長日望峩眉。

冰雪菴

北山老禪冰雪容，菴居瀟散絶塵蹤。心清渾在水精域，定起或游天柱峰。禪榻看雲惟旁竹，經函待月獨依松。遙知越徹同高潔，我欲談詩一過從。

余住定水，暇日因賦禪偈八首，聊奉雲水高士禪餘清供

山中行，烏藤倒握任縱横。心閒不預人間事，身老都忘世上榮。朝出還看流水送，暮歸仍愛白雲迎。休問利，莫貪名，旋敲石火煮黄精。從來有口無言說，分付松聲與澗聲。

山中住，盤陀石在雲深處。眼看貝葉兩三行，手種曇華千萬樹。粟畲開得更須鋤，茅屋破來還旋補。莫分賓，休說主，白石清泉飢可煮。相逢有問祖師禪，熱喝如雷棒如雨。

山中坐，年深莫管蒲團破。飢飡渴飲只如常，放去收來無不可。乾坤每向鉢中藏，日月任從檐外過。取無人，舍無我，知音自有松風和。翻身靠倒五須彌，驚起西天胡達磨。

山中卧，只將四大爲床座。杖頭不掛青蚨錢，爐內常存黃獨火。無聲曲聽木人歌，落韻詩從石女和。莫談因，休論果，兩脚長伸隨分過。豁然開眼日頭東，推倒嵩山破竈墮。

山中富，鹿鶴相隨多伴侶。錦繡霞明萬圃花，珠璣瀑瀉千嵓乳。無著無貪只自知，有作有爲翻是苦。益非添，損非蝕，月白風清共朝暮。識得分明不外求，世上黃金如糞土。

山中貴，萬象森羅皆侍衛。日映朝霞五色衣，雲籠磐石千金位。任從觸戰與蠻爭，那管龍吞并虎噬。辱不憂，榮不喜，鍛聖鎔凡成活計。有時棒喝相交馳，佛來祖來也須避。

山中貧，賣無寸土寄閒身。百寶任裝新佩帶，千金不换破衣巾。滑炊菰米堪爲飯，香織蒲花可作茵。順莫喜，逆莫嗔，從來用舍絶疎親。要知至寶元無價，月色泉聲别是春。

山中賤，補破遮寒足餘願。無心元不競錐刀，有口何曾説軒冕。倦來問訊少低頭，老去論交多冷面。樂休誇，苦休怨，眼底浮榮如露電。等閒撥轉金剛輪，堂堂獨坐空王殿。

余既賦前偈八首，客有讀之者，因質予寒山詩一集，求剖其義。余媿無以喻之，故重賦古詩四首以答其請，且以寓予意焉

我有太古鏡，得之空刧前。不假磨瑩功，體妙絶方圓。虛明吞萬象，洞徹媸與妍。昧者弗自見，往往成棄捐。獨有老盧師，玄覽眞超然。匪資拂拭勤，遠紹衣版傳。

我有太古劍，湛湛秋水光。神功奪造化，鍛鍊非陰陽。一揮動山嶽，百怪俱潛藏。世人不自識，冶鑄誇干將。殺活貴善用，豈犯鋒與鋩。取之莫可名，強曰金剛王。

我有無價珠，神光炤天地。迥絶表裏殊，圓明脱塵翳。徒誇驪頷珍，自與魚目異。趙璧莫能沽，賈胡焉足議。紛紛貪愛流，豈識衣中繫。返觀須自知，勿使長淪棄。

我有無文印，今古常昭然。妙質匪金玉，至功絶雕鐫。舉世重符璽，共誇權令專。嗟哉大如斗，纍纍空自懸。誰能獨佩此，用之恒不偏。印空兼印泥，全超衆象先。

初度日次伯防工部韻

幻游天地寄南垂，野鶴孤雲只自隨。身本無生那問壽，句因有法漫論詩。梅花夜月思君處，桂子秋風别我時。想見歸朝多獻納，總將道德贊鴻釐。

附揭汯一首

祥光慧景起東垂，坐擁諸天萬法隨。海外高僧來問偈，日邊過使請題詩。蒲菴月滿思親處，林室雲生出定時。悟得佛中無量壽，好將清泰祝皇釐。

南臺中執法芝軒先生，余澹游之知己者，寓居四明，嘗訪余定水山中，游詠泉石，翛然有忘世志，自是書問往來無虛月。至正乙巳秋七月，內難平而公家書至自京師，喜而有賦，且録以示余，遂次韻四首奉答〔一〕

山擁蛟門海氣陰，蓬萊北望獨關心。天開日月明黃道，地接風烟暗緑林。去國盡懷三獻玉，歸田誰散二踈金。卧龍有策終扶漢，莫道空爲梁父吟。

辭官不住越山陰，慷慨長〔二〕懷濟世心。諫草舊聞通紫禁，宮花曾憶燕〔三〕璚林。名家〔四〕喜有春秋筆，儲橐知無暮夜金。此日東游眞汗漫，滄洲明月聽龍吟。

五雲迎日散秋陰，優詔歡傳慰遠心。星使北來車似水，天兵南下羽如林。策談經濟輕千石，書到平安值萬金。早晚東風催入覲，鳳池春暖看花吟。

澹游亭子澗之陰，瀟灑曾論物外心。樹繞桫羅雲滿室，花開薝蔔雪成林。解兵會見鳴空錫，說法誰分布地金。最喜賢良爲世瑞，琅玕芝草動新吟。

【校記】

〔一〕元藝圃集卷四收第二首。

〔二〕長：元藝圃集作『常』。

〔三〕燕：元藝圃集作『讌』。

〔四〕名家：元藝圃集作『傳家』。

附月魯不花一首〔一〕

余嘗遣僕奉商學士山水圖一幅爲見心禪師壽，又嘗與師同宿大慈山，和金左丞壁間所題詩韻，而師有『白河影落千峰曉，碧海寒生萬壑秋』之句，故末章及之

慈雲高閣起層陰，中有蒲菴老見心。海內才名通翰苑，江南聲譽冠叢林。寄詩常愧刊文集，送画何煩贈屨金。前月清游得二友，寒生萬壑最能吟。

【校記】

〔一〕此首又見元詩選三集卷九。序中「壁」，元詩選作「璧」。

次芝軒中丞韻二首〔一〕

執法南從越絶居，繡衣光彩照坤輿。黄金遺子無私槖，白髮匡君有諫書。遠捷已飛江上羽，群凶眞作釜中魚。歸朝定策中興業，笑我山林與世疎。

憶昨尋君北郭居，東風花底度籃輿。看山拄笏春哦句，臨水鉤簾晝讀書。已戴峩冠欣有豸，不彈長鋏嘆無魚。澹游它日應同社，莫遣雲泉音問疎。

【校記】

〔一〕列朝詩集閏集卷一、江西詩徵卷八九釋子收第一首。

附月魯不花一首〔一〕

避地東鄞郭外居，坐無齋閤出無輿。雲山滿眼常觀畫，烽火連年近得書。住久頗能評海錯，交深多感餽鱸魚〔二〕。論文政〔三〕欲頻相過，門掩清風客到疎。

【校記】

〔一〕此首又見元詩選三集卷九。

〔二〕此句原注：「近得家書，是日羽庭餽鱸。」

〔三〕政：元詩選作「正」。

題高節書院

漢主中興討不庭，已隆文治去繁刑。羊裘獨釣桐江雪，象緯空占帝座星。越絶有祠嚴祭祀，雲臺無像列丹青。登臨不盡高風詠，寫徧烟霞九疊屏。

附月魯不花一首〔一〕

遠聘羊裘到漢庭，竟忘龍衮略儀刑。先生不爲千人爵，太史何勞奏客星。潮上嚴灘浮海白，山連禹穴入青雲〔二〕。高風千古成陳迹，唯有荒祠繞翠屏。

【校記】

〔一〕此首又見元詩選三集卷九、（雍正）浙江通志卷二七六。

〔二〕青雲：元詩選、（雍正）浙江通志作「雲青」。

寄題合溪別業二首〔一〕

草堂合溪上，雲石淨〔二〕無氛。春水鱸三尺，秋風鶴一羣。行廚依竹見，吹笛隔花聞。最喜逃禪好，團蒲凝共分。

不食諸侯祿，閒居避俗氛。岸花紅作陣，沙鳥白爲羣。貝葉風前讀，菱歌月下聞。清游難再得，愁絶一江分。

【校記】

〔一〕此二首又見檇李詩繫卷五、全浙詩話卷二七明。

〔二〕淨：檇李詩繫、全浙詩話作「静」。

附顧阿瑛一首〔一〕

玉山中亭館折毁殆盡，僅留一草堂耳，却與合溪營一別業，頗幽寂，向有五言一首，因録以上〔一〕

我愛新居好，蕭然絶世氛。路迴青草岸，水合白鷺羣。野色排簷入，書聲隔竹聞。是中多雅趣〔二〕，難許俗人分。此詩和者不下百家，好者甚少，須吾見心老師一出奇語可也。此地多水，非浮杯汎舟者不可到，由是得終日閉門讀三教書，然閲佛氏書爲尤多，頗於生死理有悟入。然近爲于道士彦成先我一步，於去年十一月三日端坐而去，顔色如生，手足柔軟，臨終所説者皆佛事，聞見者莫不驚羡。斯人亦吾師舊友，故敢以告阿瑛。近亦刊暮雲集，乃兵後與仲舉學士往來詩文，完時亦送上求題，吾師所賦禪偈八首，讀之如在禪林中行住坐卧也，旦晚亦當奉和求改是矣。二月五日白衣交顧阿瑛和南。

【校記】

〔一〕此首又見檇李詩繫卷五。

〔二〕雅趣：檇李詩繫作「野趣」。

見心，名來復，自號「竺曇叟」，豫章人。受法于徑山南楚悦公，住雙峰古清泉寺，寺距慈溪縣四十五里，鳴鶴山之陽，橐駝峰之東，後改爲定水教忠報德禪寺，故贈篇多稱「定水」，自稱「定水毗丘」。又結蒲菴，闢天香室、徽辯室、清泰堂，其詳見歐陽張揚諸記銘中。國初，以高僧召至京師，與全室泐公、夢觀仁公齊名。余選全室、夢觀二集，列諸卷端，惟見心寥寥，深爲歎惋。忽童子從殘書堆中搜一册以進曰：「似洪武間板，惜頭尾俱脱，中有釋子詩，未知可備采否？」閲之，正見心澹游集也。自是三僧鼎足而立矣。「澹游」乃所居亭名，因以名集。凡三卷，蓋集郵筒往來詩文，惜腐熳不堪著手，亟倩能手用裱古画法葉葉托出，選若干首，雖未窮星宿海，已呑雲澤八九矣。凡元末羣公倚和投贈諸作，別本罕見，因録其一二。

無二 一首

皇帝躬率舟師至鎮江浮子門，受降僞吳，旋師駐蒜山下，幸拱眞菴，賦此以獻〔一〕

天人西來粢赤龍，手握寶劍青芙蓉。出師百萬皆英雄，四方上下雲相從。大船椎鼓〔二〕聲雷同，斬鮫射鯨滄海中。須臾日出扶桑東，波平浪靜〔三〕天無風。歸來奏凱登九重，斯民有賴歌年豊。祝皇壽比南山崇，邦基永永傳無窮。

【校記】

〔一〕此首又見古今禪藻集卷二十、無夢園初集干集二、蓬窗日録卷七詩談一、京口三山志卷二一。

〔二〕椎鼓：蓬窗日録、京口三山志作『推鼓』。

〔三〕浪靜：古今禪藻集、無夢園初集、蓬窗日録、京口三山志作『浪息』。

無二，名師一，拱眞菴僧。戒行精嚴，人稱法門梁棟。時僞吳張士誠遣戴院判入寇，太祖高皇帝躬率水師追至浮子門，盡收其衆，凱旋至京口，駐蒜山下，幸拱眞菴，大閱，師獻詩，上見『出師百萬皆英雄，四方上下雲相從』之句，大悦。或作惟心，悮。

默堂 一首

天香室爲定水見心和尚賦〔一〕

天香蘭若倚高岑，雙桂花開秋正深。鶴唳空山凉月白，龍歸古洞碧雲陰。一窻風雨高僧定，滿壁珠璣好客吟。拄杖何時問幽寂，栴檀林下遠相尋。

【校記】

〔一〕此首又見四朝詩元詩卷六十七言律詩十八、閩詩録戊集卷六流寓。

默堂，名文靜，閩中人，住越之天章寺，嗣法金山卽休了禪師。慈溪雙峰曰：『定水禪寺自唐以來，主僧往往知名，宋廬陵僧德璘與楊文節公爲方外交，寺有古桂二章，至秋花最蕃，德璘嘗蒸花爲香以餉公，公酬以詩，有「天香來月窟」之句。見心來主是寺，念前輩之流風，闢室而名之曰「天香」，一時題詠者甚多，緇流惟默堂、雷隱二人。如左丞周伯溫云：「仙桂本是菩提樹，根在廣寒雲霧中。」四明桂懷英云：「金粟秋蒸雲滿屋，銖衣夜定月當空。」金陵燕叔誼云：「曉攀每覺雲生袖，夜賦何妨月到筵。」燕山阿魯溫沙云：「談經花雨飄金地，入定天香滿翠微。」皆佳句也。』

雷隱 一首

題定水見心和尚天香室〔一〕

上界金銀開〔二〕佛宮，六時鍾磬度〔三〕溪風。空生宴坐〔四〕寒嵓下，天女散花明月中。石几爐烟秋澹澹，碧窗香霧曉濛濛。幾時乘輿登鳴鶴，與子夷猶桂樹叢。

【校記】

〔一〕此首又見四朝詩元詩卷六十七言律詩十八、閩詩録戊集卷五釋子。

〔二〕開：閩詩録作『閒』。

〔三〕度：閩詩録作『渡』。

〔四〕空生宴坐：四朝詩作「空王晏坐」，閩詩録亦作「空王」。

雷隱，名良震，閩中人，住上虞之等慈寺，嗣法徑山元叟端禪師。腹聯云「石几爐烟秋澹澹，碧窓香霧曉濛濛」，可與周道立「冉冉天香生静室，濛濛花雨落經筵」並讀。

用堂 二首

思親〔一〕

憶別長汀十二秋，羈孤江左謾增憂。寒蒲雨足橋南浦，新筍春生舍北丘。破衲一身雲渺渺，寸心千里水悠悠。鄉書莫寄南來鴈〔二〕，堂上慈親已白頭。

【校記】

〔一〕此首又見雅頌正音卷五。

〔二〕南來鴈：雅頌正音作「天南鴈」。

金陵行〔一〕

從古佳麗金陵州，到今城郭枕江流。埋金往事墮茫昧，含風老樹長蕭颼。寒潮喧聲響西浦，碧海渺渺天東頭。二水三山涵遠景，龍蟠虎踞横高秋。黄旗紫蓋化榛莽，庭花玉樹傳商謳。六帝雲浮幾蒼狗，三國角鬬眞蝸牛。青山似洛秪復歎，神器歸隋良可羞。鳳凰何來栖李樹，漚鷺戲浴彌滄洲。天塹已知徒恃險，地肺只合從仙游。君不見昔人黍離歌宗周，彷徨不去心悠悠。天荒地老著許愁，日往月來無時休。霜飛臺高柏修修，人謂我歌將何求。

【校記】

〔一〕此二首又見列朝詩集閏集卷二。

用堂，名子楩，嗣法元叟禪師。是詩後自綴數語云：『故人與祖庭見訪，以定水見心和尚送行序示余，讀之再三，然大意在歎舊懷賢，悲惋不已。予就以向嘗所賦金陵行書於卷末以露醜拙，其所興感，其致一也。祖庭倘回定水，煩呈竺曇翁爲加潤色。』所著有水雲亭小稿，宋濳溪先生序云：『余在金華山中，觀蛻巖張先生集，有跋夢堂噩公、用堂楩公吳中唱和卷後，其言曰：「詩家寥寥，叢林有人殆與唐皎宋濳方駕，余竊以謂夢堂之詩幸已見其一二矣，而不知用堂所賦爲何如意，其必高爽而絶塵者乎？不然先生何爲以如晦參寥擬之也。及來南京，獲與用〔一〕堂會於護龍河上，間出詩文一帙，所謂水雲亭小稿者，俾余序之，非惟其詩可稱道，如先生所示〔二〕其文，亦深穩平實而多言外之趣，因竊自歎方外之人其用志不分，乃能如斯之工也。用堂族陳氏，古靈先生之諸孫，今居四明，嘗掌內記雙徑，已而分座說法，緇素咸服，出世鄞之護聖、奉化之清泰，凡禪林若古鼎銘公、笑隱訢〔三〕公、斷江恩公，儒林若袁文靖公、揭文安公、黃文獻公，皆嘗叅叩及交游云。」』

【校記】

〔一〕用：原誤作『同』，據文意及宋學士文集卷八鑾坡集卷第八改。

〔二〕示：宋學士文集作『云』。

〔三〕訢：原誤作『訴』，據本集小傳及宋學士文集改。

南洲 二首

答定水和尚〔一〕

西江一泒接天流，浩浩東南日夜浮。寶地珠宮金氣爽，神山碧海玉壺秋。翰林雲錦時相寄，覺苑麟龍日共游。猶有凌霄遺業在，未應定水得淹留。

芳林幽谷混漁樵，國士筵中肯赴招。天上簡書何絡繹，雲深島嶼自岧嶢。詩篇每向閒邊寫，香篆常於定後燒。宗社人材還可數，惟公玉立聳巖標。

【校記】

〔一〕此二首又見四朝詩元詩卷六十七言律詩十八。

南洲，名文藻，溫州人，住湖州何山禪寺。故定水聯句云：『南望何山翠欲流，諸天擁蓋雨花浮。』又云『水精寒映千江月』，蓋謂嗣法於月江印禪師也。同時有兩南洲俱在浙中，一名溥洽，蓋洪武初赴召，後主報恩寺，稱爲高逸者也，詳見別卷。

行中 二首

次韻芝軒中丞題高節書院

巢由不肯集堯廷，復見先生肅典刑。建武已恢炎漢祚，富春還隱少微星。至今江水涵虛碧，終古羊裘照汗青。政詠清風仰高節，蒼茫寒日下雲屏。

送柳仲脩宣便還省

三月江城花滿烟，沙頭樽酒送歸船。風流獨羨薇垣客，文采還推柳子賢。秀水雨餘波渺渺，吳門雲盡月娟娟。莫忘白髮鄉關友，尺素時憑錦鯉傳。

行中，名至仁，自稱『熙怡道人』，江右鄱昜籍，元末住紹興府崇報禪寺。洪武三年，吳郡虎丘寺以逋負事藉於官，四年復爲寺師，來主法席，以振宗啟後爲己任，施者雲集，百廢具舉，眞國初開山第一人也。師工於詩文，嘗作黃州東坡祠記，虞文靖公極稱賞之，又撰楚石和尚行狀云：『浙水東西被召者凡十有六人，余與西齋琦公、夢堂噩公與焉。余始在徑山，與西齋交甚契，而同稟法於元叟和尚。』

德嵩 一首

向識定水宗師於吳會雙峩，奉別已十八年矣，因成一律〔一〕

卓錫甬東山水窟，白雲長與德爲鄰。鶴鳴峰頂不驚定，龍拜室中能化人。海氣晝寒濤卷雪，天香秋淨月垂銀。雙峩尚憶相逢處，詩寫珠璣照眼新。

【校記】

〔一〕此首又見檇李詩繫卷三一。

德嵩，名淨行〔二〕，姑蘇人，住嘉興招提華嚴教寺，嗣法獨芳蘭法師。洪武十二年，于蘇州報恩萬歲教寺重葺釋迦文佛卧像，宋文憲爲碑銘，稱師『樹教基，續慧命，有功於法門甚大』，又云：『博通帝心雲華賢首清淨〔三〕定慧諸家書，力振其宗于將墜之時，一彈指間悉起諸廢。』

【校記】

〔二〕淨行：檇李詩繫卷三一作『淨明』。

〔三〕清淨：宋學士文集卷五七芝園後集卷七作『清凉』。

大章 三首

答定水堂上和尚次韻〔一〕

兵塵十載暗滄洲，矯首東南憶舊遊。夜壑松濤驚别鶴，春江柳色映眠鷗。天香滿室澄還寂，澗水涵空湛不流。車馬擁門多慕道，雲興百問若爲酬。

【校記】

〔一〕此首又見四朝詩元詩卷六十七言律詩十八。

送王宗禮尚書趣運還京〔一〕

轉海雲濤萬里賒，長風指日望京華。南州已入諸侯貢，北極初回奉使槎。内燕〔二〕宫花迎馬酒，御溝宫柳拂龍沙。從容好奏安時策，遂見車書混一家。

【校記】

〔一〕此首又見古今禪藻集卷二四、四朝詩元詩卷六十七言律詩十八、大雅集卷七。

〔二〕內燕：四朝詩作『內宴』。

次韻畲慈元恕〔一〕

茅屋〔二〕住在清江曲，瀟灑渾無俗客過。流水自懸春藥碓，落花閒度煑雲鍋〔三〕。不耽玄石〔四〕三年酒，只賦梁鴻五噫歌。退食歸來塵事少，舊游回首隔風波。

【校記】

〔一〕此首又見列朝詩集閏集卷二、四朝詩元詩卷六十七言律詩十八、大雅集卷七。

〔二〕茅屋：列朝詩集、四朝詩作『茅堂』。

〔三〕雲鍋：列朝詩集、四朝詩作『雲窩』。

〔四〕玄石：四朝詩作『元石』。

大章，名曇埧，丹丘人，住吳郡南禪寺。鄉人褚守行以金銀若干寄託，而守行坐事家破身亡，子德困戍永平，大章不遠三千里負其物抵戍所還之。後居天台之五峰，命其室曰『白雲僧舍』，誠意伯爲之記。

大材 一首

答定水堂上見心和尚〔一〕

時危無計訪瀛洲，何處山川可浪游。天外羽書勞傳馬，江間戰艦避〔二〕沙鷗。正思蓮社香雲滿，未覓桃源春水流。東望雙峰情似海，乘桴擬欲共賡訓。

【校記】

〔一〕此首又見四朝詩元詩卷六十七言律詩十八。

〔二〕避：四朝詩作「起」。

大材，名處林，天台人。

白雲　四首

題東山洗屐池　和蔣東濱韵

謝傅當年愛此山，鑿池洗屐碧巖間。西邊塵土茫無際，南眺峰巒近可攀。折齒曾爲天下喜，躡雲幾向月中還。臨流濯足思高潔，千載清風在故關。

梅花道人墨菜詩卷〔一〕

已有食肉相，青菘且自栽。丈夫成事業，都是菜根來。

【校記】

〔一〕此首又見式古堂書畫彙考卷四九畫十九、趙氏鐵網珊瑚卷十四。

續蘭亭會　補任城呂系詩〔一〕

疇昔有懷，陰雨翳霄。相〔二〕爾居室，忽焉終朝。際此晴煥〔三〕，散豁林郊。潛魚泳波，遊羽鳴條。

崇阿撫神秘，微風扇和淳。靈雨既云沐，品彙區以陳。蘭苕擢中沚〔四〕，葩萼媚方辰〔五〕。散懷得眞契，引觴答熙春。

【校記】

〔一〕此二首又見蘭亭志卷一、（萬曆）紹興府志卷九古蹟志一，四朝詩明詩卷二四言詩、兩浙金石志補遺收第一首，明詩綜卷八九、元詩紀事卷十五釋子、兩浙金石志補遺收第二首。

〔二〕相：四朝詩、蘭亭志、（萬曆）紹興府志作「尤」，兩浙金石志作「兀」。

〔三〕煥：兩浙金石志作「燠」。

〔四〕沚：蘭亭志作「芷」。

〔五〕方辰：明詩綜、元詩紀事、蘭亭志、（萬曆）紹興府志作「芳辰」，兩浙金石志作「芳晨」。

白雲，名自悅，天台人。建玉泉菴于燭溪，戒行高潔。餘姚郭外孔道舊有善政橋，潮汐奔潰，不能置一石，師矢願重建，祝天少却潮勢，竟累日平流，乃併力基之，橋始克成，邑人永被其澤。洪武初，被徵見上，講無祀鬼神論稱旨，後賜歸，住杭之靈隱。及示寂，有堅固子。嘗讀陶學士高節書院記畧云：「高節書院奉子陵嚴先生之祠，在餘姚州東南十五里，重山環合，巒飛嶂躍，邃林豐草，蒼翠炫目，棄山腰地勢前低後崇，棟宇雖不高大，葺理嚴潔，門屋四楹，中建大成殿，兩翼短廡殿，後子陵祠，褎衣冠像。後漢書·逸民傳稱先生「會稽餘姚人，耕于富春，釣于嚴瀨，年八十終于家。」其墓在書院右，葢書院因墓而立，以祀先生。時老儒趙君嶂〔一〕與圓智寺僧棄鉄舟善，勸掃一室，留余居焉。法性寺住持悅白雲穎慧能文，每訪余聽談易，達旦忘寐，留戀不能去。」

【校記】

〔一〕嶂：（萬曆）紹興府志卷十八學校志作「墇」。

宗元　八首

次韻定水竺曇和尚所賦禪偈八首

山中行，石橋窅窕連雲橫。烟霞泉石自可樂，鍾鼎玉帛何足榮。木客臨流或長嘯，山猿抱子時相迎。本無相，亦無名，掃除百丈野狐精。隨身竿木聊作戲，聞見由來忘色聲。

山中住，白雲長繞經行處。食鉢時分碧澗流，衲衣閑挂蒼崖樹。林疎買竹更須栽，屋漏牽蘿還旋補。也隨流，也識主，黄獨充飢聊自煮。千丈嵓前瀑布飛，閑看青天吹作雨。

山中坐，萬别千差都照破。題詩寒拾是同流，說甚瘦權并癩可。佛也何妨立地成，刼亦不消彈指過。信非它，實由我，開口唱時拍手和。下視塵寰事可嗟，擾擾何殊螘旋磨。

山中卧，全身靠倒須彌座。日用常行摠現成，木佛燒來堪向火。萬象森羅替舉揚，石女木人能唱和。般若因，菩提果，儱侗從他熱瞞過。通霄有路直如絃，坑塹何人遭落墮。

山中富，木石從來是吾侶。香林吹動旃檀風，流泉散作師子乳。雜華世界摠珍奇，五濁衆生何困苦。弊生蝨，朽生蠹，豈但今朝連昨暮。握手齊登妙覺場，大地拈來無寸土。

山中貴，虎穴魔宫同舍衛。佛子還居佛子場，輪王自受輪王位。笑看龍象盡瞻依，善化豺狼莫吞噬。飫禪悅，飽法喜，衆若塵沙誰算計。靈鷲峰頭極唱時，增上慢人從退避。

山中貧，清苦何愁物外身。飽腹旋炊菰米飯，裹頭不戴蓮花巾。行處支藤堪作杖，眠時藉草便爲茵。斯可樂，更何嗔，儼如兜率逢天親。倐然不管人間事，花落花開春復春。

山中賤，莫笑寒微無志願。拈却青州舊布衫，堂堂擺手輕朝冕。靜看明月到天心，閑挹清風來水面。任優游，無謗怨，祖令單提若雷電。馬厩牛闌薦得親，正覺塲兮普光殿。

宗元，名大始，慈溪胡氏子，受業於求明寺。洪武五年詔取高僧，邑令馬雄舉之，尋授僧會司僧會。

原　明　二首

祥澤橋〔一〕

江北江南地欲浮，連環五洞鎖中流。洪波有路通車馬，碧落無雲動斗牛。潮送夕陽知幾度，鶴歸華表又千秋。我來一覽湖山小，飛下蒼烟雙白鷗。

【校記】

〔一〕此首又見（正德）松江府志卷十。

次韻答定水見心和尚〔一〕

胸次由來貫九流，已將富貴等雲浮。一溪春雨〔二〕蒲芽綠，滿室大香桂子秋。投老何山〔三〕成獨往，題詩小朶憶同游。卽今海內風塵暗，且向林泉好處留。

白髮蒼顏谷口樵，美人不見誰能招。獨客春深但惆悵，雙峰日落空岧嶢。貝章早起焚香讀，金粟秋蒸掃葉燒。文彩〔四〕風流有如此，雲霄何必羨杭標。

【校記】

〔一〕此二首又見四朝詩元詩卷六十七言律詩十八。

〔二〕春雨：四朝詩作『春水』。

〔三〕何山：四朝詩作「河山」。

〔四〕文彩：四朝詩作「文采」。

原明，名元旭，四明延壽寺僧，飛錫松江。洪武二十三年，重建祥澤石梁五洞，長二十四丈，廣三丈，俗呼「塘橋」，題詩紀之。惜其文罕傳，余僅見石屋珙公塔銘。

道立 二首

送徐行正人材之京〔一〕

鴻鴈來時澤國秋，西風潮落大江頭。蒹葭楊柳東西岸，楓葉蘆花遠近洲。鐘阜烟霞千嶂出，蓬萊宮闕五雲浮。丈夫勳業青冥上，莫爲思鄉却〔二〕動愁。

【校記】

〔一〕此首又見四朝詩明詩卷九十七言律詩二三、明詩綜卷九十、石倉歷代詩選卷二六六明詩初集八六。

〔二〕却：四朝詩、明詩綜、石倉歷代詩選作「易」。

和夏尚書登松江百尺樓〔一〕

百尺危樓勢壓山，與君〔二〕登覽倚朱欄。海門樹色連天遠，江口潮聲帶雨寒。塞鴈幾行投晚渚，沙鷗數點浴晴瀾。錦箋題得瓊瑤句，身在青冥興未闌。

【校記】

〔一〕此首又見石倉歷代詩選卷二六七明詩次集一。

〔二〕與君：石倉歷代詩選作『上卿』。

道立，名本中。洪武十六年住持虎丘，師繼中行復公，復公繼行中仁公，當是時，適寺中衰，賴三師提倡宏朗，法幢鼎峙，人稱『虎丘三傑』云。

懋詷 二首

昨過定水，獲觀中丞相君和見心禪師二詩，亦續其韵〔一〕

閒陪繡斧訪林墟，丹桂飄香九月初。濯足溪流山鳥近，論文香閣晚鐘疎。禪翁愛客炊紅稻，童子烹魚得素書。爲報〔二〕中興好消息，江南忠傑有新除。

蓮宫翼翼峻廊深，雙澗泠泠古木陰。朴渥伴禪來石室，仙禽獻菓下珠林。秋深采桂和雲擣，夜半撞鐘對月吟。况有名賢時會集，高評自契古人心。

【校記】

〔一〕四朝詩元詩卷六十七言律詩十八收第一首。

〔二〕爲報：四朝詩作『爲問』。

懋詷，連江人，姓林，洪武二年住鼓山。

明僧弘秀集卷三終

明僧弘秀集卷四

虞山毛晉子晉父編

楚石　一百六十九首

懷淨土詩一百十首　并自序〔一〕

儒者之詩云『伐柯伐柯，其則不遠』，說者曰『執柯以伐柯，睨而視之，猶以爲遠』，信斯言也。吾宗念佛，唯我自心，心欲見佛，佛從心現。阿彌陀佛，三十二相，八十種好，性本具足，不假外求。神通光明，極未來際，名無量壽。至於華池寶座，瓊樓玉宇，一一淨境，皆自我心發之。妙喜有云：『若見自性之彌陀，卽了唯心之淨土。』如楞嚴會上，佛敕阿難：『一切浮塵，諸幻化相，當處出生，隨處滅盡。因緣和合，虛妄有生。因緣別離，虛妄名滅。殊不知生滅去來，本如來藏常住妙明，性眞常中，求於去求，迷悟生死，了無所得。』既無所得，但是一心。若淨土緣生，穢土緣滅，則娑婆印壞，壞亦幻也。若穢土行絶，淨土行興，則極樂文成，成亦幻也。然此生滅淨穢，不離自心。心不見心，無相可得。雖終日取捨，未嘗取捨。終日想念，未嘗想念。在彼不妨幻證，在此不妨幻修。一發心時，已成正覺。何礙幻除結習，幻坐道場，幻化有情，幻臻極果。豈不了世出世間之幻法，調御丈夫之事乎？昔天衣懷禪師，親見明覺，盡佛祖不傳之妙，常修淨土，垂問學者曰：『若言捨穢取淨，厭此欣彼，則是取捨之情，衆生妄想。若言無淨土，又違佛語。修淨土者，當云何修？』乃自答云：『生則決定生，去則實不去。』無過此語也。余謝事閒居，作懷淨土詩若干首，勸同袍之士，及同社之人。凡有心者，悉令念佛，前所謂『唯心淨土，自性彌陀』，不出戶庭，夫何遠之有？

有箇彌陀在自心，纔生一念隔千岑。於中豈待回光照，直下翻爲向外尋。綠水青山皆妙體，黄鶯紫燕總玄音。凡夫只爲貪嗔重，不覺身棲寶樹林。

我佛眞身不可量，大人陪從有輝光。食時並是天肴饍，行處無非聖道場。庭下碧流微吐韻，殿前瑤草細吹香。十方一等莊嚴刹，終說西方出異方。

萬劫修行相好身，身光知是幾由旬。消磨歲月無窮壽，含裹虛空不老春。四色藕花香氣遠，諸天童子性情眞。況兼善友皆招我，來作逍遥快樂人。

要觀無量壽慈容，只在如今〔二〕心想中。坐斷死生來去路，包含地水火風空。頂分肉髻光千道，座壓蓮華錦一叢。處處登臨寶樓閣，眞珠璀璨玉玲瓏。

每爲娑婆苦所縈，誰聞淨土〔三〕不求生。天人皆是大乘器，草木亦稱三寶名。處處園林如繡出，重重樓閣似生成。諸賢莫怪歸來晚，見說芙蕖始發榮。

却望金繩〔四〕寶界遥，樓臺一一倚雲霄。黄鶯韻美春常在〔五〕，玉樹枝柔〔六〕歲不凋。流水有聲隨岸轉，好花無數逐風飄。野人自選歸來日，何待諸賢折簡招。

此邦瀟洒樂無厭，遥羡諸人智養恬。座用眞珠爲映飾，臺將妙寶作莊嚴。純金細礫鋪渠底，軟玉新梢出樹尖。眉相古今描不盡，晚來天際月纖纖。

參差寶搆滿〔七〕層虛，縱有丹青画不如。林影交飛金孔雀，水光倒浸玉芙蕖。分明池上佛身現，宛轉眉間毫相舒。百億三千大千界，盡令方寸攝無餘。

放下身心佛現前〔八〕，尋常盈耳法音宣。風柯但奏無生曲，日觀長開不夜天。行趂玉階雲冉冉，坐依珠樹月娟娟。凡夫到此皆成聖，不歷僧祇大果圓。

妙明覺體即如來，暫借蓮花養聖胎。瑞相且分三十二，流光何止百千垓。莊嚴寶具相隨到，細軟天花〔九〕不假裁。上品上生生死絶，塵塵刹刹紫金臺。

作佛何須向外尋，毫旋白玉面黃金。人人有寶名如意，種種無求不稱心。第一義天離染汚，出三乘海斷漂沉。自從徹證圓通後，耳畔常聞妙法音。

未歸極樂尚閻浮，漂泊風塵更幾秋。殘夢頻驚蕉葉雨，故鄉只在藕花洲。屈伸臂頃〔一〇〕無多地，高占人羣最上頭。二大士心憐老病，何妨攜手入〔一一〕瓊樓。

法王治化寶蓮宮，菩薩聲聞滿國中。普覆猶如天在上，大明勝似日生東。青螺髻接浮雲嶺，白玉毫輝跨海虹。世出世間無比者，當知體性本來空。

見得如來清淨身，山河大地絶纖塵。螺螄蚌蛤神通妙，蚯蚓蝦蟆法句眞。不用別求安養國，何須重結往生因。一言勘破維摩老，堪作毗盧頂上人。

紙画木雕泥塑成，現前〔一二〕眞佛甚分明。皈依不是他家事，福德還從自己生。萬樹花開因地暖，千江月現爲波清。朝參暮禮常如此，在處皆爲〔一三〕極樂城。

念佛功深罪自除，身歸極樂國中居。叢林草木璚瑤接，大地山河錦繡舒。香界來從移步後，寶蓮結自放花初。玉毫炳煥黃金面，天上人間總不如。

天人莫不證神通，一一黃金色相同。散衆妙花爲佛事，盡塵沙界起香風。身光觸體成柔軟，樂具流音說苦空。却倚雕欄看寶樹，無邊佛國現〔一四〕其中。

經行地上盡奇珍，異草靈苗步步春。國界初無三惡道，莊嚴自有衆天人。長空落日如懸鼓，大聖無時不現身。從曠劫來今始悟，故鄉曾不隔纖塵。

滿目池臺錦繡橫，祥光瑞靄滅還生。了無酒色離煩惱，雖有天魔絶鬭爭。渴飲醴泉多舞鳳，高棲璚樹足流鶯。待吾託質蓮花後，却向琉璃地上行。

池上藕花花上人，佛光來照紫金身。更聞妙法除心垢，盡救迷情出苦輪。舉步遍遊塵點國，利生終滿涅槃因。娑婆界上光陰短，極樂知經幾劫春。

淨土眞爲不死鄉，雲霞影裏望殘陽。珠樓玉殿空爲體，翠樹金花密作行。款款好風搖菡萏，依依流水帶鴛鴦。分明記得無生曲，便請知音和一塲。

一箇浮泡夢幻身，如何只是縱貪嗔。好尋徑直修行路，休學愚癡放逸人。護戒還同氷雪淨，操心要與聖賢親。明明指出西飛日，有識皆令達本眞。

幾回夢到法王家，來去分明路不差。出水珠幢如日月，排空寶蓋似雲霞。鴛鴦對浴金池水，鸚鵡雙銜玉樹花。睡美不知誰喚醒，一罏香散夕陽斜。

風滿瑤臺水滿池，花開菡萏一枝枝。細聽鳧雁鴛鴦語，正是身心解脫時。瓔珞自然成寶玉，袈裟全不假機絲。如來相好瞻無盡，所得明門誓憶持〔一五〕。

遙指家鄉落日邊，一條歸路直如弦。空中韻奏般般樂，水上花開朶朶蓮。雜樹枝莖成百寶，羣居服食勝諸天。吾師有願應〔一六〕垂接，不枉翹勤五十年。

一朵蓮含一聖胎，一生功就一花開。稱身瓔珞隨心現，盈器酥酡逐念來。金殿有光吞日月，玉樓無地著塵埃。法王爲我談眞諦，直得虛空笑滿腮。

珠王宫殿玉園林，坐卧經行地是金。舍利時時宣妙響，頻伽歷歷奏仙音。返聞頓悟無生理，常住周圓不動心。觸目皆爲清淨土，來從曠劫到如今。

曾於淨土結因緣，二六時中現在前。每到黄昏增喜念[一七]，遙隨白日下長天。如來寶手親摩頂，大士金軀擬拍肩。不借胞胎成幻質，吾家自有玉池蓮。

蓮臺得坐最高層，我許凡夫願力能。頃刻人心翻作佛，斯須水觀化爲氷。玉抽瑪瑙階前樹，金匝琉璃地上繩。無限天花滿衣裓，十方佛國任飛騰。

濁惡衆生也可憐，菩提道果幾時圓。總云國土隨心淨，爭奈形神被業牽。正劍揮來藤落樹，迷雲散盡日流天。虛空畢竟無遮障，淨土滔滔在目前。

一國巍巍一寶王，無朝無暮起祥光。尼拘律樹眞金果，優鉢羅花軟玉房。見體自明非日月，知春長在不氷霜。又遊佛刹歸來也，贏得天葩滿袖香。

將參法會禮金仙，漸逐香風出寶蓮。紅肉髻光流不盡，紫金身相照無邊。重重樹網垂平地，一一花臺接遠天。諸佛界中希有事，了如明鏡現吾前。

千樓萬閣寶攢成，地是琉璃向下擎。骨肉都融身轉妙，塵埃不染思逾清。林間玉葉敲風響，池底金沙透水明。空界不知誰奏樂，鳳簫龍笛有餘聲。

無常無我法全該，水鳥風林豈異哉。不動一塵常在定，遍遊諸刹又歸來。凡夫本自同彌勒，知識何嘗離善財。堪忍便爲清淨界，覺花還向妄心開。

土淨〔一八〕令人道果圓，娑婆性習一時遷。魚離密網遊滄海，鴈避虛弓入遠天。來往輪廻從此息，死生煩惱莫能纏。無心卽是眞清泰，有染如何望寶蓮。

山雲靄靄水泠泠，共說西方一卷經。石虎却來巖下嘯，泥人先往〔一九〕樹間聽。風飄陽焰隨波散，雨浥空花逐蒂零。極樂此時堪駐足，彌陀何處不流形。

無限風光賦詠難，樂邦初不厭游觀。十虛捲入秋毫末，一粟藏來法界寬〔二〇〕。瑪瑙殿中金釘鈒，珊瑚樓上玉闌干。妙音歷歷開〔二一〕人耳，何處飛鳴五色鸞。

金銀宮闕綵雲端，念佛人居眼界寬。寶樹交加非一色，靈禽唱和〔二二〕有千般。酥酡自注琉璃椀，甘露長凝翡翠盤。不似雪山多藥味，衆生無福變成酸。

不向娑婆界上行，要來安養國中生。此非念佛工夫到，安得超凡願力成。香霧入天浮蓋影，暖風吹樹作琴聲。分明識得眞如意，肯認摩尼作水晶。

釋迦設教在娑婆，無奈衆生濁惡何。雖向涅槃開祕藏，不妨淨土指彌陀〔二三〕。白雲半掩青山色，紅日初生碧海波。曠大劫來曾未悟，東西誰道沒淆訛。

麤境現前猶未識，法身向上幾曾知。可憐轉腦囘頭處，錯認拈香擇火時。口耳相傳六箇字，聖凡不隔一條絲。堂堂日用天眞佛，火急囘光也是遲。

兔角拈來縱復橫，隨君坐卧及經行。不知自己如何是，却問彌陀作麼生。爛炒浮漚爲供養，都教露柱飽彭亨。鐵船昨夜浮東海，要向須彌頂上撐。

念念念時無所念，廓如雲散日〔二四〕流天。此人造罪令除罪，與佛無緣作有緣。仙樂送歸清泰國，好風吹上紫金蓮。遙聞妙偈琅琅說，不是聲塵到耳邊。

或詩或偈演成章，塞破山人古錦囊。淨土不曾離穢土，東方何異在西方。芙蓉冷落秋風早，蟋蟀哀吟夜漏長。處處無非觀自在，頭頭總是古音王。

同人大似不相知，索我高吟淨土詩。實法何曾有些子，空拳只是誑嬰兒。虛空疊作紅蓮座，火聚開爲白藕池。未免訕君顛倒欲，從頭啞嗽是愚癡。

日夜思歸未得歸，天涯客子夢魂飛。覺來何處雁聲過，望斷故鄉書信稀。幾度開窗看落月，一生倚檻送斜暉。黃金沼內如船藕，想見花開〔二五〕數十圍。

曾聞白鶴是仙禽，日日飛來送好音。便欲寄書諸善友，定應知我一生心。長思樂土終歸去，肯執蓮臺遠訪臨。百歲眞成彈指頃，娑婆只恐世緣深。

本性彌陀一句子，金烏玉兔解提撕。須臾入海還飛上，頃刻昇天又落西。除却晝明并夜暗，更無聖悟與凡迷。勸君歸去不歸去，愁殺春山蜀鳥啼。

一寸光陰一寸金，勸君念佛早回心。直饒鳳閣龍樓貴，難免雞皮鶴髮侵。鼎內香煙初未散，空中法駕已遙臨。塵塵刹刹雖清淨，獨有彌陀願力深。

咫尺金容白玉毫，單稱名號豈徒勞。晨持萬遍烏輪上，夜課千聲兔魄高。歲閱炎涼終不倦，天眞父子會相遭。如何說得娑婆苦，苦事紛紛等蝟毛。

故鄉別早話歸遲，何待君言我自知。客路岭岈無一好，人生惆悵不多時。蒼顏歷歷悲明鏡，白髮毿毿愧黑絲。再〔二六〕讀南屏安養賦，屋梁落月見〔二七〕丰姿。

娑婆苦海泛慈舟，此岸能超彼岸不。直指迷源須念佛，橫波徑度免隨流。千生萬劫常〔二八〕安泰，五趣三途盡罷休。縱使身沾下下品，也勝豪貴王閻浮。

人生百歲七旬稀，往事回觀盡覺非。每哭同流何處去，閒抛淨土不思歸。香雲瑪瑙階前結，靈鳥珊瑚樹裏飛。從證法身無病惱，況餐禪悅永忘飢。

人間苦樂事縱橫，達者須尋正路〔二九〕行。福報天宮猶有死，神棲佛國永無生。風前鸚鵡琴三疊，水上芙蓉錦一絣。作計欲歸歸未遂，他鄉又見物華更。

說著無常事事輕，飢餐渴飲懶經營。一心不退思安養，萬善同修證永明。淨洗念珠重換線，堅持佛號不停聲。妄緣盡逐空花落，閒向風前月下行。

馬鳴龍樹是吾師，念佛叅禪駕竝馳。五色雲橫日没處，一枝花折〔三〇〕眼開時。玉音了了流仙偈，金采煌煌發令姿。曠劫相逢眞父子，欲將何物報恩慈。

卽心卽佛斷千差，名教名禪共一家。果證無邊身相好，光流不可說河沙。餘方妙麗終難竝，本願精深豈易誇。大抵熏修須及早，臨終免被業緣遮。

一自飄蓬贍部南，倚樓長歎月纖纖。遙知法會諸天繞，正想華臺百寶嚴。此界猶如魚少水，微生只似燕巢簷。同居善友應懷我，已築浮圖欠合尖。

少年頃刻老還衰，須信無常日夜催。九十六家邪智慧，百千萬劫受輪廻。不存寶界花池想，爭得刀山劍樹摧。但自淨心生願樂，此中賢聖許追陪。

西行三十二河沙，彼國莊嚴是我家。但用一眞爲種子，全將七寶作蓮花。娑婆極厭今生苦，懈慢無令後世差。寶月頓從心水見〔三一〕，如今光影正交加。

勞生能有幾光陰，健只須臾病又侵。常恐浮雲蔽西日，須營淨舍學東林。可憐世上愚癡輩，不及華間智慧禽。寶樹亦能談妙法，何妨坐聽罷叅尋。

當年大士說圓通，只在如今日用中。都攝六根歸正念，盡回三業向眞空。香林逈出圓生樹，樂境高超自在宮。揔與彌陀心不異，光明壽量本無窮。

學佛先須學苦空，心期妄盡障消融。直居十二因緣外，橫截三千世界中。湛碧無痕開鏡面，純青絶點出蓮叢。男兒到此方奇特，快樂逍遙物我同。

佛自凡夫到果頭，親曾歷劫用功修。淨邦豈是天然得，大道初非物外求。先悟色空離欲海，後嚴福智〔三二〕汎慈舟。今來古往皆如此，度盡衆生願未休。

亂世人如蝨在褌，炎炎火宅避無門。早知佛國相期處，別有仙家不死村。身相短長同父子，蓮花開合表晨昏。赤眞珠樹黃金屋，每夜飛來入夢魂。

見說西方住處佳，凭高極目興無涯。世情每逐炎涼改，人事多因治亂乖。白骨可憐縈野艸，金臺誰得挂庭槐。勸君早結宗雷社，坐看雲端寶仗排。

琉璃地列紫金幢，翡翠〔三三〕樓開白玉窻。文字可誇才不稱，肉身未到意先降。能言孔雀知多少，善語頻伽定幾雙。清夢正貪歸路直，夜闌無奈鼓逢逢〔三四〕。

刹海森羅一念包，於中不斷聖賢交。傾身送想浮雲外，極目斜陽掛樹梢。瀲灩金波隨岸轉，叅差寶葉任風敲。諸天歎我駸駸老，早晚雞棲彩鳳巢。

讚佛言詞貴直陳，攢花簇錦枉尖新。自然潤澤盈身器，無數光明湧舌輪。稱性莊嚴依報土，隨機勸發信心人。願求功德池中水，盡滌娑婆界上塵。

金作層樓玉作臺，琉璃田地絕纖埃。惟心淨土無高下，自性彌陀不去來。紅日初非天外没，白蓮只在意根栽。衆生障重須存想，想極情亾眼豁開。

盤中一縷篆煙清，坐對疎林落月明。凡質到頭非死死，聖胎從本不生生。了知解脫空無性，還入輪回度有情。寄語前修菩薩子，臨終莫忘遠相迎。

水無留影鴈横天，眞友相攜不待緣。金地往生諸佛子，玉池開盡四花蓮。虛空物象心恒爾，法界根塵事宛然。我欲與君談極樂，請君那暇少留連。

何處全收念佛功，水光湛碧藕花紅。廣長舌覆三千界，清淨門開二十空。雲網相逢珠的皪，風柯自奏玉玲瓏。平生不結神仙願，自小思歸極樂宮。

家在西頭白玉京，老來難遣故鄉情。每瞻雲際初三月，先注華間第一名。窸窸疎疎琪樹影，來來往往水禽聲。紅樓紫殿春長好，縱有丹青畫不成。

近有人從淨土來，池心一朵玉蓮開。正當蕚上標名字，已向身前結聖胎。極樂逍遥長不死，閻浮逼迫[三五]最堪哀。法王特地垂慈愍，同坐黄金百尺臺。

吾身念佛又修禪，自喜方袍頂相圓。曾向多生修福果，始依九品結香緣。名書某甲深華里，夢在長庚落月邊。濁惡凡夫清淨佛，雙珠黑白共絲穿。

念極心開見佛時，自然身到碧蓮池。火輪罪淨千千劫，琪樹〔三六〕光分萬萬枝。善友深談終不厭，靈禽妙語實難思。功成果滿須臾事，尚謂奔流閃電遲。

無邊大士與聲聞，海衆何妨逐品分。一會聖賢長在定，十方來去摠乘雲。談玄樹上摩尼水，念佛林間共命群。坐卧經行無罣礙，天花隨處落繽紛。

悟來荊棘變璚林，露葉風枝亦解吟。懸帝釋瓶非苦果，讚聲聞法是靈禽。死生歷歷同雙樹，凡聖明明共一心。畢竟故鄉歸去好，自家樓閣快登臨。

紫金身相白毫光，對現分明不覆藏。鋪地寶花行處匝，滿盤甘露渴時嘗。本來淨體初無染，何用熏衣自有香。好似一輪西墜日，明朝依舊出扶桑。

衣不傷蠶食不畊，水邊林下好經行。身心快樂無諸苦，依正莊嚴在一生。念念佛光從口發，時時天樂遍空鳴。却嫌鞋韈霑泥滓，千葉蓮花向足擎。

莫將胎獄比花池，早向池中占一枝。却坐大花〔三七〕成佛子，何煩慈母浴嬰兒。口餐法喜眞饈饍，心得明門妙摠持。般若臺前定回日〔三八〕，令人長憶鴈門師。

多言極樂向西尋，究竟不離淸淨心。空影入池皆碧玉，日光穿樹盡黃金。事如夢幻雖非實，理到圓常却甚深。八萬四千眞相好，請君危坐扣靈襟。

當知大道絶浮沉，勿謂空門有淺深。未入泥丸終作佛，頻磨鋏杵會成針。騎鯨跨鶴非吾事，貫蝨屠龍漫此心。淨土誰爲問津者，臨風不免自沉吟。

如來願海固難量，晝夜稱名不暫忘。夢見玉花開玉樹，身登金殿坐金牀。盤中豆子隨聲躍，舌上蓮花遍界香。待得工夫純熟後，排雲法侶共翱翔。

豈待無心心自無，無心念佛佛同塗。但憑玉號珠輪轉，略異山禽野鼠呼。聖道形神元不二，禪門定慧必相扶。從今淨洗塵勞障，一掬清泠手自斞。

百億劫中生死罪，纔稱名號盡消除。迷時妄想同春夢，我佛眞身等太虚。宫殿水晶千柱匝，園林雲錦萬花舒。癡心不是分高下，上上金臺始可居。

天樂聲清匝地聞，寶階花雨正繽紛。千千萬萬金蓮蕚，兩兩三三白鶴羣。凡地直從心作佛，義天長布法爲雲。體含知見香無盡，非是娑婆蘭麝熏。

八表同游只等閑，須臾飛去又飛還。玉樓冉冉紅雲裏，珠樹亭亭紫霧閒。不立君王惟有佛，平鋪世界斷無山。天人一樣黄金色，盡未來時但少顔。

須摩提國讚何窮，不與他方佛境同。百味酸甜長滿鉢，一身輕健任游空。初心便獲無生忍，具縛能教宿命通。今古往生留傳記，盡塵沙界扇眞風。

五濁煎熬道未成，羣賢修習誓非輕。光中每出彌陀影，夢裏親書普慧名。繡佛雖齋防退失，火車已現急求生。臨風莫灑楊朱淚，就我西方徑路行。

千年暗室一燈輝，萬里蒼蠅逐驥飛。臘雪暗抽春草木，人心冥感佛樞機。始從不動眞金地，直過無邊大鐵圍。諸子出門車並息，野田空闊白牛肥。

水若澄清月始臨，當知〔三九〕佛影現吾心。春風不易回枯木，磁石應難受曲針。未得往生緣障重，必期成就用功深。譬如九轉丹砂力，一點能令鐵化金。

幽居悄悄柏森森，不遺紅塵染素襟。一佛號收無量佛，後心功在最初心。雲開白月毫光滿，雨過青山髻色深。當念休生差別解，風聲鶴唳〔四〇〕盡玄音。

曾聞金鼎煉硃砂，一服飛驚玉帝家。輕舉似風〔四一〕飄栁絮，美顔如日映桃花。况修淨業身心妙，兼得慈尊願力加。此是長生無比法，仙經十卷不須誇。

蛣蜣本是轉丸蟲，自恨沉埋糞土叢。下化鳴蟬離舊殼，高居飲露吸清風。塵寰穢境須回首，寶閣香臺可奏功。未脱如今皮袋子，眞身已徧太虚空。

一帶雲山一艸堂，一瓶淨水一爐香。心融有念歸無念，日課朝陽到夕陽。紅杏雨餘春正好，白蓮風細夏偏長。假饒〔四二〕劫火燒千界，不動吾家聖道場。

朝朝暮暮道心中，歲歲年年佛事同。一往進修安樂界，六時朝禮法王宫。方袍不厭香煙黑，坐具何妨手汚紅。如此出家今有幾，灼然認得主人公。

池中蓮蕚大如車，據實猶爲小小華。聖衆略言千萬億，佛身知是幾恒沙。我聞妙德同慈氏，誰道彌陀異釋迦。南北東西清淨土，盡歸方寸玉無瑕。

紅蓮常映白蓮開，只有金蓮不易栽。念念若能離溷濁，生生從此脱胞胎。且依彼國嚴新果，却遍他方發舊荄。事與種花〔四三〕無少異，根苗元向淤泥來。

蓮宫只在舍西頭，易往無人著意修。三聖共成悲願海，一身孤倚夕陽樓。秋階易落梧桐葉，夜壑難藏舴艋舟。幸有玉池凫鴈在，相呼相喚去來休。

髑骸不久化爲塵，中有如來相好身。濁惡本爲清淨國，死生元是涅槃因。千般境界由心造，萬種名言逐意陳。世出世間無上士，曲開方便度迷人。

千經萬論不虛標，共指西方路一條。念念刮磨心垢淨，時時防護道芽焦。栖蓮自覺〔四四〕身安穩，得果須令〔四五〕地動搖。謾費工夫推甲子，娑婆大劫只崇朝。

日出東方夜落西，當頭一句顯全提。娑婆便是眞清泰，菡萏何曾染淤泥。五蓋十纏元自斷，衆生諸佛本來齊。不勞動步還家去，林木吟風水鳥啼。

佛袈裟下失人身，重得人身有幾人。萬行不如修白業，一心何苦戀紅塵。法王立誓丘山重，迷子思歸涕淚頻。若解返觀觀自性，抛來擲去總家珍〔四六〕。

幻身便是法王身，其奈衆生喪本眞。夜卧不妨朝又起，形同尤愛影相親。吉祥地現千華座，胷臆光騰卍字輪。南北東西皆淨域，教流刹刹與塵塵。

若非念佛便參禪，參得禪時佛現前。萬丈碧潭從底〔四七〕淨，一輪秋月向空懸。直教表裏光明透，盡見高低物象全。只個法身〔四八〕無去住，方知不落斷常邊。

提起數珠一百八，莫教蹉過活彌陀。口無剩語心無念，珠不經穿玉不磨。疊疊遠山排海岸，聲聲幽鳥囀庭柯。勸君莫把爲奇特，飯了噇〔四九〕眠奈我何。

西望紅霞白日輪，仰觀寶座紫金身。一方土淨方方淨，十念心眞念念眞。生極樂城終不退，盡虛空界了無塵。向來苦海浮還没，何幸今爲彼岸人。

娑婆生者極愚癡，衆苦縈纏不解思。在世更無清淨業，臨終那有出離時。百千經裏尋常〔五〇〕勸，萬億人中一二知。珍重大仙金色臂，早來攜我入華池。

【校記】

〔一〕此組詩又見蓮邦詩選、淨土十要卷八、皇明名僧輯略、角虎集卷上、淨土資糧全集（前集）等。自序中「求於去求」，蓮邦詩選作「求於去來」。

〔二〕如今：淨土十要作「而今」。

〔三〕淨土：蓮邦詩選作「淨上」。

〔四〕望：角虎集作「聖」。金繩：淨土十要、蓮宗必讀作「金蓮」。

〔五〕常在：淨土十要、蓮宗必讀、角虎集作「長在」。

〔六〕柔：角虎集作「榮」。

〔七〕滿：淨土十要作「倚」。

〔八〕佛現前：淨土資糧全集（前集）作「佛身前」。

〔九〕天花：淨土十要作「天衣」。

〔一〇〕頃：原誤作「項」，據淨土十要、蓮邦詩選、角虎集改。

〔一一〕入：淨土十要作「上」。

〔一二〕現前：淨土十要、蓮宗必讀作「現成」。

〔一三〕爲：淨土十要、蓮宗必讀作「通」。

〔一四〕現：淨土十要、蓮宗必讀、蓮邦詩選、蓮修必讀作「在」。

〔一五〕憶持：蓮修必讀作「總持」。

〔一六〕應：淨土十要、蓮宗必讀、蓮修必讀、皇明名僧輯略、角虎集、淨土資糧全集作「當」。

〔一七〕增喜念：淨土十要、蓮宗必讀、蓮修必讀作「增善念」。

〔一八〕土淨：蓮修必讀作「上淨」。

〔一九〕先往：蓮邦詩選作「在往」。

〔二〇〕法界寬：淨土十要作「天地寬」。

〔二一〕開：淨土十要作「聞」。

〔二二〕唱和：淨土十要作「倡和」。

〔二三〕此二句淨土十要作「欲向涅槃開秘藏，須從淨土指彌陀」。

〔二四〕日：淨土十要作「月」。

〔二五〕花開：蓮邦詩選、西舫彙征卷上作「華敷」。

〔二六〕再：淨土十要作「載」。

〔二七〕見：淨土十要作「現」。

〔二八〕常：淨土十要、蓮宗必讀作「長」。

〔二九〕正路：淨土十要作「徑路」。

〔三〇〕折：淨土十要作「拆」。

〔三一〕見：淨土十要、蓮修必讀作「現」。

〔三二〕福智：淨土十要、蓮修必讀作「福慧」。

〔三三〕翡翠：淨土十要作「蜚翠」。

〔三四〕「逢逢」下淨土十要有注：「逢，叶符方切，音房。」

〔三五〕逼迫：淨土十要、蓮宗必讀作「偪迫」。

〔三六〕琪樹：淨土十要、蓮宗必讀作「瓊樹」。

〔三七〕大花：淨土十要作「大蓮」，皇明名僧輯略作「寶華」。

〔三八〕定回日：淨土十要作「回定日」。

〔三九〕當知：淨土十要作「金鎔」。

〔四〇〕風聲鶴唳：淨土十要作「聲聲遠唳」。

〔四一〕輕舉似風：淨土十要作「輕風似舉」。

〔四二〕假鐃：蓮宗必讀作「假如」。

〔四三〕種花：淨土十要作「種蓮」。

〔四四〕自覺：淨土十要、蓮宗必讀作「靜覺」。

〔四五〕須令：淨土十要、蓮宗必讀作「轟傳」。

〔四六〕此句淨土十要、蓮宗必讀、蓮修必讀作「明珠百八總家珍」。

〔四七〕從底：蓮邦詩選作「從此」。

〔四八〕法身：蓮邦詩選作「法王」。

〔四九〕曈：底本誤作「瞳」，據詩意徑改。

〔五〇〕尋常：蓮邦詩選作「慇懃」。

懷淨土百韻詩一首〔一〕

欲生安養國，承事鼓音王。合掌須西向，低頭禮彼方。觀門誠易入，儀軌信難量。佛願尤深廣，人心要久長。嬰兒思乳母，遠客望家鄉。鄭重迎新月，殷勤送夕陽。分明蒙接引，造次莫遺忘。飲啄齋稱首，熏修策最良。五辛全斬斷，十惡永隄防。勿用求名利，毋勞論否臧。布衾遮幻質，藜糝塞空腸。擺撥多生債，枝梧九漏囊。精神纔嬾慢，喜怒便搶攘。水滴俄盈器，江流始濫觴。積來功行滿，趍取色身強。室置千華座，爐焚百種香。新衣經獻著，美饌待呈嘗。莫點殘油炬，宜煎浴像湯。形骸同土木，戒檢若冰霜。想念離諸妄，跏趺在一床。刹那登淨域，方寸發幽光。骨肉都融化，乾坤極杳茫。太虛函表裏，佛刹據中央。蓮吐葳蕤萼，波翻瀲灩塘。鮮飈須動蕩，綵仗恣搖颺。燦爛黃金殿，參差白玉堂。樓隨四寶合，臺備七珍粧。鏡面鋪階砌，荷心結洞房。珊瑚裁作檻，碼碯製爲梁。田地琉璃展，園林錦繡張。內皆陳綺席，外盡繞銀牆。覆有玲瓏網，平無突兀岡。璚林連處處，琪樹列行行。果大甜如蜜〔二〕，音清妙似簧。喬柯元自對，茂葉〔三〕正相當。一一吟鸚鵡，雙雙集鳳凰。瑤池無晝夜，珠水自宮商。渠瑩金沙底，風輕寶岸旁。高低敷菡萏，深淺戲鴛鴦。異彩呑群鳥，奇葩掩衆芳。千枝分赤白，萬朶間青黃。暫挹身根爽，微通鼻觀涼。頻伽前鼓舞，共命後飛翔。竟日鶯調舌，冲霄鶴引吭。悟空寧有我，知苦悉無常。大士談玄理〔四〕，聲聞會寶坊。經宣十二部，偈演百千章。直指菩提徑，俱浮般若航。挽回尋劒客，喚醒失頭狂。九品標麁妙，三乘互抑揚。錬深終絶鑛，簸淨豈存糠。示現眞彌勒，咨參妙吉祥。聖賢雲靉靆，天樂日鏗鏘。俊偉純童子，伊優絶女郎。語言工問答，進退巧趨蹌。火齊恒流焰，摩尼益耀芒。不須懸日月，何處限封疆。食是天餚饍，飱非世稻粱。掛肩如意服，擎鉢自然漿。脫體殊清淨，含暉更焜煌。袈裟籠瑞靄，瓔珞襯仙裳。徧往微塵國，周遊正覺場。慈顏容禮覲，供具任持將。側聽能仁教，還令所得亾。及歸彈指頃，翻笑取塗忙。每受經行樂，誰云坐臥妨。普天除鬪諍，匝地息災殃。南北威靈被，東西德化彰。幾番經劫燒，四海變耕桑。此界無虧損，斯人但壽昌。戶丁休點注，年甲罷推詳。滿耳唯聞法，充飢不假糧。永懷恩入髓，且免毒侵瘡。試說娑婆苦，爭禁涕泪滂。內宗誰復解，邪見轉堪傷。忍被貪嗔縛，甘投利欲坑。君臣森虎豹，父子劇豺狼。儘愛錢堆屋，仍思米溢倉。山中搜〔五〕雉兔，野外牧牛羊。奪命他生報，銜冤累世償。太平逢盜賊，離亂遇刀鎗。好飲耽盃酒，迷情戀市娼。心猿拋罥索，意馬放垂韁。逸志摧中路，英魂赴北邙。干戈消禮樂，揖讓去陶唐。戰伐愁邊鄙，烽煙〔六〕徹上蒼。連村遭殺戮，暴骨滿城隍。鬼哭天陰雨，人悲國夭殤。歲凶多餓死，棺貴少埋藏。瓦礫堆禪刹，荊榛出教庠。征徭兼賦稅，禾黍減豐穰。念佛緣猶阻，尋經事亦荒。素襟龍奮迅，高步鴿騰驤。載顧同群鴈，毋爲獨跳獐。聖胎吾已就，法侶爾相望。寶地同瀟洒，金臺共頡頏。翹勤山岌嶪，積德海江洋。曠劫功彌著，纖毫過卽禳。三心期遠到，十念整遙裝。必欲超魔界，從今奉覺皇。

【校記】

〔一〕此首詩又見淨土十要卷八、淨土聖賢録卷五。

〔二〕甜如蜜：淨土聖賢録作「琪如密」。

〔三〕茂葉：淨土十要、淨土聖賢録作「翠葉」。

〔四〕玄理：淨土聖賢録作「元理」。

〔五〕搜：淨土十要作「接」。

〔六〕烽煙：淨土十要作「焚煙」。

和寒山拾得詩

我讀寒山詩，虛空尋鳥跡。誰能橫點頭，獨有松下石。一字不可加，千金豈能易。捧心學西子，取笑非求益。

身將枯木同，心比蓮花淨。萬善無異途，千邪皆稟正。不離文字相，不卽眞如性。浩浩天地間，咸遵法王令。

女伴踏春陽，名園百艸香。雙飛憐翡翠，並立妒鴛鴦。柳細風吹面，花深露滴裳。暮歸如有失，閒夢亦驚惶。

苦樂隨時改，形骸與化遷。未能抛富貴，何處覓神仙。地發金鐘響，池開玉鏡圓。世人空悵望，惟見嶺雲連。

曾到幽居否，心知在不言。千峰雲影接，萬壑樹聲連。鉢有松花粉，岩多瀑布泉。無人同道味，幸自樂吾年。

有人尋佛教，凝坐誦禪經。不肯求諸己，徒勞識一丁。茫然紙上語，默若霧中星。指出西來意，春山叠叠青。

不說無事禪，不飲無明酒。青山在我左，流水在我右。芳艸生滿庭，白雲飛入牖。從來只麼閒，倏忽成皓首。

陶生自荷鉏，晚與五兒居。迹向東林近，心將上國疎。有田多種秫，無事好觀書。本絶功名念，臨淵不羨魚。

富貴雖云樂，貧家亦有觀。開門當大野，客至倒深罇。就把青荷葉，鋪爲碧玉盤。浮生如過鳥，急景侣跳丸。

游戲虛堂藏，莊嚴智慧林。一毫無欲念，萬事不欺心。

自我得身閒，彌年不下山。雲深同鶴住，果熟共猿攀。最愛千峰碧，從教兩鬢斑。絶無名與利，誰肯扣松關。

問我何所樂，山林可棲托。磵泉處處流，松籟時時作。夜月點明燈，朝雲吐飛閣。六窗正虛寂，萬象同盤礴。

仙子海上來，俱騎一隻鶴。

深林人膽慄，絶澗冷凄凄。桂樹山中滿，桃花洞裡迷。靜聞鐘遠近，閑望月高低。不覺成華髮，何煩降紫泥。

覓心不得心，我道無可道。枕石山中眠，披雲月下笑。昨來顏如玉，今旦身已老。寄語富家翁，田園爲誰保。

住世都忘世，春深始覓年。山花紅似火，野艸碧如烟。月落澄潭裡，雲生叠嶂前。時時敲石磬，驚動老龍眠。

白石照清淪，幽棲遠俗塵。山高雲作頂，地僻虎爲隣。縱有長生理，終無不死人。蟠桃花果熟，知是幾番春。

寒食向西城，其誰不慘情。白楊千萬葉，青艸兩三塋。再聽流泉語，如聞慟哭聲。焉知有死日，爭利復爭名。

翩翩馬上郎，借問誰家子。賤妾有高樓，須君駐行李。雞鳴北斗斜，雅噪東方起。君意終別離，妾身在泥滓。

今日是何年，東風碧艸鮮。山晴還起霧，水暖復生烟。鳥語如相問，花枝豈自憐。野人無箇事，高枕石頭眠。

人生一世間，俯仰惟覆載。去者日已多，曾無故人在。思之氣鬱律，感彼雲靉靆。高岸竟爲谷，新松俄偃蓋。百年能幾時，虛空終不改。

可愛白雲居，長年與世疎。花殘無戲蝶，水靜足游魚。野樹行堪倚，園葵嬾不鋤。茅簷風雨過，飄溼案頭書。

富貴何日來，留將少年待。少年忽復去，惟有白髮在。髮白歸九泉，須臾陵谷改。方當未足心，欲吸無窮海。

晨昏但見雲霞起，杖履惟隨鹿豕遊。野色山光同閴寂，車輪馬足省喧啾。從他鏡裏添霜艸，暢我林間坐石頭。無限英雄生又死，奈何日月去如流。

吾年六十餘，自少離鄉里。謝事片時閑，推心何處起。焚書讀經律，染翰修僧史。且莫徇浮名，人生行樂耳。

由來隱淪客，自號清虛士。坐石看雲山，飡松飲溪水。春煖且閑行，月明多不睡。身從物外樂，事絕毫端累。

吾家在何許，乃在白雲邊。上有數松株，下有一曲泉。最好明月夜，方當素秋天。鳴蟲與落葉，共說無生禪。

飢飡嶺上松，困藉岩前艸。動卽行數步，靜時無一惱。自從削髮來，便愛居山好。大抵出家人，灰寒而木槁。

我今欲說禪，不可作禪會。謂渠卽是觸，謂渠非卽背。背觸二俱掃，洞庭湖無蓋。如何繼先德，將此傳後代。白月上林端，清風起天外。

吾廬洵可樂，水石清且奇。淼淼沿流去，騰騰信脚歸。千尋蔭嘉木，五采拾靈芝。天闊雲霧散，月明星宿稀。

無人同夜坐，自詠寒山詩。

借問山中人，居山何所好。春花滿路開，秋葉隨風掃。獨唱誰與和，長年不知老。無榮亦無辱，此樂眞可保。

山上松，山下石。青者青，白者白。心無生，慮自釋。何所爲，一閑客。

言之深，達者心。貴似土，賤似金。無孔笛，没絃琹。是何調，太古音。

深林中，聽松風。兩耳寂，萬竅通。盡情解，絶羅籠。問是誰，寒山翁。

昨向山中住，不知今幾年。岩高常隱日，樹密但藏烟。策杖遊峰頂，飛禽過我前。澄潭深萬丈，徹底是青天。

東隣嬌小女，芳意未闌珊。眉似初三月，琹能再四彈。頻來花下坐，自向鏡中看。不料傷春死，璚樓夜夜寒。

誰家遊冶郎，白馬繫垂楊。却引如花妓，同登載酒航。春風弄水碧，落日暎山黄。忽掩泉臺路，珍羞不得嘗。

我詩非俗語，俗子徒嘲誚。既不説名利，又不干權要。得句有誰知，臨風恒自笑。可喜復可愕，無玄亦無妙。

一鉢檀家飯，孤雲野鶴僧。只談心地法，堪繼嶺南能。

青山與白雲，可作高人侶。風月兩無心，時時到窓戶。幾多塵外客，未識幽深處。自古優曇花，無緣不能遇。

大我須忘我，居塵莫染塵。有心皆作佛，無路不通津。語默空爲座，行藏道是親。吾非憎濁富，性本愛清貧。

人間那個無生死，萬萬千千爲識情。提起金剛王寶劍，却來諸聖頂頭行。

世間何事最堪嗟，盡是三塗造業查。不學白雲岩下客，一條寒衲是生涯。秋到任他林落葉，春來從你樹開花。三界横眠無一事，清風明月是吾家。

層巒叠嶂勢難齊，到頂方知世界低。蔚密深林藏鳥獸，蕭條古洞起雲霓。縱横逕路從何入，來往遊人向此迷。仙境重重遮不見，漁舟錯怪武陵溪。

滿鉢持來飽有餘，人間天上任君居。從心印出凡和聖，一悟眞空脱舊模。

在昔有幽人，自言吾喪我。我今亦喪吾，隱几軒中坐。雲散碧天高，風來黄葉墮。泠然水一杯，旋摘杖頭果。

此身閒逐片雲孤，明月淸風何處無。盡大地人教作佛，一莖艸上一金軀。

山好千千萬萬重，馬蹄車轍永無蹤。道人淨坐深林夜，明月高懸大古風〔一〕。

捨家得出家，有學成無學。四壁冷瀟瀟，六門空索索。已除桑下戀，聊向橘中托。天地卽幻化，山林同旅泊。笙歌與鍾鼓，非吾所謂樂。

惡者從他惡，善者從他善。善惡都莫分，從他自舒卷。舒來天地濶，卷去滄溟淺。伎倆有盡時，無窮不能見。

千峰嵐氣收，萬壑松聲起。明月爲故交，白雲作隣里。淸風屢拂枝，流水長舉似。試問不來人，欲將何物比。

【校記】

〔一〕原注：『一作心。』

送哲禪人杖錫訪師，兼簡仲默和尚〔一〕

杖錫〔二〕老師七十八，眼如點漆眉如雪。分明畫出須菩提，坐聽孤猿吟落月。深山古寺天正寒，葉深一尺堆牀前。地爐燒火簾不捲，袈裟黑似爐中烟。客來只恐〔三〕放烟出，爭柰山林藏未密。喧喧道價滿江湖，負笈挑囊固非一。千里東歸頻寄聲，乃翁終似〔四〕有鄉情。目連鶖子神通妙，何必區區圓相成〔五〕。

【校記】

〔一〕此首又見列朝詩集閏集卷一、石倉歷代詩選卷二七六元詩四六、佛日普照慧辯楚石禪師語録卷十五。

〔二〕杖錫：石倉歷代詩選、佛日普照慧辯楚石禪師語録作『仗錫』。

〔三〕只恐：列朝詩集作「隻恐」。

〔四〕終似：石倉歷代詩選、佛日普照慧辯楚石禪師語録作「終是」。

〔五〕成：佛日普照慧辯楚石禪師語録作「呈」。

送寧侍者叅方禮祖〔一〕

佛祖叢中無位次，參方行脚誰家事。隨興一念便乖張，莫向禪門探〔二〕意旨。須知眞正道人家，到處忘懷愍自他。爛炒浮漚盛滿鉢，閒來〔三〕石上種蓮花。

【校記】

〔一〕此首又見佛日普照慧辯楚石禪師語録卷十六、石倉歷代詩選卷二七六元詩四六。

〔二〕探：佛日普照慧辯楚石禪師語録作「求」。

〔三〕閒來：佛日普照慧辯楚石禪師語録作「却來」。

琴〔一〕

由來學道似調琴〔二〕，清濁高低自在心。聲太促時絃又斷，指纔停處韵還沉。一塵不到山當戶，萬籟俱消月滿林。拋却絲桐勤念佛，子期未必是知音。

【校記】

〔一〕此首又見蓮邦詩選，題作「勸琴者」。

〔二〕調琴：蓮邦詩選作「彈琴」。

亾金故內

極目離離禾黍苗，愁聞野老說金朝。百花總爲蜂添蜜，千古眞成鹿覆蕉。廢主無才謀伐宋，元戎有志在降遼。片雲忽作西山雨，疑是英雄恨未消。

題徑山

五峰之勢欲東垂，當寺一峰如覆杯。高極上通聞笑語，斷崖終日見樓臺。下方鳳舞千山去，絶頂龍分兩道來。却憶坡仙三百載，壁間詩句逸風雷。

送徑山一藏主〔一〕

一大藏教閒葛藤，盡大地人跳不出。夢菴本是奇衲子，夜半扶桑吐紅日。拈起凌霄峰頂茶，却是洞庭湖上橘〔二〕。松風澗水自談玄，却笑區區論權實。權非權，實非實，白雲道個鉢羅〔三〕娘，帶累兒孫空受屈。

【校記】

〔一〕此首又見佛日普照慧辯楚石禪師語録卷十七、石倉歷代詩選卷二七六元詩四六、宋元詩會卷一百。

〔二〕此句下佛日普照慧辯楚石禪師語録、石倉歷代詩選、宋元詩會有「三千世界菴摩勒，放開捏聚誰能詰」。

〔三〕羅：佛日普照慧辯楚石禪師語録作「囉」。

賀徑山永首座〔一〕

摩訶衍法若爲宣，五髻崢嶸高插天。一唱虛空成粉碎，重提佛祖舊因緣。分明劍向眉邊〔二〕挂，豈得〔三〕瓢從地上旋。彈壓滿堂龍象衆，方知法社有英賢。

【校記】

〔一〕此首又見佛日普照慧辯楚石禪師語録卷十八。

〔二〕眉邊：佛日普照慧辯楚石禪師語録作「眉間」。

〔三〕得：佛日普照慧辯楚石禪師語録作「待」。

詩送中竺巽權中藏主歸定水兼柬雙桂堂上和尚

昨日今日霜風寒，却囬樟亭尋客船。江水中分左右浙，鄮峰默破東南天。一莖白髮未侵鬢，萬里驊騮當著鞭。胡不歸來師望汝，貫花添刻澹游編。

楚石，名梵琦，四明象山人，姓朱氏。父杲，有隱德。母張氏，事佛惟謹，夢日墮懷而生公。在繈褓中，有神僧摩其頂曰：「此佛日也，他日必當振佛法，照曜濁世。」因呼小字曰「曇曜」，後帝師賜「佛日普照慧辨禪師」之號，頗符神僧之言。嗣法徑山元叟端禪師。初膠于名相，元叟叱其鉅石塞胷，後應書寫大藏之選至燕都，聞城樓鼓聲，汗如雨下，拊几笑曰：「徑山鼻孔，今日入吾手矣。」作偈云：「崇天門外鼓騰騰，驀劄虚空就地崩。拾得紅爐一點雪，却是黄河六月氷。」東歸再叅元叟，叟笑曰：「且喜大事了畢。」未幾，出世海鹽之福臻，又遷杭之報國。洪武元年，應召說法于蔣山，上大悦。明年七月二十六日，偈曰：「眞性圓明，本無生滅。木馬夜鳴，西方日出。」端坐而逝。雲栖大師曰：「本朝第一流宗師無尚于楚石。」築石室，扁曰「西齋」。有西齋淨土詩一卷，彼自號禪人而淺視淨土者可以深長思矣。其說法機用則見于六會語，其遊戲翰墨則見于和天台三聖及永明壽陶潛林逋諸作，別有淨土詩慈氏上生偈，北遊鳳山西齋三集若干卷，並傳于世。

清遠 四首

韓裕之郎中自雪來鳳山致命而還賦詩以贈

鳳凰五色羽，天外揚清音。朝飲瑤池水，莫止碧山岑。聖人御寰宇，重譯來獻琛。周公讓白雉，四海皆歸心。聖教屬季運，匡持資老成。一絲引九鼎，所任諒非輕。無材忝高命，薄德愧虛聲。寧迂使者轍，迢遞訪山楹。

幽蘭嘆

幽花如幽人，不生官道傍。誤被春風吹，巖谷傳芬芳。君子謬見采，移植在中堂。葳蕤登几席，華管送清觴。馨香誰不愛，摧折來相將。棄置不復顧，蕭艾得其常。出處有至理，何用心獨傷。

次韻奉答蛻菴先生見寄之什

玉湖湛湛秋如練，金蓋亭亭翠作曾。石盆雲生龍聽法，花岩月黑虎依僧。功名只比蕉中鹿，塵業何如日下燈。有待承恩歸共隱，手揮如意說三乘。

寫扇贈明上人〔一〕

太湖六月暑氣微，龍宮佛屋相因依。蜃噓翠霧作樓閣，鮫織冰綃鳴杼機。鍾磬無時空外發，笙簫幾處月中歸。投閒擬向上方住，共看滄波白鳥飛。

【校記】

〔一〕此首又見明詩綜卷八九、江西詩徵卷九十釋子宋。

清遠，名懷渭，晚自號『竹菴』，俗姓魏氏，南昌人。其生時有靈芝產于庭槐，占者謂：『是子將以文顯。』果英發，誦書攻文不待師授，蓋全悟禪師俗姓之甥而法門之嗣子。時全悟住持集慶大龍翔寺，喜而稱之曰：『此吾宗千里駒也。』見其學大進，又有入吾室之嘆，既呼而告之曰：『吾據師位者四十餘年，接人非不夥，能弘大慧之道使不墜者唯爾與宗泐耳。』洪武初，奉詔大會于鍾山，遂退居錢塘之梁渚。八年二月十六日，召弟子囑以後事，怡然而逝。踰七旬，火化得不壞者三：曰牙齒，曰鉢塞莫，曰寶〔一〕利羅。其詩文曰外集，盛行于時。艸隸亦爲世珍。誦金剛般若經終身無虚日。善琴，或謂無益，笑曰：『非爾所知，是亦般若所寓也。』淨慈行化日，有陳氏婦預夢神僧臨其門，及至，稽首作禮願爲弟子，遂舉大法開導之，其婦遂悟，去未百步而婦竟與家人别，坐脱而去。

【校記】

〔一〕寶：金陵梵剎志卷十六、國朝獻徵録卷一一八釋道、南屏浄慈寺志卷七著述、宋學士文集卷五七芝園後集卷七、兩浙名賢録外録卷八空空作「室」，南屏浄慈寺志卷四法胤作「設」。按：「寶」當爲「室」之形誤，「室（設）利羅」指死屍、遺骨。

西白 三首

乙巳清明泊舟柳胥浦〔一〕

柳胥浦上緑楊邊，客裡清明繫客船。莫遣桃花作紅雨，且看榆火散青烟。笙歌謾説承平日，耕稼深期大有年。邂逅農人卬〔二〕相慰，軍儲無限望昊天。

【校記】

〔一〕此首又見四朝詩明詩卷九十七言律詩二三、明詩綜卷八九、石倉歷代詩選卷二六六明詩初集八六。

〔二〕卽：四朝詩、明詩綜作「且」。

題梅竹雙清〔一〕

孤山不見林君復，借宅空懷王子猷。愛爾雙清須賦詠，令人千古想風流。縞衣〔二〕春夢三更月，翠葆涼聲幾度秋。莫把琅玕製成笛，虛心應爲落花愁。

【校記】

〔一〕此首又見石倉歷代詩選卷三六六明詩初集八六、題畫詩卷八六花卉類、紅豆樹館書畫記卷八。

〔二〕縞衣：紅豆樹館書畫記作「鴿衣」。

錦莊漁隱爲醫士作〔一〕

錦莊園林錦不如，幽深彷彿神仙居。舍南舍北臢栽杏，水落水生惟釣魚。嚴陵終辭光武祿，郭玉素受涪翁書。眼前生意日已廣，桃源雞犬同村墟。

【校記】

〔一〕此首又見古今禪藻集卷二四、列朝詩集閏集卷二、石倉歷代詩選卷三六六明詩初集八六、檇李詩繫卷三一。

西白，名力金，姑蘇志誤作「萬金」，吳郡姚氏子。七歲請于母曰：「兒患世相起滅不常，將求出世間法。」母俾依吳縣寶積院道原。至正丁酉出世住蘇之瑞光寺。自幼喪父，築孤雲菴于城東以養母。或議之，公呵之曰：「爾不見編蒲陳尊宿乎？」帝師大寶法王嘉之，授以「圓通普濟禪師」之號。洪武改元，詔公住持大天界寺，皆稱爲白菴金禪師。尋以母老，舉徑〔一〕山泐公自代，復還菴居。一日，忽示弟子曰：「吾有夙因未了，必當酬之汝等，勿以世相遇我。」未幾，示微疾謝去。有淡泊齋稿行世，又有楞伽金剛心經注，蓋奉詔與泐公共事者也。其登吳山詩云『荒陵鳥雀聲如怨，故國風雲氣未平』，吳中人多傳誦。

【校記】

〔一〕『徑』字據補續高僧傳卷十四本傳補。

天淵 十一首

上命欽和山居詩〔一〕

每愧匡宗道力微，却辭城寺入層嵬。清風曲澗頻移杖，落日空山半掩扉。秖假香燈爲佛事，不將棒喝逞全威。金圈栗棘閑抛擲，未許來叅了此機。

樓臺一簇已休工，寶塔中居老鏡容。雲護石城如踞虎，地連鍾阜似蟠龍。紫芝燁燁飢堪樂，甘露瀼瀼秀所鍾。野衲安居何以報，願同率土仰仁風。

潭潭寶搆倚層巔，晚歲深居樂靜便。畬稻旋舂炊易熟，溪芹頻茹味尤鮮。道承諸祖顏何厚，任重宗綱力豈全。隨分生涯甘淡薄，也知率衆必身先。

深居樂道自便便，負郭寧誇二頃田。夕殿明燈多寶塔，春庭香散雨花筵。心源湛寂超三世，塵慮消忘卽四禪。願把楊枝洒甘露，盡令大地作豐年。

澄空湛湛月高懸，冷照山中靜夜禪。獻佛有時來化樂，散花無數擁諸天。每懷僧到赤烏日，猶憶經來白馬年。稽首法王弘誓力，歸心卽使滌塵愆。

老來一鉢住岩幽，塵境無心得自由〔二〕。空裏每看花滿眼，鏡中漸覺雪盈頭。吟餘月照千峰夜，定起雲生萬壑秋。身世已知渾是夢，百年光景水東流。

清江曲曲繞危磯，晚歲雲林得所依。山鳥頻來如有意，野鷗相對似忘機。雪晴當檻松篁盛，雨後漫山笋蕨肥。安穩秖憑禪定力，清修豈復倦衰微。

獨愛山中靜趣多，只緣地僻少人過。山開曉野如屏障，鳥語春林似嘯歌。結社秖應懷永遠，賦詩不必擬陰何。坐來萬慮俱忘却，道力眞堪敵衆魔。

白髮山僧住翠蘿，餘生身事任蹉跎。倦從石上支頤坐，閑向雲中拍手歌。設利現時光煜煜，伽梨披處影娑娑。鍾山咫尺城東地，艸木偏承雨露多。

自愧平生江海游，何緣直到此峰頭。既無寶案投青玉，豈有高幢建碧油。龍出洞雲觀變化，鳥鳴谷樹聽啁啾。禪餘感戴惟稱頌，願祝吾皇億萬秋。

鍾山深處住僧房，聖遇優隆不敢當。道鎭叢林眞有忝，恩承殿陛實無忘。皷鍾白晝傳鏜鎝，幢葢青春照煒煌。願率同袍勤報効，已甘蔬味勝膏粱。

【校記】

〔一〕列朝詩集閏集卷二、四朝詩明詩卷九十七言律詩二三録六、九二首，金陵梵刹志卷三録第六首。

〔二〕自由：列朝詩集作『自繇』。

天淵，名清濬，黄岩李益子。母唐氏嘗夢異僧入卧内，遂孕。公幼穎敏，父母遺皈徑山古鼎銘禪師。洪武四年，召見便殿，上勞問甚至，錫賚，還四明萬壽。後召補右覺義。二十年，被旨卽靈谷，設普度大齋，陞座說法，感佛放光。上嘗親製詩十二首以寵其行。春秋六十有五，示微疾，索筆留偈而化，闍維收靈骨舍利，瘞于雙徑古鼎師之塔焉。

玄極 二首

賜松花謝恩

花熟青松萬樹春，賜沾僧録兩街臣。茶甌滿泛金英膩，石鉢高擎玉屑新。採自山中香特異，供分天上味尤真。聖恩深廣慚無報，惟有丹心仰紫宸。

賜衣謝恩

內使傳宣出紫宸，賜衣何幸及微臣。金襴照耀天人喜，白氎鮮明雨露新。光寵山林同佛日，逼除霜雪布陽春。餘生受用流傳遠，萬歲宗門沐至仁。

玄極，名居頂，號圓菴，台之黄岩人。父頤道，母葉氏，篤信佛乘，協吉夢而生。聰慧絶人。年十九從瑞岩恕中慍禪師，十五歲得西丘正傳，始住四明之翠山，次遷婺之雙林。洪武間選預高僧，赴見太祖，對揚稱旨，即授僧録兼住靈谷。成祖即位，屢加恩賚。永樂某年十二月初二日，無疾端坐而化，春秋五十八，骨瘞翠山恕中和尚塔之右。嘗讀公欽和御製豐年詩云：『大田多稼綠生烟，甘露時時散普天。』又云：『黄雲遍野金莖密，碧盌浮香玉粒鮮。』又云：『率土太平端有象，昊天仁祐本無言。』又云：『五雲繚繞薰佳氣，百穀敷榮茂本根。』又云：『盛德巍巍何以報，焚香松下誦經文。』

想見韓韓王風，猗歟盛哉！

古潭　十首

簡招眞周菊潭提點〔一〕

菊潭冷浸一泓秋，爲世照空名利愁。采藥木鑱長在手，煎茶紗帽淺籠頭。丹光出洞紅于火，山色入簾青滿樓。鶴背夜聞環珮響，御風又作海天遊。

【校記】

〔一〕此首又見江西詩徵卷八八釋子。

于慧日寺退居，搆南軒成，鼎用長老以詩見賀，次韻二首〔一〕

林下安眠藉聖明，數椽頗稱隱居情。隔牆十丈紅塵馬，近枕一聲清晝鶯。照影石池紗帽淨，扶吟野逕竹笻輕。主翁夜若能攜酒，好共南軒對月傾。

未晚推窗待月明，更無塵事可關情。鑿池雖小下雙鷺，種柳不多啼一鶯。花片隔簾紅雨亂，茶烟出屋〔二〕白雲輕。故人知我或相過，衷曲細論肝胆傾。

【校記】

〔一〕此二首又見江西詩徵卷八八釋子。

〔二〕出屋：江西詩徵作「書屋」。

乾元宫〔一〕

乾元何代宫，斷碣不可考。臺殿青雲端，勢欲壓山倒。春風開碧桃，夜雨長瑤艸。孰謂人世間，不有蓬萊島。

【校記】

〔一〕此首又見江西詩徵卷八八釋子。

中　峰〔一〕

中峰高出雲雨上，住持頗似〔二〕生公流。聽法頑石亦點首，論到長江無盡頭。梵僧馳經來白馬，天女散花下赤虬。機鈍若逢蘇內翰，解將金帶〔三〕鎮林丘。

【校記】

〔一〕此首又見江西詩徵卷八九釋子。

〔二〕頗似：江西詩徵作「好似」。

〔三〕金帶：江西詩徵作「玉帶」。

頂山栗〔一〕

峩峩頂山高，十月寒霜肅。霜栗大如拳，紫苞剝黃玉。福荔及夏收，宣栗亦早熟。獨爾飽風霜，香甘頗無足〔二〕。

【校記】

〔一〕此首又見江西詩徵卷八八釋子。

〔二〕無足：江西詩徵作「具足」。

慧日寺鐘聲〔一〕

慧日梁招提，層樓市〔二〕中起。霜天吼長鯨，清響撼寰宇〔三〕。州居十萬人，一聲齊到耳。寒山豈相同，獨落客船裏。

【校記】

〔一〕此首又見江西詩徵卷八八釋子。

〔二〕市：江西詩徵作『寺』。

〔三〕撼寰宇：江西詩徵作『振千里』。

簡寶巖渙氷壑長老〔一〕

清風飄飄不□〔二〕攀，氷繞出壑寶巖山。梅邊立到月一丈，松下卧分雲半間。對客酒盈銀鑿落，照人詩好錦斕斑。出門有景秋開盡，白鳥一雙紅蓼灣。

【校記】

〔一〕此首又見江西詩徵卷八九釋子。

〔二〕闕字江西詩徵作『可』。

慧日退席後，意在歸隱，能仁先以一詩寄甘林諸公〔一〕

鬢半滄浪頂半枯，海虞一個老浮屠。秋雲市井人情薄，夜雨江湖客夢孤。驥足只思行故道，鳳棲豈待種高梧。甘林昔日諸公子，還入廬山結社圖。

【校記】

〔一〕此首又見江西詩徵卷八八釋子。

禪房花木〔一〕

破山古蘭若，曲逕通後院。上人理花木，荷鋤日不倦。花發木向榮，庶以慰所願。時復花木中，行吟少人見。

【校記】

〔一〕此首又見江西詩徵卷八八釋子。

古潭，元末寓居慧日寺，國初居能仁寺。詩頗多，惜逸去，僅存常熟諸詠。

竺隱 六首

和御製山居詩〔一〕

鍾山雲氣近蓬萊，樓閣重重錦綉堆。兜率宮從天上降，桫欏〔二〕花向月中開。道林再世承恩澤，圓悟當關震法雷。祖道一絲懸九鼎，提持全仗出群材。

大覺談玄徹九重，蔚然扶起少林宗。龍光照暎神奎閣，象教尊崇玉几峰。自昔艸堂留勝跡，即今靈谷縱高蹤。御題詩筆昭雲漢，更覺玆山雨露濃。

傳得凌霄無盡燈，蘭膏烈焰愈輝騰。篆經未遜洪覺範，輔教直追嵩仲靈。閉戶遍探三藏教，入朝分録兩街僧。皇恩浩蕩深如海，聲價奚論十倍增。

【校記】

〔一〕此三首又見列朝詩集閏集卷二。

〔二〕桫欏：列朝詩集作『桫楞』。

天竺雜詠〔一〕

西湖蜃氣作樓臺，又是一番風雨來。後夜月明秋似水，桫羅花向鏡中開。

南澗飛淙雜雨鳴，顛風老樹作秋聲。庭前攪碎芭蕉葉，添得書窗兩眼明〔二〕。

晴雪生香晝不寒，光浮四壁白團團。夜深月照斜横影，只作梅花紙帳看。

【校記】

〔一〕檇李詩繫卷三一選一、二首，列朝詩集閏集卷二收第二首。

〔二〕兩眼明：檇李詩繫作『分外明』。

竺隱，名弘道，號存翁，吴江沈氏。世居澄源里，水木佳勝。有梵僧相其宅必産高僧，果産師。方晬，見佛像，合掌稱佛號。年十三，父命禮寄印寺雲屋慈公，十九薙髮，往參元叟端公，復歸寄印，忽生五竹于庭，因構軒，顔曰『五竹』。日夜究心台宗，疏鈔諸書。夢與大明照師同游靈竺，賦詩有『出紅塵户外，德業至今存』之句。師重建光明懺堂于靈山，卽照公廢院，始驗前夢。昔慈雲懺主製勸人修期疏，手書留寺，世爲墨寶，兵火失去。迨師住持，俄一人不知何來，持疏跪告曰：『從餘燼中拾此疏。』聞再舉懺筵奉獻，緇素異之。洪武三年，被召赴京，寓龍河十七年，住上天竺，拈香嗣法于我菴無公。明年爲僧録司左善世。二十四年，以老乞閒，上許之。二十五年九月三十日，泊然而逝，世壽七十八，僧夏五十九，荼毗舍利無數，藏于天竺雙檜峯，曰雲隱塔，姚少師撰碑銘。嘗奉旨同全室、具菴箋注楞伽等經。

同菴 九首

過牧之水榭　牧之詩序云：『近于義興縣，有水榭。』

樓閣當年跨紫冥，梵摩花雨肅神靈。可憐刼火塵都暗，惟有經臺草自青。一水芙蓉開曉鏡，千峰翡翠立秋屏。山川滿眼遺墟在，城郭人非半掩扃。

余在錢塘時，嘗求二先生（伯雨、仲舉）賦水榭詩，其手書眞跡失之久矣。今水榭亦有城池之變，幸孟彎祖塔復其舊規，因書一詩藏之塔下，俾後之來者知有水榭之名，受業故居迺先遺跡也。

鍾山法會詩

洪武五年正月十五日，朝廷就鍾山寺大建法會，普濟幽冥。四年十二月十五日，上御奉天殿，集公侯百官宣諭建會之因，禁天下屠宰，上先齋戒一月以嚴法，賦齋戒一首〔一〕

玉食金盤去人珍〔二〕，九重齋戒諭群臣。版圖賓貢無中外，鬼録流亡有故新。佛事五天均至化，民生四海賀同仁。普通有願長蔬食，曾夢神僧水陸因。

【校記】

〔一〕此首又見列朝詩集閏集卷二。

〔二〕人珍：列朝詩集作『八珍』。

正月十三日三鼓時，上御奉天殿，集公侯百官奉上佛表，命禮部尚書賫赴鍾山啓建法會，焚之，賦奉表一首〔一〕

御手封函〔二〕出紫宸，百靈効職共紛紜。尚書夜待三更漏，使者朝持五色雲。宣室鬼神徒有問，茂林封禪謾能文。陳情此日趨靈鷲，萬歲千秋報聖君。

【校記】

〔一〕此首又見列朝詩集閏集卷二、四朝詩明詩卷九十七言律詩二三。

〔二〕封函：四朝詩作「書函」。

十五日，上服衮冕，乘輦輅，赴法會，至日夕迎佛。上率公侯百官臨法筵，供佛行大禮，樂用善世等曲。先是十四日，微雪呈祥，尋卽開霽。是夕，星月在天，風露湛寂，絲竹迭奏，燈火交輝，禮儀之盛，前古莫及。賦迎佛、禮佛、送佛三首〔一〕

鷲頻〔二〕幡幢下界來，先令滕六淨氛埃。微風不動燈如晝，明月初昇樂〔三〕似雷。宿衛萬夫嚴虎旅，從官千騎〔四〕駐奄媒〔五〕。衮衣儼在通明殿，一朵紅雲擁不開。

天子臨筵禮覺皇，衣冠倍〔六〕位亦侯王。寶臺高處金蓮色，珠樹中間玉佩光。幣帛奉陳先盥洗，茶甌初獻謹焚香。漢庭不必論前夢，親覩金容在上方。

皓月華星傍九霄，夜深端坐聖躬勞。樂聲按舞漁〔七〕山近，花雨飄空鷲嶺高。玉冊讀文傳太祝，金桙捧奠出儀曹。從容望燎鑾輿動，日送中天白玉毫。

【校記】

〔一〕此三首又見列朝詩集閏集卷二、四朝詩明詩卷九十七言律詩二三。又，此據南京圖書館藏本。上海圖書館藏本在此詩前重録「過牧之水榭」詩，正文與前録無異，惟案語末多出「牧之詩序云『近于義興縣有水榭』，此可考矣」句。按語之後又有詩之背景介紹：「夷簡，靈谷寺左善世。

洪武二十五年奉旨訪求通佛法性理高僧幾人，既讀荊溪外紀，得其「題牧之水榭」一詩，復系一跋，蓋往來吳越間留心古跡者也，惜未多得其詩耳。」接著録有靈惲賦劍池詩，此詩在同菴之後亦有録，詩句亦同。上述文字恰爲一葉，當爲錯出無疑。

〔二〕鷲頻：列朝詩集、四朝詩作「鷲嶺」。

〔三〕樂：四朝詩作「鼓」。

〔四〕騎：四朝詩作「旗」。

〔五〕奄媒：列朝詩集、四朝詩作「龍媒」。

〔六〕倍：列朝詩集、四朝詩作「陪」。

〔七〕漁：四朝詩作「魚」。

宣諭鬼魂　賜以法食賦諭鬼〔一〕

萬方殺戮到漁樵，三日齋宮德澤饒。朽骨又蒙周室葬，遊魂不待楚人招。千年象教來中國，一代威儀出聖朝。慚愧山林何所報，耕桑滿野甲兵銷。

【校記】

〔一〕此首又見列朝詩集閏集卷二。

詔龍灣普放水燈以燭幽暗，賦水燈一首〔一〕

持節馮夷向夕過，遠分燈火出官河。斗牛光動天垂野，風露聲沉水息波。海族樓臺休罷市，鮫人機杼不停梭。九泉無復悲長夜，莫問南山白石歌。

【校記】

〔一〕此首又見古今禪藻集卷二四、列朝詩集閏集卷一、卷二、金陵梵刹志卷二。

法會三日，上之臨幸。十三日，天南娑羅樹子近臣得之，以奏獻焉。十四日，詔皇太子諸王同觀法會，賦迎駕一首〔一〕

千騎東華玉輦來，鍾山渾勝妙高臺。旌旗寶樹重重入，樓閣香雲一一開。仙伏〔二〕齋從三日幸，春宮〔三〕詔許五王陪。近臣共說天顏喜，收得婆羅樹子迴。

【校記】

〔一〕此首又見列朝詩集閏集卷二、明詩綜卷八九、金陵梵刹志卷三、靜志居詩話卷二三。題中「天南」，列朝詩集作「天雨」。按：當作「雨」，宗統編年卷二八亦作「雨」。

〔二〕伏：列朝詩集作「仗」，金陵梵刹志作「杖」。

〔三〕春宮：列朝詩集、明詩綜卷八九、靜志居詩話作「春官」。

同菴，名夷簡，延陵人。洪武五年，鍾山法會詩獨多，或病其聲律未嫻，然鋪敘最上。宗綱無天寵，自從無始以來，特見太祖一帝，因全録之。十一年，在杭州淨慈寺修復殿宇，鑄鐻架樓，當兵燹之餘，蔚成偉觀。二十五年，主南京天界寺，除僧録左善世，與止菴祥公同嗣〔一〕法于平山。林和尚先輩稱師譽徹九重，海內方袍之士倚以爲重。

【校記】

〔一〕原本「同嗣」二字殘，據列朝詩集閏集卷二補。

靈惲 一首

賦劍池〔一〕

古劍池頭大士家，白毫千丈貫彤霞。袈裟來聽生公講，時見諸天雨寶花。

【校記】

〔一〕此首又見四朝詩元詩卷七九七言絶句十二。靈惲，虎丘寺僧。國初開平忠武王提兵，取張氏，因開平駐山中而寺獲免於禍，但僧多散去，惟師能住山中，且能談古蹟。王賓修虎丘志云：『放生池、洗硯池，東晉時有之，今皆湮廢，不知所在。蓋聞之僧靈惲云爾。』志中載瞻無及一聯云：『洗空塵土惟池水，磨盡英雄是石頭。』又恩斷江一聯云：『剩水殘山王霸氣，苦風酸雨鬼仙詩。』惜未見全篇。

無敵 二首

悼無疑禪師〔一〕

一念纔空萬境忘，更無餘事可商量。翻身求〔二〕入火光定，驚倒靈山老藥王。

出輪迴又入輪迴，究竟何曾有去來。昨夜氷壺中火起〔三〕，虛空燒作一堆灰。

【校記】

〔一〕此首又見補續高僧傳卷二十遺身篇、鄧尉聖恩寺志卷五。

〔二〕求：補續高僧傳、鄧尉聖恩寺志作『永』。

〔三〕此句補續高僧傳、鄧尉聖恩寺志作「昨夜冰河中發燄」。

無敵，名智勇，天台人。初掌竺墳於中竺，爲白雲禪師之嗣。洪武三十二年，住持上海法華寺，得善達、如鏁相繼贊襄之力居多。善達，號西源，上海金氏子，從僧叔能公出家兹寺，久之，首㦸于上天竺，復還松之延慶爲第二座云。如鏁，吴郡人，西源之孫，永樂四年亦爲法華寺住持。無疑，名善信，蘇州嘉定人，族姓吴，年二十九出家，禮上海施水菴僧智德爲師，受禪教，參請蘇城萬峰和尚，素不識字，惟一味禪。洪武三十四年，年五十九，十月二十八日示微疾，乃與衆言：「我自出家以來，脇不至席，工夫今日了當，將從此辭。」索浴，入龕畢。

柏子庭　三首

題玉山人壁〔一〕

杖錫穿雲雨濕衣，我來君出兩相違。茶邊聽得仙童語，學士朝朝向晚歸。

【校記】

〔一〕此首又見玉山名勝集外集、元詩選三集卷十六、四朝詩元詩卷七九七言絶句十一。

題自寫菖蒲二首〔一〕

盆泓淺淺暎幽蕤，綠髮脩脩〔二〕墮鏡中。瀟洒憑誰供拂掠，淡烟微雨及清風。

雲骨溪毛瘦不禁，井花濯濯翠陰陰。閒來坐對清詩眼〔三〕，月落半窗風露深。

【校記】

〔一〕此二首又見元詩選三集卷十六、四朝詩元詩卷七九七言絶句十二。

〔二〕倏倏：四朝詩作「倏條」。

〔三〕詩眼：四朝詩作「時眼」。

柏子庭，嘉定人，嘗講台教於赤城。性好浪迹雲遊，乞食村落，對人不作長語，閒雜諧謔。其嘲遊虎丘云：『家家恕齋字，戶戶雪窻蘭。春來行樂處，只説虎丘山。』蓋謂吳下游賞動輒必登千人石，一時爭尚班恕齋所作字及僧雪窻所寫蘭故。一日偶觸某官，騶從縛至，心知其爲柏子庭也，命賦所張蓋，應聲云：『百骨攢來一線收，葫蘆金頂蓋諸矦。一朝撐出馬前去，眞箇有天無日頭。』某官大噱，釋之。松江大旱，延嘉興道士祈雨，多聚赤練蛇焚之，久卒無驗，師大書其壇柱云『誰呼蓬島青頭鴨，來殺松江赤練蛇』，其滑稽類如此。喜画石菖蒲，題句甚多，惜不盡傳。昔淞江薛塔一顛僧不學而能詩，嘗詠石菖蒲云：『根下塵泥一點無，性便泉石愛清孤。當時不惹湘江恨，葉葉如何有淚珠。』未知師二絶可方駕否？

象原 一首

關山月〔一〕

白楊風蕭蕭，胡笳樓上發。壯士不知還，羞對關山月。去年天山歸，皎皎照白骨。今年交河戍，明明凋〔二〕華髮。交河水東流，征戰無時歇。斗酒皆楚歌，歌罷淚成血。

【校記】

〔一〕此首又見列朝詩集閏集卷二、大雅集卷三。

〔二〕凋：列朝詩集作「雕」。

象原，名仁淑，徑山興聖萬壽禪寺住持。經始佛殿未就而終，其弟子迓復原報公力完之，其費則出於姑蘇葛德潤氏。

希遠 一首

壺中荷花〔一〕

愛此荷花紅，天然匪雕飾。披披妍令姿，停停〔二〕暎清湜。風引茵蔯香，露含珊瑚色。寘之白玉壺，光輝滿瑤席。

【校記】

〔一〕此首又見四朝詩元詩卷二四五言古詩十二、大雅集卷四。

〔二〕停停：四朝詩作「亭亭」。

希遠，名觀通，宜興人。

古明 二首

寄梅雪朱隱居〔一〕

何處風篁好，漁庄路匪遥。水光清暑簟，花影赤闌橋。坐客分詩卷，鄰姬浣酒瓢。離懷無可贈，春夢〔二〕過蘭苕。

【校記】

〔一〕此首又見列朝詩集閏集卷二、四朝詩元詩卷四二五言律詩八、大雅集卷五。

〔二〕春夢：列朝詩集、四朝詩作「清夢」。

題天馬圖〔一〕

八尺飛龍十二閑，飄飄來自峕嵐山。曾陪八駿崑崙頂，肯逐羣雄草莽間。落日倒行悲峻阪，西風苦戰憶重關。拂郎可是無新貢，天步於今政險艱〔二〕。

【校記】

〔一〕此首又見列朝詩集閏集卷二、大雅集卷六、題畫詩卷一百二獸類。

〔二〕政險艱：題畫詩作「正險難」。

古明，名靜慧。

立成 一首

陰霾

非烟非霧暗朦朧，半接江雲半掩空。全仗仁風一吹散，萬方人在玉壺中。

立成，住東林能智菴。

明僧弘秀集卷四終

明僧弘秀集卷五

虞山毛晉子晉父編

道原　三十一首

獨坐[一]

客至固足喜，不至靜□[二]佳。柴門終日掩，風過有時開。豈不念笑言，輕□交成乖[三]。庭柯有好鳥，衆音何喈喈。晨征暮來止，乃與我心諧。

【校記】

[一] 此首又見列朝詩集閏集卷二、四朝詩元詩卷二四五言古詩十二、元詩選二集卷二六、石倉歷代詩選卷三六六明詩初集八六。

[二] 闕字列朝詩集、四朝詩、元詩選、石倉歷代詩選作「亦」。

[三] 此句四朝詩作「輕交交成乖」。句中闕文列朝詩集、元詩選、石倉歷代詩選作「易」。

石湖閒居[一]

過懶愧前垢，晨起亦已勤。開門掃積葉，苔色一何新。不知何夕雨，餘濕未生塵。初日照修竹，青山可憐人。俯仰衡門下，誰知此意眞。

【校記】

[一] 此首又見列朝詩集閏集卷二、元詩選二集卷二六、石倉歷代詩選卷三六六明詩初集八六。

遣興〔一〕

龍化不改鱗，士達不改身。借問當路子，如何棄賤貧。仲尼稱大聖，原壤乃狂人。光武有天下，嚴陵實隱淪。故舊不可忘，何况師友親。嗚呼千載下，此道如埃塵。

【校記】

〔一〕此首又見列朝詩集閏集卷二、四朝詩元詩卷二四五言古詩十二、元詩選二集卷二六、石倉歷代詩選卷三六六明詩初集八六。

東睪爲陳隱君作〔一〕

晨光散蒼凉，灌木露未晞。衆鳥各相命，遲遲出林飛。豈不畏網羅，所苦渴與飢。人生有常業〔二〕，胡爲不知歸。東睪春雨深，地澤黍豆肥。理荒朝荷鋤，迫暮返荊扉。筋力固〔三〕疲倦，庶幸無禍機。鹿臺多黄金，首陽悲采薇。且自食吾力，焉知彼是非。

【校記】

〔一〕此首又見四朝詩元詩卷二四五言古詩十二、元詩選二集卷二六、石倉歷代詩選卷三六六明詩初集八六。

〔二〕常業：四朝詩、元詩選作「常策」。

〔三〕固：元詩選作「因」。

雜詩次俞伯陽韵〔一〕

無營百慮省，有作慮乃多〔二〕。空林無客過〔三〕，寂寞顰〔四〕山阿。果熟風自落，蛛絲〔五〕當戶羅。白雲悵悠悠，囬首聊詠歌。

【校記】

〔一〕此首又見列朝詩集閏集卷二、四朝詩元詩卷二四五言古詩十二、元詩選二集卷二六、石倉歷代詩選卷三六六明詩初集八六。

〔二〕此句石倉歷代詩選作「有作感愈多」。

〔三〕客過：四朝詩作「過客」。

〔四〕**類**：列朝詩集、四朝詩、元詩選、石倉歷代詩選作「類」。

〔五〕蛛絲：四朝詩作「蛛緣」。又此句下列朝詩集、元詩選作：「斷蓬非無根，落木亦有柯。所懷願不獲，抱恨將如何。白雲悵悠悠，回首聊詠歌。」其中「斷蓬」句石倉歷代詩選作「園蔬詎無根」，餘同。「願」，四朝詩作「顧」，餘同。

靜趣軒〔一〕

躁靜失本性，滯寂聖所訶。不有止觀幻，欲靜動愈多。道人非避世，偶此住山阿。幽侶不到門，況聞車馬過。閒雲謝冗跡，止水無驚波。山光明戶庭，定起聊婆娑。擾擾奔競者，聞風意如何。

【校記】

〔一〕此首又見列朝詩集閏集卷二、四朝詩元詩卷二四五言古詩十二、元詩選二集卷二六、石倉歷代詩選卷三六六明詩初集八六。

感興〔一〕

兩榿當我門，昔種不盈把。十年各長大，我屋在其下。風吹枝崢嶸，壞我屋上瓦。伐榿傷屋甚，小過且容捨。樵兒驅之去，不去反怒嗔。豈不有曲直，但念是比隣。

【校記】

〔一〕此首又見列朝詩集閏集卷二、元詩選二集卷二六、石倉歷代詩選卷三六六明詩初集八六。

遣興〔一〕

清晨啟重門，童子淨洒掃。披衣視天宇，野曠日杲杲。憶昨懷故園，似遭青山惱。一捐〔二〕彼此念，適意無不好。我性眞坦率，逢人輒傾倒。非關渠我欺，擺落自不早。凉飈吹衣裳，溪色暎青稻。飲水讀我書，逍遥以終老。

【校記】

〔一〕此首又見列朝詩集閏集卷二、元詩選二集卷二六、石倉歷代詩選卷三六六明詩初集八六。

〔二〕捐：列朝詩集作「狷」。

對菊有感〔一〕

百艸競春色，惟菊以〔二〕秋芳。豈不涉寒暑，本性自有常。疾風吹高林，木落天雨霜。誰知籬落閒，弱質懷剛腸。不怨歲月暝，所悲迫新陽。永歌歸去來，此意不能忘。

【校記】

〔一〕此首又見列朝詩集閏集卷二、四朝詩元詩卷二四五言古詩十二、元詩選二集卷二六、石倉歷代詩選卷三六六明詩初集八六、廣群芳譜佩文齋廣群芳譜卷四九花譜、藝菊志四卷詩。

〔二〕以：四朝詩、廣群芳譜、藝菊志作「有」。

題韓幹画馬圖〔一〕

唐朝畫馬誰第一，韓幹妙出曹將軍。此圖無乃幹所作，世上有若眞空群。雙瞳精熒兩耳立，蘭筋束骨皮肉〔二〕急。何年霹靂起龍池，五花一團雲氣溼。當年天子少馬騎，遠求烏孫詔〔三〕寫之。卽今内廄多如蟻〔四〕，縱有騏驎画者誰。

【校記】

〔一〕此首又見元詩選二集卷二六、石倉歷代詩選卷二六六明詩初集八六、檇李詩繫卷三一、題畫詩卷一百四獸類、佩文齋咏物詩選卷四百五馬類。

〔二〕肉：元詩選作「内」。

〔三〕詔：元詩選作「馬」。

〔四〕如蟻：元詩選作「如此」。

中山堂爲許隱君作〔一〕

俗子居山不見山，靜者居塵山在眼。請看東郭許隱君，中山之堂最蕭散。堂前種竹堂後萱，春深笋長萱花繁。大兒稱觴壽花下，小兒讀書當竹根。城中無山亦可樂，城中有虎仍戴角。歸來不愁虎食人，閉門日醉中山春。

【校記】

〔一〕此首又見列朝詩集閏集卷二、四朝詩元詩卷三四七言古詩十、元詩選二集卷二六、石倉歷代詩選卷二六六明詩初集八六。

萱庭春意爲胡景仁作〔一〕

春庭種萱春日長，春風吹衣〔二〕春酒香。閉門讀書母在堂，百畝之稻五畝桑。萱能忘憂無憂可忘。晨羹須調不須鯉，婦善奉姑姑自喜。阿孫來來花下戲，愼勿傷花失婆意。

【校記】

〔一〕此首又見列朝詩集閏集卷二、元詩選二集卷二六、石倉歷代詩選卷二六六明詩初集八六、五種遺規養正遺規補編。五種遺規歸入無名氏。

〔二〕吹衣：五種遺規作「吹次」。

晚涼懷故山〔一〕

疎林生晚涼，微日暎書幌。南山澹相對，幽磬時一響。懷歸見素心，感舊發遐想。稍待秋橘香，風波〔二〕蕩雙槳。

【校記】

〔一〕此首又見列朝詩集閏集卷二、四朝詩元詩卷二四五言古詩十二、元詩選二集卷二六、石倉歷代詩選卷三六六明詩初集八六、檇李詩繫卷三一。

〔二〕風波：列朝詩集、四朝詩、元詩選作「風汀」，石倉歷代詩選作「風清」，檇李詩繫作「衝波」。

啄木〔一〕

啄木江南飛，蠹蟲生上林。江南亦有蠹，不聞剝啄聲。蠹種日以滋，木病日以深。啄木不啄蠹，孰慰鳳凰心。

【校記】

〔一〕此首又見列朝詩集閏集卷二、四朝詩元詩卷二四五言古詩十二、元詩選二集卷二六、石倉歷代詩選卷三六六明詩初集八六、佩文齋咏物詩選卷四四八鴛鴦類。

墨蘭〔一〕

楚雪春已晴，沅湘水初滿。去年故葉長，今年新葉短。波明碧沙淨，日照紫苔暖。不見澤中人，江南暝雲斷。

【校記】

〔一〕此首又見列朝詩集閏集卷二、四朝詩元詩卷二四五言古詩十二、元詩選二集卷二六、石倉歷代詩選卷三六六明詩初集八六、檇李詩繫卷三一、佩文齋咏物詩選卷三五三蘭花類。

遣興二首〔一〕

涼風一葉落，志士感其微。豈但振爾木〔二〕，寒將裂我衣。治田去稂莠，所憂稼穡稀。君若不見察，善䫨〔三〕將安歸。

紫蘭生幽林，聊與衆艸伍。青蠅亦何物，天乃傅其羽。鴟梟紛翺翔，鳳鳥不一覩。自古已云然，今人況非古。

【校記】

〔一〕此二首又見列朝詩集閏集卷二、元詩選二集卷二六、石倉歷代詩選卷三六六明詩初集八六。

〔二〕爾木：元詩選作「泉木」。

〔三〕善䫨：列朝詩集、元詩選、石倉歷代詩選作「善類」。

楞伽寺得月屋〔一〕

月出湖水湄，清輝暎林屋。山明秋樹靜，照見幽鳥宿。閉門〔二〕誰遣入，俯磵近可掬。道人猶〔三〕未眠，經聲出深竹〔四〕。

【校記】

〔一〕此首又見列朝詩集閏集卷二、元詩選二集卷二六、石倉歷代詩選卷三六六明詩初集八六、檇李詩繫卷三一、佩文齋咏物詩選卷一三二佛寺類。

〔二〕閉門：列朝詩集、元詩選、石倉歷代詩選、佩文齋咏物詩選作「開門」。

〔三〕猶：檇李詩繫作「獨」。

〔四〕深竹：檇李詩繫作「林竹」。

吳江晚泊〔一〕

風壤三洲接，江湖一水分。虹消滄海雨，日落洞庭雲。客意終難盡，漁歌不厭聞〔二〕。長思陸魯望，不出可忘君。

【校記】

〔一〕此首又見列朝詩集閏集卷二、四朝詩元詩卷四二五言律詩八、元詩選二集卷二六、吳都文粹續集卷二四山水。

〔二〕不厭聞：吳都文粹續集作「實飽聞」。

題川船出峽圖〔一〕

瞿塘險爲三峽門，兩岸束急洪濤奔。十丈江船萬斛力，一篙失勢原無根。前船纔過〔二〕後船出，蜀商來往無虛日。君不見人間行路難，咫尺風波永相失。

【校記】

〔一〕此首又見列朝詩集閏集卷二、四朝詩元詩卷二四七言古詩十、元詩選二集卷二六、石倉歷代詩選卷三六六明詩初集八六、題畫詩卷五六行旅類。

〔二〕纔過：四朝詩作「繞過」。

秋　興〔一〕

一別空山舊艸亭，衣裳五見點秋螢。沙沈短艇餘菰米，苔卧長鑱老茯苓。弱水蓬萊那可到〔二〕，瞿塘灩澦不須經。歸帆早晚吳陂〔三〕裏，嫋嫋涼風望洞庭。

【校記】

〔一〕此首又見列朝詩集閏集卷二、四朝詩元詩卷六十七言律詩十八、元詩選二集卷二六、石倉歷代詩選卷三六六明詩初集八六、檇李詩繫卷三一、大雅集卷七。

〔二〕到：大雅集作「得」。

〔三〕吳陂：列朝詩集、四朝詩、元詩選、石倉歷代詩選、檇李詩繫、大雅集作「吳波」。

錢塘懷古〔一〕

銕馬悲鳴汴水黄，翠華南渡駐錢塘。至今老父稱行在，往昔君臣認故鄉。銀海雁飛虚夜月，銅盤仙去只秋霜。乾坤離合寧非數，詩罷長吟意渺茫。

【校記】

〔一〕此首又見列朝詩集閏集卷二、元詩選二集卷二六、石倉歷代詩選卷三六六明詩初集八六、檇李詩繫卷三十。

子熙兩和詩寄再用韻以答〔一〕

梁甫吟餘自荷鉏，南陽非復舊門閭。春愁亂逐楊花起，秋興頻將柿葉書。水落楚江尋瘞鶴，艸荒吳苑問蒸魚。遠遊憶母還歸省，安得雲萍有定居。

【校記】

〔一〕此首又見列朝詩集閏集卷二、四朝詩元詩卷六十七言律詩十八、元詩選二集卷二六、石倉歷代詩選卷三六六明詩初集八六。

次韻瑛石室謝事雪竇歸吳江〔一〕

艸堂舊在吳江上，江水江花照眼明。久客歸來渾似夢，比隣相見不知名。蓴香笠澤思張翰，瓜熟青門憶邵平。一夜西風吹白髮，挑燈因自賦秋聲。

【校記】

〔一〕此首又見四朝詩元詩卷六十七言律詩十八、元詩選二集卷二六、石倉歷代詩選卷三六六明詩初集八六、檇李詩繫卷二一、四明山志卷二一。

次韵春日西湖懷古〔一〕

當時翠輦此經過，天馬玲瓏撼玉珂。宴罷湖山芳艸合，歸來風雨落花多。子規夜半啼宫樹，翁仲春深帶女蘿。自古興亡多有此〔二〕，不須惆悵問如何。

又

錢塘父老眼看天，國破尤能話昔年〔三〕。江艸忽嘶關北馬〔四〕，風帆不返海南船。空陵落木無人掃，廢苑餘花只自妍。此日西湖囬白首，功名若個在凌烟。

【校記】

〔一〕此二首又見列朝詩集閏集卷二、元詩選二集卷二六、石倉歷代詩選卷二六六明詩初集八六、檇李詩繫卷三一。

〔二〕有此：元詩選作「如此」。

〔三〕此句檇李詩繫作「霜鬢猶能話昔年」。

〔四〕此句檇李詩繫作「岸草忽嘶江北馬」。

題小画二首〔一〕

山色明人眼，江風冷鬢絲。都將身外事，拂石坐移時。

秋高山氣佳，木落江水靜。意固不在魚，魚驚釣絲影。

【校記】

〔一〕此二首又見石倉歷代詩選卷二六六明詩初集八六、題畫詩卷二七名勝類。四朝詩元詩卷六七五言絶句二、元詩選二集卷二六、檇李詩繫卷三一選第二首。

石菖蒲〔一〕

露長纖纖葉，春添細細根。生涯惟水石，幽意自乾坤。

【校記】

〔一〕此首又見石倉歷代詩選卷三六六明詩初集八六。

題懸崖蘭圖〔一〕

居高貴能下，值險在自持。此石〔二〕或可轉，此根不可移〔三〕。

【校記】

〔一〕此首又見四朝詩元詩卷六七五言絶句二、元詩選二集卷二六、石倉歷代詩選卷三六六明詩初集八六、題畫詩卷七五蘭竹類。

〔二〕石：題畫詩誤作『日』。說見四庫全書考證卷九九，他本亦作『石』。

〔三〕此句四朝詩、元詩選、石倉歷代詩選、題畫詩作『此根終不移』。

漁村夜歸〔一〕

絲絲暖雨歇春潮，雲壓江流落澗橋。欲訪桃花無路入，好風時度〔二〕玉人簫。

【校記】

〔一〕此首又見四朝詩元詩卷七九七言絶句十二、元詩選三集卷一、石倉歷代詩選卷三六六明詩初集八六。

〔二〕度：元詩選作『渡』。

道原，名宗衍，不知何寺僧。曾見梦觀集中多贈寄衍斯道詩，蓋姚少師非道原也。向來諸選止載吴江晚泊一首，惟曹能始先生選者甚多，俾童子抄補，童子抄至『野雞毛羽好』一篇，忽告是女子作，未知應入否。其詩云：『野雞毛羽好，不如家雞能報曉。新人美如花，不如舊人能績麻。績麻作衫郎得著，郎見花開又花落。』因攜別本考之，果是陳氏寄夫詩也。陳氏，溫州南溪人，其夫宦游京師，娶妾而寵之，棄陳于家，因作以寄，不知何故混入，今已削去。

偶讀東臯録，始詳衍公始末。元至正初，居石湖，時尚承平，楞伽諸寺，鼓鐘相聞，奇勝相角，詩聲之傑出者以衍公爲首，極爲先輩覺隱誠公所推重。既因省堂選主嘉禾德藏寺，吳越諸居士咸賦詩送之，忽軼于兵，僅存遂昌鄭公而下數篇，其孫西白懼遂淪没，編次成帙，丐九臯叙其後。有碧山詩集若干卷行世，翰林危公大樸爲之序。歿年四十三。

古庭　五十四首

山行

我獨愛山居，空冥煙水餘。行非公務迫，吟爲野懷舒。入水逢僧話，沿崖見草廬。相攜歸作宿，又過一菴居。

宿晚村〔一〕

眺望前村近，桑麻路欲迷。過田衣拂水，緣徑履〔二〕沾泥。遠嶠寒烟合，空林夕照低。村翁留我宿，也解說禪機〔三〕。

【校記】

〔一〕此首又見四朝詩元詩卷四二五言律詩八、明詩綜卷九十、靜志居詩話卷二三。

〔二〕履：四朝詩、明詩綜、靜志居詩話作『屧』。

〔三〕禪機：四朝詩、明詩綜、靜志居詩話作『禪棲』。

遊廢寺

古寺是何年，山門自悄然。殿空容鳥入，樹老引藤纏。有客獨題句，無僧共坐禪。息陰依樹坐，怪見虎當前。

遇隱者〔一〕

杖策雲間去，迢迢入薜羅〔二〕。踐崖登白石，行徑踏青莎。樹密連居址，橋危隱竹坡。人烟皆四絶，惟我獨經過。

【校記】

〔一〕此首又見四朝詩元詩卷四二五言律詩八。

〔二〕薜羅：四朝詩作「薜蘿」。

入古峰寺

樓閣微無有，雲霞最上層。扳蘿緣屈曲，踐石度崚嶒。蘚壁三尊佛，龐眉一老僧。倚岩如幅画，夜對一龕燈。

宿荒院〔一〕

行歸山院晚，烟火隔人家。垣倒自來鹿，草深多聚蛇。空廊無月照，古殿有雲遮。年代尋碑辨，文章半蘚花。

【校記】

〔一〕此首又見四朝詩元詩卷四二五言律詩八。

爲道深題墨竹〔一〕

誰寫雙篔簹，半晴半帶雨。榦直挺青琅，葉疎攢翠羽。清容禪室懸，瘦許山僧侶。倘遇老香嚴，定將公案舉。

【校記】

〔一〕此首又見四朝詩元詩卷二四五言古詩十二。

山房獨坐〔一〕

山房無一事，西日送殘曛。飯取胡麻煮，香將栢子焚。草坡聞牧笛，松塢響樵斤。恠底牕昏黑，簷前一片雲。

【校記】

〔一〕此首又見列朝詩集閏集卷二、四朝詩元詩卷四二五言律詩八。

山興寄魁太初

盡日巖房老，幽居自獲便。死生無定日，坐卧任長年。豈謂禪非學，惟知梦是顛。身前身後事，鳥語竹籬邊。

山水圖爲李用之書〔一〕

良工善丹青，所得意外意。紙上移江山，筆端轉天地。楊柳護烟村，雲霞鎖蕭寺。索我一題詩，對之起幽思。

【校記】

〔一〕此首又見四朝詩元詩卷二四五言古詩十二。

山趣吟三首〔一〕

我趣山幽逸，山深任寂寥。種松緣徑側，架木倚山樵。巖瀉千尋瀑，園滋百品苗。爲何人少到，陡澗不横橋。

我趣山幽逸，山幽豈易言。但容來老衲，未許過高軒。泉眼石邊活，鳥聲花外喧。紅塵無路入，風景似桃源。

我愛山幽逸，平生酷愛山。言登那畏險，飽覩不知還。選地幽深處，誅茅一兩間。因茲清已智，竟不與塵扳。

【校記】

〔一〕此首又見四朝詩元詩卷十二樂府歌行十選録第二首。

舟　泊〔一〕

泛舟隨所住，相與俗情違。興得五湖樂，心閑萬事非。人疑天上坐，鷗訝鏡中飛。晚泊蘆花渚，猶知紙帳圍。

水國微茫處，凝眸景趣多。天光船底漾，雲影棹邊拖。動我清幽興，聞他欸乃歌。不知臨去晚，落日蕩狂波。

海闊天空際，山僧夜放舠。撥烟雙短棹，穿月一長篙。蜃吐千層閣，虹垂五色橋。幾番衝逆浪，直欲上重霄。

江靜雨初收，湖光滑似油。岸如隨棹轉，山欲趂波流。牽興多浮荇，忘機足野鷗。夜聞漁父笛，吹破一天秋。

來去復來去，猶如水上萍。衝烟過荻渚，隨水傍沙汀。渡口求魚叟，船頭狎鷺僧。相逢惟一笑，卽是息心銘。

【校記】

〔一〕四朝詩元詩卷四二五言律詩八選録二、四兩首。

紙　帳〔一〕

一團虛白墜輕柔，護我禪牀〔二〕分外幽。身在芸暉堂上卧，神于銀色界邊遊。素雲助煖春常在，霽月凝光夜不收。好是枕邊蝴蝶遶，梅花有夢到羅浮。

【校記】

〔一〕此首又見四朝詩元詩卷六十七言律詩十八。

〔二〕禪牀：四朝詩作「禪林」。

拄杖付徒永昇作

昔年行脚賴攜持，倒握横擔總是宜。撥亂雲根天地塞，攙空華藏佛魔迷。隨高就下乘渠力，涉險經危苦不疑。付與吾徒收拾去，兒孫萬古作標題。

道中望靈峰寄秦上人〔一〕

海門烟霧日沉東，曙色濛濛帶雨風。古寺半空丹壁裏，幽林一望画圖中。雲埋〔二〕鶴梦松聲細，石近龍泉水眼通。勝覽江山觀未是〔三〕，寫懷〔四〕畱寄梵王宮。

【校記】

〔一〕此首又見四朝詩元詩卷六十七言律詩十八。

〔二〕埋：四朝詩作「堆」。

〔三〕未是：四朝詩作「未足」。

〔四〕寫懷：四朝詩作「寫生」。

道人山居〔一〕

構屋山居物外禪，繞窗白石與清泉。年來識破安心法，衲被蒙頭自在眠。

【校記】

〔一〕此首又見列朝詩集閏集卷二、四朝詩元詩卷七九七言絶句十二。

尋隱者

爲訪山人入路偏，山中風景自悠然。到門得見雲松主，相對無言卽是禪。

爲清道人書閑寂軒〔一〕

四簷空碧道人家，一段風光不市譁。靜坐蒲團無箇事，殘暉倒影入窗紗。

【校記】

〔一〕此首又見四朝詩元詩卷七九七言絶句十二。

爲老宿山隱

翛翛茅屋倚巉巗，白晝閑雲爲掩關。自是年來心地死，蒙衾終日到三竿。

無客軒爲獨翁題〔一〕

紫爐煨老平生友〔二〕，打戶無人到此間。莫謂晚來〔三〕蕭索甚，清風明月半幽閑。

【校記】

〔一〕此首又見四朝詩元詩卷七九七言絶句十二。

〔二〕此句四朝詩作『柴爐煨芋平生友』。

〔三〕晚來：四朝詩作『老來』。

洗衣

破衲和烟幾片絲，半零半落浸寒漪。今朝天氣初晴爽，掛在當風日景遲。

掃地

時時掃去時時有，未審有時何處來。索性一番連地捲，眼空方不破塵埃。

僧老獨居

半間禪室誰同老，影子相依兩箇僧。八萬四千毛孔裏，石窗深鎖月爲燈。

春吟曉處

尋春不放一朝閑，踏遍千山與萬山。好是晚來詩就處，銀鈎照眼欲彎彎。

夏日與友登山

夏日登山與友遊，笑談不覺到層樓。相携更上顛崖望，無限浮雲在脚頭。

送僧歸蜀

故鄉日暮聽啼鵑，歸到家山三月天。送子松門分首處，野雲寥落滿山川。

侍者別我

二冬侍我在爐頭，榾柮頻燒費茗甌。正好看梅辭我去，明年此日再來不。

善道者居山

□善道者只居山，城市諠譁總不關。驚破石床空夜夢，海天飛月上欄杆。

述己心事

左右思量皆不得，如今索性没躊躇。饑來吃飯困來睡，一任生涯在艸廬。

述　懷

半間低小尖頭屋，白晝閑眠一老僧。松竹經年清兩眼，自思無法上傳燈。

次古人韻示衆二首

山花山景對空顏，春色融融碧嶂間。欲問古人山隱趣，白雲來去日閑閑。

山中久住事多便，樹葉藤花屋角邊。笋焙茶烘收拾了，閉門一任倒頭眠。

送禪子

子去勞吾到竹門，屋頭松老不知春。相期若要歸來早，共與鋤山種白雲。

維　舟

維却孤舟擲却竿，掀天捲地亦閑閑。年來長袖絲綸寸，心在眠鷗浴鷺間。

山宇吟　十二首〔一〕

山宇清寒一敝衣，夜寒爐火尚希微。多燒黄葉身餘煖，不着人間是與非。

昨夜睡濃人在梦，忽然記得去年時。猿來偷我樹頭菓，扳折當牕那一枝。

菴鎖雲巒樹鎖烟，淡濃蒼翠筆難傳。石邊添個頭陀坐，一幅丹青世外懸。

了心心了何心了，心了心無無亦無。到此若言諸祖意，猿聲啼處月輪孤。

住山年久客情疎，雲水相叅厭起居。不必擔禪來問我，老夫心念尚空虛。

身事與誰閑理論，自家做梦自家知。天翻地覆無干己，坐卧經行總若痴。

山雲水石道人家，方寸常開不夜花。風味與人真個異，夜深撥火自烹茶。

山人自適山中景，紅白花開杜宇天。笑我形模無可據，惟憑翠竇度長年。

三春已謝夏方除，蟬噪風寒秋欲餘。木葉滿巖冬又近，柴牀烟火日于于。

掃石跏趺默坐間，春深幽鳥亂啼山。白雲愛我菴前地，與我常年共放閑。

怪底山家與事休，刀耕火種日無求。平生伎倆惟餘此，半榻雲埋在石樓。

縛木爲床草作氈，山中富貴只如然。絶無車馬來林下，門掩潺潺落澗泉。

【校記】

〔一〕四朝詩元詩卷十二樂府歌行十録二、七、十首。

眞樂歌

君不見我之樂非庸樂，無憂無慮無拘縛。去住都緣只一身，且無情愛與爭奪。不求心，不滯教，放蕩疎狂亡覺照。生生死死實堪悲，辱辱榮榮眞可笑。死生榮辱本無關，自是迷夫心妄造。不恣非，不強是，此卽山翁眞樂處。會得猶癡物外閑，未會忙然心暗昧。坐兮坐，卧兮卧，且無佛法苦擔荷。飛來海月共山雲，愛我閑中時復過。春之夏，秋之冬，年來年去總相同。住久巖阿無可見，陰晴榮落幾番空。知世事，皆類此，安保深沉不到已。笑吾野散在深幽，土面灰頭而已矣。不趨貴，不干榮，榮貴知如水上萍。智者忘懷順天命，庸愚強向背其中。不悟心，焉知止，諂詐矜狂太乖理。縱能會盡古今文，未出興亡何足齒。野頭陀，性剛硬，一切妍媸情不紊。縱由好事塞天來，于我樂中皆没分。說此樂，且非惑，試問當機只一摑。就中有顆摩尼珠，曲示兒孫苦抛擲。誰抛却，晝夜光暉能暎奪。若然解契此摩尼，曠劫苦輪當下脫。欲悟我，且休人，人我休休樂水雲。與君說個眞消息，生處熟兮熟處生。我眞樂處將易樂，縱悟歸來且還錯。三賢十聖尚難容，知解輕浮安着脚。傍石巖，依澗水，卓箇尖頭屋藏已。絶他人事與沉浮，但把自家心地死。不妄作，何有爲，地爐撥火共相偎。饑時爛煑和根菜，飽後沿溪去復回。我兮樂，樂兮我，我樂樂兮我樂我。樂我我兮我亦無，我樂無兮眞懡㦬。我無我樂何樂爲，驚吾門，諸玄學，趂今年少好休心，來伴老夫把頭縮。

書木葉寄友〔一〕

述我山居事，寫葉頻寄與。意匪外葉間，情還出葉底。

【校記】

〔一〕此首又見四朝詩元詩卷六七五言絶句二。

古庭，名善學，生吴郡馬氏。年十二出家大覺寺，十六抵杭受戒。明年，受華嚴于光福林屋清公。又明年，依曹溪寶覺蘭公（一作蕳公），盡通法界觀門，并玄文要旨。凡賢首一家疏鈔，若華嚴圓覺楞嚴起信諸部，無不深入。元末，宣政院請師開法崑山薦福，當路者欲令出門下，師賦曹溪水四章拒之。國初，居光福。光福爲銅像觀音道場，方思有所建置，寺僧輸賦違期，當徙贛州（一作虔州），有司知師專任講道，欲與辨析，師謂宿業已定，毅然請行。抵池陽馬當山，示疾而化，時洪武三年四月二十日也，得年六十有四。所著有十玄門賦法華問答法華隨品贊辨正教門關鍵，録詩文若干卷。門人處仁法慧乞啓宗佑公、九皋聲公撰行業記。宋潜溪云：『濂于諸宗之文頗常習讀，每病台衡、賢首二家不能相通，欲和會而融貫之，恨鮮有可言斯事者，不知世上乃復有師乎！于是發不及見之嘆，既序其事，復綴之銘。』天順間張宗伯惠序其語録行世，卷首云『師居天界，學者請問，師行脚』云云。自序甚詳，末載詩一卷，長于五言，如『雲外猿聲斷，松間鶴夢危』，又『驛騎驚晨鼓，官船發夜歌』，又『供粥燒新筍，烹茶摘野蒿』，又『天地浮沉際，蛟龍出没中』，又『分榻在今秋，合單思故友』，元遺山見之，應亦解頤。旅癡十首，酷肖寒山。惜逸曹溪水四章。

恕中　四十六首

楚雲歌贈瑒上人〔一〕

楚江江上雲如蓋，楚江江水波如沸。江水東流日夜忙，雲也無心自堪愛。膚寸彌漫宇宙間，卷舒出没俱閑閑。金雞三號郢城曉，文章五色何斒斕。釘釘著兮高掛著，國師萬古存標格。不徒爲雨潤焦枯，等閑拗折蒼龍角。全楚頻年飛戰塵，只今誰是眠雲人。一一從頭輕按下，天開地闢回陽春。

【校記】

〔一〕此首又見恕中和尚語録卷四。

送法姪暐日初遊台鴈〔一〕

台山高，鴈山高，造物似欲爭雄豪。根盤厚地，輪囷糾結共深杳；頂摩太虚，騫翔峙立同嶕嶢。飛泉斷續，白雲掩映，展天眞之圖畫；連城累堞，翠壁丹崖，分刻鏤於秋毫。良工欲揭閣其筆，神匠擬習藏其刀。我昔事參訪，彼彼曾遊遨。一重一崦華藏界，一竹一樹羅旌旄。灑然心境兩俱寂，不知無地容塵勞。別來三十載，歲月何滔滔。老步不可動，靈覽長自遭。送子未行我先返，以神爲馬輪其尻。蒲團竹榻坐正穩，耳邊彷佛聞松濤。

【校記】

〔一〕此首又見恕中和尚語録卷四。

病中贈醫僧悦可庭〔一〕

我懷佛祖病，不獨病厥躬。三界病有盡，我病無終窮。可庭解醫病，聊與言病功。虚空病之體，病體離虚空。呻吟儂笑病，歡樂病笑儂。推病病不去，覓病病無蹤。年來識病處，不將病掛胷。千病及萬病，只與一病同。有身則有病，無身病何從。

【校記】

〔一〕此首又見恕中和尚語録卷四、列朝詩集閏集卷二。

樵雲歌爲彦希聖作〔一〕

新州老樵雙眼碧，腰間大斧霜華色。亂雲堆裏挨身入，伐盡稠林不費力。不費力，眞可憐，雲深路轉柴在肩。笑殺黄梅七里衆〔二〕，日高三丈猶安眠。有時嘯一聲，白雲無耳還能聽。有時歌一曲，松風接響雲相逐。憑誰說與爛柯人，好與搥碎閑棋局。

【校記】

〔一〕此首又見恕中和尚語録卷四。

〔二〕七里衆：恕中和尚語録作「七百衆」。

托鉢歌爲元恕和尚作〔一〕

五峯道人慈無畏，饑來托鉢前村去。衲衣撩亂似飛鶉，頭髮鬖鬆如刺蝟。得飯卽便噇，得飲卽便啜。塞却饑腸卽便休，箇中滋味憑誰說。自我生來得此鉢，受用無窮眞快活。非銅非鐵亦非金，絶類離倫最奇絶。不借借，不洗刮，圓陀陀兮光爍爍。有時擲向十字街頭渾弗愛惜，有時收向百衲袋中重重包括。傍人對我問端由，劈面高聲與一咄。我笑老釋迦，托鉢一日限七家。我笑維摩詰，托鉢勞人到香積。而我誰知盡不然，逍遥任運如神仙。相遭箇箇是檀越，出門處處逢炊煙。呵呵呵〔二〕，會也麽，三界擾擾空中華。談玄說妙如稻麻，動著便是成誵訛。鉢兮鉢兮聽吾誓，汝愼勿譁，我已死生不棄汝，汝休棄我別處營生涯。

【校記】

〔一〕此首又見恕中和尚語録卷四。

〔二〕呵呵呵：恕中和尚語録作「阿呵呵」。

琭藏主先字方石，後於禪燕中夢入委羽山獲奇石方寸許，面有宗印之文，遂以宗印易前字求偈〔一〕

道流夢入委羽山，磬欬疊疊開雲關。誰遣山靈獻奇石，落手異色非朱殷。宗印之文炳然現，拈起千人萬人見。令行吳越在斯時，東土西天看平展。覺來偃仰牀上眠，追思往事何茫然。三世如來共說夢，空餘半滿并偏圓。更名換字都在我，出没卷舒無不可。有人更問鐵牛機，拈起烏藤劈頭打。

【校記】

〔一〕此首又見恕中和尚語録卷五。

鐵牛偈贈牧長老〔一〕

鐵牛通身鑄生鐵，拗性獨與常牛別。鼻孔頑然弗受穿，兩角指天何嵂嵲。蚊子飛來難下觜，有耳焉能聽春雨。挽之不後推不前，阿童徒用施鞭箠。荒田疊疊未動犁，舉目煙草尤淒迷。安得乘時借餘力，卽看穲稏盤虹蜺。

【校記】

〔一〕此首又見恕中和尚語録卷五。

居山好一首贈獎藏主〔一〕

居山好，居山好，居山快樂同誰道。我見居山快樂多，老來悔不居山早。憶得初年事行脚，東走西奔無擘畫。知識門庭盡歷過，心地依然未明白。或施棒，或施喝，或把甜言相誘嚇。只管依樣畫葫蘆，葫蘆之内無眞藥。從此令人病轉深，没興相逢還吃著。居山好，居山好，居山快樂同誰道。猿吟鳥語是全提，鑿列峰攢卽三寶。眞源實相露堂堂，聖解凡情均一掃。恬然受用絶安排，且免從人口邊討。報同流，休草草，未明心地話居山，居山但見添煩惱。

【校記】

〔一〕此首又見恕中和尚語録卷五。

蔗菴號〔一〕

繞屋不栽松，繞屋不栽竹，繞屋惟栽甘蔗苗。釋迦遠裔憑玆續，僧來扣門無可道，揑起麤拳劈胷擣。要你從今見本根。者回莫向甜頭咬。一節低，一節高，由來不長閑枝條。天生自然滋味足，耨耨亦假施勤勞。雲林昨夜西風起，摵摵秋風戰窗紙。叮嚀〔二〕園丁快著忙，收拾當年眞種子。

【校記】

〔一〕此首又見恕中和尚語録卷五。

〔二〕叮嚀：恕中和尚語録作「叮囑」。

寄宗聖西堂〔一〕

宿有扶宗志，辛勤四十年。句清堪供佛，業白可箋天。燕坐畦衣薄，經行雪頂圓。長庚光欲滅，内院一燈傳。

【校記】

〔一〕此首又見恕中和尚語録卷六、列朝詩集閏集卷二、石倉歷代詩選卷二七六元詩四六、宋元詩會卷一百。

讀高僧詩示心印〔一〕

道合千年運，身游萬行林。玄言空俗語，幽思發清吟。玉潤難方德，金堅讓比心。雖然無諷刺，正氣鬱森森。

【校記】

〔一〕此首又見恕中和尚語録卷六。

聞　蟬〔一〕

侵曉堆桅坐，蟬聲出樹林。分明宣祖意，何處有凡心。歷歷消清夢，悠悠助獨吟。時人皆共聽，誰謂少知音。

【校記】

〔一〕此首又見恕中和尚語録卷六、列朝詩集閏集卷二、石倉歷代詩選卷二七六元詩四六。

贈山菴半雲〔一〕

茅屋住來久，惟勤聚法財。煮茶先濾水，啜粥旋烘苔。石蘚成團吐，巖華逐朶開。老年無別事，一念待金臺。

【校記】

〔一〕此首又見恕中和尚語録卷六。

題珪上人山舍〔一〕

紅葉填松徑，清溪繞竹林。西風雙鬢老，落日半窗陰。壞衲偏宜厚，幽居不厭深。竺仙遺偈在，展卷且高吟。

【校記】

〔一〕此首又見恕中和尚語録卷六、古今禪藻集卷二二、列朝詩集閏集卷二、四朝詩明詩卷六六五言律詩十七、石倉歷代詩選卷二七六元詩四六。

謝靜中過訪〔一〕

掃跡千〔二〕巖裏，柴門久不開。正逢新雨足，忽見故人來。燒笋供茶碗，烹薇薦粥盃。欲留君共住，分石坐堆堆。

【校記】

〔一〕此首又見恕中和尚語録卷六、列朝詩集閏集卷二、四朝詩明詩卷六六五言律詩十七、石倉歷代詩選卷二七六元詩四六、宋元詩會卷一百。

〔二〕千：列朝詩集作「幹」。

秋海號〔一〕

玉露洗空碧，滄溟湛不搖。一漚曾未發，何處覓全潮。忽地西風急，粘天白浪高。漁翁談笑裏，隨手掣金鼇。

【校記】

〔一〕此首又見恕中和尚語録卷六。

題王山人草齋〔一〕

築室鳬〔二〕溪上，松門日夜開。家貧無盜〔三〕入，山好有僧來。雨漏重苫草，年深旋積苔。繞檐梨與栗，秖爲子孫栽。

【校記】

〔一〕此首又見恕中和尚語録卷六、宋元詩會卷一百、石倉歷代詩選卷二七六元詩四六。

〔二〕鳬：宋元詩會作「島」。

〔三〕盜：宋元詩會作「雀」。

寄楊建文先生〔一〕

五載不相見，況兼行路難。身安知少病，髮白想無斑。桉上玄經就，罏中奼女還。無弦有眞趣，應對馬師彈。

【校記】

〔一〕此首又見恕中和尚語録卷六。

次韻答烏草齋先輩〔一〕

藉甚烏夫子，鄺居傍柳林。焦桐高掛壁，春草滿墻陰。道譽丘山重，詞源江海深。巖僧亦何幸，許得共論心。

【校記】

〔一〕此首又見恕中和尚語録卷六。

送恩侍者歸蜀〔一〕

西蜀禪宗百世師，龍飛鳳躍見當時。盈車火燎金剛疏，越格風流小艷詩。豆子山前打瓦鼓，草鞋菴外蓋烏龜。此行莫墮他途轍，別立新條唱祖機。

【校記】

〔一〕此首又見恕中和尚語録卷六。

次韻答南堂法兄見寄〔一〕

禪詮壓倒老圭峯，舌底長吹少室風。千聖那邊開正眼，一毛頭上現神通。烹金不用陰陽炭，羅鳳何須天地籠。截斷古今閑露布，西天此土有誰同。

【校記】

〔一〕此首又見恕中和尚語録卷六。

復用韻寄西白和尚〔一〕

崒光凌霄出衆峯，是誰還可繼孤風。嘉聲虓虓雷霆震，峻辯滔滔河漢通。應笑鏡清拈火箸，豈容甘贄拜蒸籠。妙明心印傳來久，不與尋常篆刻同。

【校記】

〔一〕此首又見恕中和尚語録卷六。

扶桑登侍者以偈請益，有三萬里程來問道之句，次韻答之〔一〕

三萬里程來問道，艱難吃盡許誰知。可憐打失其中事，只爲貪多向外馳。蜜水甜糖非善友，瞋拳熱喝是良師。翻身踏著來時路，早已重安眼上眉。

【校記】

〔一〕此首又見恕中和尚語録卷六。

次韻寄法姪滅宗石田二西堂〔一〕

衰顔彼彼已成翁，眼既昏迷耳又聾。忽接來書承厚意，何當握手話先宗。山林風月長如舊，江海人材自不同。昔日交游今日少，始知秋後見山容。

【校記】

〔一〕此首又見恕中和尚語録卷六。

悼前普慈大林和尚〔一〕

列祖功齊自少年，老來無復更加鞭。法輪三轉雖稱妙，宗要單傳不落玄。海國風高無夢到，雲峯歲晚有書傳。末稍漏泄歸源旨，火後莖茅翠拂天。

【校記】

〔一〕此首又見恕中和尚語録卷六。

悼天鏡和尚〔一〕

孑身逮繫別錢唐，伍百朝昏共客窗。寒水莫留鴻鴈影，旋嵐俄偃葛藤樁。金棺示衆雙趺露，宗鼎憑誰獨力扛。西望鷲峯生感慨，如公音吼已無雙。

【校記】

〔一〕此首又見恕中和尚語録卷六。

追悼宗寄〔一〕

老子〔二〕生身五五年，志專探教亦窮禪。觀心每恨多痴鈍，數息深期減睡眠。力疾口常宣玉偈，臨終眼獨覩金仙。因思白髮栽松事，不覺孤懷爲悵然。

【校記】

〔一〕此首又見恕中和尚語録卷六。

〔二〕老子：恕中和尚語録作「寄子」。

示智圓〔一〕

學道無師枉用功，動爲多是辱宗風。未能了念惟專靜，先且懷疑怕落空。提起話頭須切切，對人開口莫匆匆。老僧豈是閑饒舌，要逼生蛇化活龍。

【校記】

〔一〕此首又見恕中和尚語録卷六。

次韻題高齋〔一〕

高齋寂寂俯清池，瓦鼎香浮十二時。天曉定回松下石，蘚痕青上布伽黎。

【校記】

〔一〕此首又見恕中和尚語録卷六、列朝詩集閏集卷二、四朝詩明詩卷一一四七言絶句十四、佩文齋咏物詩選卷二三三佛類。

寄仲邠和尚〔一〕

屋角松聲吼怒濤，夢魂幾度泛漁舠。金鉤不在纖鱗上，直入滄溟釣六鰲。

【校記】

〔一〕此首又見恕中和尚語録卷六。

示綿工蔣生〔一〕

當陽華擘從君看，長短臨行〔二〕任放收。翻轉面皮輕打疊，灼然不露一絲頭。

【校記】

〔一〕此首又見恕中和尚語録卷六。

〔二〕臨行：恕中和尚語録作「臨時」。

松巖雜言十首〔一〕

卜得巖居絶四隣，得安貧處且安貧。一條壞衲重重補，提起知他重幾斤。

石門關外天梯險，捹得身心到不難。爲報五湖雲水客，好來於此共躋攀。

自古深山虎豹多，擬心降伏便成魔。大慈悲種知人意，白日菴前引子過。

念念無生自入微，瓶中米盡腹中饑。夜深月下敲門急，道者蕉溪托鉢歸。

草木煙霞提正令，貧僧何用苦丁寧。闌干獨倚無言説，池面儵魚聚首聽。

跏趺默數鼻中息，始促須知久自長。日晚下牀行一轉〔二〕，石罏燒過幾行香。

心無可了何須了，道本無成作麽成〔三〕。野性好爲泉石伴，隱居不是爲逃名。

閑到心閑始是閑，心閑方可話居山。山中賸有閑生活，心不閒時居更難。

山中十日九日雨，樹頭青子落不住。白犬尋蹤入草間，驚起竹鷄飛上樹。

秋旦陰陰電光閃，起洗沙鍋煑藜糝。細撥罏中火種無，隣寺疎鐘隔重崦。

【校記】

〔一〕此十首又見恕中和尚語録卷六，石倉歷代詩選卷二七六元詩四六選録六首，明詩綜卷九十選録第九首。

〔二〕一轉：石倉歷代詩選作「一徧」。

〔三〕作麽成：石倉歷代詩選作「作底成」。

次韻寄左菴大梅山閲藏〔一〕

日讀經兮夜讀經，眼光直與月爭明。有時不受諸天供，饑食松華骨也清。

【校記】

〔一〕此首又見恕中和尚語録卷六、四明山志卷七、筆精卷五詩談。

帳次忍菴和尚韻〔一〕

從今不怕惡風吹，一片寒雲四面垂。幸自明明還白白，休來裏許撒眞珠。

【校記】

〔一〕此首又見恕中和尚語録卷六。

朽菴爲道場竺芳和尚作〔一〕

風颼雨蠹虚朴朴，梁棟曾無半寸堅。不是捨身拚命者，敢來屋裏放頭眠。

【校記】

〔一〕此首又見恕中和尚語録卷六。

題華亭船子接夾山圖〔一〕

踏翻船子去，早是兩塗糊。今日師資別，無言看画圖。

【校記】

〔一〕此首又見恕中和尚語録卷六。

寄無相居士　宋學士〔一〕

語言渾不涉離微，抹過雲門顧鑑咦，伸出玉堂揮翰手，倒拈秃帚画蛾眉。

【校記】

〔一〕此首又見恕中和尚語録卷六、南宋元明禪林僧寶傳卷十二本傳。

怒中，名無慍，別號空室，臨海陳壽子。七歲入鄉校，過目成誦。弱冠，白父母往徑山，皈依寂照端公薙落，受具足戒于昭慶。遍歷諸名山，叅靈石芝公、太白砥公、竺元道公，遂大悟，呈一偈云：『狗子佛性無，春色滿皇都。趙州東院裡，壁上掛葫蘆。』後以兵難航海，還四明，先主明之靈巖，後主台之瑞巖。性不喜出世，忽謝事入松巖，孤坐萬山之巔，徒衆涕泣固請，堅拒不下。洪武七年，日本國遣使，奏請師化其國，以水晶數珠、峨山石研爲聘。召至闕下，以老病辭。上如其志，畱天界。是冬奉詔東還。十七年，其弟子居頂住鄞之翠山，迎師就養，四方扣謁者無虛日。宋潛溪嘗送嵗上人謁空室和尚云：『叅禪弟一要知宗，四海惟聞老恕中。白日青天轟霹靂，孽狐妖魅盡潛踪。』其爲一時推重如此。十九年七月十日，索筆書偈云：『七十八年，無法可說。末後一句，露柱饒舌。咄！』端坐而逝。居頂奉骨窆于唐畧之原。烏斯道撰行業記，黃文獻撰塔銘。

以中　三十一首

血書華嚴經〔一〕

五十三人血戰來，百城煙水盡成衃。毗盧樓閣紅雲湧，帝網山河赤幟開。十指頭邊師子吼，一針鋒上象王回。有無功力難思議〔二〕，直得腥風徧九垓。

【校記】

〔一〕此首又見愚菴和尚語録卷九。

〔二〕思議：愚菴和尚語録作「思識」。

繍字金剛般若經〔一〕

般若靈文宿有緣，等閒繍出喜功圓。銀鈎鐵畫分行草〔二〕，玉線金針顯妙玄。兔子懷胎皆剩法，蚌含明月匪眞詮。金剛正體堂堂路，錦上添花五色鮮。

【校記】

〔一〕此首又見愚菴和尚語録卷九。

〔二〕分行草：愚菴和尚語録作「分行布」。

次韻答夢堂法兄〔一〕

兵戈南北競喧爭，兄弟分違似隔生。瀛海丹山君宴坐，劫灰雙徑我徒行。只添束篋腰間重，依舊眉毛眼上横。賴有祖翁家活在，不妨日午打三更。

【校記】

〔一〕此首又見愚菴和尚語録卷九、列朝詩集閏集卷一。

答普濟元恕法兄〔一〕

機鋒抹過睦州蹤，幢蓋行看上五峯。花偈寄來春尚早，蘿窗披翫雪初融。樓臺突兀吴江上，瓦礫從衡徑塢中。裁謝莫嫌成嬾慢，弟兄千里本同風。

【校記】

〔一〕此首又見愚菴和尚語録卷九。

次南堂了菴和尚韻〔一〕

拂袖中吴第一峰，南堂岌岌凜高風。坐令鷲嶺眞規復，不翅松源正脉通。長庚爛爛横霄漢，野鶴翩翩絶檻籠。快活有時無著處，風顛寒拾恰相同。

【校記】

〔一〕此首又見愚菴和尚語録卷九。

師祖善權元翁和尚忌辰，撫景感懷四首〔一〕

薰風庭院日偏長，偏界明明不覆藏。今雨稚松爭拔地，故園新竹已過墻。固知鼯鼠非他物，忽聽鳴蟬報夕陽。六十六年來又去，了無生滅可論量。

櫻桃盧橘遶簷栽，小小方池手自開。曇諦不忘書鎮約，黃梅重駕願輪來。多身有待分塵剎，全體那辭育聖胎。薄福住山頭已白，深恩何以答涓埃。

棟宇渠渠更故新，寸長尺短妙經綸。竹頭木屑知功力，露柱燈籠識苦辛。香積引泉來百丈，層樓送目過由旬。却憐坐卧經行處，物物全彰淨法身。

爲愛團欒十畝園，紅芳消後緑陰連。杖藜日涉眞成趣，野菜時挑不費錢。臨濟栽松親钁地，仰山種粟自燒田。祖翁活計誰相委，獨立南榮爲惘然。

【校記】

〔一〕此四首又見愚菴和尚語録卷九，列朝詩集閏集卷一、宋元詩會卷一百選録第四首，原爲七首。

次韻答寄昭明才無學藏主〔一〕

錦峰山下千年寺，橫翠堂中一老身。晝夜心源常湛寂，氷霜戒檢獨清新。彌陀現在忘形友，慈氏當來入幙賓。願與趙州同甲子，褁茶聊寄雨前春。

【校記】

〔一〕此首又見愚菴和尚語録卷九。

次韻寄開化一元禪師〔一〕

厭看功臣樹色蒼，故山端的勝殊方。桑麻原隰連香徑，金碧樓臺峙寶坊。瀹雪小齋雲半榻，貫花新偈入〔二〕千行。春深四大輕安否，佛祖權衡賴抑揚。

【校記】

〔一〕此首又見愚菴和尚語録卷九、列朝詩集閏集卷一。

〔二〕入：愚菴和尚語録作「日」。

退歸海雲受業謝祥止菴過訪次韻〔一〕

散席歸休愧老蒼，匡徒行道任諸方。百年寄幻依雲麓，午夜傳衣憶碓坊。笋蕨時挑殊有味，杉松手植已成行。春風短策勞相過，活計都盧爲舉揚。

【校記】

〔一〕此首又見愚菴和尚語録卷九、南屏浄慈寺志卷七著述。

次韻答靈隱介菴〔一〕

應世隨緣没奈何，秋來説法喜無魔。須彌椎打虚空鼓，般若舟横苦海波。石子岡頭潮信早，梅花洲上月明多。江流不盡深深意，獨許吳音唱楚歌。

【校記】

〔一〕此首又見愚菴和尚語録卷九。

答東皐伯遠法師〔一〕

東皐尊者隱郊墟，小小屠蘇睹史居。切柏代香朝演法，卷簾進月夜抽〔二〕書。村園果熟秋霜後，花徑苔生宿雨餘。心境兩忘諸幻滅，更于何處覓眞如。

【校記】

〔一〕此首又見愚菴和尚語録卷九、列朝詩集閏集卷一、四朝詩明詩卷九十七言律詩二三，原爲二首。

〔二〕抽：愚菴和尚語録作『紬』。

次韻寄行中法兄〔一〕

幢蓋東遊駐北山，青鞋同踏蘚痕斑。十年不見風塵隔，幾度空懷信息還。猛虎口中撐玉箸，狻猊頷下解金環。刹竿倒却誰扶起，爭羨拈花獨破顏。

【校記】

〔一〕此首又見愚菴和尚語録卷九。

悼楚石和尚〔一〕

潦倒奚翁的骨孫，高年說法屢承恩。麻鞋直上黃金殿，鐵錫時敲白下門。煩惱海中垂雨露，虛空背上立乾坤。秋風唱徹無生曲，白牯狸奴亦斷魂。

【校記】

〔一〕此首又見愚菴和尚語録卷九、列朝詩集閏集卷一、檇李詩繫卷三一。

答謝前虎丘行中法兄過訪〔一〕

忽報雲巖老漢歸，秋風漬水片飄飛。衝霄鐵鳳離金網，戴角於菟出翠微。勇退急流今古少，相看白髮弟兄稀。願同寶掌千年壽，五髻峰頭一振衣。

【校記】

〔一〕此首又見愚菴和尚語録卷九。

次韻懷幻隱首座率衆鳳陽法會〔一〕

說法濠梁據上班，聲傳萬國盡歡顔。四花繚繞人天座，百寶光嚴虎豹關。赫赫神符懸肘後，煌煌慧劍挂眉間。三千龍象隨高步，歲晚江空願早還。

【校記】

〔一〕此首又見愚菴和尚語録卷九。

龍潭舟中寄天界全室禪師〔一〕

詔許還山得便風，吳船如屋大江東。聖皇有道逾仁廟，野衲非才愧璉公。滾滾波濤皆睿澤，寥寥天地一冥鴻。三年旅食曾無補，回首龍河思莫窮。

【校記】

〔一〕此首又見愚菴和尚語録卷九。

山樓□□　二首〔一〕

月色白如晝，松陰多似雲。窗虛山欲墮，燈炧夜初分。河影中天見，泉聲隔樹聞。小樓成獨坐，此景與誰論。

衰艸緣幽徑，疎林出短牆。風回驚宿鳥，露下泣寒螿。歷歷無差互，頭頭自顯揚。跏趺坐來久，重爇瓦鑪香。

【校記】

〔一〕此二首又見愚菴和尚語録卷九，原爲三首。詩題闕字愚菴和尚語録作『秋夜』。

次韻危太樸翰林錢塘留別〔一〕

護龍河上翻經日，西子湖頭立馬時。話盡山雲并海月，此情只許白鷗知。

【校記】

〔一〕此首又見愚菴和尚語録卷九。

寄普慈東堂蘭石和尚〔一〕

蒼雪樓頭八十翁，空華幻境盡銷鎔。風微晝永南山麓，柱杖穿林看籜龍。

【校記】

〔一〕此首又見愚菴和尚語録卷九。

登五雲山望江亭〔一〕

高亭注目正清秋，野曠天空事事幽。白鳥青山雲淡淡，滄江斜日水悠悠。

【校記】

〔一〕此首又見愚菴和尚語録卷九。

示壽知客〔一〕

開先寺裏迎賓日，禪月堂前索偈時〔二〕。客路如天春似海，子規啼斷落花枝。

【校記】

〔一〕此首又見愚菴和尚語録卷九、列朝詩集閏集卷一、四朝詩明詩卷一一四七言絶句十四、雜毒海卷二。

〔二〕此句四朝詩作「禪智堂前説偈時」。

贈鑷生〔一〕

千僧遍剃娘生髮，一念全超罔極恩。老我畏寒偏護頂，謾勞彈鑷到雲根。

【校記】

〔一〕此首又見愚菴和尚語録卷九。

寄前瑞巖恕中和尚三首〔一〕

惺惺石上主人翁，一室高居太白峰。靖退只今非小節，知心未許石門聰。

千里同風各暮年，任教滄海變桑田。獨憐熊耳峰頭月，昨夜蝦蟆蝕〔二〕半邊。

徒誇錦瑟與瑤琴，妙指方能發妙音。却憶鼇山深雪夜，弟兄傾盡歲寒心。

【校記】

〔一〕此三首又見南宋元明禪林僧寶傳卷十二、愚菴和尚語録卷九。

〔二〕蝕：南宋元明禪林僧寶傳作「食」。

寄王畊雲照磨〔一〕

春山老圃帶雲畊，芝艸琅玕滿地生。讀罷楞伽日亭午，海棠花下聽啼鶯。

【校記】

〔一〕此首又見愚菴和尚語録卷九。

義禪人歸京口次嶼雲心西堂韻〔一〕

直將眞義報禪流，法法毋勞向外求。月滿淮南江水白，角聲吹徹甕城秋。

【校記】

〔一〕此首又見愚菴和尚語録卷九。

洪武戊申，浙右三宗諸山奉旨會于天界寺，十僧相繼坐化，吳江佑上人集遺偈成卷請題〔一〕

十方薄伽梵，一路涅槃門。苦海孤舟客，徒勞刻劍痕。

【校記】

〔一〕此首又見愚菴和尚語録卷九。

中竺悟長老請題〔一〕

老屋數椽春寂寂，長松萬本晝陰陰。空山盡日無餘事，時聽黃鸝送好音。

【校記】

〔一〕此首又見愚菴和尚語録卷十。

以中，名智及，别號西麓，蘇之吳縣顧氏。父茂卿。母周氏感異夢而生，知爲法器，捨入海雲菴爲童子，智光日顯。其師引見閩國王清獻公都中，特加賞異。祝髮後參大龍翔集慶寺廣智訢公。訢公與張翥、危素、張起岩游，皆文章宗匠，一見大驚，互相唱和。因嶼上人呵曰：『子才俊爽，不思負荷大法，甘作詩騷奴僕乎？』即斂容返海雲，忽見秋葉吹墜，豁然有省，急走徑山，謁寂照端公，機用彰明，頓超諸老。江南行宣政院舉師出世主隆教，又主普慈，又主杭州淨慈，又主徑山興聖萬壽禪寺，各有語録。帝師賜以『明辨正宗廣慧禪師』之號。洪武癸丑，詔有道碩僧集天界寺，師實首薦，以病不及召對。乙卯賜還海雲，戊午秋書偈而逝，其徒奉骨藏海雲山陰，又分爪髮瘞徑山。

東白 十五首

題雲間潘仲璣雲竹卷

最愛幽居谷水西，琅玕萬箇與雲齊。九霄無意從龍化，三逕多情伴鶴棲。枕簟涼分蒼靄潤，琴尊晚拂翠陰低。七賢自是相過熟，杖履尋常出處迷。

挽陳怡菴

獨憐名遂乞閑身，吳下如公有幾人。北郭聯詩遺舊稿，東林結社負初因。分襟阻闊尋常夢，屈指論交四十春。況我辭非支遁匹，惟君才是賈生倫。幼知遷教承慈訓，壯樂躬耕去賤貧。綠水常懷分半榻，閑齋細想接重茵。忽聞天上樓成日，方信楹間夢奠辰。受業生從純鷺鷥，傳家子姓並麒麟。文章館閣人爭録，道學淵源衆所遵。哭弔豈無烏府客，挽歌還有玉堂臣。圖書充棟多家世，桃李盈門半縉紳。姓字纔消題楹竹，几筵未克薦溪蘋。香魂永託吳山下，白首空搔谷水濱。

華表依稀斜日外，一回登眺一傷神。

東白，名善啟，號曉菴，長洲人。俗姓楊，簪纓累世，家支硎山，值兵徙北郭。父永年。母陸氏，生師纔能言，通佛典，父母異之，命入無量壽院，禮永茂師，祝髮。既長，屏跡龍山，少師廣孝、善世南洲二老皆器重之。永樂元年，主蘇州永定寺。六年，主松江延慶寺。逾年，住南禪寺。赴召纂修永樂大典，預校大藏經，賜金縷袈裟一襲。詩文皆不務蹈襲以爲奇，錢塘瞿宗吉雄于詞賦，師與對壘，用一韵詠牡丹，往復百首，詞鋒益銳，海内傳焉。生于洪武三年，化于正統八年，葬于舊隱龍山，錢溥銘其塔。與錢溥交厚，詳何氏叢說。

余正恨未多見啟公詩，偶過馮彥淵齋中，得江行詩卷，未知卽璧菴手書否？因全録于後，想見纂修永樂大典，袞冕袈裟濟濟文淵閣下，萬古鴻文觀止矣。

王汝玉叙云：『江行詩一卷，上竺完敬修、北禪瑾如珪、延慶啟東白、白蓮車指南四上人所作也。上人俗家皆在中吳，永樂四年召至文淵祕閣纂修大典，來集京師，書成同還中吳，各就卓錫之所。道出大江，凡行五日，得詩五十五首，延慶彙萃成卷，雖出一時興趣所遇，其意度之閒雅，辭氣之雍容，果孰使之然哉？蓋由明良在廷，泰和充塞，彼春鳥秋蟲之鳴響，無不及時而成聲，而況於人乎？而況於詩乎？善觀世運者，於此可以知太平之盛矣。』

江行詩　有序

永樂己丑春，二月十有一日，余陪璧菴完公、如珪瑾公、指南車公自京還吳，舟下大江，風日微和，山川清麗，煩襟頓豁，逸興浩然，遂取唐人『潮平兩岸闊，風正一帆懸』之句，摘其平聲字，析韵賦詩以紀其行。完『平』字，瑾『風』字，車『懸』字，余『帆』字。既而詩成，日已晡矣，乃維舟龍潭，推篷延月，汲江煮茗，復以『潮』字聯句，足成其韵。厥後舟行凡四日，若分韵，若聯句，若題咏，列次如左。延慶善啟識。

買得扁舟作伴行，聽鍾曉發石頭城。江邊潮促還鄉興，天外山留望闕情。估舶停時寒浪靜，漁罾懸處夕陽明。收帆却向龍潭泊，潭底無風鏡面平。**敬修**

孤舟曉出石城東，千里歸程渺去鴻。兩岸山容經雨碧，半江波影帶霞紅。釣家魚笱汀莎外，野店沽帘烟樹中。啜罷茗盃還斷句，一篷清興托春風。**如珪**

長堤芳艸暖含烟，一棹夷猶興浩然。波靜龍江橫素練，雲開鼇阜涌青蓮。還山作伴逢諸老，摘句分題擬昔賢。最喜詩成揮洒處，風流不減柳誠懸。**指南**

淮山如黛水如藍，縱目鄉愁似拆緘。鷗鷺忘機尋舊約，魚龍隨棹聽玄談。時留京國年將半，春到吳城月已三。欲向棲霞訪遺跡，且教舟子一停帆。**東白**

江清月白夜寥寥瑾，暫向龍潭輟去橈完。戀闕聽更偏夢少車，還鄉計日尚程遙啟。汀雲影亂漚邊葉瑾，岸柳光凝露下條完。相約隣舟待明發車，蒲帆高掛趂回潮啟。

十二日『樹影中流見，鍾聲兩岸聞』

解纜龍潭曉，春風送去舟。雁從檣杪度，鷗向櫂前浮。烟樹藏漁艇，江潮撼驛樓。題詩因弔古，尚想晉風流。**敬修**

『流』字

孤帆拂曉行，月落正潮平。水面金山寺，津頭鐵甕城。聯詩嫌日短，瀹茗愛江清。篙子趨程急，風前發棹聲。**如珪**「**聲**」**字**

詩景繞孤篷，悠然興趣濃。天低雲冉冉，烟淡樹重重。淸掬江心水，竒看雨後峰。欲投京口泊，忽聽夕陽鍾。**指南**「**鍾**」**字**

篷底榻同分，裁詩更潤文。此行應得伴，誰謂復離群。路出西津樹，山連北固雲。賽神何處社，簫鼓晚來聞。**東白**「**聞**」**字**

旅泊依京口完，孤燈照短篷。狂吟驚宿鷺瑾，歸思逐冥鴻。潋灩波搖月車，凄清柳帶風。交深情久浹啟，才贍句方工。往事猶棊局完，浮生類蠛蠓。理玄心莫測瑾，業白志還同。踏葦誇禪伯車，栽蓮慕遠公。長江注今古啟，雄鎮控西東。雉堞傳更柝完，魚潭下夕罾。天橫星閃閃瑾，山隱霧濛濛。跋涉疲三老車，煎烹困數僮。秪應諳路熟啟，奚必問津通。下上人喧埧完，飛停鵲繞叢。汀陰雲黯黯瑾，沙暖水融融。朝野名恒絆車，烟霞癖謾攻。研覃游肯綮啟，笑傲豁心胷。偲切相投分完，箴規獨啟蒙。已能忘爾汝瑾，寧復較卑崇。臘盞空浮蟻車，春雷化蟄蟲。候晨登北固啟，取道出新豐。漸覺鄉音近完，俄聽漏刻終。僕夫歌欸乃瑾，賈客發艨艟。明日毗陵驛車，吳山指顧中。啟

十三日「日晚江南望江北，寒鴉飛盡水悠悠」

江楓葉赤上京畿，江柳條青始得歸。怪底沙鷗能解意，遠迎烟棹近人飛。**敬修**「**飛**」**字**

南徐咫尺近邦畿，水漲春江一棹歸。回首金焦在何許，落霞紅處白鷗飛。**如珪次韻**

校書遠召入天畿，十月離鄉二月歸。佇目長江淸景闊，風帆沙鳥暮爭飛。**東白**

攜得天香出帝畿，晴江孤舫喜同歸。晚來淸景撩詩興，雲影虹光繞筆飛。**指南**

檣燕喃喃日半窗，曉行獨棹遡回瀧。山容如黛春如澧，岸柳條長水滿江。如珪「江」字

波光雲影繞船窗，倚櫂看山度急瀧。偶向隣舟閒借問，鄉音強半是吴江。敬修次韻

雉翼晴張画舫窗，廻潮和浪接奔瀧。最憐風景闗吟趣，半是雲山半是江。指南

雲開遠岫入篷窗，棹拂灘聲激怒瀧。試問舟人何處泊，鷗前荻浦路通江。東白

賦詩何處興偏寬，倚棹江山画裡看。客路正逢春景好，況無風雨不愁寒。東白「寒」字

長江潮滿接天寬，樹影霞光水底看。棹拂浪花渾似雪，晚來風外作春寒。敬修次韻

舟行漸覺客懷寬，吴樹吴山滿目看。今夜孟河灣裡宿，長吟不怕柳風寒。如珪

雪消鷗渚水容寛，一路題詩景共看。寄語東風休作惡，江行自是不禁寒。指南

江山春霽景無涯，擊楫吟來日已斜。爲語水工須蚤歇，前村閃閃見歸鴉。指南「鴉」字

江間波浪渺津涯，江上雲山趂岸斜。最是晚來堪翫處，夕陽村畔一林鴉。敬修次韻

春水溶溶接海涯，風帆渺渺半欹斜。暝投沙店林邊泊，秉燭賡詩散聚鴉。如珪

閑筭歸程已有涯，江行不覺夕陽斜。興來還把前題改，詩艸鬖鬖半似鴉。東白

卧聽江水枕邊流，灘響疑驚夢裡鷗。驀起推篷時一望，碧波蟾影夜悠悠。敬修「悠」守

燈前謔浪更風流，嘯落潮聲起宿鷗。李郭仙舟秪如此，滄浪一曲興悠悠。如珪次韻

春還一棹逐東流，暮宿潭烟狎渚鷗。落盡燈花清不寐，江聲月色思悠悠。東白

泊舟煮茗汲清流，驚起沙邊幾點鷗。景物夜深吟不盡，淡烟斜月共悠悠。指南

弔揚子江邊鋏耦人

鋏人孤立瞰江邊，長得篙師擲紙錢。落日半帆天欲暮，臨風回首一凄然。**如珪**

範鋏爲人向水邊，滿身斑駁翳苔錢。渠儂不解興亡事，谷變陵遷獨巋然。**敬修**

端拱峩峩立岸邊，過舟拋紙當金錢。昔年鑄像知何意，此日爲神亦偶然。**東白**

鋏肖奇形江路邊，東西行客爲拋錢。不知今日題詩後，更有何人似皎然。**指南**

十四日「喧鳥覆春洲，襍英滿芳甸」〔一〕

昔出當嚴冬，茲還及春暖。行裝戒川途，旋艫詎容緩。晨發包港津，夕抵毗陵館。炊黍烟繞烓，酌茗雪凝椀。清言愜更長，白戰愁燭短。僕夫肅宵征，東峰月初滿。**敬修「滿」字**

孟河漲春潮，孤帆暮來逗。沙堤旅店幽，柳眼暖初透。溪行豈辭遙，適諧標與晝。言談帶烟霞，詞藻敷錦繡。明當度毘陵，祖轍遺岩竇。停橈擬訪尋，一掃莓苔覆。**如珪「覆」字**

江黑烟霞饒〔二〕，只尺〔三〕景難了。臨發棹還停，復恐天未曉。恍然〔四〕陰翳開，日出雲漢表。旋吳地匪遙，辭闕日云杳〔五〕。客愁忽若遺，吟緒自縈繞。矯首〔六〕望東南，斜陽獨歸鳥。**東白「鳥」字**

掛席下長江，江光靜如練。盟尋波上鷗，語眷檣頭燕。雲山壯吟懷，麗藻發群彥。被召忝聯名，同舟共清讌。楊柳始含烟，梅花已飄霰。落日眺鄉關，晉陵接吳甸。**指南「甸」字**

遙漢華月升完，孤墅瞑烟合。桅檣影倒垂瑾，柔櫓聲互答。宵霽謾〔七〕貪程車，春寒猶戀衲。鳴空雁幾行啟，繞樹烏三匝。郵馳遞去鈴完，漁挈沽來榼。停榜次群艘瑾，聽歌吳楚雜啟。

【校記】

〔一〕四朝詩明詩卷三五五言古詩二十、明詩綜卷九十收第三首，列朝詩集閏集卷二、四朝詩明詩卷一百二十雜體二收第五首。

〔二〕烟霞饒：四朝詩、明詩綜作『饒煙嵐』。

〔三〕只尺：四朝詩、明詩綜作『咫尺』。

〔四〕恍然：四朝詩、明詩綜作『悅然』。

〔五〕日云杳：四朝詩、明詩綜作『境云杳』。

〔六〕矯首：四朝詩、明詩綜作『坐久』。

〔七〕謾：四朝詩作『漫』。

十五日『桃紅復含宿雨，柳綠更帶朝烟』〔一〕

篷底遠山疊疊，船頭新水滔滔。烟暖已舒岸柳，春寒未放溪桃。**敬修『桃』字**

客路風烟淡淡，川流日夜滔滔。暖翠忽迷芳艸，春紅乍吐山桃。**如珪次韻**

浮世空嗟擾擾，逝川莫駐滔滔。且從遠老栽藕，肯學劉郎種桃。**東白**

小店青帘裊裊，平田白水滔滔。墻外數竿修竹，檐前一樹夭桃。**指南**

獨樹村邊落照，短篷江上回風。沙艸微含烟碧，溪花半帶雨紅。**如珪『紅』字**

吟處有山有水，歸程無雨無風。何須竹葉浮綠，自喜燈花吐紅。**敬修次韻**

夜泊歌邀明月，曉行帆送東風。峩峩山殿銜碧，隱隱驛樓露紅。**東白**

客路柳條拂露，官河荇帶牽風。漁艇橫浮萍綠，酒旗斜映桃紅。**指南**

月下溪梅數樹，烟中菀柳千條。歸路夢經昨夜，望鄉愁盡今朝。**東白「朝」字**

蘆茁沙邊嫩笋，柳垂堤畔長條。覽景題詩處處，汲清煮茗朝朝。**敬修次韻**

野館梅飄雪片，官橋柳拂烟條。錫阜經過向夕，蘇臺到在來朝。**如珪**

風岸青搖弱蔓，露汀綠藹芳條。賦詩已盈一篋，客路纔過〔二〕數朝。**指南**

帆開孟子河口，棹輟梁鴻墓邊。瀹茗花浮白雪，燒燈燄吐青烟。**指南「烟」字**

錫辭九重天上，路經第二泉邊。處處松杉僧院，村村桑柘人烟。**東白次韻**

人家竹裡樹裏，客路山邊水邊。夜榜桅頭掛月，晨炊船尾生烟。**敬修**

鍾動錫山驛外，帆收滸墅橋邊。兩岸曉風殘月，幾家古木寒烟。**如珪**

【校記】

〔一〕列朝詩集閏集卷二收六、七、八、十二、十五、十六首，四朝詩明詩卷一百二十雜體二收一、三、五、六、七、十六首。

〔二〕纔過：列朝詩集作「才遠」。

吾徒作詩，其來尚矣，晉有支遁，歷唐宋元，有禪月、參寥、天隱之儔，負詩名者何可勝紀？且詩禦外侮功雖多，其視內教則爲末技。予忝居盛世，曩陪閣老留京師，永樂己丑春，與璧菴完公、如珪瑾公、指南車公同舟還吳中，有江行詩一卷，乃璧菴手書，王內翰序于前，程學諭題于後。越數稔，攜過舊業無量蘭若，朱君守器見之，披誦至再，曰：『某嘗從指南師授書，今雖殁，刊詩壽傳，不亦可乎？』予謂儒先有言曰：『化當世莫若口傳，來世莫如書。抑予詩不足傳，得廁名其間，何其幸哉！』噫！予往往見子弟從師熱附而涼去，今觀守器之事，師存殁同義，可謂賢矣乎！然則是詩賦雖四人若出一口，其格調其聲韻未常不同。或者評曰：『蓋得高、楊、張、徐四先生遺響。』予亦不自知其然也。是爲序。旹洪熙改元，歲在乙巳春正月初吉，直隸松江府僧綱司副都綱吴郡善啟撰。

江行分詠乃東白講師自京師回，途中與諸方外友相屬而作，豈區區嘲風詠月者比哉？先輩有云『從門入者不是家珍，須從肺腑中流出，無纖毫斧鑿痕，方是本色。』如先儒詩『溪聲便是廣長舌，山色無非清淨身』，此詩家造禪境也。又『若人識得心，大地無寸土』，此禪家到詩彼岸也。古人謂學詩如學禪，能造禪室，斯可言詩之妙。東白師胸中無凝滯，故其所吐者愈出而愈奇。今觀江行諸作，似乎不喫烟火食，予亦低頭拜東野矣。河南程蕃跋。

古淵 一首

聞遠雞[一]

喔喔雞聲[二]報曉時，不因他[三]響詎能知。三千世界渾如雪，井底泥蛇舞柘枝。

【校記】

[一] 此首又見補續高僧傳卷十六習禪篇、金陵梵刹志卷三五。

[二] 雞聲：補續高僧傳、金陵梵刹志作『金雞』。

[三] 他：金陵梵刹志作『它』。

古淵，名□清。苦行自勵，寒暑不倦，一室瀟然。供大士像，六時禮拜，心甚哀懇。一日放白毫光，盤旋迴繞，徹夜如晝。復夢大士面諭，速叅了心爲上師，即掩關弘濟寺，叅『無』字公案，肋不沾席者三載。忽一念不生，斷未來際，經三日，夜見大千世界，光若琉璃，聞遠雞唱，乃說偈云云。呈善世古林香公，公喝云：『多嘴漢！』明日，香公上堂，云：『我許多年張箇大網，意欲尋龍羅鳳，竟無一蝦一蟹。今見蟭螟小蟲撞入中來，看他二三十年後向孤峰絶頂放聲大叫，且道叫箇甚麽？』香公舉拂子云：『三千世界渾如雪，井底泥蛇舞柘枝。』師奪拂子，爲衆舉揚。成化乙巳鼎新永寧禪寺，天子賜敕護之，除授左覺義。

蘊中　二首

深秀亭暮春述懷〔一〕

空亭〔二〕雨濕聚華茵，回首東風憶遠人。玉砌香消行跡斷，雕闌吟徹別愁新。樓臺半是前朝景，桃李都承舊日春。歸燕多情還戀主，銜泥雙拂畫梁塵。

【校記】

〔一〕此首又見列朝詩集閏集卷二、四朝詩元詩卷六十七言律詩十八、大雅集卷六。

〔二〕空亭：列朝詩集、四朝詩、大雅集作『空庭』。

次李菊莊韻〔一〕

十二行窩取次游，道人處處任風流。艸衣疎散乾坤老，蓆帽飄蕭湖海秋。太白狂歌沽酒館，元龍高卧讀書樓。相思兩地同明月，南北誰云異馬牛。

【校記】

〔一〕此首又見大雅集卷七。

蘊中，名志瓊，一作至璚。

遂初　二首

題王允剛山齋

昜羡維南丘壑美，憑高結搆見幽心。鈎簾夜月千家靜，戶牖朝光萬木深。可但能琴鳴別鵠，也知臨帖到來禽。抗塵走俗誰聞此，還有高朋厺眺臨。

題姚節婦

死有泰山重，有輕如鴻毛。吾觀金氏傳，死節何其高。吁哉節婦繫風化，處心如此獨賢勞。三綱五常大居正，汝修史臣良可褒，用之邦國歌以謠。

遂初，名紹宗，字一原，上海人，俗姓陳。年十三，薙髮安國寺，皈依靜菴鎮法師。洪武癸酉，應召有事廬山，奏對稱旨，賜金縷僧伽黎服。丁丑春示寂，敕中使致祭。荼毘日會數千人，其弟子奉舍利，遺骨塔于安國寺。

了性　一首

雨爲周隺林賦

江東夏旱連烌初，禾苗竟如霜葉枯。君能閔農叩靈貺，雨輙禱應隨飛符。生意頓囘涸轍鮒，歡聲藹動山澤臞。嗟哉道術有如此，胡不爲我留京都。

了性，蔣山僧。

一印 一首

來鶴詩贈神樂觀周鍊師

鶴之爲物非凡倫，翺遊八極娛清眞。駕言招鶴鶴爲來，徵君道術何其神。吾聞在昔華表語，椉風兩腋無由羽。又聞後來蘇仙君，縞衣集戶飄凌雲。有無渺茫置勿論，林間愛鶴爾支遁。鶴應蚩我骨未仙，遠莫致之從所願。闔閭城外洞天開，欝然華構翔鸞廻。九皐清唳白露下，想見呀欱沆瀣傾霞杯。上天下天追清溪，何當換骨洗髓期相携。

一印，霅川釋。

觀白 一首

周玄初禱雨詩〔一〕

仙姿寒湛玉壺氷，斬叱群魔走百靈。萬里風雲生赤日，九天雷電下青冥。瑤壇鶴唳秋如水，蕙帳人幽月滿庭。安得相從過衡岳，飛行同躡鳳皇翎。

【校記】

〔一〕此首又見列朝詩集閏集卷二、檇李詩繫卷四十。

觀白、一印、了性三僧作俱見周玄初鶴林類集，未知其號。又見九臯、見心、獨菴諸公各有贈篇，同邑日章師云：『船頭野鶴迎人舞，衣上春雲帶雨飛。』又云：『遙知月落烏啼處，臥聽鐘聲宿釣磯。』別見古潭師簡招眞周菊潭提點一詩云：『菊潭冷浸一泓秌，爲世照空名利愁。采藥木鑱長在手，煎茶紗帽淺籠頭。丹光出洞紅於火，山色入簾青滿樓。鶴背夜聞環珮響，御風又作海天遊。』極爲後人傳誦，惜邑乘俱不載。

常菴 一首

辭隨州刺史

洪山不赴三生願，洪井聊爲晨暮遊。珍重賢侯休召請，野雲踪跡若爲收。

常菴，名道崇，姓祁氏，寧國府人。住廣教禪院，再徙薦福寺。道價甚崇，有棄官從之者。後往洪公山翠巖，久之，隨州守徒步入山，拜請主法席，賦詩以謝。

明僧弘秀集卷五終

明僧弘秀集卷六

虞山毛晉子晉父編

止菴　一百十首

古懷〔一〕

思尋海底人，爲乞珊瑚樹。持栽此前庭，慰彼歲將暮。上棲孤金禽，下宿單玉兔。四時相並輝，顔色長不故。

【校記】

〔一〕此首詩又見列朝詩集閏集卷二、四朝詩明詩卷三五五言古詩二十、明詩綜卷九十。

秋懷〔一〕

青天西北傾，豈天爲不平。白日難夜照，豈日爲不明。天日尚如此，聖賢非命輕。夷齊終身卧，孔孟諸國行。所以沮溺輩，一生事耦耕。

【校記】

〔一〕此首又見列朝詩集閏集卷二，原爲二首。

懷友〔一〕

三五月明滿，三五月明缺。行人去未遠，忽若三年别。此時道路間，北風何獵獵。局促瘏馬悲，蕭條秋艸歇。所遇非所歡，中懷安可説。不念故里閭，甘爲苦霜雪。

【校記】

〔一〕此首又見列朝詩集閏集卷二。

息耘軒

東田有老翁，久在田中住。六月自耘苗，教兒學精細。一艸不肯存，一禾不肯棄。渴不飲人泉，勞不息人樹。田中生子孫，田中立家計。炎月在田中，辛苦人莫替。大兒十五餘，力可負農具。歸來茅屋下，與兒聊一憩。赤日在樹頭，不照門前地。鮮風落槐花，清蟬鳴嘒嘒。喚婦出酒盆，諸兒盡供侍。二兒與三兒，亦解讀文字。小兒始學言，稍稍知人事。比時東田翁，陶然成一醉。

讀全室西遊集

十日一剃髮，不見霜雪根。夜讀西遊集，明鏡白紛紛。問之何因爾，艱難十萬里。去者古無多，生還今有幾。見師西厺情，萬山如地平。見師東還意，萬水如平地。山水非有情，那得爲師平。我有崎嶇淚，向師平處傾。一傾愁爲師，再傾愁爲詩。師愁有窮日，詩愁無盡時。卷之不再讀，藏之成富屋。一字一寸珠，一言一尺玉。尺玉與寸珠，邦國不可無。無珠貴魚目，無玉貴珷玞。體物情匪詩，疇能正是非。所以六□□，千古聳巍巍。

芍藥〔一〕

春厺若亾國，寸紅不可容。一朝兩朝雨，三夕兩〔二〕夕風。萬物不一色，無以全其功。芍藥是何本，落在夏庭中。

【校記】

〔一〕此首又見列朝詩集閏集卷二、明詩綜卷九十。

〔二〕兩：明詩綜作「五」。

禹烈婦墳〔一〕

雙樹不單伐〔二〕，土中無怨根〔三〕。雙魚得一網，水中無怨魂。石門水不深，不着無義金。石門坟不高，凜乎三尺刀。

【校記】

〔一〕此首又見列朝詩集閏集卷二、檇李詩繫卷三四、全浙詩話卷二八明。

〔二〕伐：全浙詩話作「代」。

〔三〕怨根：全浙詩話作「悲根」。

題春暉堂〔一〕

寸艸雖有心，豈能報春暉。丈夫雖有志，不如守庭闈。萱花繞砌開，乳烏繞林飛。堂上白頭母，手縫游子衣。

【校記】

〔一〕此首又見列朝詩集閏集卷二、四朝詩明詩卷三五五言古詩二十。

寄息耘〔一〕

顏顏白髮人，窄窄黄茅屋。田園不願多，衣食聊自足。往來溪上行，長歌飲溪綠。家藏一束書，懶教兒孫讀。此意誰可知，高松與修竹。

【校記】

〔一〕此首又見列朝詩集閏集卷二。

畫春溪別意圖贈息耘〔一〕

不見別離船，催殘溪上栁。溪翁白頭毛，夜半起傾酒。雪溜響低簷，月光度疎牖。忽聞烟際鴻，於焉坐來久。

【校記】

〔一〕此首又見列朝詩集閏集卷二。

樹上花〔一〕

昨日樹上紅，今日樹上空。樹空人莫惜，春風有來日。春風爲花好，不惜行人老。行人老不再，少年不知花落春風前。

【校記】

〔一〕此首又見列朝詩集閏集卷二、四朝詩明詩卷十五樂府歌行十二。

延月有懷瑩觀師〔一〕

秋月如佳士，平生願見之。掃門當落葉，開席對良時。水處得來早，花前欲去遲。自能無出没，唯羨觀中師。

【校記】

〔一〕此首又見列朝詩集閏集卷二。

送僧東遊〔一〕

坐罷南山夏〔二〕，東遊思浩然。與雲秋别寺〔三〕，同月夜行船。一路鐘聲裏，千峰落木前。西來有祖意，不在〔四〕普通年。

【校記】

〔一〕此首又見列朝詩集閏集卷二、四朝詩明詩卷六六五言律詩十七、明詩綜卷九十。

〔二〕夏：四朝詩作「下」。

〔三〕寺：四朝詩作「市」。

〔四〕不在：四朝詩作「不及」。

次韻答香光居士〔一〕

山北山南住，鷄聲隔一峰。片雲長自合，明月有誰同。拄杖鳴禽澗，開門落葉風。新詩忽寄到，猶勝一相逢。

【校記】

〔一〕此首又見列朝詩集閏集卷二、四朝詩明詩卷一百五言絶句五、明詩綜卷九十。

旅　寓〔一〕

九月猶〔二〕絺衣，故鄉胡不歸。塞鴻聲一到，江樹葉都飛。路晚逢僧少，門寒過客稀。自慚蘧伯玉，又是一年非。

【校記】

〔一〕此首又見列朝詩集閏集卷二、明詩綜卷九十。

〔二〕猶：明詩綜作『尚』。

約顧孟時不至〔一〕

殘暑漸將消，新知許可招。鱸魚秋欲到，鷗鳥夢相撩。對雨辜紅燭，聞歌想画橈。詩成不得寄，先稾上芭蕉。

【校記】

〔一〕此首又見列朝詩集閏集卷二。

湖上諸寺重遊〔一〕

湖上三百寺，今日復來遊。滿路皆黄葉，諸僧盡白頭。水雲情渺渺，鐘鼓夢〔二〕悠悠。獨有南屏下，樓臺壯一州。

【校記】

〔一〕此首又見列朝詩集閏集卷二。

〔二〕夢：列朝詩集作『夜』。

除夕〔一〕

五十明朝是，兹宵不得眠。杯盤分節序，火炬照村田。春色來何處，梅花在目前。自然添白髮，豈爲惜流年。

【校記】

〔一〕此首又見列朝詩集閏集卷二。

溝上花〔一〕

步出雞鳴埭，潮溝見落花。風時下急水，雨處泊危沙。在溝猶故土，出浦是天涯。莫學溝上客，老來無住家。

【校記】

〔一〕此首又見列朝詩集閏集卷二。

聞鴈〔一〕

八月涼風起，高飛亂入雲。度關成一序，遵渚動千羣。菰米沉寒雨，蘆花散夕曛。一聲江上過，獨客最先聞。

【校記】

〔一〕此首又見列朝詩集閏集卷二、佩文齋咏物詩選卷四二六雁類。

望雪〔一〕

早起雪初晴，百鳥無一聲。吾門政冷落，老眼借光明。獨立望何極，溪山如此清。唯應剡中棹，昨夜有行人〔二〕。

【校記】

〔一〕此首又見列朝詩集閏集卷二。

〔二〕行人：列朝詩集作「人行」。

秋　塘〔一〕

獨步秋塘上，其如客思何。蟬聲送風葉，鳥影度涼波。艸店三家酒，菱船一道歌。不堪回首處，楊柳夕陽多。

【校記】

〔一〕此首又見列朝詩集閏集卷二、四朝詩明詩卷六六五言律詩十七、明詩綜卷九十。

卜　築〔一〕

日涉東園上，余將卜此居。艸生橋斷處，花落燕來初。避俗何求僻，容身不願餘。堂成三畝地，秖有一車書。

【校記】

〔一〕此首又見列朝詩集閏集卷二、四朝詩明詩卷六六五言律詩十七、明詩綜卷九十。

剪　燭〔一〕

風處搖金涌〔二〕，烟時閃墨鴉。寸心終不昧，雙淚欲橫斜。漸過分詩刻，虛開報喜花。剪聲初落指，滿席散春霞。

【校記】

〔一〕此首又見列朝詩集閏集卷二、明詩綜卷九十、石倉歷代詩選卷三六六明詩初集八六、佩文齋咏物詩選卷二三一燈燭類、靜志居詩話卷二三。

〔二〕涌：石倉歷代詩選、明詩綜、佩文齋咏物詩選、靜志居詩話作「蛹」。

聽雨有懷〔一〕

洒樹聲兼雪，稍〔二〕簷力借風。每來寒夜後，多在客愁中。艸意閉〔三〕門共，燈情白髮同。之人天一角，的的似高鴻。

【校記】

〔一〕此首又見列朝詩集閏集卷二、四朝詩明詩卷六六五言律詩十七、明詩綜卷九十。

〔二〕稍：明詩綜作「捎」。

〔三〕閉：列朝詩集、四朝詩、明詩綜作「閑」。

次韻朗原白所寄〔一〕

自來溪裏住，家計逐年增。日煮三甕菜，時供一箇僧。坐禪非所習，看話亦無能。只麼隨緣過，如何繼祖燈。

【校記】

〔一〕此首又見列朝詩集閏集卷二，題中「原」作「元」。

再賦蘿壁山房〔一〕

蘿壁非常玩，高僧獨愛之。青松〔二〕同壽色，老石借春姿。引蔓斜連逕〔三〕，垂花直下池。茶筵賓客散，坐到月來時。

【校記】

〔一〕此首又見式古堂書畫彙考卷五一畫二一、珊瑚網卷三五名畫題跋十一。

〔二〕青松：式古堂書畫彙考、珊瑚網作「蒼松」。

〔三〕連逕：式古堂書畫彙考、珊瑚網作「連屋」。

易　門〔一〕

背溪開北戶，別路出西林。熟客也須問，游僧未得尋。庭中閑艸色，園內老鶯吟。盡日無人事，猶嫌住少深。

【校記】

〔一〕此首又見列朝詩集閏集卷二。

梅岩

千尺寒岩下，當嵒一樹梅。作軒倚石住，下榻看花開。老影交青壁，餘香掃綠苔。坐深松月夜，清磬忽傳來。

送北禪講師〔一〕

秦淮一相見，雲鶴兩閑身。共愛青蘿寺，俱爲白髮人。楚江花後別，吴苑雨中春。今日因師去，蓴鄉〔二〕夢又新。

【校記】

〔一〕此首又見列朝詩集閏集卷二、四朝詩明詩卷六六五言律詩十七、百城烟水卷三。

〔二〕蓴鄉：列朝詩集作「蒓鄉」。

送隣寺僧〔一〕

同住南山裏，經年不一逢。深蘿掛靈錫，落葉閟行蹤。夢繞千峰澗，吟殘兩寺鍾。今從湖上別，雲水意重重。

【校記】

〔一〕此首又見列朝詩集閏集卷二、四朝詩明詩卷六六五言律詩十七、佩文齋咏物詩選卷二三四僧類。

題海雲寺〔一〕

香刹住中流，初疑地若浮。路從沙際入，帆到樹邊收。清磬敲漁夜，新書報橘秋。洞庭西在望，欲去更遲畱。

【校記】

〔一〕此首又見列朝詩集閏集卷二、四朝詩明詩卷六六五言律詩十七、明詩綜卷九十、佩文齋咏物詩選卷二三二佛寺類。

貽息耘隱士〔一〕

三五樹蕭蕭，幽居稱寂寥。去年存菊本，來客問松苗。掛夢寒山寺，留蹤野雪橋。一枝棲息穩，分得與鷦鷯。

【校記】

〔一〕此首又見列朝詩集閏集卷二、四朝詩明詩卷六六五言律詩十七。

送蓮峰昶晦元書記〔一〕

一住蓮峰下，看松過十年。行尋無艸路〔二〕，不飲出山泉。虎共空林雪，猿同靜夜禪。時將新得句，歌送碧雲邊。

【校記】

〔一〕此首又見列朝詩集閏集卷二。

〔二〕無艸路：列朝詩集作「無路草」。

春雪有懷湛然禪師〔一〕

東風游約近，積雪閉門深。興或有時到，春應無處尋。梛藏初活眼，草没未灰心。寂寞南山下，茶烟出樹林。

【校記】

〔一〕此首又見列朝詩集閏集卷二、南屏净慈寺志卷八著述。

竹　亭〔一〕

滿園唯種竹，竹裏置幽亭。犬吠青松路，人來白鷺汀。花溝安釣艇，蕉地著茶瓶。老耳思鳴鳳，何當借此聽。

【校記】

〔一〕此首又見列朝詩集閏集卷二、佩文齋咏物詩選卷二三五竹類。

隕葉

天寒樹力衰，乾葉又風吹。老僧先聞得，寒門欲閉時。帶霜飄遠路，隨水入空池。會待鶯來日，回青上故枝。

雪中懷王仲高〔一〕

久病不出隊，不出難自存。大雪斷行路，亂山深閉門。饔番飢鼠走，竹折凍禽喧。政憶王夫子，清齋咬菜根。

【校記】

〔一〕此首又見列朝詩集閏集卷二。

再用前韻

徒有八九聚，儲無升合存。僵卧不寧處，起來愁倚門。青山死灰色，急澗猶停喧。碩果不盡食，落在高崖根。

同菴新居〔一〕

新居勞種植，隙地不教閑。作圃先通水，栽松欲借山。鳥逢春盡到，雲向晚都還。獨許王摩詰，題詩在壁間。

【校記】

〔一〕此首又見列朝詩集閏集卷二、佩文齋咏物詩選卷二三三佛寺類。

題鎮海樓〔一〕

斯樓屢易名，一上一傷情。白屋多爲戍，青山半作城。雨中春樹出，風裏晚潮生。亦有歸鴉早，閑啼〔二〕四五聲。

【校記】

〔一〕此首又見列朝詩集閏集卷二、明詩綜卷九十、海塘録卷二四。

〔二〕啼：列朝詩集作「嗚」。

菱塘秋思

菱塘秋暑盛，約客上荷亭。菱葉雲千瀫，蘋花雪一汀。吳歌出浦遠，楚樹入天青。向晚蟬聲起，歸橈不可停。

送僧歸天台住國清寺〔一〕

聞說台山勝，令人夢欲騰。松杉萬丈路，鉼錫半千僧。澗落烟中磬〔二〕，嵒垂雪裏燈。豐干舊時席，花雨又重增。

【校記】

〔一〕此首又見列朝詩集閏集卷二。

〔二〕磬：列朝詩集作「磐」。

送一源藏主行脚〔一〕

之子事行脚，正當年少時。汲瓶尋活水，掛錫選高枝。山向多邊看，雲從幾處期。西湖桺花裏，欲別更遲遲。

【校記】

〔一〕此首又見列朝詩集閏集卷二。

林泉歸隱圖〔一〕

居山豈爲山，只愛此中閑。野菜何消種，柴門不要關。飯餘聽澗落，經罷看雲還。恐有寒山句，多題蘚石間。

【校記】

〔一〕此首又見列朝詩集閏集卷二、題畫詩卷四六閒適類。

早春聞角〔一〕

一聲霜角起譙樓，歸念紛紛不自由。驛使幾廻來庾嶺，詩人誰復在揚州。啼鳥〔二〕城郭春將曙，烏鴈江天雪未休。冷落東風花莫恨，吹開楊柳又多愁。

【校記】

〔一〕此首又見列朝詩集閏集卷二。

〔二〕烏：列朝詩集作『烏』。

遊天龍寺〔一〕

羣山江上走蜿蜒，直引潮聲到寺前。樓閣下頭生雨氣，樹林高處出香烟。流傳秖守千家鉢，受用單承一指禪。白髮老僧東塔住，自言將及趙州年。

【校記】

〔一〕此首又見列朝詩集閏集卷二。

次韻衍斯道九日同登鳳山〔一〕

雲逢水遇片時間，驀北鴻南兩未閒。今日偶然成握手，重陽難得共登山。豈知白髮飜多事，相對黃花覺厚顔。惆悵不堪回望處，羣鴉飛盡暮潮還。

【校記】

〔一〕此首又見列朝詩集閏集卷二、蒼雪和尚南來堂詩集卷三七言律。

聽雨篷〔一〕

溪邊茅屋兩三椽，寬窄其如〔二〕一釣船。幾樹暮鷗〔三〕篷底看，一瓢春酒雨中眠。舊愁無復來心上，新夢何由到枕邊。我亦江湖釣竿手，菰蒲蓼裏住多年。

【校記】

〔一〕此首又見列朝詩集閏集卷二、四朝詩明詩卷九十七言律詩二三。

〔二〕其如：四朝詩作『眞如』。

〔三〕鷗：四朝詩作『鴉』。

題莊氏書樓〔一〕

三尺枯桐掛此樓，樓中人似晉風流。酒杯春到休教歇，書冊年來儘〔二〕要收。栁色半邊溪水上，鸎聲一片晚風頭。滿懷清思無消處，月過樓西坐未休。

【校記】

〔一〕此首又見列朝詩集閏集卷二。

〔二〕儘：列朝詩集作『盡』。

登富春永安寺〔一〕

栗葉邨前石子溪，青山一掩路渾迷。也知谷裏多猿鳥，未信雲中有犬雞。滿耳只聞諸澗響，回頭方覺衆峰低。平生傾想今朝到，願結茅茨在寺西。

【校記】

〔一〕此首又見列朝詩集閏集卷二、明詩綜卷九十、佩文齋咏物詩選卷二三三佛寺類。

南浦春耕〔一〕

索索繰車谷口聞，鳥催農事日〔二〕紛紛。新生野水瓜藤繞，舊作田塍井字分。耕雨每憐黃犢健，帶經猶愛小兒勤。晚風獨立溪橋外，流水桃花一隊雲。

【校記】

〔一〕此首又見列朝詩集閏集卷二、四朝詩明詩卷九十七言律詩二三、佩文齋咏物詩選卷二二五農類。

〔二〕日：四朝詩作「亦」。

次韻同復翁雪中暮歸〔一〕

撩亂雲中半掩扉，忍寒衝雪晚同歸。回溪尚有多人渡，過嶺都無一鳥飛。木葉風聲聽去別，蘆花月色看來非。普賢大士修何行，不與羣生願少違。

【校記】

〔一〕此首又見列朝詩集閏集卷二。

題息耘隱居

千本琅玕褁藥園，無人知有小仙源。烟波艸色東西路，風雨雞聲第一村。年記政如忘甲子，生涯不似屬乹坤。溪頭減却桃花樹，春水船來不到門。

次韻折梅〔一〕

別樹寒香已半消，何堪持得到山寮。避風暖幙明朝下，聽雨春燈當晚燒。江路遠人情杳杳，烟空啼鳥夢勞勞。不須去看蒼苔滿，一點難禁落硯凹。

未曾折得意先消，宜伴松堂與竹寮。瓦缶插來朝晚看，茶爐移出外邊燒。推窗引月頻相慰，小杓添泉敢憚勞。正是遊絲〔二〕春夢裡，一聲青鳥度山凹。

梅老春深雪未消，折來猶得慰空寮。梨花□俗何堪比，栢子烟龕不敢燒。和靖百年詩獨苦，華光一譜畫多勞。來春記取孤根地，東澗橋西水一凹。

【校記】

〔一〕蒼雪和尚南來堂詩集卷三七言律選録第二首。

〔二〕遊絲：蒼雪和尚南來堂詩集作「遊思」。

訪息耘不遇〔一〕

語聲了了出溪灣，只隔桃波一步間。自愛黃鸝春後至，多愁燕子雨中還。坡晴細艸平如剪，花曙閑門半不關。欲覓行蹤雲滿地，人言採藥在他山。

【校記】

〔一〕此首又見列朝詩集閏集卷二、四朝詩明詩卷九十七言律詩二三。

與姪自京還横塘故居〔一〕

桑麻田在水村中，千里歸來共阿戎。春水野航天上下，石橋林木岸西東。階除點火兒童喜，兄弟開門語笑同。三〔二〕載客塵如夢事，明朝溪上看飛鴻。

【校記】

〔一〕此首又見列朝詩集閏集卷二、明詩綜卷九十。

〔二〕三：明詩綜作「二」。

爲常上人題在山圖〔一〕

一塢好山看數日，山山看盡又重看。年來木石同心性，老去烟霞入肺肝。春艸澗深流水歇，夕陽鍾早宿禽安。爲僧秖合於斯住，些子塵中事不干。

【校記】

〔一〕此首又見列朝詩集閏集卷二、題畫詩卷四六閒適類。

過湖州〔一〕

平生只想住湖州，僻性迂情可自由。一片水聲中倚杖，幾重山色裏行舟。東林書卷貧猶買，西塞綸竿老未收。緩得歸程〔二〕過寒食，杏花村雨聽鳴鳩。

【校記】

〔一〕此首又見列朝詩集閏集卷二、四朝詩明詩卷九十七言律詩二三、明詩綜卷九十、宋元詩會卷一百、吴興藝文補卷五四。

〔二〕歸程：列朝詩集作「舊程」。

寄竺菴之中天竺〔一〕

花外床琴坐不休，滿懷風露思遲留。凄凉蟋蟀聲中月，斷送梧桐葉上秋。幽夢每隨春艸入〔二〕，尺書還寄暮鴻愁。思君桂子新凉夜，正在天香第幾樓。

【校記】

〔一〕此首又見列朝詩集閏集卷二。

〔二〕春艸入：列朝詩集作「草春入」。

題林屋洞天〔一〕

羣山包水水包山，金作芙蓉玉作環。洞裏有天通五嶽，山中無地着三班。白雲彷彿雞初唱，碧海迢遙鶴又還。可惜桃花有凡骨，年年隨浪出人間。

【校記】

〔一〕此首又見列朝詩集閏集卷二、四朝詩明詩卷九十七言律詩二三、題畫詩卷三一古蹟類、佩文齋咏物詩選卷二三七仙觀類。

螺川送別圖〔一〕

五老峰前送別圖，社賢今日未應〔二〕無。路經黄葉千年寺，人倚西風十幅蒲。銅斗舊歌聞楚甸，蓴羹新興入吴都。重山復水閒蹤跡，自在飛雲一片孤。

【校記】

〔一〕此首又見列朝詩集閏集卷二、四朝詩明詩卷九十七言律詩二三、題畫詩卷五五行旅類。

〔二〕應：四朝詩作『能』。

與董子章宿江上〔一〕

啼螿力盡月初斜，客鬢因秋半欲華。霜氣着人唯隔紙，灘聲聒夢卽浮槎。傷歌甯戚牛誰飯，懶性嵇康虱自爬。明日風烟各回首，江頭紅葉勝開花。

【校記】

〔一〕此首又見列朝詩集閏集卷二。

雪篷

張公玉帳小如船，江海平生氣拍天。三尺劍横高枕外，一編書在釣車前。夢闌但覺花驚眼，興盡初疑雪滿川。詎得淮鄉沽酒處，買魚論斗不論錢。

爲馬仲禎題一灣烟水〔一〕

占得沙河水一灣，此身能與狎鷗閑。桃花斷岸無船到，楊栁衡門盡日關。千里烟波歸老眼，十年魂夢入〔二〕鄉山。扁舟西塞山前路，流水肥魚待爾還。

【校記】

〔一〕此首又見列朝詩集閏集卷二、四朝詩明詩卷九十七言律詩二三、題畫詩卷二三山水類。

〔二〕入：四朝詩作「又」。

故宫井〔一〕

上有千尺桐，下有千尺井。風吹井上桐，零落井中影。

【校記】

〔一〕此首又見列朝詩集閏集卷二、四朝詩明詩卷一百五言絶句五、西湖遊覽志餘卷十九。

題桃花小禽圖〔一〕

簷外雨初晴，幽禽四五聲。桃花無限思，畱客看清明。

【校記】

〔一〕此首又見列朝詩集閏集卷二、四朝詩明詩卷一百五言絶句五、題畫詩卷一百十花鳥合景、佩文齋咏物詩選卷四二一總禽鳥類。

次韻張一笑秋思〔一〕

閑庭涼思晚悠悠，誰遣詩人到水頭。兩岸蟬聲西照裏，豈容楊柳不先秋。

【校記】

〔一〕此首又見列朝詩集閏集卷二。

風　雨〔一〕

風雨閉門三十日，年光虛度一分春。悽涼舊國鶯花夢，白髮江南有幾人。

【校記】

〔一〕此首又見古今禪藻集卷二七、列朝詩集閏集卷二、西湖遊覽志餘卷十四。

宿呂城〔一〕

呂城街裏聽雞鳴，豈料三年在上京。風雨凄凄今又聽，舊時雙耳舊雞聲。

【校記】

〔一〕此首又見列朝詩集閏集卷二。

天平圭禪師書至，賦詩答之〔一〕

姑蘇城下別兵前，水北雲南自〔二〕可憐。一紙書來開不得，傷心猶恐説當年。

【校記】

〔一〕此首又見古今禪藻集卷二七、列朝詩集閏集卷二、石倉歷代詩選卷三六六明詩初集八六。

〔二〕自：古今禪藻集、石倉歷代詩選作『事』。

寄洪時中

只爲收書散盡金，酒中生計似東林。鳥還雲出千峰晚，誰識先生一寸心。

題劉松年桃花山水小幅〔一〕

杳無雞犬有人家，夾水山高路不賒。劉阮別來頻甲子，年年春雨送桃花。

【校記】

〔一〕此首又見列朝詩集閏集卷二、四朝詩明詩卷一一四七言絶句十四、題畫詩卷三一古蹟類、佩文齋咏物詩選卷二九七梅花類、南宋院畫録卷四。

遊西洞庭〔一〕

玉柱金庭在洞中，當時誰道有毛公。人間白髮三千丈，只見桃花一遍〔二〕紅。

【校記】

〔一〕此首又見列朝詩集閏集卷二、四朝詩明詩卷一一四七言絶句十四、佩文齋咏物詩選卷二九七梅花類。

〔二〕一遍：列朝詩集、四朝詩、佩文齋咏物詩選作「一片」。

春　雪〔一〕

江南二月正多春，雨雪癡酣侶醉人。迷殺北歸江上鴈，百花樓外一聲新。

【校記】

〔一〕此首又見列朝詩集閏集卷二。

送僧還義興簡聰聞復〔一〕

別却銅山三十年，因師長憶舊風烟。今朝忽送東歸客，正是秋江落木前。

【校記】

〔一〕此首又見列朝詩集閏集卷二。

與顥元白宿南山〔一〕

南山夜雨曾同聽，夢隔聲分二十年。今雨復來聽復共，白頭窓裏一燈前。

【校記】

〔一〕此首又見列朝詩集閏集卷二。

憶　昔〔一〕

年餘五十二毛新，三十年中在戰塵。説與兒童都不聽，爲渠生是太平人。

【校記】

〔一〕此首又見列朝詩集閏集卷二。

横塘寺〔一〕

桫羅園裏好僧坊，兵火年來事可傷。白髮老人知舊寺〔二〕，繞塘樓子十三房。

【校記】

〔一〕此首又見列朝詩集閏集卷二、明詩綜卷九十。

〔二〕舊寺：明詩綜作『舊跡』。

次韻可閑居士題雙松高士圖〔一〕

如此溪山着此身，春袍猶帶洛陽春。尋思馬上看花夢，暖雨香埃屬別人。

【校記】

〔一〕此首又見列朝詩集閏集卷二。

中秋奉懷幻隱禪師〔一〕

秋正平分月正圓，峰前桂子落亭前。老禪方丈寥寥夜，不聽猿聲二十年。

【校記】

〔一〕此首又見列朝詩集閏集卷二、四朝詩明詩卷一一四七言絶句十四。

題王黃鸛畫竹〔一〕

輞川竹裏舊題詩，畫裏如今佀見之。滿耳秋聲人不到，彈琴長笑月來時。

【校記】

〔一〕此首又見列朝詩集閏集卷二、題畫詩卷七九蘭竹類、佩文齋咏物詩選卷三三六笋類。題中「鸛」，題畫詩作「華」，列朝詩集、佩文齋咏物詩選作「鶴」。

哀翁舜卿〔一〕

半日曾閑竹院中，別來今見哭秋風。無能盡說諸餘事，一局殘棋着未終。

【校記】

〔一〕此首又見列朝詩集閏集卷二。

聞　笛〔一〕

江花如雪繞江春，江水迢迢入夢頻。一夜東風有羌笛〔二〕，滿城都是惜花人。

【校記】

〔一〕此首又見列朝詩集閏集卷二、四朝詩明詩卷一一四七言絶句十四、佩文齋咏物詩選卷一九三琴類附風琴。

〔二〕羌笛：佩文齋咏物詩選作「横笛」。

寄郭氏諸昆仲

杏林橋下路横斜，一簇樓臺四五家。賣藥已成三世業，醫方傳在牡丹花。

湖　上〔一〕

六橋山色裹湖光，梛傍桃隨十里長。無限紅香多少絮，併將春恨與劉郎。

【校記】

〔一〕此首又見列朝詩集閏集卷二。

梛　詞〔一〕

莫折東風楊梛枝，枝間葉葉是愁眉。遊人不省愁何事，曾向東風笛裏吹。

【校記】

〔一〕此首又見列朝詩集閏集卷二、四朝詩明詩卷十五樂府歌行十二、廣群芳譜佩文齋廣群芳譜卷之七七木譜。

題蘿壁山房〔一〕

青蘿壁下一僧房，長日唯燒一〔二〕炷香。風在竹欄〔三〕人在定，鳥啣紅柿落柴床。

【校記】

〔一〕此首又見列朝詩集閏集卷二、四朝詩明詩卷一一四七言絶句十四、佩文齋咏物詩選卷二三三佛類、式古堂書畫彙考卷五一畫二一、珊瑚網卷三五名畫題跋十一。

〔二〕一：佩文齋咏物詩選作『片』。

〔三〕竹檲：四朝詩、式古堂書畫彙考、珊瑚網作『竹欄』。

次韻福無受過横塘塔〔一〕

短籬依舊逐溪開，小竹從新繞塔栽。鶯子歸來春已去，藤花落盡水縈迴。

【校記】

〔一〕此首又見列朝詩集閏集卷二、四朝詩明詩卷一一四七言絶句十四。

初　夏

蟬未吟風蛙出池，家家庭戶綠生時。可中何物堪消夏，一卷唐人五字詩。

愛　閑〔一〕

一生心事只求閑，求得閑來鬢已班〔二〕。更欲破除閑耳目，要聽流水要看山。

【校記】

〔一〕此首又見列朝詩集閏集卷二、三松堂集續集卷五。

〔二〕班：四朝詩、三松堂集作『斑』。

題一鴈圖〔一〕

萬里江湖一葉身，來時逢雪去逢春。天南地北年年客，只有蘆花似故人。

【校記】

〔一〕此首又見列朝詩集閏集卷二、四朝詩明詩卷一一四七言絶句十四、佩文齋咏物詩選卷四二七鷹類、題畫詩卷九六禽類、蒼雪和尚南來堂詩集卷四五言絶七言絶。

題春山雨霽圖

絲絲暖雨歇春朝，雲壓虹流落澗橋。欲覓桃花無路入，却聞風度玉人簫。

偶　作

月月紅花開小庭，夏蟲絲吐繞枝青。如何錯怪遊仙枕，五十年間一度醒。

寄洪時齋

艸上東風栁上烟，溪頭三日嫩晴天。竹雞叫斷春泥滑，閑與梅花說舊年。

送人從軍

手折閶門楊栁條，一杯相送過楓橋。誰人不道從軍樂，邊艸青青馬正驕。

題秋聲竹

蒼玉颼風掃石臺，蕭蕭櫂榻絶塵埃。月明影落蛟龍窟，疑是寒潮帶雨來。

題書經室

池邊木筆花新吐，窗外芭蕉葉未齊。正是欲書三五偈，煮茶香過竹林西。

送馬仲禎之潁州

別離依舊郲重新，楊子江頭白髮人。一月路程千里夢，客中消却幾分春。

題画三首

碧郲絲絲拂釣舟，溶溶水面一群鷗。不知誰在茅堂住，坐看青山到白頭。
碧水前頭樹一林，留雲僧屋住來深。泊舟橋下青苔岸，不得桃花不可尋。
雨後遙山綠似苔，桃花溪口網船來。不知誰在松堂住，一日開窓看幾廻。

題倪雲林疎林遠岫圖上有周履道題

東海東吳兩故人，別來二十四番春。而今遠岫疎林外，一抹殘陽一老身。

題秋山水圖

木落蕭蕭秋露濃，亂山無數月明中。十年不到雲門寺，買箇船兒過淛東。

題網魚圖

溪頭三日雨昏昏，落盡桃花水正渾。網得魚多滿家喜，賣時應不到城門。

萬竿煙雨圖

空江秋雨又秋風，疑殺前山路不通。多少黃陵莎艸恨，盡情歌在竹枝中。

爲順首座題画

長憶春江雨後山，看雲如入画圖間。何人肯袖漁竿手，閑却扁舟在水灣。

止菴，名德祥，仁和人。有桐嶼詩集四卷。與富春妙智寺一初稱莫逆交。有志于行道，元末亂離，欝鬱不自得，相與肆力于詩。一初云：『吾輩從事文墨，非廢道沽名，蓋不得已也。』止菴云：『詩豈吾事耶？資黼黻焉耳。』可知二公隱懷歐公，所謂醉翁之意不在酒也。一初集名梦觀，余選百餘篇，其被詔恩遇已詳前跋中。既因南粤貢翡翠鳥，作詩以奏，寓規諷意云：『見説炎州進翠衣，網羅一日遍東西。羽毛亦足爲身累，那得秋林靜處飛。』太祖見之，怒曰：『汝不欲仕我，謂我法網密耶？』止菴住徑山，亦以西園詩忤上。二公皆以詩句幾乎不免。華山汰如補續高僧傳中頗詳其事，又系論曰：『非莊老不行六朝教也，非詩文不大宋元禪也，去古漸遠，餘波末流，自應至是。然道之眞僞，與夫説之是非，吾猶得卽其言而觀之。至于今則大不然，椎魯不文之人冒棒喝爲禪，以指經問字爲諱，何暇于詩文？輕浮躁進之士執門戶爲教，方入室操戈是圖，何有于莊老？愈趨而愈下，覺六朝宋元間法道雖變古，猶爲可觀。因記二師數語，感時之歎莫如今也。』余讀汰公論，爲之廢卷三嘆，三教同病，非獨緇流爾爾。王右軍云：『每攬昔人興感之由，未嘗不臨文嗟悼，後之覽者亦將有感於斯文。』

笑隱　三十二首

画蘭〔一〕

爾烝維藉〔二〕，我佩斯紉。有肖于德，薰然而春。匪夷匪惠，國士振振。高風百世，懷哉若人。

【校記】

〔一〕此首又見古今禪藻集卷一三、蒲室集卷一。

〔二〕此句蒲室集作「爾芳來襲」。

期石室不至〔一〕

風水不可期，知君定來否。何處唱歌聲，月明大谿口。

【校記】

〔一〕此首又見古今禪藻集卷一三、蒲室集卷一、四朝詩元詩卷六七五言絶句二、元詩選初集卷六七、江西詩徵卷八九釋子。

題程仲華西行集〔一〕

程仲華，眉山人，少離故鄉，居金陵數十年。既老，歸省墳墓，嘉其高誼，爲題西行集。

歸老〔二〕投故林，落葉庇木根。人生首丘念，所重骨肉恩。蜀土昔離亂，脱身間道奔。及兹承平久，慈孝況所敦。苦心在丘隴，志不慕田園。敢辞萬里遠，衣薄霜露〔三〕繁。白首携仲子，斗酒酹〔四〕幽魂。墟里盡荊棘，故老無一存。幸託賢守令，大書刻墓門。采〔五〕詩無〔六〕國史，傳之令子孫。

【校記】

〔一〕此首又見古今禪藻集卷一三、蒲室集卷一。

〔二〕歸老：古今禪藻集、蒲室集作「歸鳥」。

〔三〕霜露：蒲室集作「霜霰」。

〔四〕酹：蒲室集作「酬」。

〔五〕采：古今禪藻集作「乘」。

〔六〕無：蒲室集作「垂」。

追和洪景盧内翰題龍臺寺韵送曇西竺一〔一〕

中年涉憂患，事與壯心違。誅茅依磵曲，我歸已無時。上人受經地，遠赴千里期。江煙連竹色，香露滴薔薇。重閔無拒客，政使過門稀。只許毘耶老，天華不著衣。

【校記】

〔一〕此首又見古今禪藻集卷一三、蒲室集卷一。

次韻石室贈琦上人〔一〕

啄木驚我夢，丁丁伐平林。書來敘别久，長憶倚梧吟。重江蛟鰐横，感子遠訪尋。氣肅蟄戶〔二〕閉，天高鳥遺音。楓林〔三〕生野吹，河漢蕩烌陰。相期如古人，庶以展我心。令船崇道德，不貴玉與金。

【校記】

〔一〕此首又見古今禪藻集卷一三、蒲室集卷一。

〔二〕蟄戶：蒲室集作「蟄聲」。

〔三〕楓林：蒲室集作「風林」。

送欽上人〔一〕

我有錦綉段，翠鯨卷波濤。君家古刀尺，裁剪不憚勞。散作五色雲，隨風九天高。天高望不極，江水日滔滔。

【校記】

〔一〕此首又見古今禪藻集卷一三、蒲室集卷一、江西詩徵卷八九釋子。

題画〔一〕

遠山如故人，夢寐思見之。見之了非梦，卜居無可期〔二〕。乃知画者意，善幻〔三〕牽吾思。居然磵之曲，彎碕俯茅茨。川容得春媚，渙渙流晴澌。魚罟散蓬藋，鹿疃縱横馳。澄江起暮色，客袂風凄其。所歷紛可數，身世亦足悲。百年俱幻境，對此奚獨疑。

【校記】

〔一〕此首又見古今禪藻集卷一三、蒲室集卷一。

〔二〕無可期：古今禪藻集作「可無期」，蒲室集作「終無期」。

〔三〕善幻：蒲室集作「善巧」。

感興二首〔一〕

卧病長江上，朔風撼我床。垝垣〔二〕壞積雨，弱柳自空長。猶懷嵩璉歸，何曾羨奎章。白璧忍横道，千金戒垂堂。鳳凰〔三〕五色羽，風雨傷摧殘。坐視不遑恤，百憂如鷙湍。我夜不得寢，我食不得餐。因知古人意，相戒〔四〕行路難。

【校記】

〔一〕此首又見古今禪藻集卷一三、蒲室集卷二，蒲室集題作「感興一首」。

〔二〕垝垣：古今禪藻集作「垷垣」，蒲室集作「泥垣」。

〔三〕凰：古今禪藻集作「皇」。

〔四〕相戒：蒲室集作「頻歌」。

月支王頭飲器歌〔一〕

呼韓款塞稱藩臣，已知絶漠無王庭。馳突〔二〕猶夸漢使者，縱馬夜出居延城。我有飲器非飲酒，開函視之萬鬼走。世世無忘冒頓功，月支強王頭在手。帳下朔風吹酒寒，凝酥點雪紅斕斑。想見長纓繫馬上，髑髏濺血如奔湍。手麾欲回斗杓轉，河決崑崙注尊滿。酒酣劒吼浮雲悲，使者辭歡歸就館。古稱尊俎脩獻酬，孰知盟誓生戈矛。斬取樓蘭縣漢闕，功臣猶數義陽矦。

【校記】

〔一〕此首又見古今禪藻集卷一三、蒲室集卷二、元詩選初集卷六七、江西詩徵卷八九釋子、乾坤清氣集卷九古樂府。

〔二〕馳突：古今禪藻集、蒲室集、元詩選、江西詩徵、乾坤清氣集作「馳突」。

曹娥江讀碑圖〔一〕

海門五月潮如山，龍伯奰屓蒼蛟頑。越俗輕生好巫鬼，婆娑踏舞洪濤間〔二〕。群巫姣服盱獨好，歌聲忽絶紅旗倒。孝娥死抱父屍出，天地無情日杲杲。雄詞不愧邯鄲兒，萬金莫購中郎題。碑陰八字非隱語，德祖有智如滑稽。豈是阿瞞不解此，感媿上馬歸路迷。女德猶能奮其節，壯夫氣吐萬丈霓。奸雄復欲欺後世，白頭猶愛漢征西。丹青似是董狐筆，千年要與竹帛齊。娥江新廟照江水，可憐銅爵艸萋萋。

【校記】

〔一〕此首又見古今禪藻集卷一四、元詩選初集卷六七、蒲室集卷五、江西詩徵卷八九釋子、題畫詩卷三六故實類。

〔二〕間：江西詩徵作「厓」。

太白觀瀑布圖〔一〕

我本白雲人，見山每回首。披圖得松泉，感我塵埃久。我家只在九江口，從此扁舟到牛斗。翻愁天上銀濤堆，石轉雲崩〔二〕萬雷吼。水行地底不上天，龍泓豈與滄溟連。風葉無聲飛鳥絶，月光雲影天茫然。丈人何來自空谷，謫仙招隱當不辱。林梢噴雪〔三〕舞飛華，尚想隨風唾珠玉。馬首青山如喚人，歸來好及松花春。泉香入新釀，解公頭上巾。今者孰不樂，荒墳委荊榛。遂令画師意，萬古留酸辛。酸辛復何益，東海飛紅塵。

【校記】

〔一〕此首又見古今禪藻集卷一四、四朝詩元詩卷二四七言古詩十、元詩選初集卷六七、蒲室集卷五、江西詩徵卷八九釋子、題畫詩卷四十故實類。

〔二〕雲崩：四朝詩作「雲翻」，蒲室集、題畫詩作「雲奔」。

〔三〕噴雪：元詩選作「哨雪」。

初發金陵，夜泊龍湾，寄茅山道士李方外〔一〕

人生不必行萬里，亦不願讀萬卷書。願爲茅山十日客，山僧坐列群仙圖。大峯〔二〕揚旗出天闕，小峰萬馬爭奔趨。俄頃波濤忽破碎，水末〔三〕飛上金華逋。青書晝馳壇室靜，玉鞭夜擊閶傳呼。去年獨宿丹井下，天風拂地迎麻姑。今年許入玉柱洞，誰遣旅食隨檣烏。懷人弔古夜寂寞，寒江落月號猩鼯。祖龍埋金王氣歇，梁宮晉苑沈烟蕪。想見雲龍映朝日，山中宰相良非迂。

【校記】

〔一〕此首又見古今禪藻集卷一四、四朝詩元詩卷二十四七言古詩十、元詩選初集卷六七、蒲室集卷二、江西詩徵卷八九釋子，原爲二首。

〔二〕大峯：元詩選、蒲室集、江西詩徵作「大風」。
〔三〕水末：古今禪藻集、四朝詩、元詩選、蒲室集、江西詩徵作「木末」。

宿牛頭菴 有叙〔一〕

延祐甲寅十二月，登牛頭山，雪後見艸菴如壺，有淵道人居之。從一竇俯入，中可丈五，設一柴床，無它長物。客至則立語，謝客，客故去。淵以半坐分我，且言：『始至，從樵者丐畚茅，席地爲坐，淫雨沮洳，翹立終日，居人始憐我，有周文卿爲搆瓦屋三間，而子適至，豈有所待耶？敢以菴累子。』一日會周，相歡如平生，翌日作詩相畱。予既慕融公高風，欲憇止焉而志不果，作短歌謝周。

憶昔壯年游東溟，大船椎鼓江上行。天女吹華龍象舞，風水夜作蛟鼉驚。浩歌聲戛牛斗上，百年有志非功名。箋紅肯讓甘露滅，上書獨許嵩仲靈。青春悠悠去不返，萬里孤蓬尚漂轉。可憐歲晚長干城，氷雪連天江漢遠。紫雲如蓋青石寒，必逢勝處一解顔。平生始識周處士，臨岐握手俱忘還。老子胸中飽丘壑，道人眼底無江山。十日茅茨卧風雨，便擬挂錫烟蘿間。師年八十不可待，又欲爲母營朝餐。況聞大法可痛哭，我心安得如石頑。

【校記】

〔一〕此首又見古今禪藻集卷一四、蒲室集卷二。

過淮河口〔一〕

水次千家市，蠻商聚百艘。揚徐元接壤，河□〔二〕此交流。乘傳陪天使，浮栝任海漚。夜凉瞻斗柄，想見上林秋。

【校記】

〔一〕此首又見古今禪藻集卷一五、元詩選初集卷六七、蒲室集卷五。

〔二〕闕字古今禪藻集、元詩選、蒲室集作「泗」。

送薩天錫照磨赴燕南憲幕〔一〕

蕭寺留詩別，高懷不負公。江聲元自急，山勢古來雄。下榻疎鐘雨，登臺落木風。重來無幾日，除道避乘驄。

【校記】

〔一〕此首又見古今禪藻集卷一五、四朝詩元詩卷四二五言律詩八、元詩選初集卷六七、蒲室集卷五、江西詩徵卷八九釋子、乾坤清氣集卷一二五言律詩。

楊執中幼與予同舍，自予厺鄉里，一別四十五年矣，乍見俱不相識，承惠詩一首，次韵謝之〔一〕

勛業雙蓬鬢，江湖萬里心。扣舷山月近，欹枕夜濤深。多士懷東觀，何人賦上林。只將絃上趣，白雪寫遺音。

【校記】

〔一〕此首又見古今禪藻集卷一五、四朝詩元詩卷四二五言律詩八、元詩選初集卷六七、蒲室集卷五、江西詩徵卷八九釋子，原爲二首。

黄河阻風〔一〕

九域重尋禹蹟荒，喜聽縣〔二〕水夜浪浪。中原迤邐河流壯，元氣汪洋地脉長。萬里風雲來黯澹，五更星斗下光芒。我行不有神靈助，風送天香自帝傍。

【校記】

〔一〕此首又見古今禪藻集卷一六、元詩選初集卷六七、蒲室集卷五、江西詩徵卷八九釋子。

〔二〕縣：蒲室集作「懸」。

送郭幹卿學士赴奎章閣次趙魯公韵〔一〕

歲宴俄聞上國行，安車可是暮年情。早朝翠霧沾衣濕，夜直銀河入坐清。社稷憂勤霜髩短，江湖歸夢釣絲輕。相携不盡丁寧語，歌斷驪駒白下城。

【校記】

〔一〕此首又見古今禪藻集卷一六、四朝詩元詩卷六十七言律詩十八、元詩選初集卷六七、蒲室集卷五、江西詩徵卷八九釋子，原爲二首。

潛　宮〔一〕

御榻當年小殿西，龍光照地起虹霓。蓬萊珠館珊瑚樹，夜月〔二〕瑶臺白玉梯。甲帳列營環衛密，龜兹按拍蹋歌齊。代來故事憑誰紀，只有年年杜宇啼。

【校記】

〔一〕此首又見古今禪藻集卷一六、元詩選初集卷六七、蒲室集卷五。

〔二〕夜月：蒲室集作「花月」。

賞心亭〔一〕

碌碌從人愧抱關，賞心底共〔二〕鶴飛還。孤舟野水東西渡，落日長淮遠近山。神鼓乍喧香霧合，賓筵初散緑陰閒。相思只尺長相隔，一似河流九曲灣。

【校記】

〔一〕此首又見古今禪藻集卷一六、四朝詩元詩卷六十七言律詩十八、元詩選初集卷六七、蒲室集卷五、江西詩徵卷八九釋子。

〔二〕底共：古今禪藻集、四朝詩、元詩選、蒲室集、江西詩徵作「應共」。

張夢臣侍御太子千秋日燕龍翔寺〔一〕

天香一騎出燕山，閶闔雲開近可攀。華渚虹光〔二〕瞻斗極，芒碭雲氣識龍顏。紀綱吳楚東南重，事業夔皋伯仲間。燕罷題詩烟景莫，松高千尺鶴飛還。

【校記】

〔一〕此首又見古今禪藻集卷一六、蒲室集卷五。

〔二〕虹光：蒲室集作「龍光」。

宿雪峰菴〔一〕

雪深麋鹿無行跡，雲卧樵踪何處笛〔二〕。老禪騎處〔三〕不驚人，猿拾蒼苔〔四〕掛高石。

【校記】

〔一〕此首又見蒲室集卷六、金陵梵刹志卷三。題中「雪」，蒲室集作「雲」。

〔二〕此句蒲室集作「雲外樵歸何處笛」。

〔三〕騎處：蒲室集、金陵梵刹志作「騎虎」。

〔四〕蒼苔：蒲室集作「荒苔」。

孤嶼圖〔一〕

淡烟疎樹月朦朧，路隔寒潮斷復通。添個茆菴〔二〕分我住，明年飛錫海門東。

【校記】

〔一〕此首又見古今禪藻集卷一七、四朝詩元詩卷七九七言絶句十二、元詩選初集卷六七、蒲室集卷六、江西詩徵卷八九釋子、題畫詩卷一八名勝類、雪橋詩話卷九、陶廬雜録卷二。

〔二〕茆菴：蒲室集作「茅齋」，題畫詩作「芽菴」。

古廟折碑圖〔一〕

古廟殘碑野水村，行人回首暗消魂。遙天何許孤雲没，不盡青山萬馬奔。

【校記】

〔一〕此首又見古今禪藻集卷一七、四朝詩元詩卷七九七言絶句十二、元詩選初集卷六七、蒲室集卷六、江西詩徵卷八九釋子。

墨梅爲馮仲實賦〔一〕

林花瘦影月微茫，風袂參差玉佩璫。更覺微酸生齒頰，千林烟雨待青黃。

【校記】

〔一〕此首又見古今禪藻集卷一七、蒲室集卷六。題中「實」，蒲室集作「寶」。

舟至通州夜雨大作〔一〕

明日京華拂面塵，穹廬如雪馬如雲。雨聲未忍孤篷別，故遣蕭蕭枕上聞。

【校記】

〔一〕此首又見古今禪藻集卷一七、四朝詩元詩卷七九七言絶句十二、元詩選初集卷六七、蒲室集卷六、江西詩徵卷八九釋子。

次韻送廖天與〔一〕

楚江送客暮帆開，眼底何人識異材。後夜月明潮又滿，青山空繞雨花臺。

【校記】

〔一〕此首又見古今禪藻集卷一七、四朝詩元詩卷七九七言絶句十二、元詩選初集卷六七。

魚樂圖〔一〕

築室開池學放魚，旋縈九島作江湖。画圖更覺〔二〕烟波好，野水寒塘雪葦枯。

【校記】

〔一〕此首又見古今禪藻集卷一七、蒲室集卷六，均有序：「予作菴東園，将謀退休，而未能入居之。希古禪師寄魚樂圖索題，感而爲賦。」

〔二〕覺：蒲室集作「築」。

寄西山李處士〔一〕

每憶西山水竹居，秋風林影夕陽踈。江湖正自無知已，底用嫌人索報書。

【校記】

〔一〕此首又見古今禪藻集卷一七、蒲室集卷六、江西詩徵卷八九釋子。

米元暉江山秋晚圖〔一〕

紅樹宜秋晚，澄江媚落暉。扁舟如喚我，莫待白頭歸。

【校記】

〔一〕此首又見古今禪藻集卷一七、四朝詩元詩卷六七五言絶句二、元詩選初集卷六七、蒲室集卷六、題畫詩卷十八山水類、江西詩徵卷八九釋子。

画　牛〔一〕

艸煖犢子肥，牧閒牛耳濕。誰知荷蓑翁，雨風〔二〕租稅急。

【校記】

〔一〕此首又見古今禪藻集卷一七、四朝詩元詩卷六七五言絶句二、元詩選初集卷六七、蒲室集卷六、題畫詩卷一百七獸類、佩文齋咏物詩選卷四百七牛類。

〔二〕雨風：古今禪藻集、四朝詩、元詩選、蒲室集、題畫詩、佩文齋咏物詩選作「風雨」。

笑隱，名大訢，南昌胄族陳氏子。傳法于晦機熈禪師。元文宗詔師主金陵大龍翔集慶寺，賜三品文階，又錫以「廣智全悟大師」之號，賜賚甚厚，盡用以建佛閣。愧養母不及，睦州退居蒲室，敝衣糲飯，誓苦修終老。其法子來復亦結蒲菴以附庸焉。洪武初，來復被徵京師，師止之曰：「上苑亦無頻婆果，且畱殘命吃酸漿。」復不聽，後竟以智聰胡黨事發，連坐凌遲，瀕死而悔，且道師語。上聞逮師至，欲殺之。師曰：「此古人偈，臣偶拈之，非有他也。」上問何出，師曰出大藏某録，在某卷、某葉、某行，檢視果然，乃釋去。所著有四會語録、禪林清規、蒲室集若干卷。虞文靖公贊云：「如洞庭之野衆樂並作，鏗轟軒昂，蛟龍起躍，物怪屏走。」

覺隱　七首

貧　居〔一〕

造物非貧我，欲我閒且安。貧居自有樂，此樂非人間。蕭然一茆宇，十年卧空山。山深無客來，獨與雲往還。芰荷製冬衣，藜藿供朝餐。登山玩崔嵬，臨流聽潺湲。爲無貪著念，隨地可盤桓。但得閒中樂，豈以貧爲艱。愈貧愈無事，無事心愈閒。雖居人世中，恰似出塵寰。

【校記】

〔一〕此首又見古今禪藻集卷一三、四朝詩元詩卷二四五言古詩十二、元詩選三集卷十六、式古堂書畫彙考卷五三畫二三、大觀録元賢名畫卷十八。

吴江長橋〔一〕

天險不可梯白石，不受鞭空〔二〕疑幻人。試幻術神輸鬼運，來塵寰躋濤駕浪。遥空闊盤結鉤鎖，金聯環又疑東海。躍出萬丈白玉虬〔三〕，挾風〔四〕噀雨飛上天。天高九萬不得上，翻身飛墮長江邊。蒼雲半濕瓊瑤冷，弱水不隔蓬萊境。兩岸遥分〔五〕白月光，中流壓破青天影。江吞湖吐水勢雄，南極地缺棲魚龍。橋成壯觀奪天巧，却笑造化無全功。

【校記】

〔一〕此首又見古今禪藻集卷一四、四朝詩元詩卷二四七言古詩十、元詩選三集卷十六、檇李詩繫卷三十、式古堂書畫彙考卷五三畫二三、大觀録元賢名畫卷十八。

〔二〕鞭空：式古堂書畫彙考、大觀録作「鞭只」。

〔三〕此句大觀録漏脱「萬丈」二字。

〔四〕「挾風」下檇李詩繫脱漏「噀雨飛上天天高九萬不得上翻身飛墮長江邊蒼雲」二十一字。

〔五〕遥分：檇李詩繫作「邀分」。

錢塘江曉渡〔一〕

雨後青山展黛眉，暖風無力去帆遲。人家一簇臨江岸，緑樹輕烟映酒旗。

【校記】

〔一〕此首又見古今禪藻集卷一七、四朝詩元詩卷七九七言絶句十二、式古堂書畫彙考卷五三畫二三、大觀録元賢名畫卷十八。

客中九日〔一〕

小橋流水〔二〕遶迴廊，獨對西風憶故鄉。山崦人家秋色晚，客中無菊過重陽〔三〕。

【校記】

〔一〕此首又見古今禪藻集卷一七、四朝詩元詩卷七九七言絶句十二、檇李詩繫卷三十、式古堂書畫彙考卷五三畫二三、大觀録元賢名畫卷十八。

〔二〕流水：檇李詩繫作「溪水」。

〔三〕此句檇李詩繫作「可能無菊對重陽」。

題友人壁〔一〕

池檻水搖簾影動，石床風引翠烟〔二〕斜。鳥聲啼足〔三〕忽飛去，驚落半庭山杏花。

【校記】

〔一〕此首又見古今禪藻集卷一七、四朝詩元詩卷七九七言絶句十二、檇李詩繫卷三十、式古堂書畫彙考卷五三畫二三、大觀録元賢名畫卷十八。

〔二〕翠烟：式古堂書畫彙考、大觀録作「篆烟」。

〔三〕啼足：檇李詩繫作「纔歇」。

讀宋鑑并遼金史

衣冠文物舊宗周，名分尊嚴孰與儔。晉楚定傳乘檮杌，後人惟讀魯春秋。

訪山居〔一〕

歲晏偶到山人家，青山遶屋松逕斜。陰陰林磵白石〔二〕凍，空庭雪壓枇杷花。

【校記】

〔一〕此首又見檇李詩繫卷二十。

〔二〕石：檇李詩繫作「日」。

覺隱，名本誠，字道原，嘉興人。住興聖禪寺，嗣法虛谷陵禪師。又主本覺寺。姚公綬作記，稱其善詩画。有文集行世，緇流推重。天隱至公、笑隱訢公、覺隱誠公詩聲相埒，呼爲「詩禪三隱」。天隱先化去，師與笑隱國初尚在，余故止選二隱，而天隱又孤行其筠溪牧潛集。

法智 三首

閶門晚歸〔一〕

郭外罷持鉢，晚涼歸路幽。鼓鍾烟際寺，燈火水邊樓。藜杖苔痕濕，荷衣月影浮。禪翁歌白雪，才薄愧難酬〔二〕。

【校記】

〔一〕此首又見列朝詩集閏集卷二、四朝詩元詩卷四二五言律詩八。

〔二〕此句列朝詩集作「薄夕愧難酬」。

過安慶弔余忠宣公〔一〕

浮圖高出暮雲低，雉堞連陰〔二〕碧樹齊。茆屋人家兵火後，樓船鞞鼓夕陽西。大江千里水東去，明月一天烏夜啼。欲酹忠魂荒塚外，白楊秋色轉凄迷。

【校記】

〔一〕此首又見古今禪藻集卷一六、列朝詩集閏集卷二、四朝詩元詩卷六十七言律詩十八。

〔二〕連陰：古今禪藻集作「連雲」。

送僧遊廬山

匡廬峰色碧嵯峩，送別因思舊所過。石上藤蘿明月小，水邊茅屋白雲多。衲衣高掛長松樹，茶臼頻敲石磵阿。亦欲從遊那可再，盡將離思付江波。

法智，吳山僧，余忠宣公故人也。讀其弔余忠宣公一篇，可稱哀而不傷。

半顛　二首

琴臺〔一〕

幾禪石上〔二〕五雲深，挑出湖波片月心。絃外有聲誰解聽，一山春樹曉鶯吟。

【校記】

〔一〕此首又見古今禪藻集卷一七、吳都文粹續集卷十一公廨古蹟驛遞、（正德）姑蘇志卷三三。

〔二〕上：（正德）姑蘇志作「土」。

越來溪〔一〕

九関風月醉傾城，歌笑聲中有甲兵。郤是吳王自亾國，枉教溪受越來名。

【校記】

〔一〕此首又見古今禪藻集卷一七、吳都文粹續集卷十一公廨古蹟驛遞、（正德）姑蘇志卷三三。

半顛，不詳其姓氏，或曰靖难時弃官，隱于靈岩之下。

唯菴　一首

雙桂菴〔一〕

颯颯西風動林麓，炎蒸散盡秋氣肅。嫦娥開却蟾宫門，當塲撒出雙金粟。漫空積地盈四簷，靈葩不許羣芳妍。道人久住忘處所，直疑此境是先天。昔年山谷不知此，却恨晦堂無直指。鼻端驀地來香風，飄飄餘馨襲談麈。于今雙桂兮爲名，索我再歌兮奚憑。晝寥寥兮花鳥無聲，夜寂寂兮月落空庭。

【校記】

〔一〕此首又見古今禪藻集卷二十、逃虚子集詩集補遺。

唯菴，名德然，華亭人，俗姓張。生有異相，口容拳，吐舌過鼻，左足下一痣。七歲出家武林天龍寺，誦法華經六時不輟。往伏龍山參千岩長禪師，指示緣在吳松，書『松隱』二字付之。遂還松，結茅南城隅，顔曰『松隱』，因以爲號。足不越戶，劙指血書華嚴經八十一卷，天雨寶花，香風滿路，人皆嘆異。洪武初，赴召預無遮大會，乞歸松隱建浮屠，奉藏所書血經。二十一年四月十四日，無疾而化，命瘞全身于菴側，生死不忘師命也。有船居詩一卷。

呆菴 五首

追和歸源老祖山謳〔一〕

長林悉凋落，刮地霜風吹。道人不出山，終年無所知。一心既空寂，萬法將焉依。海門明月上，冷照枯松枝。

【校記】

〔一〕此首又見古今禪藻集卷一八、明詩綜卷九十。題中「謳」，明詩綜作「謠」。

荊石歌〔一〕

荊山有石徒落落，何人知是無瑕璞。卞和一見喜且驚，持獻金門試雕琢。楚國良工希復希，可憐抱玉荊山歸。一朝剖決遇明主，天生至寶眞絶奇。近聞荊山尚多石，於中豈有連城璧。牧童棄置如瓦礫，時無卞氏誰能識。舉世學道人，各懷無價珍。宗匠久不作，未免成埋塵。塵埋不埋何得失，利物應機終有日。願言此去善護持，休向中途生退屈。道人索我荊石歌，載歌載歎可柰何。荊石懷歸莫輕售，世間自古讒言多。

【校記】

〔一〕此首又見古今禪藻集卷二十。

卧雲軒〔一〕

卧雲軒中人，塵事不相到〔二〕。心與雲俱閒，看雲聊寄傲。雲之從龍自可期，達人應世當有時。乃知舒卷本無跡，六合茫茫隨所適。殷勤爲告卧雲人，雲中有路須致身。大地蒼生望霖雨，胡爲久卧南湖濵。

【校記】

〔一〕此首又見古今禪藻集卷二十、檇李詩繫卷四十。

〔二〕不相到：檇李詩繫作「不能到」。

送兼首座〔一〕

八紘雲淨秋氣高，風生桂岫天香飄。堂中上座定初起，卷衣欲度龍江潮。再四留之不肯住，銕錫横肩出門去。它〔二〕日重來捋虎鬚，啐啄當机箭鋒拄。少林一曲聽者難，無絃之琴誰復彈。老我凌霄倚庭樹，摩挲兩眼看鵬摶。

【校記】

〔一〕此首又見古今禪藻集卷二十。

〔二〕它：古今禪藻集作「他」。

寄芥室和尚〔一〕

底事懷歸思不堪，夢魂長繞綠蘿菴。白頭遺叟空山裏，知是何人侍夜談。

【校記】

〔一〕此首又見古今禪藻集卷二七。

呆菴歌　小序

余以癡鈍自守，隨所住處扁曰「呆菴」，客有譏曰：「世人以機巧相尚，其來久矣，子欲全其呆而矯諸，不亦迂乎？」余因謝其客曰：「靈利漢有此分别爾。」客既去，於是作呆菴歌一首以寫呆意，覽者勿以工拙論之可也。

我此呆菴呆道人，不識世間秋與春。兀兀癡癡只麼過，無榮無辱無疎親。或把精金和土賣，或收燕石藏爲珍。笑倒傍觀靈利漢，讚亦不喜駡不嗔。有問呆菴何所作，閒看葫蘆懸壁角。當場拈起鈍鐵鍬，擬向虛空去穿鑿。門戶長年八字開，屋裏從來空索索。多被時流驀面欺，一生鹵莽都不覺。可怪呆人百不能，對人呆話還可憎。剛道夜深猲犬吠，大洋海底人挑燈。更有一般呆伎倆，兩耳卓朔頭鬅鬙〔一〕。任你客僧逞機巧，東呼西喚渠不應。

【校記】

〔一〕鬅鬙：當作「鬅鬙」，頭髮散亂貌。

呆菴，名普莊，字敬中，仙居人，袁氏。年十二依天童左菴良公薙髮，又往郡參天寧了堂一公，遂入室爲嗣。洪武丁巳被召入天界，與全室、蒲菴二大老抗衡。己未，出世撫州北禪寺。宋皇祐間圓照大師普莊撰牛首辟支佛塔記，古今同名者多，讀者辯諸。

元明 一首

寄見心和尚〔一〕

憶昔與君相別時，君能贈我楊栁詩。卽今搖蕩東風裏，吳山越水長相思。長相思，情何極，矯首雙峯入天碧。峯頭玉樹好容顔，安得淩風生羽翼。

【校記】

〔一〕此首又見古今禪藻集卷二十、四朝詩元詩卷二四七言古詩十。

元明，名溥照，吳郡人。洪武初經始積慶寺，至永樂間永宗、戒坦相繼奏成。又振錫江浙名刹，定水見心和尚有寄元明禪師詩云：『幾讀新詩煩慰藉，臨風玉樹想清標。』又簡寄云：『重游喜得陪驄馬，拄杖看雲共賦詩。』又月魯不花有簡元明長老詩，其序云：『至正乙巳閏十月八日，余偕伯防工部、仲能憲使、見心禪師游天童山，夜宿元明禪師方丈，初十日至大慈寺，十二日泛舟東湖，雷憇月波，而見心先歸湖心，余與伯防、仲能復同宿育王寺，歷覽三山之勝，遂各賦詩以紀曾遊。』詩見別卷。但一時與見心詩筒往來者有兩元明，一是丹丘旭公，一是姑蘇照公，未知見心所簡贈者爲誰。濮州鉄佛寺住持僧亦曰：『元明，未知其詳，但觀其所度弟子是大異人。』弟子名宗世，字悟空，觀城產也。土木形骸，了不識一字，成童時皈依鉄佛寺，元明爲師，供薪水之暇學誦金剛經，晝夜不輟。年二十六乞食，晉宋荊楚秦齊之間求師不得，居考城者十年。正德辛未，流寇從横，復還濮之圓覺寺，後依城北，馬氏引見雙泉。復十有五年，徙張太常南園。又十年，一百有八歲矣，狀如枯松怪石，行止便捷，耳目聰明，不讓少壯。人有扣其所養者，無一言相証，但云『有生來不知人欲事』。

了菴　五首

歸雲亭〔一〕

作亭竚歸雲，雲歸宛亭亭。道人本無心，澹與雲相應。夾徑樹嘉木，沿溪羅翠屏。人間境逾寂，雲白山自青。看山坐亭上，披雲濯淸泠。

【校記】

〔一〕此首又見古今禪藻集卷一三、四朝詩元詩卷二四五言古詩十二、了菴和尚語録卷六。

聽松堂〔一〕

風來松韻清，風去松韻停。松堂得松韻，六月生清氷。重陰覆瑤席，時作韶鈞鳴。世無寒山子，好在誰解聽。我欲呼朱絃，和此太〔二〕古音。忽聞深澗泉，悠然契吾心。

【校記】

〔一〕此首又見古今禪藻集卷一三、四朝詩元詩卷二四五言古詩十二、了菴和尚語録卷六。

〔二〕太：了菴和尚語録作『大』。

秀巖贈挺首座〔一〕

千巖秀出萬物表，下視乾坤一何小。散華無路到諸天，只許青山自圍繞。青山不礙白雲飛，丹厓豈逐春風老。擬問巖中事若何，春來拂曉聞啼鳥。

【校記】

〔一〕此首又見古今禪藻集卷一四、四朝詩元詩卷二四七言古詩十、了菴和尚語録卷七。

送眞藏主遊台鴈〔一〕

台山鴈山高且寒，五月六月飛冰湍。山形杖子既在握，探賾自可資遊觀。危峯爭爲寶幢立，線路或作羊腸蟠。不知應眞說何法，但見花雨飛漫漫。

【校記】

〔一〕此首又見古今禪藻集卷一四、了菴和尚語録卷六。

送東州藏主歸虎丘

經頭一字無翻譯，文采全彰遍刹塵。除却生公點頭石，世間誰是賞音人。

了菴，名清欲，別號南堂遺老，臨海人，朱姓。九歲入徑山，十六歲依虎岩伏公得度，復叅古林茂公，茂公云：『雖是後生，却甚彫琢。』元末主靈岩。入院上堂云：『石門巇險鉄門〔一〕牢，舉目分明萬仞高。四十年來〔二〕重到此，始終不隔一絲毫。』繼主開福，又主本覺。所著有南堂録。

【校記】

〔一〕鉄門：了菴和尚語録卷三、列祖提綱録卷二五、宗統編年卷二七作『鐵關』。

〔二〕來：了菴和尚語録、列祖提綱録、宗統編年作『中』。

行己　六首

天台石橋〔一〕

五百人兮山之中，驅白虎兮騎蒼龍。袈裟兮襤褸，頭髪兮蓬鬆，神怪萬狀兮吾不得而窮。望歸來兮庭之幃，燒香瀹茗兮鍾鼓交槌。不見來兮勞思，坐蒸餅兮淚垂，汝將舍我兮而何之。

【校記】

〔一〕此首又見四朝詩元詩卷十二樂府歌行十。

冷泉亭〔一〕

天竺雨花飛寶臺，北山門對冷泉開。石擎老樹無人識，時有黄猿抱子來。

【校記】

〔一〕此首又見四朝詩元詩卷七九七言絶句十二。

回雁峯〔一〕

官路迢迢野店稀，薄寒催客早添衣。南分五嶺雲天遠，鴈到衡陽亦倦飛。

【校記】

〔一〕此首又見四朝詩元詩卷七九七言絶句十二、全浙詩話卷二六元、（雍正）浙江通志卷二百。

客中得母寄布〔一〕

我母今年七十強，獨憐季子在他鄉。寄來新截机頭布，一寸絲麻一寸腸。

【校記】

〔一〕此首又見古今禪藻集卷一七。

舁母渡錢塘〔一〕

母在籃輿子在途，子行不上母頻呼。斷橋流水斜陽外〔二〕，羞見寒林返哺烏。

【校記】

〔一〕此首又見古今禪藻集卷一七。

〔二〕此句下古今禪藻集有注：『一作西風落日荒山道。』

憶　母〔一〕

霜殞〔二〕萱花〔三〕淚濕衣，白頭無復倚柴扉。厺年五月黄梅雨，曾典袈裟〔四〕貰〔五〕米歸。

【校記】

〔一〕此首又見古今禪藻集卷一七、四朝詩元詩卷七九七言絶句十二、柳亭詩話卷二九。

〔二〕殞：四朝詩作『落』。

〔三〕萱花：柳亭詩話作『蘆花』。

〔四〕袈裟：古今禪藻集作『架裟』。

〔五〕貰：四朝詩、柳亭詩話作『糴』。

行己，名與恭，或曰名允恭，號嬾禪，上虞人。住靈隱，中庭可公法嗣也。從幼酪漿肉食不入口，孤貧好潔，精通內典，工詩，與趙松雪友善。後遊蘇州定惠寺，端然而逝。及荼毘，有堅固子，檢其囊，止有破紙一方，書同雁峰詩。

笑堂　一首

秋日送二徒之京〔一〕

客路逢秋意慘悽，吳歌楚些聽如迷。海天一色雁雙去，山月半規猿自啼。心動故園頻入夢，詩因佳景易成題。孤霞落鶩〔二〕西風外，更向何山去〔三〕托棲。

【校記】

〔一〕此首又見古今禪藻集卷二四、石倉歷代詩選卷三六六明詩初集八六。

〔二〕孤霞落鶩：古今禪藻集作『落霞孤鶩』，石倉歷代詩選作『孤霞落霧』。

〔三〕去：古今禪藻集作『問』。

笑堂，翔風十八都人。永樂間住大武巖，有二弟子，亦能吟，同往京師，以詩送之。

湛源 一首

題樓先生郊居以母節旌表門閭

卜居吳下學耕農，人物爭歸月旦評。南畝聊爲終歲計，北堂特表一鄉榮。家傳詩史雄文圃，座滿圖書絶世情。上國勝遊多饋餉，盤飧時厭五侯鯖。

湛源，名妙圓，蘇州僧綱司。永樂間住潤州甘露寺。逃虛子登金山寺，以二絶句寄之，云：『三度來登多景樓，妙高臺上始能遊。長江如練山如画，獨倚闌干笑白頭。』『南北馳驅十五年，人間事業任茫然。夜來一宿金山寺，始了生平未了緣。』

古心 二首

元夕有感〔一〕

禁鼓無聲起麗譙，萬家燈火樂元宵。青衿相對〔二〕頭如雪，不照繁華照寂寥。

【校記】

〔一〕此首又見古今禪藻集卷二七。

〔二〕相對：古今禪藻集作『看到』。

咏苔〔一〕

青如蚨血染頹垣，漢寢唐陵幾斷魂。莫笑貧家春寂寞，漸隨積雨上青門。

【校記】

〔一〕此首又見列朝詩集閏集卷二、全閩詩話卷十一、（乾隆）福州府志卷七一。

古心，名正淳，閩縣人。姚少師有詩贈之。

破窓　一首

別定光禪院

白鶴玄猿繞我行，浮雲去住不牽情。從來佛是隨方入，何必僧因剃髮成。蓮社無人留別偈，家山有地學深耕。還知明月松窓夜，夢裡猶疑鐘磬聲。

破窓，名明顯，俗名吴峰，自號破窓和尚。嘗住歙縣定光禪院。

慧深　一首

題趙子昂画〔一〕

雪後潮痕上釣磯，江南添水〔二〕一絲微。萋萋芳艸迷禾黍，何事王孫尚不歸。

【校記】

〔一〕此首又見列朝詩集閏集卷二、四朝詩明詩卷一一四七言絶句十四、題畫詩卷十二山水類、筆精卷五詩談。

〔二〕添水：列朝詩集、四朝詩、題畫詩、筆精作「天水」。

慧深，名古淵，黃梅人。

明僧弘秀集卷六終

明僧弘秀集卷七

虞山毛晉子晉父編

九皋　五十首

蒲菴〔一〕

循彼南澗，言采其蒲。采之何爲，滫瀡〔二〕是圖。彼蒲之良，利用爲屨。載緝載細〔三〕，如蓺稷黍。我思古人，維睦之陳。克用是道，甚宜其親。我行四方，十年于今。母實有命，予何弗欽。乃築我居，於越之野。悠悠我思，朝夕于楚。亂離孔憮，山川邈悠。豈不懷歸，水無行舟。爰有清泉，在居之側。既浸既灌，蒲葉嶷嶷。蒲葉嶷嶷，蒲生日多。母氏燕喜，我勞其何。

【校記】

〔一〕此首又見列朝詩集閏集卷二、四朝詩明詩卷四樂府歌行一、東皋録卷上。

〔二〕滫瀡：列朝詩集作「瀡滫」，四朝詩作「滫髓」。

〔三〕細：列朝詩集作「捆」，四朝詩作「綑」，東皋録作「紬」。

雨〔一〕

宻雲遂崇朝，飛雨灑高閣。蕭瑟傍松檐，委迤帶烟郭。坐來池水滿，吟罷林花落。已知禾黍秋，不柰〔二〕衣裳薄。

【校記】

〔一〕此首又見列朝詩集閏集卷二、四朝詩明詩卷三五五言古詩二十、東皐録卷上。

〔二〕不柰：四朝詩作「不耐」。

荷花詠〔一〕

彼澤有嘉植，淤泥擢朱華。宛在水中央，塵土無由加。秀色一何麗，幽氣靜以遐。群魚戲其下，遊蜂亦來過。而愛君子心，獨立終匪它〔二〕。我欲集爲裳，佩之以揭車。臨波訖文鰩，遺彼帝子家。采蓮者誰子，日莫發清歌。歌長路且迥，使我一咨嗟。

【校記】

〔一〕此首又見東皐録卷上。

〔二〕它：東皐録作「他」。

水仙詠〔一〕

百草秋盡死，孤花麗岩阿。芳心太皎潔，歲事坐〔二〕蹉跎。微月步遙夜，輕風生素波。懷人豈無意，路遠欲如何。

【校記】

〔一〕此首又見四朝詩明詩卷三五五言古詩二十、明詩綜卷九十、東皐録卷上。

〔二〕坐：四朝詩、明詩綜作「成」。

邨居圖〔一〕

東邨有隱者，素髮颯〔二〕垂領。几上種樹書，門前釣魚艇。秔稌風露深，葭菼天水永。雲飛洞庭小，花落春戶靜。懷哉古逸民，披圖發孤咏〔三〕。

【校記】

〔一〕此首又見列朝詩集閏集卷二、四朝詩明詩卷三五五言古詩二十、東皋録卷上、題畫詩卷四七閒適類。

〔二〕颯：題畫詩作「飄」。

〔三〕咏：四朝詩作「吟」。

漁　隱〔一〕

青山當船頭，流水在船下。披襟獨揮車，鷗鷺與同社。我本避世人，初非漁釣者。得魚亦不賣，有酒聊自寫。百年如過鳥，萬物猶一馬。與世久相忘，胡爲不予舍。

【校記】

〔一〕此首又見東皋録卷上。

題蔣子厚竹居〔一〕

緑〔二〕溪竹陣齊，中有草堂低。對酒碧雲合，懷人幽鳥啼。筍添門屢改，葉窖徑都迷。亦有羊求輩，時來共杖藜。

【校記】

〔一〕此首又見東皋録卷上。

〔二〕緑：東皋録作「緣」。

平崄厓挽詞〔一〕

説法歸來後，冥心味道眞。人天戸外屨，華雨定中身。白首全高節，清貧到古人。江湖久無泪，爲爾一霑巾。

【校記】

〔一〕此首又見東皋録卷上。

廬山圖〔一〕

送客出山去，超搖〔二〕步長松。過溪聞嘯虎，笑語答疎鐘。白日倏已晚，清風殊未終。九江遺秀色，悵望香爐峰。

【校記】

〔一〕此首又見東皋録卷上。

〔二〕超搖：東皋録作「迢遙」。

次韵高尚朴初歸草堂〔一〕

亂定吾猶在，庭空〔二〕草自榮。憂時雙鬢白，去國一身輕。墟落人煙少，關河野燹明。田園半蕪没，無力倩人耕。

【校記】

〔一〕此首又見東皋録卷上。

〔二〕庭空：東皋録作「庭花」。

吳中行埜人居〔一〕

見説幽居好，分明在眼中。人家溪左右，風俗瀼西東。靜者柴門僻，邨墟草徑通。往來迷町疃，物色認梧桐。梆汊容書舫，蘆洲穩釣筒。留人菰米飯，射〔二〕鴨竹枝弓。疇昔遊觀盛，名藩禮遇隆。談兵資遠略，説劍動羣公。歎息知幾蚤，歸休克令終。養生兼蒔藥，高興託冥鴻。悵望江湖迥，栖遲我輩同。詩成渾想像，于以咏高風。

【校記】

〔一〕此首又見東皋録卷上。

〔二〕射：東皋録作「邀」。

吳宮四時詞〔一〕

栁色暗閶門，霓旌拂晚雲。湖邊采香罷，就閱水犀軍。

何處堪銷夏，龍舟過洞庭。誰歌采蓮曲，江上越山青。

金井落梧桐，茱萸繞殿紅。君王愛秋色，多在館娃宮。

宮闕夜如何，風飄宛轉歌。更闌銀燭滅，落月在江波。

【校記】

〔一〕此四首又見列朝詩集閏集卷二、四朝詩明詩卷十五樂府歌行十二、東皋録卷上。

贈四明粥書單生〔一〕

古人讀書手自寫，今人藏書充屋椽。牙籤插架不鮮讀，何異愚翁工守錢。單生持書入我室，竹光落床亂緗帙。居貧不能常得書，爲我借觀留數日。昔在鄞江識單生，于今白髮老子行〔二〕。明年倘有〔三〕江舩賣，我欲從君覓論衡。

【校記】

〔一〕此首又見列朝詩集閏集卷二、東皋録卷上。題中「粥」，列朝詩集作「鬻」。

〔二〕老子行：列朝詩集作「老於行」，東皋録作「老于行」。

〔三〕倘有：列朝詩集作「偶有」。

題岳陽樓圖〔一〕

岳陽城南天下稀，飛樓雉堞相因依。雲連天闕象緯近，水滿瀟湘鴻鴈飛。洞庭始波木葉赤，元氣混茫天地白。蛟龍出吟霧雨愁，腸斷江南未歸客。何人置酒樓兩楹，定是昔年滕子京。可憐風流已冥漠，猶有文章遺令名。君山翠黛秋可掃，湘君歸來雲縹緲。空向人間對畫圖，十二螺鬟夢中曉〔二〕。

【校記】

〔一〕此首又見東臯録卷上。

〔二〕曉：東臯録作「繞」。

寒食省墓示諸姪〔一〕

汀栁青黄野花白，邨巷家家作寒食。暖風吹送〔二〕紙錢灰，泪落春煙收不得。邨西町疃溪灣路，長記墳前〔三〕白楊樹。廿年不見泉下人，有酒空澆樹邊土。人言賢者有子孫，我家兄弟今具存。生兒莫斷詩書種，繼爾長原忠孝門。

【校記】

〔一〕此首又見東臯録卷上。

〔二〕送：東臯録作「盡」。

〔三〕墳前：東臯録作「門前」。

飲緑軒〔一〕

禦兒溪水緑於酒，挹〔二〕酌未須勞綆缶。夜斟明月光入懷，朝洗落花香在手。一瓢解盡全潮味，萬斛倒寫〔三〕縣河口。共坐曾〔四〕軒冰雪生，向來煩熱今何有。

【校記】

〔一〕此首又見東臯録卷上。
〔二〕挹：東臯録作「洞」。
〔三〕寫：東臯録作「瀉」。
〔四〕曾：東臯録作「層」。

題墨竹水仙〔一〕

美人獨立瀟湘浦，嫋嫋秋風生北渚。手把琅玕江水深，香璃泣露愁痕古。我有所思在空谷，翠袖娟娟倚寒緑。雲斷蒼梧殊未來，月明長照魚鱗屋。

【校記】

〔一〕此首又見東臯録卷上。

花殤〔一〕

去年高秋洞庭客，贈我兩株木芍藥。手種東臯未浹旬，紺芽怒長紅英拆〔二〕。今年春深花滿枝，噓霞弄日相因依。紅簇火城丞相至，錦翻晴晝買臣歸。當堦矜持顔色好，使我行吟被渠惱。看去還期到子孫，歸來聊以娱吾老。那知零落委泥沙，雨咽〔三〕雲愁共嘆嗟。梛色鶯聲雖復在，遊蜂戲蝶落誰家。飄香墮粉無人拾，游夢妖魂歸不復〔四〕。種樹空思郭槖駞，寂寞因悲洛陽陌。艸堂獨坐見秋風，彌信吾家談色空。安得人間名畫手，倩渠移入画圖中。

【校記】

〔一〕此首又見列朝詩集閏集卷二、四朝詩明詩卷四九七言古詩十四、東臯録卷上。

〔二〕紅英拆：東皋録作「紉英坼」。拆：列朝詩集作「折」。

〔三〕雨咽：東皋録作「雨壓」。

〔四〕不復：列朝詩集、四朝詩、東皋録作「不得」。

新墳行〔一〕

南山崔嵬青入雲，將軍取山新作墳。方春迫民就工役，路上白日無行人。西家舊墳雙石馬，一日驅來華表下。東家翁仲今尚存，一朝移來在墓門。葬期日薄云最吉，鷄鳴而作夜不息。新墳已成舊墳毀，舊鬼銜冤新鬼喜。新墳舊墳無了期，南山崔嵬青〔二〕不移。

【校記】

〔一〕此首又見明詩綜卷九十、東皋録卷上。

〔二〕青：明詩綜作「終」。

次韻懷譚訥夫〔一〕

吴山巇巇界空碧，湖水春深好顔色。芳草連天百鳥飛，獨憐王孫歸未得。驥垂兩耳愁空山，駑駘高車〔二〕十二閑。黄鵠一去不願返，肯與鷄鶩留人間。落花冥冥暗南浦，山水清暉浩無主。先生豈不懷故都，舉世溷濁何須數。渚有蘭兮江有蘺，我思君兮來何時。一春兩度夢中見，是耶非耶空爾思。

【校記】

〔一〕此首又見東皋録卷上。

〔二〕高車：東皋録作「高居」。

贈履生〔一〕

鞮履之用尚矣。名既非一，制亦異度，後世損益，不稽於古，惟華靡蔺便是尚，今其名物湧不可考焉，豈獨履也哉？彼東郭之無底，領軍之一屋，又可資一噱也。吾家衣履，自有制度，章式如律。曰冨羅，曰亟縛，屣皆今之履。今或踰禮廢法，葢習俗使然耳，有識者所當戒也。若尚僧惠琳著履升殿，惠休一鞋三十年，吾取焉。履生、正德、華常從吾徒游，爲人脩整，頗有方外意趣，所至優待，輒加常工一等，故賦此與之。

吾行四方今老矣，青鞋歸來或無底。孺子可教來進履，冨羅加約穩稱趾。上山下山免去齒，飛來〔二〕相從日千里。惡用上公赤几几，未能免俗聊復爾。吉具裁成亟縛屣，東皋與爾同生死。

【校記】

〔一〕此首又見東皋録卷上。序中「今其名物」句東皋録作「今其名物湧不可考烏乎豈獨履也哉」，「尚僧」作「高僧」，「吾取焉」的「焉」作「馬」。

〔二〕飛來：東皋録作「錫飛」。

題焦元尚山水〔一〕

淮陽先生愛畫山，下筆萬里須臾間。既開金刹倚寥廓，亦有綠樹臨潺湲。竹間鳥啼春雨歇，洞口花落晴雲閒。知君高志在丘壑，著我溪橋相往還。

【校記】

〔一〕此首又見明詩綜卷九十、東皋録卷上。

秋　興〔一〕

溪上涼風吹早秋，長空淡淡水東流。夫容露泣吳宮怨，苜蓿煙連漢苑愁。貢賦未全通上國，王師近報下西州。關山萬里同明月，偏照時人〔二〕自白頭。

【校記】

〔一〕此首又見列朝詩集閏集卷二、東皋録卷上。

〔二〕時人：列朝詩集、東皋録作「詩人」。

喜晴偶題〔一〕

今年陰多寒未回，三月〔二〕尚復雪皚皚。朝來始覺春意動，溪上忽見桃花開。東家蝶歸苦不早，江南草深還可哀。中原消息久已斷，昔時英雄安在哉。

【校記】

〔一〕此首又見列朝詩集閏集卷二、東皋録卷上。

〔二〕三月：東皋録作「二月」。

次韻遊石湖〔一〕

闔閭城西佳氣深，青天翡翠斲千岑。臺荒不見麋鹿迹，日落空聞樵牧音。吳王宮殿絶壁下，隋朝城郭清湖陰。登高弔古意不盡，唯有沙鷗知我心。

近聞移居湖水頭，蘭若下瞰滄波流。彌猴夜偷錫杖去，鷗鳥日傍闌干浮。揚州月照五湖白，洞庭木落三山秋。相望只隔半江水，安得贈之雙佩鈎。

【校記】

〔一〕此二首又見東皋録卷上，明詩綜卷九十收録第二首。

七夕〔一〕

天孫不嫁惜娉婷，此夕新粧翳翠軿〔二〕。銀漢浪傳烏鵲影，錦機飄下鳳凰翎。張生槎動秋應返，郴子文成夢未醒。老矣不爭兒女巧，敢將詞筆累仙靈。

【校記】

〔一〕此首又見東皋録卷上。

〔二〕翳翠軿：東皋録作「翡翠軿」。

送人遊越〔一〕

二月雨多春水生，放舟去作越中行。沙鷗見慣渾相識，野鶴逢將亦不驚。禹穴桃花千洞曉，若耶楊柳一川明。江山信美非吾土，況聽長松杜宇聲。

【校記】

〔一〕此首又見東皋録卷上。

東皋晚望〔一〕

江虹截雨雨脚斷，秋色盡在西南陲。洞庭若在五湖水〔二〕，長空洗出雙蛾眉。占城稻熟歲字埧，日及花開田姥籬。杉根倚杖日將夕，寒風落木牛羊來。

【校記】

〔一〕此首又見列朝詩集閏集卷二、東皋録卷上。

〔二〕水：列朝詩集、東皋録作「外」。

次韻開元石鉢〔一〕

磨礱圭角象天圓，佛手親持不計年。乞食屢經祇樹下，降龍因落滬川邊。懸時寒暎當窓竹，洗次遙分卓錫泉。神物護持希世寶，故遭刼火至今傳。

【校記】

〔一〕此首又見列朝詩集閏集卷二、東皋録卷上。

發金陵〔一〕

大船浮江江水清，中流蕩槳駕鵝鳴。楚雲無情自西去，吳山不斷來相迎。坐依北斗近人白，卧見河漢當空横。舟中有客且勿語，聽我竹枝歌月明。

【校記】

〔一〕此首又見明詩綜卷九十、東皋録卷上。

次韻答沈行恕京回之作〔一〕

客舍春寒樹影稀，青山迎我入王畿。雲開雉堞瞻金榜，日射龍章識袞衣。御果近從仙苑賜，天花多傍講筵飛。聖恩特許兼旬住，携得香烟滿袖歸。

【校記】

〔一〕此首又見古今禪藻集卷二四、東皋録卷上。題中「京回」，古今禪藻集作「回京」。

次韻道行可清明雨〔一〕

風雨蕭蕭夜向晨，清明都付寂寥濵。吹殘野水〔二〕無窮梆，消盡江南大半春。臨水桃花還有浪，銜泥燕子不生塵。匡床坐穩渾慵起，賴得同人語笑頻。

【校記】

〔一〕此首又見列朝詩集閏集卷二、四朝詩明詩卷九十七言律詩二三、東皋録卷上。題中「行」，列朝詩集、四朝詩作「竹」。

〔二〕野水：列朝詩集、四朝詩、東皋録作「野外」。

次韻厤丘〔一〕

有客題詩海涌峰，高懷渺渺託冥鴻。勾吳伯業荒烟外，梵塔觚稜杳靄中。石坐千人庭〔二〕可月，劍埋三尺水還風。目前無限登臨意，古木蒼藤𠮩郭公。

【校記】

〔一〕此首又見列朝詩集閏集卷二、古今禪藻集卷二四、石倉歷代詩選卷三六六明詩初集八六、東皋録卷上。

〔二〕庭：列朝詩集作「停」，古今禪藻集、石倉歷代詩選作「亭」。

次張士行草堂韻〔一〕

西枝草堂西復西，山回谷轉路多迷。蜜蜂出戶櫻桃熟〔二〕，桑葚連村布穀啼。自起開門〔三〕留野鶴，誰能立馬候朝鷄。經時不到雲深處，雉子將雛鹿有麛。

【校記】

〔一〕此首又見列朝詩集閏集卷二、東皋録卷上。題中「行」，列朝詩集作「竹」。

〔二〕熟：列朝詩集、東皋録作「發」。

〔三〕門：列朝詩集作「仃」。

東皋雜興〔一〕

三高祠西湖水東，浦口水與長橋通。人言此中可避世，來結茅齋如巳公。

茅齋政在溪水西，水邊楊梆拂人低。溪童蕩槳唱歌過，驚起月中烏夜啼。

江雨霏霏梅子黃，田家盡室治田忙。青裙携餉誰家婦，赤脚踏車傍舍郎。

踞湖山南湖上村，古跡往往到今存。若道士風不好義，何得此有分金墩。

夫椒風卷太湖波，句踐兵來踏浪過。野老不知亡國恨，至今猶唱越人歌。

吳王避暑在山陰，水殿風生白苧銀〔二〕。埜草荒烟那復識，空留遺恨到如今。

館娃宮殿鎖煙霏，曲徑香消草露晞。疑是春魂猶未滅，寺門花落雉朝飛。

范蠡功成愛五湖，空煙猶想曉篷孤。從知烏喙難同樂，不待君王賜屬鏤。

蚤起開軒看洞庭，天河新染玉痕青。釣絲拂著琅玕樹，拾得煙中翡翠翎。

【校記】

〔一〕此組詩又見東皋録卷上，明詩綜卷九十選録第一首。

〔二〕銀：東皋録作「吟」。

吳江夜泊〔一〕

月照門前蘆荻花，繫舟不省是誰家。一雙白鷺忽飛去，水上有人彈琵琶。

【校記】

〔一〕此首又見東皋録卷上。

吳山曉行〔一〕

草露泠泠著履〔二〕行，野橋郵巷不知名。長庚如李天將曙，始聽荒鷄第一聲。

【校記】

〔一〕此首又見東皋録卷上、列朝詩集閏集卷二。

〔二〕履：東皋録、列朝詩集作「屐」。

寄賈吉甫〔一〕

垂虹亭下白鷗波，十里香風散芰荷。見説掾曹公事簡，晚凉携酒聽漁歌。

【校記】

〔一〕此首又見東皋録卷上。

次韻答友人〔一〕

却掃溪西舊草堂，秋風落葉滿藜床。石田租重齋儲少，乞我家傳辟穀方。

【校記】

〔一〕此首又見東皋録卷上。

九皋，名妙聲，吴郡人。姑蘇志云：『景德寺僧有詩聲，生平著述甚富，名東皋録，命弟子繕寫藏之山房，總其事者，白蓮住山完敬修、虎丘藏主慧無盡、善士陳君錫也。至洪武十七年甲子春，法孫德瓛跋而授梓，凡詩三卷，序記贊銘傳跋雜文四卷，其中載記同衣行業既多且詳，劉子威吴釋傳皆拾其餘沫也。尤長于四六儷語，卷末諸山江湖等疏，堪與月泉吟社往復詩啟並傳。』如興福桃源諸記，余已選入邑乘矣。吾邑東塔，宋僧文用創于建炎初，法潤淵公成于咸淳末，明僧淨惠重新于洪武間。九皋爲文記之，其末援引紹興應天塔一事云：『昔晉沙門曇彦與許詢同建塔于越城，未就而詢亾，至梁岳陽王蕭詧來鎮越，彦猶在，乃告曰「許元度來何暮？昔日浮屠今如故」，詧恍然悟其前身。』讀之令人興起。

雲章　五首

留別陸公璐

溪水流香燕尾分，東風吹煖正粼粼。鳩聲又喚一番雨，花瓣纔飛數點春。芳艸池塘牽別夢，画船簫鼓送歸人。奇才莫向江湖老，盛世應當顯鳳麟。

雲水浮居爲煉師成萬里作

龍虎丹成伏火溫，飛游從此在乾坤。醉騎老鶴歸仙島，笑踏神魚出海門。物外溪山皆罨画，壺中日月自朝昏。碧桃開遍東風煖，一卷黄庭自討論。

翠濤林爲柔上人作

汹湧初聞若地浮，海門疑在屋西頭。青堪掬處難垂釣，翠欲流邊不放舟。仙梵音交金磬曉，天風響合玉琴秋。何人爲洗塵囂耳，聽坐凉陰半日留。

避暑偶成

竹引清風到竹床，水紋玠簟自生凉。黑甜一枕夢初覺，幽鳥亂啼清晝長。

海棠栗留圖爲繆士賢題

蜀海棠開錦作屏，護花不用綴金鈴。煖雲晴晝方酣睡，黄鳥枝頭莫喚醒。

克剛 五首

雲章，名餘慶，吴郡長洲人。報恩書記，住持華嚴。

過滄洲菴訪周處士

滄州風景似蓬萊，地隔塵寰絶點埃。松竹交加蒼翠合，煙波環繞画圖開。黄鶯避客藏雲樹，白鳥啣魚上石苔。自喜平生抱清志，扁舟長爲訪君來。

過松陵華嚴寺

偶到華嚴舊梵宫，地連湖水帶垂虹。樓臺影落烟波裹，鍾鼓聲傳市郭中。過客題詩消旅況，高僧得道振宗風。松陵勝槩爲奇最，匡阜天台竟不同。

思　母

慈母傾亾已十年，夢魂杳杳隔重泉。最怜從釋居方外，忍見清明掛紙錢。

潛心堂

松堂默默坐如痴，石鼎香消總不知。歛得歸來腔子內，天心雲散月明時。

覽勝橋

林樹籠蒼霧，虹蜺跨碧波。自緣多勝景，時有客來過。

克剛，名致柔，號順菴，松陵人。

豫中　四首

環綠堂爲洞庭王志剛題

家住金庭縹緲峰，華堂別搆綠陰濃。墻邊有地皆栽竹，檻外無花只見松。前後水光三萬頃，東西山色幾千重。勝遊多少能詩客，訪隱時來覓舊蹤。

次韻贈張宗道

傳家清白繼前修，住近湖山事事幽。芳徑落花三月雨，綠蕪流水一羣鷗。已知身世渾如夢，却笑功名總若浮。酒伴詩僧有佳集，不妨終日爲遲留。

長洲郭君叔明與余有西山之約，不果而卒，感而賦此

訃音纔報卽興悲，竟負看山二月期。却訝露花頻滴淚，只疑烟栁爲攢眉。蘭樽想像陶元亮，蓮社蕭條遠法師。弱水蓬萊三萬里，仙遊路杳竟難追。

爲新郭吳宗禮題歲寒三友圖

生意無邊筆意精，画圖三種一般清。西湖載鶴披風雪，東閣看花詠性情。湘水最憐君子操，秦山還說大夫榮。江郊歲暮心相托，不負平生舊結盟。

竺菴 十二首

豫中，名如懌，號笑菴。石湖治平寺僧，後住寶積寺。

送恒懺首還越

相見一歡笑，相別一何悲。落日照行色，秋風踈栁枝。湖山路靡靡，烟艸情離離。贈爾鄞江潮，往來仍有期。

奉和解學士遊七星巖韻〔一〕

地古香清藥艸生，聯鑣遊駐往來輕。雲開桂嶺青連郭，水入灕江綠遶城。田叟雨餘畊乍歇，洞仙春曉夢方醒。虛壇飄下清平曲，一泒蕭韶雜鳳聲。

【校記】

〔一〕此首又見粵西詩文載詩載卷十五。

題靖節先生像〔一〕

濁酒熟須漉，黄花老當採。安得同懷人，維時惜無在。夙念賦歸來，亮節終難改。吁彼好爵縻，勞君空有待。

【校記】

〔一〕此首又見古今禪藻集卷十八。

寄大宗幻菴法兄〔一〕

長宵不能寐，況聞寒螿泣。起來視天宇，開門月華入。美人隔我遥，中心〔二〕自煎急。安得弭攸思，露下成獨立。

【校記】

〔一〕此首又見古今禪藻集卷十八。

〔二〕中心：古今禪藻集作「情腸」。

送中書胡宗藴歸葬母〔一〕

若人懷重憂，倉忙就吾别。銜哀復致言，葬母心歸切。卽晨戒征途，凉風吹短褐。野草何蕭條，流泉亦嗚咽。峩峩芙蓉峰，秋色半明滅。霞麓最幽奇，便房啟深穴。封植諒已終，憑高望金闕。

【校記】

〔一〕此首又見古今禪藻集卷十八。

閒　行〔一〕

散漫及春遊，逍遥得自由。在山常見鹿，近水不驚鷗。岸口花初動，崖根雪尚留。番〔二〕憐今日樂，塵世幾人愁。

【校記】

〔一〕此首又見古今禪藻集卷二三。

〔二〕番：古今禪藻集作「翻」。

江村夕照圖〔一〕

江村水國幽，雲樹半含秋。落日曬魚網，凉風送客舟。香秔黄早刈，碩果熟先收。官税供輸外，民歌樂未休。

【校記】

〔一〕此首又見古今禪藻集卷二三、四朝詩明詩卷六六五言律詩十七、明詩綜卷九十、靜志居詩話卷二三。

寄龍井和菴〔一〕

一從龍井過東州，幾度令人憶故丘。湖上好山頻入夢，松南古塔獨關愁。春歸柳色開青眼，月到梅花照白頭。十載倦遊天上客，何時得買〔二〕浙江舟。

【校記】

〔一〕此首又見古今禪藻集卷二四。

〔二〕得買：古今禪藻集作「買得」。

寄演福和尚〔一〕

雨紅烟緑莫〔二〕春時，獨客終朝有所思。白水漾沙金錯落，青山浮几玉參差。一簾花妥鶯啼緩，千里書成鶴去遲。後夜更看湖上月，滿懷愁緒散如絲。

【校記】

〔一〕此首又見古今禪藻集卷二四、列朝詩集閏集卷二、四朝詩明詩卷九十七言律詩二三。

〔二〕莫：列朝詩集、四朝詩作「暮」。

寄心印法師〔一〕

山房深夜冷於秋，銀燭蟠烟吐玉虬。情逐斷流歸浦口，夢隨飛雨到湖頭。土苔凝紫花龕靜，春草生香竹徑幽。千里懷情殊不惡，坐來番〔二〕覺迥添愁。

【校記】

〔一〕此首又見古今禪藻集卷二四。

〔二〕番：古今禪藻集作「翻」。

寄心源法師〔一〕

不覩吾師十載過，别情爭奈道情何。蔗苗庶出爲宗本，茂衍全憑雨露多。

【校記】

〔一〕此首又見古今禪藻集卷二七。

三月二日訪羽人

已辦青鞋踏白沙，隨風直到羽仙家。藥爐火暖丹初伏，牕戶晴熏日正斜。筆綰秋蛇驚入艸，杯停春蟻看飛花。相逢謾說長生事，身世悠悠詎有涯。

竺菴，名大冏，四明張氏。住延慶寺，與修永樂大典。其文亦罕傳，曾見西齋淨土詩序云：「西齋淨土詩者，廼四明楚石琦禪師之所作也。禪師學行高一世，宗説兼通。禪寂之外，不嗜他好，專志淨業，直欲横截長鶩而後已，所謂有禪有淨土者也。嘗觸景遇物，發爲歌詩，累數百篇，皆於念佛三昧心中流出，無不與契經合響，一吟一詠，恍若神遊淨域，耳玉偈而目金容也。信乎全身坐於淨土中矣！昔東晉遠法師倡爲念佛三昧詩序，劉遺民作誓詞，王喬之、宗雷諸賢皆作詩，珠回玉轉，至今輝映簡冊。唐宋鴻儒碩緇皆能嗣其徽音，連篇累牘傳之爲盛，然未有若禪師之集如是之富且夥也。然是集初傳於浙，既已版行已。今有修念佛三昧者，李覺悟、宋福順、汪普敬、陳覺輿、王普敬、賈普江、金妙聲、嚴普廣等，因獲是集，惜其未廣布於中夏，謀於同道，重繡諸梓，使凡觀是集詠是詩者，發起念佛之心，偕爲蓮花勝友，而不終溺於苦域者矣。一日，來徵言以識歲月，予亦修淨業者，固不辭書此以歸之，且相率勉勵，策進乎淨業，將與禪師同游于華池寶地之間，豈徒吟詠而已哉！永樂十六年十月初吉。』皇明詩統選三月三日訪友一首，誤刻大同。大同字一雲，號別峰，化于洪武三年，賜號佛心慈濟妙辯大師，安得與修永樂大典？

機先　十七首

長相思（一）

長相思，相思長，有美人兮在扶桑。手攀珊瑚酌霞氣，口誦太乙朝東皇。鯨波摩天不可航，矯首欲渡川無梁。去時遺我瓊瑤章，鸞箋半幅雙鴛鴦。鴛鴦不飛墨色改，攬涕一讀三斷腸。前年寄書吳王臺，西湖楊柳青如苔。今年東風楊柳動，鴻鴈一去何當囬。欲彈朱弦弦斷絶，欲放悲歌聲哽咽。孤鸞夜舞南山雲，花漬簾前杜鵑血。思君不如天上月，夜夜飛從海東出。月明長傍美人身，美人亦近明月輪。褰衣把酒問明月，中宵見月如見君。長相思，長如許，千種消愁愁不消〔二〕，亂絲零落多頭緒。但將淚寄東流波，爲我流入扶桑去。

【校記】

〔一〕此首又見列朝詩集閏集卷六、四朝詩明詩卷十五樂府歌行十二、石倉歷代詩選卷三六六明詩初集八六、滄海遺珠卷四。

〔二〕不消：列朝詩集、四朝詩作「不已」，滄海遺珠作「不舞」。

寄西山石隱〔一〕

碧雞山上雪，想可埋巖房。老僧凍不死，燒葉生微陽。我欲往從之，杳杳川無梁。日落尚延佇，心隨歸鳥翔。

【校記】

〔一〕此首又見列朝詩集閏集卷六、石倉歷代詩選卷三六六明詩初集八六、滄海遺珠卷四。

送　別〔一〕

天書召賈生，匹馬出滇城。白首相逢處，青雲送別情。山經巫峽盡，水到楚江平。好獻治安策，殷勤答聖明。

【校記】

〔一〕此首又見四朝詩明詩卷六七五言律詩十八、明詩綜卷九六、石倉歷代詩選卷三六六明詩初集八六、滄海遺珠卷四。

挽逯光古先生〔一〕

昨日來過我，今朝去哭君。那堪談笑際，便作死生分。曠達陶徵士，蕭條鄭廣文。猶憐埋骨處，西北有孤雲。

【校記】

〔一〕此首又見古今禪藻集卷二二、列朝詩集閏集卷六、明詩綜卷九六、石倉歷代詩選卷三六六明詩初集八六、滄海遺珠卷四。

送僧歸石城〔一〕

月照空山鶴在松，梦中猶聽石城鐘。今朝又向江頭别，目斷孤雲意萬重。

【校記】

〔一〕此首又見石倉歷代詩選卷三六六明詩初集八六、卷三三九明詩初集四九、滄海遺珠卷四。

梁王閣〔一〕

碧雞飛去已千秋，聞說梁王曾此遊。洞口仙桃迎鳳輦，岩前官栁繫龍舟。青山有恨人何在，白日無情水自流。豈識當時歌舞地，寒烟漠漠鎖荒丘。

【校記】

〔一〕此首又見列朝詩集閏集卷六、四朝詩明詩卷九一七言律詩二四、鄭開陽雜著卷四、滄海遺珠卷四。

除　夕〔一〕

昔聞蘧伯玉，行年五十〔二〕化。吾道竟如何，悠悠日又夜。

【校記】

〔一〕此首又見滄海遺珠卷四。

〔二〕五十：滄海遺珠作「六十」。

寄石隱〔一〕

古木積蒼烟，空山夜悄然。遥知崖上月，獨照病中禪。

【校記】

〔一〕此首又見列朝詩集閏集卷六、滄海遺珠卷四。

滇陽六景〔一〕

岧嶤金馬在城東，黛色蒼涼淡墨中。畫角聲消殘月白，陽烏影動早霞紅。梁王去國荒丘在，漢將開邊古道通。豈料長爲南竄客，朝朝相對獨爲翁。

右金馬朝暉

碧雞西望水天虛，漠漠秋光畫不如。翠壁烟華搖浪處，丹崖樹色着霜初。前朝有閣今遊鹿，落日何人獨釣魚。却訝維舟湓〔二〕浦上，芙蓉九疊看匡廬。

右碧雞秋色

山如玉案自爲名，卓立天然刻畫成。白晝浮嵐濃且淡，高秋疊翠雨還晴。陰連太華千尋秀，影浸滇池萬頃清。杖策何當凌絶頂，滇南一覽掌中平。

右玉案晴嵐

滇池有客夜乘舟，渺渺金波接素秋。白月隨人相上下，青天在水與沉浮。遥憐謝客滄洲趣，更愛蘇仙赤壁遊。坐倚篷窗吟到曉，不知身尚在南州。

右滇池夜月

路入商山境更奇，玉皇壇畔有龍池。行逢梆色烟深處，坐看桃花水漲時。映日金鱗鳴撥刺，含風翠浪動淪漪。由來神物非人擾，變化雲雷未可知。

右龍池躍金

螺峰近在滇城裏，下有招提倚翠屏。雨後光含僧眼碧，雲中色擁佛頭青。層崖鳥度開天險，古洞龍潛閟地靈。自是幽深回俗駕，不須重勒北山銘。

右螺峰擁翠

【校記】

〔一〕此組詩又見滄海遺珠卷四、列朝詩集閏集卷六、四朝詩明詩卷九一七言律詩二四、鄭開陽雜著卷四選録『碧雞秋色』一景。

〔二〕湓：鄭開陽雜著誤作『溋』。按：『湓浦』即湓水。唐白居易東南行一百韻：『廬峰蓮刻削，湓浦帶縈紆。』

聞　笛〔一〕

夜深吹笛是誰家，獨倚高樓月欲斜。塞上春情無賴甚，那堪又聽落梅花。

【校記】

〔一〕此首又見滄海遺珠卷四、鄭開陽雜著卷四。

雪夜偶成二首〔一〕

畫角聲殘曙色遲，雪花如掌朔風吹。吟中二十年三昧，未了梅花一首詩。

定起閑吟獨倚闌，朔風吹面雪漫漫。修心不到梅花地，耐得山中一夜寒。

【校記】

〔一〕此二首又見列朝詩集閏集卷六、滄海遺珠卷四、鄭開陽雜著卷四。

機先，日本人。性好山水，錫飛杯渡，不遠萬里。嘗喜雲南形勝，東距蟠龍江，西據碧雞山，南瀕滇海，北枕螺峰，徘徊不忍去。有滇陽六景諸詠，載入通志。

念峰　五首

宿香山

濯足尋香谷，怡然感道心。疎鐘傳短竹，初月照高林。梵宇經函古，烟霞佛洞深。春宵蓮漏永，秉燭寫新吟。

次登寶塔

吾笑吾生宛若浮，登臨當記及春遊。百花雨足紅初放，萬竹雲深翠欲流。酌酒更堪陪謝傅，談禪何用擬湯休。歸來池上仍題品，五十顔衰鬢已秋。

次春日過宿池堂

巢居罕人事，始覺此心怡。聽雨坐良久，看雲出每遲。酒香花覆石，詩夢艸盈池。欲借東山屐，奚奴樂共隨。

答向九龍贈予住五峰〔一〕

躭幽喜住碧山中，萬疊烟霞隱亂峰。日色遥傳齋閣〔二〕磬，潮音初散講堂鍾。焚香靜夜還揮麈，下榻兼旬爲聽松。海內只今聞謝屐，獨憐猿鶴伴仙踪。

【校記】

〔一〕此首又見古今禪藻集卷二五。

〔二〕齋閣：古今禪藻集作「高閣」。

遊茅山觀

隔歲煩書札，尋山作勝遊。采芝移白石，吹笛喚蒼虬。雲液花前歛，霞文水上浮。重來分茗椀，信宿半山樓。

念峰，名佛嗣〔一〕，四明人，住永明寺。

【校記】

〔一〕佛嗣：古今禪藻集卷二五作『佛峒』。

岱宗　八首

頤浩講寺八景〔一〕

靈根自西至，茲焉鬱成林。晨夕得禪誦，妙悟無古今。

右貝多林

頳鱗躍清沼，洋洋每娛客〔二〕。幸在放生池，豈有吞鉤厄〔三〕。

右金鯽池

雪裡萬木折，梅兄獨精神。會當結青子，豈有調鼎人？

右梅雪軒

雙桂植庭前，金粟秋富貴。太史不再生，一齅復三喟。

右天香亭

累石儼成阜，如室還如樓。生公雖不作，時至仍點頭。

右石假山

美哉薝蔔迦，清香恒滿屋。數聲金磬鳴，閒把楞伽讀。

右薝蔔室

高閣何人營，巍然出雲表。賓主互登臨，一覽九峰小。

右凌雲閣〔四〕

瞿曇偶拈花，杜〔五〕多獨微哂。緬懷三千年，流芳〔六〕猶未泯。

右微笑堂

【校記】

〔一〕此組詩又見（正德）松江府志卷二一、（萬曆）青浦縣志卷七。

〔二〕此句（萬曆）青浦縣志作「洋溠每娛客」，（正德）松江府志作「□□每娛客」。

〔三〕厄：（萬曆）青浦縣志作「危」。

〔四〕凌：（正德）松江府志作「陵」。

〔五〕杜：（萬曆）青浦縣志作「花」。

〔六〕芳：（正德）松江府志作「方」。

岱宗，名心泰，自稱佛幻老人，上虞孫氏子。幼從余杜猷學，又從縣尹林希元習古文詞，忽弃儒業出家，受具于等慈寺嵩岳雲復，從噩梦堂究竟宗學，後住東山慶國寺，永樂間住持徑山，退老等慈，年九十六。所著有金湯編。

裕之 三首

至正辛丑秋七月十有三日，永嘉曹睿以休假同高巽志、徐一夔、鮑恂、牛諒諸公出西郭，憩景德寺，攜樽相慰藉，環坐，乃以唐人因過竹院逢僧話又得浮生半日閒之句分韻賦詩，予得院字〔一〕

涼颸動新秋，遠寺〔二〕集羣彥。虛簷靈籟發〔三〕，列坐停揮扇。情愜引杯觴，懽劇雜酧獻。酡顏映落日，林光散淩亂。池深魚自樂，林密鳥相喚。芳桂攀幽叢〔四〕，天香滿西院。懷哉鄭廣文，樗散絶崖岸。

【校記】

〔一〕此首又見古今禪藻集卷十二、檇李詩繫卷六、四朝詩元詩卷二四五言古詩十二、（嘉靖）嘉興府圖記卷二。

〔二〕遠寺：四朝詩、（嘉靖）嘉興府圖記作「遠麓」。

〔三〕發：四朝詩、（嘉靖）嘉興府圖記作「鳴」。

〔四〕此句四朝詩、（嘉靖）嘉興府圖記作「老桂粲幽叢」。

送王尚書轉漕還京〔一〕

白髮蘭臺老鄭崇〔二〕，野人争識舊乘驄。青冥斧鉞來南國〔三〕，碧海樓船駕順風〔四〕。夜指星樞天直北，曉瞻雲氣日華東。趨朝正及端陽節〔五〕，細葛承恩出漢宮。

【校記】

〔一〕此首又見四朝詩元詩卷六十七言律詩十八、檇李詩繫卷三十、大雅集卷七。

〔二〕崇：檇李詩繫作「榮」。

〔三〕南國：檇李詩繫作「方國」。

〔四〕順風：檇李詩繫作「巨風」。

〔五〕節：檇李詩繫作「候」。

送王景華道士之京〔一〕

羽客思歸尺五天，雙鳧直上紫雲端。玉簫聲徹春空迥，寶劍光浮夜月寒。夢入瑤臺香冉冉，步趨青鎖佩珊珊。奉顔重進長生籙，南極星廻太乙壇。

【校記】

〔一〕此首又見四朝詩元詩卷六十七言律詩十八、大雅集卷七。

裕之，名智寬，號雲海，吳郡人，住景德寺。別築愛松軒，日哦詩其中，張蛻菴題詩云：「何年禪伯呪降龍，遣作亭前數十松。根來厚地石穿裂，聲落太湖風唱喁。時到游僧常掛笠，慣栖野鶴不驚鍾。知師見月多詩思，吟繞疎陰獨倚筇。」又云：「醉李灣頭窣堵波，種成松樹繞亭多。碧粘老甲渾苔蘚，黑入秋陰半薜蘿。古寺每聞龍捨宅，神僧常似鳥爲窠。無人放得韋侯筆，爲作山堂障子歌。」

無夢 五首

華頂

華頂高哉不易登，溪流曲曲樹層層。嵳峨陡起地如縮，廓落難攀天欲崩。山翠濕衣晴亦雨，井花寒齒夏猶冰。老僧住久生涯在，一箇蒲團七尺藤。

天台石橋

曇華亭外萬峯青，滑石橋危孰敢登。無影無形方廣寺，如痴如兀半千僧。沿崖猛獸馴金錫，獻果玄猿掛老藤。夜靜時聞鐘磬響，倚闌何處看天燈。

曹娥江〔一〕

平明飯罷促篙梢，纜解五雲門外橋。去越王城三十里，到曹娥渡八分潮。白飄春雪柳花舞，綠弄晚風蒲葉搖。西北陰雲天欲雨，恐驚篷背〔二〕學芭蕉。

【校記】

〔一〕此首又見儼山集卷二五。

〔二〕背：儼山集作「頂」。

題杭州報國寺儀鳳軒〔一〕

濤江之上青崔嵬〔二〕，山勢遠從天目來。錢氏豈能當王氣，郭生端復是仙才。光搖海旭〔三〕九苞動，影拂雲霄雙翅開〔四〕。爲我翩然覽輝下，一軒着此亦宜哉。

【校記】

〔一〕此首又見大雅集卷七、西湖遊覽志卷七、（嘉靖）仁和縣志卷十二。『儀鳳軒』，西湖遊覽志、（嘉靖）仁和縣志作『舞鳳軒』。

〔二〕此句西湖遊覽志作『江濤曉上青崔嵬』。

〔三〕海旭：西湖遊覽志、（嘉靖）仁和縣志作『晴旭』。

〔四〕此句西湖遊覽志、（嘉靖）仁和縣志作『影拂秋旻雙翅回』。

金山寺〔一〕

崢嶸兩岸市塵開，愛靜人尋此處來。水底有天行日月，山中無地着塵埃。塔擎燈影明雲杪，船載鐘聲出浪堆。自信平生有仙骨，好風吹上妙高臺。

【校記】

〔一〕此首又見古今禪藻集卷二四、列朝詩集閏集卷二、四朝詩元詩卷六十七言律詩十八、四朝詩明詩卷九十七言律詩二三。

無梦，名曇噩，號酉菴，又號梦堂，慈溪王氏朱進士申之孫，元慶元路稅課大使祿之子也。學文于胡長孺先生，窮探詩書義府，爲儒林翹楚。年二十三，薙髮爲僧，得法于元叟端公、虛谷陵公。初住慶元之保聖，再遷慈溪之開壽，三轉于國清，帝師大寶法王錫以佛眞文懿禪師之號。洪武初，應詔至京，上以年老，放還天台山中。六年二月，忽呼弟子曰：『三界空花如風卷烟，六塵幻影如湯澆雪。』又說偈曰：『吾有一物，無頭無面，要得分明，涅槃後看。』危坐而逝，年八十有九。

履菴 四首

雲際峯

一峯高起勢崢嶸，上出層霄接太清。下有靈源流乳水，水中長見白雲生。

松林峰

磊砢千章碧漢中，清高不受大夫封。幾株偃蹇巔崖裏，猶似當年挂老龍。

丹霞峰

人言峰頂是仙家，四季常開紫木花。玉女機中裁錦段，亂風吹作滿山霞。

叠嶂峰

矗矗排空翠作堆，雲收烟斂錦屏開。軒轅曾吸龍潭水，依約還聞玉佩來。

履菴，名□戩，住宣城多寶寺。南石禪師有詩送之云：『草屋单丁非是陋，千倉萬礎豈爲榮。杖頭突出金剛眼，贍部洲中話自行。』師有四峰詩。余曾見一石刻，書法亦不俗，未知即師手筆否，款云多寶僧，尾有一跋云是履菴作，跋者姓氏磨蝕莫辨。

性菴 四首

過岳武穆墓〔一〕

出師頻捷報君恩，十二金牌下帝閽。豈料浮雲遮白日，空懷鋭氣復中原。湖山共繞千年恨，草木長含萬古冤。百戰英雄今已矣，獨留忠節照乾坤。

【校記】

〔一〕此首又見古今禪藻集卷二四。

輓史友桂〔一〕

木葉霜飛五夜殘，薤歌聲斷涕汍瀾。問梅人去山亭冷，釣月船空野水寒。別館瑤琴無復奏，東籬黃菊有誰看。不堪翹首斜昜外，馬鬣新封上〔二〕未乾。

【校記】

〔一〕此首又見古今禪藻集卷二四。

〔二〕上：古今禪藻集作「土」。

喜雨咏

去歲祈晴格上蒼，今年祈雨應非常。纔迎大士離三竺，遂喜甘霖沛八荒。甕內不須畱蜴蜥，道傍先見舞商羊。應知上相誠心切，頓使南方旱魃藏。六合濃雲連海嶠，一竿新水滿池塘。芃芃禾稼沾殊渥，藹藹柔麻異衆芳。野老騰懽歌歲稔，山僧作偈誦時康。人心自與天心合，法運還同國運昌。兩浙江山增氣象，萬家謠誦樂虞唐。倖哉功業垂千古，好刻貞珉示不忘。

次韻夏一叟謝茗詩

陽羨翹英味最清，獻芹惟效野人情。青山煖摘春千片，碧澗寒分月一泓。莫笑茶經收未遍，却慚郢曲和難成。飲來不獨消塵慮，頓使清風兩腋生。

性菴，名永顧，字本源，四明鄞人。十歲喪母，服闋出家，參唯菴實公，命和本宗偈，有『三十世生一念有，五千經旨片言該』之句。心田霆公延爲大報恩寺都講，後主法杭之上天竺，刺血書五大部。所著有講貫結偈朝野賡歌缶音諸集。又有名本源者，永樂間漳州開元寺僧。敕云『高僧本源，戒行精嚴，智慧超卓，造眞如之藴奥，悟空寂之玄微，深用嘉奬，兹遣使齎勑，惟巽振錫來見，慰朕拳拳極慕之懷。』入都後，不知所終。

嘿菴 一首

八月十四夜，與寶幢圓鑒中宿安國寺，懷猷玄中、啟東白，時玄中在京，東白在杭

不見風流玉一雙，夜深吟坐對蘭缸。山遮京國雲千里，潮落錢塘月半江。駐錫定分何處榻，聽鐘空倚舊時窗。離懷客況誰堪慰，白雪高歌有寶幢。

嘿菴，名至恂，字無言，武林法輪寺僧。法輪寺爲五代長興中龜法師道場，向建城東湯鎮，洪武初猶存，因潮嚙殿基，永樂十八年，至恂改建觀橋南。至恂一作志恂，凡國初諸上人名號，如元原、志至、溥普之類多通用。

古鼎　一首

題熨絲圖〔一〕

練光帖帖雪光開，倩得鄰姑熨未裁。郎在征途〔二〕兒在眼，十分寒向意中來。

【校記】

〔一〕此首又見四朝詩元詩卷七九七言絶句十二、元詩選二集卷二六、大雅集卷八。

〔二〕「征途」下原闕，據四朝詩、元詩選、大雅集補。

明僧弘秀集卷七終

明僧弘秀集卷八

虞山毛晉子晉父編

天鏡 五首

重九〔一〕

舊日重陽節，唯尋麴米春。忽經時到眼，但覺老隨人。白髮雖多難，黃花不厭貧。登高本無意，蹤跡媿紅塵。

故舊俱淪喪，人情轉寂寥。馳驅〔二〕逢九日，牢落是今朝。把菊難爲醉，囊萸興自消。江鄉獨無賴，風雨暗蕭蕭。

【校記】

〔一〕此二首又見列朝詩集閏集卷二、明詩綜卷九十、大雅集卷五。

〔二〕馳驅：大雅集作「驅馳」。

梧竹謠〔一〕

君家子弟彬彬盛，碧梧修〔二〕竹森相暎。聲諧琴瑟動瑤窗，秀峙鵠鸞開寶鏡。高堂新暑石泉〔三〕深，綠陰清晝門階淨。鼎彝圖史規漢章，麒麟鳳凰祖虞咏。人間妙絶虎頭癡，文采風流至今稱。浣花潭前雙鶴翎，金粟沼中萬魚泳。翰林學士天上來，大讌玉山舉觴政。金盃行酒涼雲浮，氷盤薦鮮寒雪凝。淸歌妙舞意氣揚，紫燕黃鸝語音競。邇來麗句江海傳，坐見高名巖壑應。深巖未厭鵷鷺行，蕭散要遂麋鹿性。八窗風月色更妍，十畝淸〔四〕霜節尤勁。誰言蒲栁秀且脆，卓爾松栢獨也正。元元生意本不殊，自是詞人涉疑諍。

【校記】

〔一〕此首又見玉山名勝集卷三。

〔二〕修：玉山名勝集作「翠」。

〔三〕石泉：玉山名勝集作「泉石」。

〔四〕清：玉山名勝集作「氷」。

贈画師朱叔重〔一〕

吾邦會稽山水府，萬壑千岩如米聚。平生癡絶顧虎頭，道中應接亦良苦。至今清響若耶溪，童子山僧惟〔二〕杜甫。近代乃有高尚書，時過雲門吐奇語。麥秧天氣小籃輿，移將長松在縑楮。高標遠韻不復見，寂寞溪山但風雨。朱君叔重吳下來，示我小圖雲一縷。乾坤秀氣皆可得，李郭董米開門戶。林梢出没煙霧中，山骨隱顯帶洲渚。江南生意半□□〔三〕，天眞平淡此爲愈。君誠破筆書〔四〕萬卷，魏國風流敢相許。如何叔重心好古，布襪青鞋獨艱阻。明年須償司馬約，綠水青猨宿天姥。老我尚堪歌勝遊，藝苑詞林期一補。

【校記】

〔一〕此首又見列朝詩集閏集卷二、四朝詩明詩卷四九七言古詩十四、式古堂書畫彙考卷二一書二一、趙氏鐵網珊瑚卷七。

〔二〕惟：式古堂書畫彙考作「推」。

〔三〕闕字四朝詩作「春天」，趙氏鐵網珊瑚作「幅中」。

〔四〕書：四朝詩作「畫」。

題黃氏林屋山圖〔一〕

我從太湖來，日望太湖水。湖水不可停，浩浩逝未已。黃君示我林屋圖，群山天畔游龍如。濕雲不掛樹縣薺，仿佛禽鳥笙簧俱。若翁佳城蔭其上，竹櫝青青矗帷幃。焄蒿悽愴眠食牽，屢欲挐舟渉春漲。承平詩禮可致身，寬衫大帶車馬塵。山林朝市元不間，胡乃遲暮婁之濵。青山眞故交，對此散幽抱。某也東西南北人，應接如返山陰道。

【校記】

〔一〕此首又見式古堂書畫彙考卷五二畫二二、趙氏鐵網珊瑚卷十五。

天鏡，名元瀞，或云字天覺，號樸隱，自稱會稽山樵，會稽縣倪机子。素號士族師，容貌魁梧，相對煦煦如坐春風。早歲精貫儒釋二家學，初受知于斷江，繼傳台教于天岸，卒被元叟一喝而悟。叟顧左右曰：『是般若位中人也。』國初，召入内廷，恩遇甚渥。已而乞歸靈隱寺，忽罹崇德之禍，謫戍陝西。師以宿業難逃，笑而受之。道經寧國禪寺，坐化。時洪武十一年正月十九日也。宋文憲詳著其事，銘諸石以傷之。所著有樸園集若干卷。

天眞 四首

山居四景〔一〕

林軒飛翠隔黃塵，瑤艸吹香別是春。一卷楞伽消白晝，從教啼鳥喚遊人。**春**

坐對蓬萊小朵峯，池開五色玉芙蓉。靜中忽撥瑤琴響，清浥湘簾生晚風〔二〕。**夏**

草堂秋似廣寒宮，金色〔三〕花開碧玉叢。坐久不知凡骨換〔四〕，天香清散〔五〕月明中。**秋**

茶罷焚香獨坐時，金蓮〔六〕水滴漏聲遲。夜深欲睡問童子，月上梅花第幾枝。**冬**

【校記】

〔一〕此四首又見古今禪藻集卷二七、檇李詩繫卷三一、吳興藝文補卷五六，列朝詩集閏集卷二、四朝詩明詩卷一一四七言絶句十四録「春」「冬」二首。

〔二〕此句檇李詩繫作「清挹湘簾度晚風」。浥：古今禪藻集、吳興藝文補亦作「挹」。

〔三〕金色：古今禪藻集、檇李詩繫、吳興藝文補作「金粟」。

〔四〕凡骨換：檇李詩繫作「衣袖冷」。

〔五〕清散：檇李詩繫作「吹散」。

〔六〕金蓮：檇李詩繫作「銅龍」。

天眞，名惟則，吳興費君澤子。母夢異僧分衛，覺而娠，異香滿室，因名僧寶。父卒，隨母適秦川漱上。髫年出家佑聖寺，徧參楚石琦公、千岩長公、無見睹公、無用寬公等十有八人，皆因緣不契。後聞匡廬無極源公爲雪岩欽公法嗣，徑往叩之，鍼芥相投，豁然大悟。聞受業師老病，遂歸侍佑聖寺，有「誓不涉世」之語。洪武初，徵高僧赴天界，白菴金公首荐師名，以足疾辭。癸酉仲春，忽告衆曰：「吾去矣！」侍者請偈，厲聲曰：「平常説底不是耶？」即瞑目逝。晚年白髮鬖鬖，不去髭須，枯坐終日，不出一語。漱有胡秋碧者，善傳神，喜画師像，累百幅，有日本人見之，皆羅拜曰：「此吾國祖師相，安得在此？」競以金購之而去。有氷蘗禪師語録，曲江錢惟善爲之序。天台宗衍述師行狀頗詳。

蘭江 十七首

遊洞庭〔一〕

我有山水癖，周遊訪遺迹。春宵宫畔住多時，對面翠峰參天直。偶乘飛雲到上頭，上頭佛屋依雲陬。庭前老樹作僧立，井中神物爲人遊。湖吞八極天倒開，赤烏半濕東飛來。櫓聲驚裂馮夷窟，沙漚點破銀濤堆。扶桑枝枝手可掇，龍伯釣頭〔二〕鰲欲脱。影壓錢塘天目低，雲盡昆侖月支濶。身栖在仙鄉，鄉鄉〔三〕時節長。仙人共語紫霞裏，霜橘顆顆黄金香。青鞋布襪眞快意，玉馬金鞍又何貴。回首人間一窖塵，明朝弄月羅浮去。

【校記】

〔一〕此首又見列朝詩集閏集卷一、四朝詩明詩卷四九七言古詩十四。

〔二〕釣頭：列朝詩集作「鈎頭」。

〔三〕鄉鄉：列朝詩集、四朝詩作「仙鄉」。

小吴軒〔一〕

層軒拔地隘四極，虚窗去天不盈尺。坐久紗帽觸雄風，身在璣衡少微側。昆丘兔入雺陰寒，暘谷烏升海水赤。坳堂一勺范蠡湖，浮萍數點夫差國。英雄覇業天〔二〕如何，腐骨跉竮掩窀穸。仙翁笑指白藤花，拂拂清香滿瑤席。

【校記】

〔一〕此首又見列朝詩集閏集卷一。

〔二〕天：列朝詩集作「大」。

多景樓〔一〕

偶來古潤峰頭行，峰頭傑閣凌空橫。壓幘〔二〕圓天若箇笠，循簷萬國如輕萍。分昏割曉秦華聳，衝淮突漢黃河清。浮玉仙壇劒氣赤，紫金佛域龍珠明。歸墟宏洩碧海立，大江眞下〔三〕銀漢傾。楊子渡頭帆腳正，瞿塘峽口雷霆鳴。玄鬣長鯨舞北極，朱翎健鳥翔南溟。黿臺霜寒月皎皎，桃都露濕花冥冥。狠石曾知已化土，甕城始信空留名。英雄紛紛何足數，天語察察當心銘。張騫乘槎實可意，豎亥按步徒勞形。伸手便堪扶日轂，脫塵底用登蓬瀛。六氣入口凡骨換，回眸一笑清風生。

【校記】

〔一〕此首又見列朝詩集閏集卷一、四朝詩明詩卷四九七言古詩十四。

〔二〕壓幘：列朝詩集作「幘壓」。

〔三〕眞下：列朝詩集、四朝詩作「直下」。

懷故人侍一翁〔一〕

吳宮〔二〕夜半北風惡，自起開窗望天角。東湖西湖作銀流，大星小星如雨落。道不同兮不爲謀，寥寥天地誰同儔。彼美人兮在何處，霜月冷浸青海頭。

【校記】

〔一〕此首又見列朝詩集閏集卷一、四朝詩明詩卷四九七言古詩十四。題中「侍」，列朝詩集、四朝詩作「待」。

〔二〕吳宮：列朝詩集、四朝詩作「吳中」。

靈岩集涵空閣分題予得靈岩山　壬寅臘月十八日〔一〕

鷲峰攙斗牛，飛車登上頭。左拂扶桑樹，右揖昆侖丘。太湖蕩四極，白波如銀流〔二〕。向時泊吳葦，汎汎揚蘭舟。回首日在地，一笑雲悠悠。

【校記】

〔一〕此首又見列朝詩集閏集卷一。

〔二〕如銀流：列朝詩集作「銀如流」。

呑碧樓　在日本九州〔一〕

九州城曲樓三層，披襟御氣歡吾登。窗開曉色拂桑樹，簾捲夜光横玉繩。上頭端堪謁紫府，下面更可窺玄廷。天帝垂衣日杲杲，海龍穩臥雲冥冥。方壺三神指顧裏，渤澥百谷琉璃明。栖身飲露老亦足，理亂黜陟無關情，時聽玉管鸞皇鳴。

【校記】

〔一〕此首又見列朝詩集閏集卷一、四朝詩明詩卷四九七言古詩十四。

牛　圖〔一〕

春光寂寂烟暈晴，春風水水波痕明。溪南溪北小坡平，我卻騎牛向溪曲。溪曲嫩艸嫩如玉，記得當時農事足。倒指數來三十年，今觀此圖猶宛然，只多舐犢雙崖邊。

【校記】

〔一〕此首又見列朝詩集閏集卷一、四朝詩明詩卷四九七言古詩十四。

登鍾山唯秀亭〔一〕

浥袂秀色時蒼蒼，憑陵〔二〕八荒隘九陽。裂地長江走脚下，巡簷赫日當吾旁。楚天吴天雲海寬，千山萬山蛟龍蟠。采石沙頭人喚度〔三〕，大茅峰頂仙騎鸞。眼底山川不盡識，蘚花石路空蹵迹。憶昔玄島看〔四〕波時，六氣不動乾坤寂。

【校記】

〔一〕此首又見列朝詩集閏集卷一、四朝詩明詩卷四九七言古詩十四。

〔二〕憑陵：列朝詩集、四朝詩作「馮陵」。

〔三〕度：列朝詩集、四朝詩作「渡」。

〔四〕看：列朝詩集作「著」。

寄仙岩翁〔一〕

巾峰高揷牛斗旁，高人一出艸木黃。碧雲縹緲下溟漳，直來竺國吴山陽。吴山竺國山水重，丹竈烟鎖蓮花峰。一聲兩聲猿嘯月，十里五里松號風。高人放浪得眞趣，半紙功名何足貴。白頭黃卷對青岑，金烏飛上娑〔二〕羅樹。

【校記】

〔一〕此首又見列朝詩集閏集卷一、四朝詩明詩卷四九七言古詩十四。

〔二〕娑：列朝詩集作「裟」。

謾　興〔一〕

困來高枕卧崑崙，覺後淩風到海門。信手攙回推日轂，轉身挨倒洗頭盆。山川也作紅塵化，富貴徒留青冢存。好在黃眉脱牙叟，且同花下醉芳尊。

【校記】

〔一〕此首又見列朝詩集閏集卷一。

寄聰聞復〔一〕

豺虎縱横千百里，陰陽錯亂十三年。何時艸木能同化，只尺〔二〕山河不共天。夸父但追紅日走，陳摶偏占白雲眠。公須力展扶危策，老我無成雪滿顛。

【校記】

〔一〕此首又見列朝詩集閏集卷一。

〔二〕只尺：列朝詩集作「咫尺」。

夜　坐〔一〕

寂寂虛堂獨坐時，小窗推起更思惟〔二〕。江城萬井烟花白，月到松頭鶴未知。

【校記】

〔一〕此首又見列朝詩集閏集卷一、佩文齋咏物詩選卷四二四鶴類。

〔二〕思惟：佩文齋咏物詩選作「思維」。

西湖曉行〔一〕

海角曈曨日欲生，山南山北淡烟横。春風吹斷沙禽夢，人在緑楊堤上行。

【校記】

〔一〕此首又見列朝詩集閏集卷一、四朝詩明詩卷一一四七言絶句十四、明詩綜卷九十、佩文齋咏物詩選卷二十夜類。

過許村〔一〕

小徑無媒生土花，一橋一水一人家。隔籬話道今年好，婆子引孫來看麻。

【校記】

〔一〕此首又見列朝詩集閏集卷一。

九　日〔一〕

頭白眼昏無住着，大都客裏過重陽。人生便滿一百歲，消得黃花幾度香。

【校記】

〔一〕此首又見列朝詩集閏集卷一。

登車行〔一〕

擎書使者來海涯，躡曉迫趣登輪車。高岡碾斷赤石骨，長空拂碎紅雲花。大聲坎坎打天鼓，小聲嗚嗚煎春茶。羲生馭日信可並，阿香撒雨何足誇。直入九重紫金殿，玉皇對坐傾流霞。霓裳羽衣萬變態，龍笙鳳管相喧嘩。從容握手問至道，掀髯一咲吾還家。

【校記】

〔一〕此首又見列朝詩集閏集卷一、佩文齋咏物詩選卷一二八車類。

思　鄉〔一〕

生涯霜鬢裏，舊宅閬溪旁。瑤艸爲誰綠，辟邪應自香。大車聲檻檻，君子志陽陽。何日騎魚去，携孫看海桑。

【校記】

〔一〕此首又見列朝詩集閏集卷一。

蘭江，名清濋，天台人，劉姓。居天界，太祖御製清濋說賜之。晚歸松江東禪寺。著有毘盧正印及望雲集。嘗題淵明采菊圖云：『泛觴黄菊終非鴆，在眼青山殊有情。好是晉家天地闊，此時何處着先生？』情見乎詞矣。

仲銘 六十首

題濮元帥別業〔一〕

海國元戎髩未斑〔二〕，歸來拄笏看青山。田園暮景烟塵外，臺榭春風錦綉間。桐影連溪鷗卧穩，桂香吹月鶴飛還。碧尊絲鱠黄花酒，肯向樽前一鮮顔。

【校記】

〔一〕此首又見古今禪藻集卷一六、檇李詩繫卷三一。

〔二〕斑：檇李詩繫作『班』。

送劉侍郎還京

早抱遺經進講筵，獨於清禁着先鞭。封章獻納星辰表，簪筆追趨雨露邊。戎檄久推唐陸贄，使槎今識漢張騫。鷺啼上苑還京闕，夜半深宮席更前。

送除上人之武林〔一〕

雪花飛送浙江船，歌斷驪駒一悃然。荊棘銅駝凄暮雨，樓臺鐵鳳墮秋烟。遼東鶴返塵生海，石上人歸月在川。回首下橋〔二〕楊梆外，水光山色共晴天。

【校記】

〔一〕此首又見古今禪藻集卷一六、列朝詩集閏集卷一、江西詩徵卷九十釋子、檇李詩繫卷三十。

〔二〕下橋：古今禪藻集、列朝詩集、江西詩徵、檇李詩繫作『六橋』。

送王尚書還朝兼簡張學士〔一〕

文采丹山一鳳毛，是藩〔二〕徵孃獨賢豪〔三〕。飛帆轉海南風正，曳履趨〔四〕廷北極高。花擁御筵歌湛露，香浮宮甕〔五〕賜蒲萄〔六〕。朝回爲報張燕國，莫把新詩奪錦袍。

【校記】

〔一〕此首又見古今禪藻集卷一六、列朝詩集閏集卷一、江西詩徵卷九十釋子。

〔二〕是藩：古今禪藻集、江西詩徵作『吳藩』。

〔三〕賢豪：古今禪藻集、江西詩徵作『賢勞』。

〔四〕趨：古今禪藻集作『趣』。

〔五〕宮甕：古今禪藻集作『官甕』。

〔六〕蒲萄：古今禪藻集作『蒲桃』。

次鐵崖先生送沈鍊師韵四首〔一〕

會稽山前賀狂宅，句曲洞口陶仙家。參差樓觀五雲裏，飛佩時時淩紫霞。

詞章近接楊夫子，丹術遙師〔二〕魏伯昜。昨日有書無犬送，秖令孤鶴遠傳將。

白雲作衣霞作裾，太平不愛紫金魚。騎驢酒肆得佳句，都向琅玕節下書。

茅齋門泊武湖航，絶勝王家輞口莊。明月滿天秋滿地，碧蕭引鳳坐胡床。

【校記】

〔一〕此四首又見大雅集卷八，檇李詩繫卷三一録第一首。題中『崖』，大雅集作『雅』。

〔二〕遙師：大雅集作『追師』。

赴慧日途中寄繆同知二首〔一〕

舟揖南來處處過，海隅東去柰愁何。蓼花帶雨紅連渚，黍穗迎秋翠委波。半日帆檣行梆末，一天風月宿蘆科。道逢遺老詢時事，惟說州候〔二〕惠愛多。

琴水東邊海盡頭，迷茫烟霧接高秋。稗荒田野雞豚少，潮落汀沙魚鳥稠。虛市殘民茅結宇，空原枯骨草連丘。重經古寺談灰刧，轉使孤懷增百憂。

【校記】

〔一〕此二首又見列朝詩集閏集卷一、江西詩徵卷九十釋子。

〔二〕候：列朝詩集、江西詩徵作『侯』。

登姑蘇城〔一〕

城上旌旗烟霧重，樹頭初日出雲紅。一溪鷗散桃花雨，兩岸鶯啼楊柳風。邊塞鼓鞞終日振，鄉〔二〕關道路幾時通。江南春色渾依舊，桑柘青青門巷空。

【校記】

〔一〕此首又見古今禪藻集卷一六、列朝詩集閏集卷一、江西詩徵卷九十釋子、檇李詩繫卷三十。

〔二〕鄉：原誤作『卿』，據古今禪藻集、列朝詩集、江西詩徵、檇李詩繫改。

送石仲德司丞〔一〕

戎馬生四郊，避難去鄉國。鄉國豺虎多，十年歸不得。旅食大江南，田野亦荊棘。游魚潛舊淵，飛鳥栖故林。天地物尚爾，我獨何爲心。驅車戒遠道，歲寒冰雪深。兵革方去息，長淮渺烟草。況有簡書縈，豈止還家好。政餘事耕桑，虛名奚足道。

【校記】

〔一〕此首又見古今禪藻集卷一三。

會陳彥博編修〔一〕

自昔合并難，況乃干戈際。陳君厺京國，一別彌年歲。耿耿在中懷，烽烟邈迢遞。忽復乘海槎，銜命自天帝。四牡稅中林，徒步屏奴隸。入門坐我床，驚呼喜欲蹶。劉君吳門來，邂逅成夙契。爲予信宿留，諧笑忘形勢。官市沽春醪，暮雨剗寒薺。勸君各盡觴，與君聊玩世。雲端皓月升，城外終風曀。且勿疾其驅，兹會良可繼。

【校記】

〔一〕此首又見古今禪藻集卷一三。

贈劉秀才〔一〕

山之虎兮有爪如鐵，馮婦搏之飲其血。水之蛟兮有牙如鉞，周處斬之服其骨。君既有才復有藝，如何落魄風塵際。方今天子圖治惟求賢〔二〕，閶闔談笑皆封侯。何不携書奏之蓬萊宮，佩取金印如斗歸山東。

【校記】

〔一〕此首又見古今禪藻集卷一四、江西詩徵卷九十釋子。

〔二〕求賢：古今禪藻集、江西詩徵作「賢求」。

題馬〔一〕

伯樂不復作，世間有馬人不識〔二〕。騄駬服鹽車，垂首太行饑。且驅駑駘居天廄，身被文綉餘芻豆。吁嗟乎！駑駘飽，騄駬饑，雖有千里將奚爲。

【校記】

〔一〕此首又見古今禪藻集卷一四。

〔二〕人不識：古今禪藻集作「無人識」。

壯丁行〔一〕

去年差壯丁，駕船下海討狂賊。今年差壯丁，荷戈遠戍河南北。去年行者秋已還，今年去者無消息。去年壯丁初發時，姑蘇驛前江水湄。長槍巨戟各在手，椎鼓鳴鉦揚大旗。爺娘頓足妻摺〔二〕手，號哭向天泪如雨。陰風蕭蕭黄塵飛，日落哭聲猶未已。近聞河北新戰平，血流如海屍如城。嗚呼！安得盡銷天下之甲兵，鑄作農器趨民畊。

【校記】

〔一〕此首又見古今禪藻集卷一四、江西詩徵卷九十釋子。

〔二〕摺：古今禪藻集、江西詩徵作『招』。

虀甕〔一〕

先生食虀如食肉，一日不食心不足。淡然中有至味存，鳳髓龍肝何足論。昔者韓公有高識，五年太學朝朝吃。後來易蘭〔二〕雖復知，酒酣夜半一咀之。長安少年那解此，羊肉如林酒如水。酒瓶羊柵須臾〔三〕壞，先生虀甕長年在。

【校記】

〔一〕此首又見古今禪藻集卷一四、檇李詩繫卷三十。

〔二〕易蘭：檇李詩繫作『易簡』。

〔三〕臾：原誤作『叟』，據古今禪藻集、檇李詩繫改。

答劉鎮撫〔一〕

茂陵舊公子，氣壓陣雲低。一節臨軍幕，三邊息戰鞞。賦詩朝倚馬，起舞夜聞鷄。爲愛溪樓靜，重尋水郭西。

【校記】

〔一〕此首又見古今禪藻集卷一六。

留月軒〔一〕

我欲留明月，月行那可留。金波流錦席，桂影散瓊樓。斜隱藤蘿石，遠臨蘆荻洲。長歌興無極，門外露華秋。

【校記】

〔一〕此首又見古今禪藻集卷一六。

答蘇太史〔一〕

微雨作春寒，兵戈道路難。百年嗟遠別，千里愧相看。把酒花連〔二〕席，楊舲雪〔三〕滿灘。水西官閣靜，文字更〔四〕盤桓。

【校記】

〔一〕此首又見古今禪藻集卷一六、檇李詩繫卷三十。

〔二〕連：古今禪藻集作「聯」。

〔三〕雪：古今禪藻集作「雲」。

〔四〕更：古今禪藻集作「足」。

高同知懷傳軒〔一〕

退食獨關情，商庭版築生。列星垂野大，落月照梁明。老去嗟何及，秋來夢不成。瘡痍滿天地，霖雨若爲傾。

【校記】

〔一〕此首又見古今禪藻集卷一五。

送茅山王道士〔一〕

緱氏山頭醉碧桃，茅君洞裏奏瑤簫。林間放鶴歸蓬島，月下騎鯨渡海潮。石室雲寒珠樹老，丹田春暖玉芝饒。列仙琳館成灰劫，萬里江湖酒一瓢。

【校記】

〔一〕此首又見古今禪藻集卷一六。

竹林讀書處〔一〕

蘭家孫子讀書處，箇箇〔二〕琅玕擁碧幢。六月繁陰分峴首，九秋蒼雪墮湘江。墨池暖浴鵁鶄並，玄圃晴飛翠羽雙。南國宦游戎馬隔，月明歸夢繞螢窗。

【校記】

〔一〕此首又見古今禪藻集卷一六。

〔二〕箇箇：古今禪藻集作「萬箇」。

題清心堂帖卷後〔一〕

山郭高堂花木新，夜虹穿屋結晴雲。繞床蛇蚓鍾王字，滿架琳瑯秦漢文。筆塚烌烟迷鳥跡，墨池春雨散鵞群。爲憐書法湮淪久，亂後題詩獨憶君。

【校記】

〔一〕此首又見古今禪藻集卷一六、檇李詩繫卷三十。

岳飛墓〔一〕

西湖水色映易阿，偃月堂連瑪瑙坡。方擁貔貅驅塞虜〔二〕，豈期鷹隼被虞羅。兩宮天遠嗟何及，中土溝分恨轉多。異代英雄同感慨，酒酣彈劍一悲歌。

【校記】

〔一〕此首又見古今禪藻集卷一六、江西詩徵卷九十釋子。

〔二〕塞虜：古今禪藻集作「敵衆」，江西詩徵作「塞外」。

寄開元方厓禪師〔一〕

我家黃髮大中郎，文采多應雨露藏。弟子鳳凰吟總好，故人蝴蝶夢何長。清烁葉覆臺前石，白晝花深竹裏床。著處都緣龍象繞，綠陰猿鶴識天香。

【校記】

〔一〕此首又見古今禪藻集卷一六。

題本上人望松圖〔一〕

丘隴青松天上〔二〕涯，兵戈千里未還家。潮迴滄海鯨波險，路入丹山鳥道賒。心逐孤雲飛落日，夢隨明月上浮槎。野夫亦抱終天恨，何處相期賦白華。

【校記】

〔一〕此首又見古今禪藻集卷一六。

〔二〕上：古今禪藻集作「一」。

奉寄崇報仁禪師 并序〔一〕

行中禪師與予同生番陽，而長予十二歲，早以徑山書記主蘄之德章，道化盛行於江淮間。嘗爲蘇長公祠堂記，虞侍講極稱其文有史筆。以辟難來江浙，未幾，主餘姚雲頂，近又聞遷紹興崇報。予以暌違之久，而喜其屢鎮名山，爲吾宗砥柱，于是詩以慶之，且求教也。至正十七年烋九月既望。

故園人物久相知，今代文章眞一夔。千里江山春草夢，十年兵甲暮雲詩。著書芸閣虹穿屋，行道松林月照池。聞説高居隣栢府，豸冠驄馬共襟期。

【校記】

〔一〕此首又見古今禪藻集卷一七。序中「番陽」、「十二歲」，古今禪藻集作「番易」、「十三歲」。

寄唐伯剛斷事〔一〕

鳳麟洲接鳳凰池，秋雨春雲入夢思。三尺光芒雷令劍，百篇風月杜陵詩。湖邊躍馬花迎節，江上聽鶯酒滿巵。底事淮陽徵不起，空令野老望旌麾。

【校記】

〔一〕此首又見古今禪藻集卷一六。

初至携李〔一〕

通越門中逢古人〔二〕，爽溪橋上送餘春。燕飛官巷桃花老，鶯囀江亭楊柳新。行李風塵千里道，緼袍天地百年身。未聞淮海休兵甲，回首關山一損神。

【校記】

〔一〕此首又見古今禪藻集卷一六、明詩綜卷八九、檇李詩繫卷二十。題中「携」，古今禪藻集、明詩綜亦作「檇」。

〔二〕古人：古今禪藻集、明詩綜、檇李詩繫作「故人」。

送日本成上人〔一〕

浮海東來一葉身，鷗波浩蕩孰能馴。十年風雨南游楚，萬里關山西入秦。書寄蕃航歸故園，詩題蕭寺送青春。誅茅深入封禺底，莫種桃花引世人。

【校記】

〔一〕此首又見古今禪藻集卷一六、江西詩徵卷九十釋子。題中「成」，江西詩徵作「城」。

聽雨〔一〕

秋來客裏易愁生，夜半燈前風雨聲。常恐浸淫禾耳出，豈宜滂沛馬頭傾。十年郡邑疲徵賦，千里關河苦用兵。端是長官憂國計，天時人事總關情。

【校記】

〔一〕此首又見古今禪藻集卷一六。

送集賢都事范文炳開赦還朝〔一〕

紫色泥書下九天，皇華直到海東邊。馬行齊魯山千里，帆渡江淮雨一川。西掖梧連金井月，上林花擁玉爐烟。秋風歸厺承殊渥，四牡工歌玳瑁筵。

【校記】

〔一〕此首又見古今禪藻集卷一六。

答柳仲修宣使〔一〕

青袍白馬南藩使，解后〔二〕江城三月初。把酒流鶯啼別圃，倚樓飛絮落前除。君趋大府才華盛，我住空山禮法疏。携手匆論鄉國事〔三〕，十年兵甲復何如。

【校記】

〔一〕此首又見古今禪藻集卷一七、江西詩徵卷九十釋子。「柳仲修」，江西詩徵作「柳仲禮」，「修」，古今禪藻集作「脩」。

〔二〕后：江西詩徵作「後」。

〔三〕事：江西詩徵作「士」。

奉荅宣讓王太子〔一〕

數椽茆屋數株松，蒲榻高眠海日紅。不是賢王招不起，山人只合住山中。

【校記】

〔一〕此首又見古今禪藻集卷一七、檇李詩繫卷三一，原爲二首。

達丞相承恩詞次張員外韻　二首〔一〕

金壺玉露逐皇華，黄土重封識内家。宴罷省門扶上馬，微風吹側帽簷花。

名馬西來蹴雪濤，犬奴〔二〕重刷錦雲毛。也知不是尋常種，千騎中間獨爾高。

【校記】

〔一〕此二首又見古今禪藻集卷一七、江西詩徵卷九十釋子，檇李詩繫卷三一選録第一首。

〔二〕犬奴：古今禪藻集、江西詩徵作「大奴」。

寄三塔雲海和尚〔一〕

雨後龍孫過屋長，半池疎影月微茫。鳳凰巢在雲深處，日日銜花到上方。

【校記】

〔一〕此首又見古今禪藻集卷一七、檇李詩繫卷三一。

爲清上人題竹〔一〕

石湖春水碧漣漪，湖上春風筍蕨肥。十載兵戈歸夢遠，翠雲深擁鳳雛飛。

憶昔丹丘侍玉京，百年江海未忘情。春風林館披圖画，烟雨濛濛翡翠鳴。

【校記】

〔一〕此二首又見古今禪藻集卷一七。

題畫七首〔一〕

琪樹連雲雨露新，半山樓閣擁金銀。錦袍零落風塵際，岩壑鶯花幾度春。

子真谷口春畊罷，牛背看山更賦詩。啼鳥一聲茅屋外，碧桃千樹雨絲絲。

人生只合江南住，一曲溪山二頃田。紅稻吹香蓴菜美，春花秋月自年年。

空谷雲深山路遥，一灣桃雨漲溪橋。白駒皓皓人如玉，幾度春風長藿苗。

山中宰相鬢毛斑，兩箇青松屋一間。草滿空庭春晝永，看雲飛去看雲還。

萬松深處一茆亭，坐對匡廬九叠屏。黄鳥出林春未老，一溪花雨晝冥冥。

霜落江山木葉空，千岩修竹〔二〕夜生風。蓮華峰頂巢雲客，獨自吹笙明月中。

【校記】

〔一〕此組詩又見古今禪藻集卷一七。

〔二〕修竹：古今禪藻集作「脩竹」。

題酸齋小像〔一〕

抛卻朝簪下九天，西湖風月一漁船。蘆花夢覺魚龍遠，又是人間五百年。

【校記】

〔一〕此首又見古今禪藻集卷一七、江西詩徵卷九十釋子。

題恢復初梅〔一〕

雪消春色滿天涯，南北枝頭總著花。驛使不來歸路斷，海風吹月照江沙。

【校記】

〔一〕此首又見古今禪藻集卷一七、江西詩徵卷九十釋子。

李煥章竹石居〔一〕

解組歸來賀監湖，萬竿修竹〔二〕一茅廬。石根春樹排雲直，花影高連長者車。

【校記】

〔一〕此首又見古今禪藻集卷一七。

〔二〕修竹：古今禪藻集作「脩竹」。

西湖景〔一〕

蘇子堤邊楊柳春，湖中簫鼓画船新。誰知歌舞繁華地，回首東風吹戰塵。

山色湖光雨後天，兩邊樓閣麗蒼烟。酒船歌管隨烽火，花落花開啼杜鵑。

【校記】

〔一〕此二首又見古今禪藻集卷一七，明詩綜卷八九選録第一首。

次韻顧玉山題杭上人芭蕉〔一〕

山寺春深積雨餘，坐看梅影〔二〕上堦除。新詩吟罷無人到，只向芭蕉葉上書。

【校記】

〔一〕此首又見古今禪藻集卷一七、江西詩徵卷九十釋子、檇李詩繫卷三一。

〔二〕梅影：古今禪藻集、江西詩徵、檇李詩繫作「花影」。

答唐伯剛斷事〔一〕

平湖落日照漁汀，風起槎頭欲挂罾。城上倚樓看明月，河東詞客水〔二〕西僧。

【校記】

〔一〕此首又見古今禪藻集卷一七、江西詩徵卷九十釋子。

〔二〕水：江西詩徵作「小」。

隱居圖〔一〕

戰馬多芻戰士肥，總拋逢掖著征衣。首陽商嶺無人到，幾度春風老蕨薇。

【校記】

〔一〕此首又見古今禪藻集卷一七、江西詩徵卷九十釋子。

輞川漁樂圖〔一〕

華子岡頭輞口莊，桃花春水漲滄浪。先生投疏歸來早，半世功名一釣航。

【校記】

〔一〕此首又見古今禪藻集卷一七。

画　松〔一〕

長向廬山劒外看，大夫應合拜秦官。女蘿倒挂絲千尺，萬壑風霜幾歲寒。

【校記】

〔一〕此首又見古今禪藻集卷一七。

墨蘭爲中上人題〔一〕

鳳去岐山杳不聞，美人空復憶湘君。春風九畹香如海，紉佩歸來倚碧雲。

【校記】

〔一〕此首又見古今禪藻集卷一七。

題　画〔一〕

江樹花殘陰滿津，移舟陰處理絲綸。春醪如蜜魚如玉，誰管飛龍是故人。

【校記】

〔一〕此首又見古今禪藻集卷一七。

仲銘，名克新，號雪廬，自稱江左外史，番陽人，宋尚書左丞余襄公九世孫。住吳郡承天寺，又住嘉禾水西寺。洪武庚戌被召至南京，六月，上命僧克新等三人往西域，招諭吐蕃，仍命圖其所過山川地形以歸。

楚材 二首

寄題劉氏雙翠軒〔一〕

兩株擁秀立階除，絶勝蘭苕画不如。晝影並移當几席，嵐光相與落圖書。羽衣霓袖臨風舞，鴉髩〔二〕雲鬟帶曉〔三〕梳。珎重二難孤〔四〕未得，更栽連理伴幽居。

【校記】

〔一〕此首又見四朝詩明詩卷九十七言律詩二三、雅頌正音卷四。

〔二〕鴉髩：雅頌正音作「鴉髻」。

〔三〕曉：四朝詩作「晚」。

〔四〕孤：四朝詩作「招」。

題米元暉山水小景贈陳原貞別〔一〕

江頭雨足春水生，江上青山烟樹暮。扁舟明發去如飛，目斷征帆入蒼霧。

【校記】

〔一〕此首又見列朝詩集閏集卷二、四朝詩明詩卷一一四七言絶句十四、江西詩徵卷九十釋子、雅頌正音卷四、佩文齋咏物詩選卷十二露類。題中「暉」，列朝詩集作「輝」。

楚材，名似杞，鄱陽人。舊刻梅溪二絶云：『竹邊斜出兩三枝，月底風前總恁宜。小苑清香無處着，多應勾引玉泉詩。』『湛然垂老不愁貧，得與梅溪作主人。問訊氷華無恙否，香魂應也長精神。』此乃耶律楚材作，今删去。

大用　四首

即事二首〔一〕

負郭有田多不種，種熟軍收要民送。明年誰復事犁鋤，卒歲渾家受飢凍。忍飢受凍可柰何，直須檢到〔二〕焚其窠。去學短衣帶刀箭，倒刮他家養良賤。

泗州倉廒飫雀鼠，官有舟車難運取。蠅屯螘慕急要粮，巨室大寺遭鞭楚。捧土懸知難塞河，檢家掠路傷民多。分兵兼程走其下，就倉食粟如之何。

【校記】

〔一〕此二首又見大雅集卷二。

〔二〕到：大雅集作『刮』。

無題二首〔一〕

飢虎狂咆奔城市，急走閉門驚未已。有人直欲摐其矛，斃之視若刑犬耳。如此英雄世豈無，位沉下僚困屠沽。諸方噬人足狼虎，袖手待殪將安圖。

西家酒美門犬惡，東家犬馴酒味薄。遣沽就飲多在東，積錢難用翻愁索。憑誰斃却西家犬，兩壚吹香隨〔二〕客便。不愁東槽風雨乾，到門自挈空瓶轉。

【校記】

〔一〕此二首又見大雅集卷二。

〔二〕隨：大雅集作『過』。

大用，名必才，天台人，俗姓屈氏。能言便記孝經，七歲能詩，祝髮苦行，掩關十年，入潤公性具之室。著妙玄文句諸書，台宗之領袖也。

性海 一首

二泉寺退歸聽松菴和王學士見寄〔一〕

泉上歸來已一年，萬松陰裏屋三椽。坐殘白日渾無事，買斷清風不費錢。猿墮山崖尋果樹，鶴穿林徑避茶煙。王猷識我平生意，時寄新詩一兩篇。

【校記】

〔一〕此首又見古今禪藻集卷二四。

性海，名普眞，俗姓承氏，延陵人。元季兵亂，父母繼殁。姻家朱某鞠之。豐頤廣顙，性剛果，有智識，禮萬峯蔚禪師，甚器重之。一時惠山、虎丘俱火，並爲重建。暮年就慧山綉嶺亭，舊址植松萬株，創菴其中。菴左有石床，唐李陽氷篆『聽松』二字于上，因顔其菴曰『聽松』，人稱爲『松菴禪師』。永樂中示寂，塟菴後，王學士達作銘。嘗創一竹茶爐，一時名流題詠甚多，人最稱莫是菴一聯云：『煖紅炙汗枯霜節，沸白澆花逗月圓。』余尤愛王孟端一聯云：『氣蒸陽羡三春雨，聲帶湘江兩岸秋。』師歿後，菴亦圮廢，爐入豪右家。成化間，復爲松風閣，爐仍歸僧寮，可稱韻事。詳見秦夔記中。

用章 八首

贈菊山〔一〕

千金買山種秋菊，爲愛晚香寒簌簌。四山木落霜霰交，采采黃花泛醽醁。淵明昔愛南山奇，之君合在東山陲。東南信美吾所羡，臨風爲和淵明詩。

【校記】

〔一〕此首又見式古堂書畫彙考卷二十書二十、趙氏鐵網珊瑚卷十。

送僧歸洞庭〔一〕

每憶華山寺，高居俯洞庭。烟中飛鳥白，波面亂峰青。賈舶朝依岸，禪房夜不扃。最憐霜後橘，金顆〔二〕爛熒熒。

【校記】

〔一〕此首又見四朝詩明詩卷六六五言律詩十七、明詩綜卷八九、江西詩徵卷八九釋子、靜志居詩話卷二三。

〔二〕金顆：四朝詩、明詩綜、江西詩徵、靜志居詩話作『金子』。

有渡〔一〕

有渡方舟小，無家道路長。大荒天渺渺，滄海日茫茫。水母溪〔二〕還没，風鴛出復藏。不須寒雁叫，客意已淒凉。

【校記】

〔一〕此首又見列朝詩集閏集卷一、明詩綜卷八九、江西詩徵卷八九釋子、靜志居詩話卷二三。

〔二〕溪：列朝詩集等均作「浮」。按：當作「浮」。

未　歸〔一〕

甌越山無盡，江湖客未歸。北風吹雪冷，南鴈貼雲飛。斷路迷行跡，驚湍濺衲衣。本來無住著，何事却依依。

【校記】

〔一〕此首又見列朝詩集閏集卷一、四朝詩明詩卷六六五言律詩十七、江西詩徵卷八九釋子。

石頭城次王侍御韻〔一〕

滚滚〔二〕長江去不休，岧岧盤石〔三〕踞城頭。千峰日落淮南暝，萬樹風高白下秋。流水尚遺諸葛恨〔四〕，東風不與阿瞞留。中原一髮青山外，萬古終爲王謝羞。

【校記】

〔一〕此首又見列朝詩集閏集卷一、四朝詩明詩卷九十七言律詩二三、江西詩徵卷八九釋子。

〔二〕滚滚：四朝詩、江西詩徵作「衮衮」。

〔三〕盤石：列朝詩集作「磐石」。

〔四〕此句四朝詩作「流水尚過諸葛帳」。

翠微亭〔一〕

誰構遺亭莽蒼中，蕭蕭深谷起悲風。五更璧月初沉海，萬里銀河欲瀉空。江闊淮南連画鷁，雲開塞北見飛鴻。黍離不獨周人恨，滿目寒烟六代宮。

【校記】

〔一〕此首又見列朝詩集閏集卷一、江西詩徵卷八九釋子。

次孟天暐南山襍韻二首〔一〕

南湖三月水如天，共愛風流賀監船。若道沃洲還可買，數椽高卧白雲邊。

日上南山春霧開，雨餘鏡水録如苔。風流賀老今塵土，短棹何人載酒來。

【校記】

〔一〕此二首又見雅頌正音卷五。

用章，名廷俊，饒州鄱陽人，或云樂平人，訢笑隱住持龍翔寺，延居首座。飛錫吳越間，到處雲包雪笠，叢集左右。至正末，主西湖淨慈寺，後浙西僧道以事役，集金陵之鍾山。洪武元年五月，泊然而逝。危太樸著塔銘。有泊川集十卷。余曾見蕭翼賺蘭亭圖後有鄱陽釋廷俊一跋云：『蘭亭禊事帖，右軍得意書也。唐太宗酷愛之，蕭翼爲時言官，不能同人主翫好之癖，以計取辨才所藏眞迹，卒以從葬昭陵。辨才，佛者以物爲留礙，固爲可鄙，而昭陵之殉又不能免王孫之譏，來者從可觀感焉。至正七年四月十三日，爲景文先生題賺蘭亭帖圖後。』書法遒勁可愛，因附記。

漚寓 三首

重陽日陪李舜明楊叔理游靈谷

松下青齋五合陳，蓮花滴漏又侵晨。白衣送酒成佳會，黃菊飄香正此辰。雨打斷碑微有字，艸生荒徑自無塵。勞勞多少長安客，能解閒行有幾人。

攀蘿直上最高層，路黑雲深月可乘。艸蔓荒臺空寂寂，遊人還說講經僧。

日晚群山紫翠深，土臺荒砌亂蛩吟。六朝事業空遺恨，惟有江流自古今。

漚寓，名道瑠，字楚石，住惠山寺，後薦爲南京僧録司左覺義。

仲明 四首

歸泉寺〔一〕

憶別山泉歲月深，暮雲秋艸幾光陰。髩鬢〔二〕盡換池邊影，少壯都〔三〕移世上心。舊徑林間無曲折，前交座上總消沉。眼中惟有亭亭塔，獨坐東峰第一岑。

【校記】

〔一〕此首又見四朝詩元詩卷六十七言律詩十八。

〔二〕髩鬢：四朝詩作「鬢鬢」。

〔三〕都：四朝詩作「多」。

奉謝張蛻菴承旨先生舊賜詩〔一〕

潞國詩來祕監時，青山入夢早思歸。于今喜接期頤壽，還憶江南舊釣磯。

【校記】

〔一〕此首又見四朝詩元詩卷七九七言絶句十二。

初夏即事〔一〕

三月已破四月初，緑陰門巷晝模糊〔二〕。近牕一樹櫻桃熟，格磔鈎輈來鷓鴣。

【校記】

〔一〕此首又見四朝詩元詩卷七九七言絶句十二。

〔二〕模糊：四朝詩作「糢糊」。

懷明善第〔一〕

昆陵二月梆花天，菘笋河豚已薦筵。獨在錢塘〔二〕江上寺，謾吟風雨對床眠。

【校記】

〔一〕此首又見四朝詩元詩卷七九七言絶句十二。題中「第」，四朝詩作「弟」。

〔二〕塘：四朝詩作「唐」。

仲明，名照鑑，號湛然靜者，俗姓徐氏，世居錢塘江上。元末，浙西兵起，削髮爲僧，住惠山寺。善画，與弟仲祥肆力吟事。有雙青集。

本明 二首

澹泊軒

阿師澹泊異常人，樂止斯軒豈患貧。白拂懶揮床角掛，金文間閱案頭陳。鶴因煮石鳴應喜，龍爲𣂏泉卧恐嗔。欲笑黄塵來往客，終朝門外鬧蹄輪。

題慧山寺〔一〕

慧山屹立千仞青，俯瞰天地鴻毛輕。七竅既鑿渾沌死，九龍攫霧〔二〕雷神驚。霹靂聲中崖石裂〔三〕，銀泉迸出青鉛穴。惟恨當年桑苧翁，玉浪翻空煮春雪。何如跨龍飛上天，併與挈過崑崙巔。散作大地清涼雨，免使蒼生受辛苦。我來扣泉泉無聲，一曲冷光沉〔四〕萬古。殿前風檜〔五〕砉然鳴，日暮山靈打鍾鼓。

【校記】

〔一〕此首又見古今禪藻集卷十四、四朝詩元詩卷二四七言古詩十、常郡八邑藝文志卷十、（洪武）無錫縣志卷四上辭章第四，作者均作「明本」。

〔二〕攫霧：古今禪藻集、常郡八邑藝文志作「攖霧」。

〔三〕崖石裂：古今禪藻集、四朝詩作「白石裂」。

〔四〕沉：（洪武）無錫縣志作「涵」。

〔五〕風檜：（洪武）無錫縣志作「鳳檜」。

本明，名慧熙，自號芝菴，宋信安郡王孟忠七世孫。貌寢，祝髮惠山寺。善書，有詩名。與高季廸爲友，每詩成，必造高朗吟商榷，晝夜不輟。嘗爲錢塘淨慈寺書記，晚年歸惠山，號西澗老樵。有芝菴詩集。

絶宗 一首

大雪行〔一〕

冬十二月歲庚午〔二〕，江南雪深一丈許。衾裯斗粟何處尋，凍卧飢氓不開戶。妻啼兒號〔三〕面西東，天高聽卑欲誰訴。去年一極旱火赤，今年一極大雨注。官倉私廩例空虛，蒼生何以守環堵。西北風塵未盡消，當道豺狼又含怒。明年宿麥〔四〕縱連雲，揮涕無從扣箕禹。憑誰寄與東諸侯，恤民有道無輕舉。君不見曩時桑大夫，慘刻秖取身滅誅。又不見只今曹黃須，擢髮數罪怜渠愚。

【校記】

〔一〕此首又見古今禪藻集卷十四、大雅集卷二。

〔二〕此句古今禪藻集作「玄冥之月歲庚午」。

〔三〕號：古今禪藻集作「泣」。

〔四〕宿麥：古今禪藻集作「粟麥」。

絶宗，名善繼，諸暨婁氏子。母王氏夢神授白芙蕖而生。師稍長，季父授春秋，喟然嘆曰：「春秋固佳，乃世間法。欲求出世，非釋氏疇依？」歷參大山、湛堂、宗周諸老，大江東南稱爲教中之宗，朝廷賜號「文明海慧法師」。其一時名家趙文敏公、黄文獻公、周内翰、李著作、張錬師輩，皆稱莫逆交。所度弟子三十二人，如靈壽懷古、延慶自朋、崇壽是乘、廣福大彰、雷峰淨昱、延福如玘、報忠嗣璉、車溪仁讓、香積曇冑，其最著者也。

余過半塘寺，瞻禮血書華嚴經，知是善繼上人手筆。寺僧皆云此師宋文憲前身，故曾作贊，又作塔銘。余因檢宋文憲集中，二文具在，殆同名非一僧也。据宋文憲作文明海慧法師塔銘云：『善繼世壽七十有二，僧臘六十，卒于丁酉歲七月二十二日。』此至正十七年也。又按善繼自跋血經云：『前于丙午至正二十六年仲秋書畢，爲大軍到，失去一卷，再于戊申洪武元年仲秋寫完，時年四十二歲。』據此二說，則歲月相去，生卒各殊昭昭矣。但半塘寺善繼上人筆亦典秀，兹附其跋以露文豹一斑。至若謝少連謂『善繼爲永明師後身，文憲公前身』，牧師已正其謁。但此經始于乙巳，終于丙午，補于戊申，不過三秋告成耳。乃謂：『三世淨因，再來勝果，俾幾百年來緇素名流頂禮瞻仰，展卷合爪，賛嘆稀有，甚至有連篇累幅茫然不省，眞有不可思議者。』或謝少連一跋傳誤，反爲法寶功臣耶？併贅繼公兩跋以俟慧辯。其跋八十卷後云：『竊念聖世罕罹，類龜木而難值；圓乘忽奉，似針芥以乍投。賴宿善因，獲斯勝遇。然以積習固識，現行多違，謾披了義之詮，莫析眞空之旨。況四恩溟深嶽峙，涓塵靡酧；洎萬緣蘿絆林森，毫髮未剪。光陰半喪，悲幻景之驟遷；道業全虧，慮將來之罔託。由是，昨於乙巳歲仲春六日爲始，謹發誠心，刺血爲墨，躳書大方廣佛華嚴經八十一帙，卒於丙午之秋，恭哀勝勛，先願皇風扇百億山川，兵革聲銷，妖氛頓掃，佛日照無邊刹海，人天路啟，惡趣長扃。次冀善繼袈裟永被，極未來際，不退今日菩提心，道果速圓，於一切時普施無盡功德藏。然後普願堅濕煖動悉成就於淨法界身，恩有寃親同遊戲於雜華藏海。旹至正丙午季秋八日，半塘壽聖寺沙彌善繼書畢，謹題。』又跋五十三卷後云：『蘇州府長洲縣武丘鄉半塘壽聖寺沙門善繼，旹年四十二歲，前于丙午至正二十六年仲秋書畢，爲大軍到來，失去本經一卷，缺少欠圓，再於戊申洪武元年仲秋書寫完成，功德答報四恩，資勛三有法界有情同圓種智者。旹洪武仲秋五日，於二十二都余家茆菴幻修處重書題。』

道元　一首

劒石歌爲趙孟鴻作

海榴花邊古劒石，突兀中庭人不識。自從天地剖裂時，女媧煉此青銅碧。夜深紫炁射南斗，日出寒光通北極。我來愛此細摩挲，雲生傾耳苔封脊。初疑夜宴鴻門舞，舞罷酒闌還置此。龍爭虎戰知幾秋，曾輔劉郎作天子。又疑佩之渡延平，腰懸秋水寒波腥。風雷一夕便飛去，恐爾卽是蒼蛟精。古來神物世莫測，誰家所失君家得。傳聞來自劒門關，尚帶瞿塘三峽色。君家文彩動人世，元非將種聲輝赫。何當拂拭奉明主，勿斬忠臣斬奸賊。南宮老大拜其側。

道元，名口信，浙江人。洪武初，住無錫南禪寺，又住北禪寺。

法誠　一首

獻高皇帝〔一〕

賊寇臨京口，王師〔二〕出海邊。四方喧動地，萬姓獨瞻天。笳鼓驚栖鴈，旌旗耀戰船。生擒五千士，齊唱凱歌旋〔三〕。

【校記】

〔一〕此首又見京口三山志卷二、無夢園初集干集三。

〔二〕王師：無夢園初集作『玉師』。

〔三〕旋：無夢園初集作『還』。

法誠，名守戒。行高能文。太祖嘗駐蹕北固山鳳凰池上，召見耆儒丁拱熙等，有守法、守業、守誠之諭，適僧名守戒者，賦詩以獻，上覽僧名，大喜。廬陵王臣有鳳凰池詩云：『山雲欲到龍初起，池水空清鳳未還。』一時傳誦。

志西 十一首

登靈巖

巖巖古靈巖，迥然羣峰上。雙虎赴琅函，青蛇鬬榛莽。克〔一〕腸尋幽松，洗鉢汲清澗。流泉鳴瑤琴，何用聽方響。古今簪纓遊，爲愛此幽敞。愧乏湯休才，效顰屬瞻仰。指顧翠微間，歷覽愜清賞。翻思仁知人，水山是斯尚。感佩三衢翁，令我得芳賞。暫憩巖下扃，洒肰絶惆悵。

【校記】

〔一〕克：當作『充』。

又絶句十首〔一〕

長林翠擁萬峰來，使我遊人悅眼開。直上方山最高處，撥青雲外望三台。

矗矗峰巒鳥道斜，林深泉沘絶囂譁。鏡池幾度隨人到，坐看青陰滴翠華。

半天削壁聳方山，石室蕭肰杳靄間。惟有禪家得眞趣，長年清伴白雲閒。

峰巒樵徑曲如腸，指點青齊看下房。最愛巖前摩頂樹，千秊偃蓋挺孤芳。

山色連天翠黛迷，萬峰鍾秀古招提。茅房白晝松蘿翳，芳蔭滿庭鶯亂啼。

奇山黛抹四圍屏，古木危稍夾道森。方丈老僧多意氣，千株松下兩函經。

雲山深隱道人清，奇草幽花未識名。勝槩無窮吟不盡，倚闌門外看雲行。

路入烟霞石作梯，林深香自襲人衣。鳥啼花外山房靜，風啓閒門僧未歸〔二〕。

方山松鬱三冬翠，竹徑風多五月秋。嘯傲一聲清趣廓，三生彷彿記僧遊。

碧嶂青蘿上下緣，画圖一幅愛天肰。我來此地躭清賞，忘却江湖五味禪。

【校記】

〔一〕百城烟水卷二收第八首，題作『山房』。

〔二〕此句百城烟水作『風起開門僧未歸』。

志西，天順間住持靈巖山寺。與三衢徐憲副士弘友善。每登山，輒相倡和。徐詩云：『招提近泰岱，儼在兜率上。松瀑瀉巖阿，僧鐘度林莽。維時屬春深，閒花滿幽澗。風過草生香，雨歇泉留響。既託勝境幽，更愛山頭敞。而我吏隱人，心精恒馳仰。茲晨忽來遊，飄肰絶塵想。慨彼碌碌徒，虛名是崇尚。終歲勤於公，負此山泉賞。緬惟林下士，臨風倍惆悵。』又十絶云：『羣峰環繞送青來，一段天肰图畫開。四絶景爲天上冠，休論雪竇與天台。』『山靄霏微石逕斜，上方臺殿寂無譁。春深上有殘紅迹，知是優曇第幾華。』『青絶其如有此山，只疑蓬島在人間。偶因巡歷來登覽，偷得浮生半日閒。』『盤旋曲逕繞羊腸，歷盡重岡見上方。况是清和三四月，百花開偏滿林芳。』『疊巘層巒路欲迷，白雲深處是招提。停車日晚忘歸去，坐向林間聽鳥啼。』『四面山開翡翠屏，碧梧修竹兩森森。老禪定起推窻坐，自啓琅函謾誦經。』『甘露泉香徹底清，濟南郡誌著佳名。欲窮派脉來何處，更向蓬萊頂上行。」「攀蘿躡險上雲梯，香霧空濛欲染衣。林下晚來堪画處，方袍杖錫一僧歸。」「絕景亭荒淹歲月，般舟殿古幾春秋。老僧指點從容說，索我題詩紀勝遊。」「一宿山房信有緣，塵囂滌盡思飄肰。却慙身外牽纓冕，未得頻來試問禪。」

明僧弘秀集卷八終

明僧弘秀集卷九

虞山毛晉子晉父編

南　石　六十五首

勉習三經　并引〔一〕

洪武十一年，皇上以萬機之暇，愍念吾徒爲佛弟子鮮能精通教典，深究禪學，特頒睿旨，俾習般若心經金剛楞伽，晝則講演，夜則坐禪，務期曉達，豈非古佛應化而弘宗教者耶？臣僧文琇，誠慮吾徒不能仰承聖意，精勤習學，因說七偈以勉焉。

聖皇親受靈山記，手執金輪御萬方。詔諭僧徒令講習，䕺林頓覺有輝光。

印心莫讓楞伽妙，蕩相無如般若親。會得三經眞的旨，千紅萬紫一般春。

了知緣句非緣句，要識眞空本不空。轉得身來堪喫棒，却將消息與君通。

佛法淵源豈易窮，直須日夜痛施功。一朝覷破經頭意，鐵壁銀山有路通。

得旨須令見莫偏，禪非異教教猶禪。羣盲摸象言諸色，究竟何曾得象全。

注釋諸師各本宗，同中有異異中同。但當體取如來意，莫墮尋常死語中。

窮通教典與參禪，是大因緣非小緣。幸遇聖君能注意，吾徒何事不加鞭。

【校記】

〔一〕此組詩又見南石和尚語録卷四，補續高僧傳卷十四『南石文琇禪師傳』引初、末二首。

送萬壽忻侍者〔一〕

雨歇雲林清，風靜萬籟寂。盤膝坐終夜，幾智〔二〕俱已息。五更鐘動東方明，突然扣我山房扃。平生氣誼有相合，欲別眷眷難爲情。卷衣直上金陵去，落落襟懷絶塵慮。鳳凰臺上肆遐觀，護龍河頭扣玄旨。九重丹闕天下奇，樓臺金碧相交輝。鍾山秀色聳霄漢，長江東下如龍飛。我亦平生愛登賞，興來幾度携藤杖。病體衰羸不遂行，目送遊踪謾悽悵。豈不見會通侍者辭鳥窠，布毛吹起誠若何。烟熏日炙幾百載，清光照世何其多。

【校記】

〔一〕此首又見南石和尚語録卷三。

〔二〕幾智：南石和尚語録作『機智』。

賀益仲虛住江陰光孝〔一〕

妙喜中興臨濟宗，五世傑出熙怡翁。禪師既得親印可，何妨隨處揚眞宗。始從天峰啟窖室，青山陡覺囘春風。近携紙被入光孝，海邦緇素咸景從。揚水波濤滚舌底，應器隨根演眞理。慈雲普覆一雨施，艸木無情總忻喜。有時倒握黑竹篦，龍睛鶻眼那能窺。青天白日霹靂起，半夜海底金烏飛。棊盤石話喧天地，終古應知播無已。江城作偈展賀忱，一聲漁笛沙頭起。

【校記】

〔一〕此首又見南石和尚語録卷三。

禪牀歌[一]

我此禪床，不屬作造。非竹非木，非土非艸。了知無短無長，豈云有大有小。又非闊狹并高低，或坐或眠俱恰好。李白七寶奚須誇，魚容象牙安足道。誰能旋繞行一遭，孰敢當陽解掀倒。明珠產蚌免懷胎，暹公臭口徒勞開。道爲何物又誰證，却言斯是證道媒。歸宗雖則較些子，究竟依然費唇齒。縱饒放下便安穩，未放下時應不是。玉局仙翁尤更癡，要從人借四大爲。佛印剛認大千是，無相之相猶成疑。堪嗟幾多老凍儂，指出與我牀非同。非同却也亦非別，如水合水空合空。禪床禪牀竒復異，不堪比況曷思議。千七百祖從此來，三世諸佛從此去。禪牀禪床異復竒，人人盡有無少虧。曠大刧來不肎坐，自甘途路長驅馳。我今亦不向此坐，向此坐時誠不可。夜來展脚正酣眠，霹靂一聲驚夢破。

【校記】

〔一〕此首又見南石和尚語録卷三。

次韻松下一首荅蘗菴[一]

松頭一片月，正照松下經。披衣偶來翻，瓦爐栢烟青。長天露萬象，微風動幽聲。思議不可得，師曠焉解聽。十方空索索，豈獨心境并。馬師踏水潦，汾州詬慈明。俊鷹突雲日，鴈過瀟湘汀。

【校記】

〔一〕此首又見南石和尚語録卷三。

艸菴贈錢居士[一]

威音刧外一莖艸，縛成爲菴居更好。中間不窄亦不寬，規模非大元非小。石頭謾言含法界，已忘其小猶存大。縱云法界卽此菴，也是強將情傳會。逢人問道作何色，當門特地栽荊棘。堪笑南陽一國師，開眸走入華胥國。荒田不揀知何憑，萬里無處非惺惺。縱橫妙用解拈掇，依然尚守寒巖青。琴川有士志猛烈，見處超然與人別。丈六金身不用論，瓊樓玉殿何須說。明朗朗兮空寥寥，六窗洞廓無絲毫。千年銕樹產曇萼，石人驀地凌雲霄。趙州狗子無佛性，出語已知俱是臏。道有道無都掃除，滿盤更把青泥飣。于今此話休重提，飢來喫飯寒來衣。啣花百鳥絶消息，杜鵑啼在簷松枝。

【校記】

〔一〕此首又見南石和尚語録卷三。

次韻送妙藏主遊方後歸省慶壽獨菴和尚〔一〕

舉步踏着長安道，觸境逢緣無不妨〔二〕。睍睆鶯啼鐘阜松，聯拳鷺宿長洲艸。紅吐南薰葵正妖，青點西湖荷葉小。半字滿字莫能詮，萬里碧天紅日杲。北山恁麼爲提持，無端累汝成不了。如欲了，歸把老禪急推倒。

【校記】

〔一〕此首又見南石和尚語録卷三。

〔二〕妨：南石和尚語録作「妙」。

錢氏廉貞刊圓覺疏板薦父母，請題其後〔一〕

大圓覺海元澄寂，諸佛衆生不可得。曼殊平地起波濤，薄伽未免成狼藉。如來本起曾無因，况知無我兼無人。四病既離三觀泯，大千何處求纖塵。圭峰老禪太饒舌，無分別中恣分別。以疏註經鈔註疏，炎炎六月飄霜雪。艸菴居士龎蘊流，圓覺妙義曾研求。臨終了了心不亂，出生入死何優游。其女孝思尤莫測，經疏命工重板刻。天長地久永流通，用酬生育劬勞德。佛華說偈聊稱揚，謗沉無礙譽金黄。森羅萬象齊起舞，笑倒階前石敢當。

【校記】

〔一〕此首又見南石和尚語録卷二。

示春藏主〔一〕

道人蚤歲來姑蘇，曾侍佛華北山裏。機先曾不待三呼，諸佛頓空無自己。柴瓣颺下鍾阜顛，神機出没何超然。俊鶻翱戾碧漢，驊騮騰踏衝飛烟。凌霄峰頂重相見，那論日面與月面。明窓一榻艸爲茵，飯有黄粱蔬有莧。要識淡中滋味長，好思神鼎并法昌。艸屋瓻酒尚誇詫，豈有千倉及萬箱。媿我未能行古道，賴子符合雅爲好。相與扶持濟北宗，千古清風彌浩浩。有時拈起黑竹篦，具摩醯眼那能窺。電光影裏驀掣去，峰頂他年恣設施。

【校記】

〔一〕此首又見南石和尚語録卷二。題中「主」原誤作「王」，據南石和尚語録改。

洪武壬子夏，予居虎丘，記司山中諸名勝，咸以偈見賀，遂成一首奉答〔一〕

海湧峰前一笑間，當機覿面不相謾。仰山夢裏神通妙，積翠胸中藻思寬。拈起布毛明體用，掀翻藏海絶波瀾。幾多鐵眼銅睛漢，一曲陽春和總難。

【校記】

〔一〕此首又見南石和尚語録卷二。

送年藏主省母〔一〕

汀蒲過雨緑芽抽，慈母年來況白頭。本是出家宜割愛，那堪逢景却生愁。負薪底用依靈老〔二〕，捆屨何須效睦州。撒手到家無物獻，劬勞恩德一時酬。

【校記】

〔一〕此首又見南石和尚語録卷三。

〔二〕靈老：南石和尚語録作「盧老」。

賀蘧菴和尚住北禪〔一〕

宿承願力擅多聞，蚤悟天台觀行門。千聖頂中施斧鑿，一毛頭上立乾坤。硎山糞火煨黄獨，金殿茶甌對至尊。此日北禪開法席，定應四海象龍奔。

【校記】

〔一〕此首又見南石和尚語録卷三。

借全室和尚韻，悼華嚴瑩中和尚〔一〕

見得分明没點虧，也應只有弟兄知。山塘路上同行處，水竹軒中一笑時。不特泥牛還汗下，直教石女亦心悲。莫言此話無分付，萬象森羅解受持。

【校記】

〔一〕此首又見南石和尚語録卷三，原爲二首。

次韻寄定山貞松石〔一〕

八月秋高月滿空，西來消息與誰通。蛇生繩上還因識，幡動竿頭不是風。能所量忘知見泯，離微根極是非融。松間宴坐蒲團穩，信是超然世少同。

【校記】

〔一〕此首又見南石和尚語録卷三，原爲二首。

寄一舟和尚時退天寧，歸普照〔一〕

老禪出處曷優游，只爲從來有一舟。上載便須教下載，入流終不肯隨流。夔公桂棹呈還舞，誠老絲綸擲又收。且喜衆生今度盡，依然歸泊古灘頭。

【校記】

〔一〕此首又見南石和尚語録卷三。

月波軒〔一〕

只爲軒當湖上居，蟾來豈待夜深時。觸瀾不散非爲妙，穿水無痕未是奇。投子酬僧殊特達，南泉拂袖涉狐疑。直教光境俱亡了，方與曹溪話合宜。

【校記】

〔一〕此首又見南石和尚語録卷三。

寄徑山敬中和尚〔一〕

昔同承聘入皇都，騏驥駑駘曷共途。道業黄楊逢閏歲，神機驕將得靈符。爲人慣用山頭鯉，老我徒看屋上烏。聞道室中籌欲滿，其如才俊〔二〕正奔趨。

【校記】

〔一〕此首又見南石和尚語録卷三。

〔二〕後：原誤作『後』，據南石和尚語録改。

悼靈谷隨菴法兄〔一〕

妙明心印得眞傳，十載皇都闡化權。擊虎不施三尺箠，釣鰲時下一卷〔二〕攣。旋嵐遽偃陰涼樹，苦海俄翻般若船。牢落菆林秋日冷，希音誰復奏鵾絃。

【校記】

〔一〕此首又見南石和尚語録卷三。

〔二〕卷：南石和尚語録作『棬』。

次韻荅天封宻印宗和尚〔一〕

鍾阜山頭海湧峰，幾同連榻話先宗。宏機宻用難窺測，奕世眞傳克紹隆。路轉千盤單騎入，珠穿九曲一絲通。岩頭雪嶠鼇山店，合暨降旗在下風。

【校記】

〔一〕此首又見南石和尚語録卷三。

送銘首座之杭〔一〕

小玉聲中得路歸，揭翻藏海顯全提。不施一喝分賓主，脫略群機絶悟迷。丹鳳定應翔碧漢，蒼龍安肯困淤泥。春風西子湖頭路，白鳥雙雙度栁堤。

【校記】

〔一〕此首又見南石和尚語録卷三。

送琇維那〔一〕

維那名與我名同，正合全肩荷此宗。潦倒慚無圓照德，瓌奇似有法雲風。金槌颺下無諸佛，榔栗橫擔入萬峰。拈却三玄與三要，曉庭雨歇石榴紅。

【校記】

〔一〕此首又見南石和尚語録卷三。

悼清塵外菴主〔一〕

憶與交遊三十年，幾回松下夜牀連。掃空五教無餘法，擘破三玄作兩邊。忽爾郭郎絲線斷，依然竇八布衫穿。從教破屋隨紅燄，留得莖茅翠拂天。

【校記】

〔一〕此首又見南石和尚語録卷三。

謝傅復初醫士〔一〕

老去偏多疾病侵，扶持衰幻曷堪任。祛寒必藉綿州附，養胃還須上黨參。思邈豈無援世術，毘耶徒有利生心。朝來起坐渾如舊，寫罷伽陀復自吟。

【校記】

〔一〕此首又見南石和尚語録卷三。

送述侍者〔一〕

列祖傳持只此心，洞然無古亦無今。花明栁碧非他物，燕語鶯啼盡正音。原夢度茶安可及，敲牀示客却堪任。大鵬展翅九萬里，孰謂南冥烟水深。

【校記】

〔一〕此首又見南石和尚語録卷三。

送善藏主〔一〕

雞唱闌干鶱轉身，踏翻藏海起紅塵。層霄飛舞九苞鳳，天岸奔騰五色麟。得處既能無向背，用時應不有疎親。故園歸去秋光好，桂子飃香菊蕋新。

【校記】

〔一〕此首又見南石和尚語録卷三。

寄佛幻法兄和尚〔一〕

慙愧交承主逕山，羡兄高致莫能攀。清風浩浩南堂遠，古道悠悠積翠還。禪病不談機自峻，慈顔無改髩從斑。佛華近亦歸東院，天地能容二老閑。

【校記】

〔一〕此首又見南石和尚語録卷三。

次韻荅前因聖玉坡禪師〔一〕

霅溪深處掃閑扉，祖佛無心更欲爲。離相本來還離性，無禪畢竟亦無師。虛檐竹動風生處，遠嶺雲開月上時。萬象熾然常演說，山翁那用折松枝。

【校記】

〔一〕此首又見南石和尚語録卷三。

示初侍者〔一〕

布毛初舉起，閃電孰能追。擬議還成礙，思量更涉疑。龍潭滅燭處，德嶠揭簾時。一擲他方外，澄〔二〕籠展笑眉。

【校記】

〔一〕此首又見南石和尚語録卷三。

〔二〕澄：南石和尚語録作「燈」。

示俊侍者〔一〕

扇破索犀牛，鹽官匪善謀。當機能脱略，隨處得風流。覓火清波底，捎鯨碧樹頭。北山雖強項，亦爲爾掀眸。

【校記】

〔一〕此首又見南石和尚語録卷三。

爲道日損次普慶振此宗韻〔一〕

飢飡冷著衣，應用但隨時。禪已無心坐，經何有意持。春光從自去，逝水任東之。誰謂千年教，危如九鼎絲。

【校記】

〔一〕此首又見南石和尚語録卷三。

贈圓藏主〔一〕

點〔二〕酬僧問字，大藏寔難詮。懵懂焉承領，聰明曷受傳。毋添眼裏屑，好種耳中田。逈出威音外，秋空夜月圓。

【校記】

〔一〕此首又見南石和尚語録卷三。

〔二〕點：南石和尚語録作『默』。

訪佳仲行〔一〕

鹿飲泉頭老作家，如何不肯上龍華。我來相見無言説，問訊燒香便喫茶。

【校記】

〔一〕此首又見南石和尚語録卷四，題中『佳』，南石和尚語録作『隹』。

贈虎丘喜藏主〔一〕

毘盧閣下鬼仙詩，四海禪流切要知。看盡元來惟一句，若言一句早成疑。

【校記】

〔一〕此首又見南石和尚語録卷四，原爲二首。

病中寄奂天章并諸名勝〔一〕

身本是空誰愛〔二〕病，病無身受病還空。此時無處存知解，隔岸斜陽映水紅。

【校記】

〔一〕此首又見南石和尚語録卷四，原爲三首。

〔二〕愛：南石和尚語録作『受』。

看花示楊月軒〔一〕

偶來東院一凭闌，紅白花開錦綉團。最愛南泉好言語，時人只作夢中看。

【校記】

〔一〕此首又見南石和尚語録卷四。

寄盈藏主〔一〕

海雲道人到江上，夜話知兄在海雲。却是八年前會處，眞如松下日初曛。

【校記】

〔一〕此首又見南石和尚語録卷四。

寄靈源講主〔一〕

七軸靈文一篆烟，閑房消盡世間緣。夜深燈暗鼠虫出，翻落茶瓢卧榻前。

【校記】

〔一〕此首又見南石和尚語録卷四，原爲二首。

江居自述寄元一宗〔一〕

平生癡鈍百無能，結得茅茨在釣汀。接脚柴牀楡木枕，夜多一覺到天明。

【校記】

〔一〕此首又見南石和尚語録卷四。

江居雜言〔一〕

閑齋獨掩晝沉沉，碧色浮階蘚暈侵。一住江臯今十載，世間誰識道人心。
壁粘祖偈風吹落，簷罥蛛絲雨打開。滿逕緑陰花落盡，門前百鳥不曾來。
一室寥寥秋夜長，悠然獨坐破柴牀。明明有句道不出，江月松風自舉揚。

【校記】

〔一〕此組詩又見南石和尚語録卷四，原爲六首。

次韻荅蘗菴〔一〕

小軒叢竹大江湄，雨足春深笋蕨肥。五彩雲從天外至，一雙鶴向樹頭歸。

【校記】

〔一〕此首又見南石和尚語録卷四。

次韻荅法性海留別〔一〕

坐對圍爐撥冷灰，一聲鴻鴈海邊來。此中不與同人遇，謾把柴門竟夜開。

【校記】

〔一〕此首又見南石和尚語録卷四。

寄慶壽獨菴法兄〔一〕

丁家寺裏話分携，恰恰黄鶯梆外啼。屈指數來今十載，鬢霜應重似當時。
弟子編成淨土詩，三千里外寄江湄。聲槌普請師僧看，燁燁虹光射布衣。

秋來吳水不勝清，雲淨燕山月更明。若謂弟兄心不間〔二〕，也知猶未出常情。

【校記】

〔一〕此組詩又見南石和尚語録卷四，原爲四首。

〔二〕間：南石和尚語録作『問』。

笑菴贈羅覺悟〔一〕

一見花枝便破顏，飲光眞是管窺斑。爭如兀坐茅簷下，百鳥不來春晝閑。

【校記】

〔一〕此首又見南石和尚語録卷四。

化長明燈〔一〕

一椀燈然古佛堂，長年粲粲復煌煌。雖然本自無昏昧，也要當人共發揚。

【校記】

〔一〕此首又見南石和尚語録卷四。

送皎禧二禪人禮峨眉〔一〕

峩眉翠掃雨餘天，赤脚波斯鼻孔穿。更待象王雲裏現，依然墮在髑髏前。

【校記】

〔一〕此首又見南石和尚語録卷四。

送虎丘南侍者之靈谷〔一〕

小玉聲中得指南，不虛親見老雲岩。明朝拂袖鍾山去，千里東風一布帆。

【校記】

〔一〕此首又見南石和尚語録卷四。

析蘧菴和尚偈示吳淨完居士〔一〕

念到心空佛亦忘，更無餘事可思量。柴牀睡覺東方曉，紅日暉暉照竹房。

【校記】

〔一〕此首又見南石和尚語録卷四。

病中偶成〔一〕

病裏逢人口嬾開，床頭木枕不曾推。銚烹山茗鑪然栢，童子應門接往來。

【校記】

〔一〕此首又見南石和尚語録卷四。

寄陸覺海〔一〕

蚤結長期限已圓，住行坐卧揔爲禪。春風二月婁江上，楊栁絲絲盡帶烟。

【校記】

〔一〕此首又見南石和尚語録卷四。

次韻荅前薦嚴宗竺源〔一〕

閑房一榻古城陰，曲几團蒲識此心。名落乾坤今古重，趙州元只住觀音。

【校記】

〔一〕此首又見南石和尚語録卷四。

南石，名文琇，崑山李氏子。出家紹隆院，嗣法于虎丘行中仁禪師。洪武五年，居虎丘，有『海湧峰前一笑間』之句荅山中法侶。後住普門，有語録二幅。十一年，被旨習心經金剛楞伽，晝則講演，夜則坐禪，有勉習三經七偈，又注釋楞伽若干卷。十二年，住靈岩報國永祚禪寺，有語録一卷。每遇熙怡忌日，必頂禮拈香説偈。熙怡卽行中仁公別號，蓋不忘所自也。永樂初，詔天下儒釋道流深通文義者纂修大典，師應詔而起，三年書完，又同修報恩大齋會。七年，住持逕山興聖萬壽禪寺，門人復初廷瑮輯語録一卷。又有頌古二十四首，舉古一十四則，拈古一十三則，佛祖讃一卷，偈頌三卷，門人良玓輩編次。又有續傳燈録。一雨翁贈詩云：『緇袍如水赴瑶京，愛子相過雙眼明。豈有文章追李杜，敢言傳習到台衡。青燈夜雨寒窓約，黄葉秋風故國情。見説生公還聚石，扁舟早繫闔閭城。』先輩稱師儒釋兼修，宗説俱通，負超卓之才，懷奇偉之器。

伯瑩　一首

寄姜楊二友貶所

秖爲情深恨別離，又聞北徙愈增悲。一千里外三人別，二十旬中兩地思。月冷吴淞鷗睡早，雲寒淮甸雁來遲。行看早晚天書下，還共西窓夜賦詩。

伯瑩，名文琇，姑蘇人，住持徑山萬壽寺。有杜經歷以銀窖寄寺中，未幾，經歷死，訪其子，還之。南石禪師有詩贈之云：『維那名與我名同，正合全肩荷此宗。』尾句云：『拈却三玄與三要，曉庭雨歇石榴紅。』蓋指伯瑩也。因同名，或誤此詩爲南石作。

無爲 八首

赤烏碑〔一〕

佛法闡兮重玄，國江東兮紀年。翠壁立兮高碣，瞰波濤兮硉矹。龜龍剝兮皇象書，千載一日兮傳赤烏。

【校記】

〔一〕此首又見元詩紀事卷三四、（正德）松江府志卷二一。

陳檜〔一〕

雙檜兮蒼蒼，藝重玄兮禎明（叶芒）。蛟龍樛兮偃蹇，接葉蕤兮翔鳳凰。皎璚樹兮璧月夜流，望臨春兮使我心憂。

【校記】

〔一〕此首又見元詩紀事卷三四、（正德）松江府志卷二一。

鰕子禪〔一〕

若有人兮慧如癡，啖生鮮兮俗見嗤。日而出兮莫而歸，亡寒暑兮亡渴飢。鰕既化兮鰕活而飛，千秋萬歲兮人是非。

【校記】

〔一〕此首又見元詩紀事卷二四。

講經臺〔一〕

有美人兮滬之渚〔二〕，徙神宮兮在蘆野（叶序）。築高臺兮壘土，天花繽兮如雨。倏奄没兮谷成陵，蹇予之仍兮績以〔三〕成。

【校記】

〔一〕此首又見元詩紀事卷二四、（正德）松江府志卷二一。

〔二〕此句（正德）松江府志作「若有人兮滬之渚」。

〔三〕以：元詩紀事作「乃」。

滬瀆壘〔一〕

築滬兮防海（叶喜），蘆〔二〕之東兮滬之水。崧潭兮千烁，故壘岩岩兮枕江之流。風凄凄兮竹蕭蕭〔三〕。

【校記】

〔一〕此首又見元詩紀事卷二四、（正德）松江府志卷二一。

〔二〕「蘆」前（正德）松江府志有「剖」字。

〔三〕元詩紀事引此詩，此處注有「叶颼」二字。

湧泉〔一〕

坤之機兮下旋〔二〕，湧吾水兮泡漩。一氣孔神兮無爲自然，吁嗟泉兮何千萬年。

【校記】

〔一〕此首又見元詩紀事卷二四、（正德）松江府志卷二一。

〔二〕旋：（正德）松江府志作「漩」。

蘆子渡〔一〕

蘆瑟瑟兮水溶溶，望美人兮袁之崧。雁嚦嚦兮心忡忡，眺東城兮江之中。吾將踏葦兮歌清風。

【校記】

〔一〕此首又見元詩紀事卷二四、（正德）松江府志卷二一。

綠雲洞〔一〕

萬樾兮森森，雲承宇兮陰陰。洞有屋兮雲無心，我坐石兮鼓瑤琹〔二〕。耶〔三〕之溪兮華之嵓（叶今），雲之逝兮吾將曷尋。

【校記】

〔一〕此首又見元詩紀事卷二四、（正德）松江府志卷二一。

〔二〕琹：（正德）松江府志作「岑」。

〔三〕耶：（正德）松江府志作「邪」。

無爲，名壽寧，號一菴，上海人。以古調詩名東南，主靜安寺，有八詠，同詠者二十人，宣城貢玩齋，遂昌鄭明德，饒州韓璧翁，晉陽唐文昌，會稽馬本勁，吳興錢孟安，華亭余景晨，曲江錢思復，廣陵成元章，廬陵張光弼，延陵吳敬夫，澄江孫大雅、趙宗弁、席帽山人、王原吉、山居道人、楊元誠，同邑顧九文、陸養正、張敬齋，同衣一初仁公、古春蘭公，皆一時人龍文虎，手編一帙，東維叟爲之叙。又爲綠雲洞志云：『淞東北去九十里支邑爲上海，邑之陰古伽藍曰靜安，建自孫吳赤烏年，古蹟有七，曰吳碑、陳檜、滬壘、湧泉、蝦禪、土臺、蘆花村。今主僧寧治丈室，兩旁雜植檜竹桐柏，積十年而所植林立，交菁錯翠，如蔚藍天。又自號曰「綠雲洞」，洞以續古，爲八詠成，持以見東維叟，乞一言以序其首。』吾聞漢殿有三雲，唐詩人有梨花雲，類皆託名於雲者，師之丈室亦託於雲者耶？是雲也非浮煙幻影，突立人境而脱去刧灰寇斧，如在弱水三萬外。非師之福德雲耶？彼引領歔欷於嵩山之南，卒不獲逭，占氣於蹲狗走鹿而訖保身，師之『綠雲』謂福德非耶？吁！如彼慈雲蔭浮世界，此佛祇心也。師能爲我叩瑕癡，衲海萌生亾聊，不翅涸地，縞帶食者哽咽而吐，亦可再甦以還負版否？更爲我釃酒海濤，弔虞將軍哀海者二十年，盪覆我邊堧水仙而去五百人，果無再聚洲島如田客者否？師曰：『吾靜者也，烏知許事？』乃取洞雲琹歌洞雲操曰：『火流空兮折荊枝，塵漲天兮篷不可支。依我洞兮綠下垂，絙我綠綺兮青霞。以爲辭華山兮希夷，吾與汝兮來歸。』一時傳誦八詠，不愧銕門。余尤喜一初七絶，字字可誦。赤烏碑云：『愛尋碣石訪重玄，三國遺文已邈然。翻憶中郎黄絹字，夕陽江上浪滔天。』陳檜云：『吳楓楚柳逐煙空，陳檜依然護梵宫。可惜禎明歌舞地，後庭無樹著秋風。』蝦子禪云：『杖藜何處問蝦禪，廻首胥村鎖莫煙。一曲漁歌秋浦外，腥風吹滿渡頭船。』講經臺云：『乞食歸來坐暝鴉，譚經每到白牛車。東風柳絮吹晴雪，猶想天宫酭寶花。』滬瀆壘云：『隆安疆土已瓜分，猶擁孤軍戍海濱。悵望忠魂招不返，斷鴻啼雨入秋雲。』湧泉云：『雲濤湧地濺璚林，誰鑿靈湫海眼深。百斛明珠收不得，月明涼夜聽龍吟。』蘆子渡云：『百里晴沙江水長，蘆花風起碧天涼。客舟曾泊西城下，滿地砧聲兩岸霜。』綠雲洞云：『綠雲尊者綠雲堆，十畝清陰護紫苔。彈徹松風琹一曲，華陽峰頂寉飛來。』惜夢觀集中逸去，因附載于此。

古春 三十六首

題張賓暘林岫卷

面面書窗面面山，層軒長在画圖間。千重翠黛環城郭，兩點青螺列髻鬟。靜裡相看渾不厭，興來獨往每忘還。塵中世事誰長在，檻外鶯啼春自閒。

赤烏碑〔一〕

紫髯奮江左，建業開宏圖。赤髭入吳會，重玄啓浮屠。鼎足久矣折，石年猶赤烏。雄文没淵底，照耀驪龍珠。

【校記】

〔一〕此首又見列朝詩集閏集卷二、（正德）松江府志卷二一。

蘆子渡〔一〕

我行蘆子渡，西風寒日斜。海城有遺堞，黃蘆吹白花。征鴻下荒渚，野烏依晴沙。逐彼天風去，一葦登海涯。

【校記】

〔一〕此首又見列朝詩集閏集卷二、四朝詩明詩卷三五五言古詩二十。

綠雲洞〔一〕

清風滿壺天，綠雲迷洞戶。竹日滿簾烌，松濤四簷雨。閒花落無聲，幽禽時自語。山中古秦民，不知今典午。

【校記】

〔一〕此首又見列朝詩集閏集卷二。

琴清爲胡若思教諭作〔一〕

微颸洒練衣，空庭夜寥泬。涼葉生露華，澄江上新月。冲襟澹無營，孤桐絃白雪。天秋萬籟鳴，霜清百泉咽。冥鴻度湘雲，威鳳出丹穴。至音聽者稀，幽思自超越。悵然一長吟，烏啼漏聲徹。

【校記】

〔一〕此首又見古今禪藻集卷十八、四朝詩明詩卷三五五言古詩二十、明詩綜卷九十。

寄前寶林相本空〔一〕

飛雲度江去，瓊林化爲棘。山空流水間，而我繼斯席。松低鶴無巢，苔深虎留迹。蒼烟莽成虛，烏啼四山寂。緬懷行道彰，尚遺點頭石。花落春雨餘，幽逕望行屐。

【校記】

〔一〕此首又見古今禪藻集卷十八、列朝詩集閏集卷二。

山中讀書圖爲劉仲言作〔一〕

金門有名士，奉使東吳境。鶴亭一相逢，秋水雙瞳炯。雲在山中時，讀書晝〔二〕方永。微言浩難窮，妙理默自領。流泉和松風，疎簾度花影。所貴惜分陰，唯學務三省。悠悠聖賢心，克念斯可景。矯首懷故居，白雲在峰頂。

【校記】

〔一〕此首又見古今禪藻集卷十八。

〔二〕畫：古今禪藻集作「晝」。

次韻送陽峰瀚南溟法師〔一〕

我聞仙居好，更愛陽峰名。峰頭路十里，峰下田一成。深林多古樹，冬夏常青青。花明鳥偏樂，境靜犬不驚。南溟僧義虎，道泰心自寧。委蛇泉石辛，廓落湖海情。神襟秋水淨，富貴浮雲輕。觀光上京國，一錫東南征。長干龍象地，花雨從天零。飄然回故里，恐寒鷗鷺盟。江光相晻映，山色如逢迎。臨池寫新作，詞源三峽傾。松花堪作供，竹萌可爲羹。餘香溢齒頰，夢寐心亦清。西湖一相見，爾我方識荊。長大好風月，滌慮同細評。

【校記】

〔一〕此首又見古今禪藻集卷十八。

錢克敬雪石軒〔一〕

錦山一片石，太始雪猶凍。春風吹不消，曉靄欲浮動。秀出蛾眉尖，影落羅浮夢。勁骨梅花清，古色莓苔重。積銕信愈堅，抱玉羞自貢。煉作五色雲，將期補天空。

【校記】

〔一〕此首又見古今禪藻集卷十八。

醉琴卷〔一〕

碧香非所嗜，緑綺能醉心。冷然〔二〕萬籟作，中有太古音。妙彈不須指，趣在山水深。淸風動寥廓，白月流中林。子期如可遇，鑄以千黃金。

【校記】

〔一〕此首又見古今禪藻集卷十八。

〔二〕冷然：古今禪藻集作「泠然」。

張無爲画秋原晚趣爲陳主事作〔一〕

艸木變黃落，青山慰遲莫。斜日下晴川，歸雲翳高樹。石田秋雨餘，茅屋溪深處。過橋一行吟，悠然得眞趣。

【校記】

〔一〕此首又見古今禪藻集卷十八。

三笑圖〔一〕

天子臨潯陽，遠公不出山。胡爲遇陶陸，過溪開笑顏。匡廬高九疊，峻絶不可攀。画圖寫遺像，清風滿塵寰。

【校記】

〔一〕此首又見古今禪藻集卷十八、列朝詩集閏集卷二、題畫詩卷二七故實類。

秋江送別〔一〕

江栁不堪折，江花照眼明。天將雁孤〔二〕遠，風送一帆輕。紅樹宜秋色，黃蘆雜雨聲。吳雲半千里，如在月中行。

【校記】

〔一〕此首又見古今禪藻集卷二二、列朝詩集閏集卷二、四朝詩明詩卷六六五言律詩十七。

〔二〕雁孤：古今禪藻集、列朝詩集、四朝詩作「孤雁」。

黄鶴山人墨竹〔一〕

水竹共清妍，鮮飇動渭川。鷓鴣啼楚雨，帝子泣湘烟。秋意生簾幕，寒光照簡編。百年空見画，黄鶴已成仙。

【校記】

〔一〕此首又見古今禪藻集卷二三、列朝詩集閏集卷二。

送進古道住廬山萬杉〔一〕

雙劒倚青冥，雲開九叠屏。清猨啼野樹，馴虎衛巖扃。瀑吼飛晴雪，江空落夜星。雨花紛委處，揮麈晝談經。

【校記】

〔一〕此首又見古今禪藻集卷二三、列朝詩集閏集卷二、四朝詩明詩卷六六五言律詩十七。

送曹應則歸省〔一〕

壯志欲飛騰，扶搖北海鵬。雙親俱未老，一弟已爲僧。遠水浮春棹，虚窓坐夜燈。明朝望鄉國，遥指白雲層。

【校記】

〔一〕此首又見古今禪藻集卷二三、列朝詩集閏集卷二。

送述曇緒住全福〔一〕

憶過周溪上，黄蘆夜泊船。張燈留晚飯，掃榻假秋眠。天漢無雙月，風平又五年。羅雲多遠裔，今古見才賢。

【校記】

〔一〕此首又見古今禪藻集卷二三、列朝詩集閏集卷二。

送謙巽中住艸堂梵安〔一〕

萬里橋西路，百花潭上居。涼風生錦樹，曉雨浥紅蕖。好著詒謀鈔，重論止觀書。扁舟時有便，來往問何如。

【校記】

〔一〕此首又見古今禪藻集卷二三、列朝詩集閏集卷二。

張句曲小景〔一〕

句曲有仙居，桃源景不如。樹根曾〔二〕繫艇，石室舊藏書。溪晚秋波淨，嵐晴宿雨餘。何當問眞隱，松下坐茅蘆〔三〕。

【校記】

〔一〕此首又見古今禪藻集卷二三、列朝詩集閏集卷二、四朝詩明詩卷六六五言律詩十七。

〔二〕曾：古今禪藻集作「會」。

〔三〕茅蘆：古今禪藻集、列朝詩集、四朝詩作「茅廬」。

曉　發〔一〕

春風〔二〕卷雨曉雲收，兩岸雞聲送客舟。柔櫓不驚沙上雁，殘燈猶照驛邊樓。天連野水浮空闊，斗轉銀河拂地流。遙望吳城何處是，青山數點落長洲。

【校記】

〔一〕此首又見古今禪藻集卷二四、列朝詩集閏集卷二、四朝詩明詩卷九十七言律詩二十三、明詩綜卷九十、靜志居詩話卷二三。

〔二〕春風：古今禪藻集、列朝詩集、四朝詩、明詩綜、靜志居詩話作「東風」。

琴月軒爲閔東魯作〔一〕

玉壺清露洗乾坤，手拂絲桐月到門。春蝶夢殘疑白晝，秋鴻飛盡又黄昏。魄沉相氷〔二〕終晢怨，影落梅花欲斷魂。喜有鸞膠能續響，廣寒歌舞不堪論。

【校記】

〔一〕此首又見古今禪藻集卷二四。

〔二〕相氷：古今禪藻集作「湘水」。

爲蔡用強題石城山房〔一〕

石城環繞讀書房，竹色松陰覆短墻。半塢白雲行路斷，一溪流水落花香。陽坡牧馬餘春艸，秋閣然藜取夜光。俊逸盡隨徵詔起，秖畱猨鶴共徜徉。

【校記】

〔一〕此首又見古今禪藻集卷二四。

送王希説還姚江和南仲法師韵〔一〕

吴越雲山兩地情，暮年相見五茸城。人民已覺今非昔，骨肉難忘弟與兄。秋水半陂蓴菜美，凉風千里葛衣輕。明朝又作東西别，柔櫓聲聲郴外鳴。

【校記】

〔一〕此首又見古今禪藻集卷二四。

題　梅〔一〕

羅浮仙子雪爲顔，一笑相逢大樹間。淡抹長烟拖素練，瘦横落日寫清湾。玉龍吹徹腸空斷，翠羽啼來夢忽還。彷彿花光三昧手，嫩寒清曉到孤山。

【校記】

〔一〕此首又見古今禪藻集卷二四。

題　竹〔一〕

一夜竹窓雨，秋聲入夢聞。都將枝上淚，灑徧九疑雲。

【校記】

〔一〕此首又見古今禪藻集卷二六、列朝詩集閏集卷二、四朝詩明詩卷一百五言絶句五、題畫詩卷七七蘭竹類。

題　画〔一〕

扁舟出剡溪，晴雪白如曉。一時乘興來，何須見安道。

【校記】

〔一〕此首又見古今禪藻集卷二六。

雨澗牛〔一〕

溪岸野橋横，烏犍帶犢行。無人挂書讀，雨外候春耕。

【校記】

〔一〕此首又見古今禪藻集卷二六、列朝詩集閏集卷二、四朝詩明詩卷一百五言絶句五、佩文齋咏物詩選卷四百七牛類。

牧　牛〔一〕

平原芳草凄迷，放牛朝出東溪。長笛晚風三弄，短簑春雨一犁。

【校記】

〔一〕此首又見古今禪藻集卷二六。

洗　竹〔一〕

愛此幽軒叢竹，呼童洗出高枝。不愛霜欺□壓〔二〕，歲寒獨見清奇。

【校記】

〔一〕此首又見古今禪藻集卷二六。

〔二〕此句古今禪藻集作「不受霜欺雪壓」。

採　茶〔一〕

爲採雨前香茗，從教露濕靈箵。石鼎煎來自喫，胸中淨洗六經。

【校記】

〔一〕此首又見古今禪藻集卷二六。

題公子夜遊圖〔一〕

少年樂事不知勞，馬上回頭夜月高。寂寂柴門人望久，何爲風露滿征袍。

【校記】

〔一〕此首又見古今禪藻集卷二七。

陶潛賞菊〔一〕

陶令休官歸去來，不知山徑已蓬萊〔二〕。秫田釀熟柴桑酒，自有芳尊對菊開。

【校記】

〔一〕此首又見古今禪藻集卷二七。

〔二〕蓬萊：古今禪藻集作「蒿萊」。

題画〔一〕

漢陽城郭枕江開，黄鶴樓空鶴未回。有客善題鸚鵡賦，可憐黄祖不容才。

【校記】

〔一〕此首又見古今禪藻集卷二七。

和全室古村民韻〔一〕

古村民，古村居，古墻繚繞古屋廬。古木深處宅一區，古民待兔只守株。洎生〔二〕唯讀種樹書，標枝野鹿猶古初。教兒學圃手荷鉏，陶漁畊稼遵有虞。白頭懶步青雲衢，有袴不用歌無襦。山中酒熟雲滿壺，持觴勸客醉且扶。古村民，古村居。

【校記】

〔一〕此首又見古今禪藻集卷二十。

〔二〕洎生：古今禪藻集作「治生」。

雹珠泉爲劉丹厓作〔一〕

老蛟夜嚼陰山冰，冰花碎作玻瓈聲。函靈驚逃罔象走，一片青天落星斗。金谷緑城春已空，湘竹紅泪啼秋風。仙人剪冰不成雪，雹子纍纍水中結。照車十二何足多，昆明魚目騰秋波。烏乎！魏王千金購徑寸，竭海徧網珊瑚柯。珠兮珠兮奈若何。

【校記】

〔一〕此首又見古今禪藻集卷二十、列朝詩集閏集卷二、四朝詩明詩卷四九七言古詩十四。

題徐賁画〔一〕

遠人新卜錦城居，南埭鷄鳴曉趁虛。風攬落花簾半捲，燕泥吹汙讀殘書。

【校記】

〔一〕此首又見古今禪藻集卷二七。

古春，名如蘭，富春人。手編梦觀法師詩集。與梦觀產同里，幼同學，長同出家，又同參。梦觀有寄古春詩云：『惜别兩經年，衰容覺我先。遠居紅日下，悵望白雲邊。浙水迎潮鼓，稽山載月船。尺牋書易滿，離思更綿綿。』又有送蘭古春之延慶詩云：『大道久寥寞，玄關喜重開。皇風播祇苑，化雨潤枯荄。禪燈耿白日，講鼓鐘晴雷。佛光照幽瞑，雲漢方昭回。兩街列僧録，廣選超宗才。法師抱古學，鶚剡交相催。揚颿下淞海，天華滿空來。病客謌春令，臨風獨俳佪。昔聞碧雲鄔，屹若青蓮臺。勝境暫消歇，舊業行當恢。尚憑玉麈尾，一掃昆池灰。還京有官使，早寄春風梅。』讀二詩，則二公之妙契可想見矣。至正間，東維子嘗作送蘭仁二上人歸三竺序，蘭卽古春，仁卽梦觀也。其畧云：

『余在富春時，得山中兩生曰蘭曰仁，皆用世之才，授之以春秋經史學。兵興，潛于釋。』又云：『二子齒甚穉，志甚宿，學甚武，能以宗乘與吾聖典合兩爲一，以載諸行事，以俟昭代之太平。入國朝，果皆爲僧中義虎。』東維子可謂早具法眼。

懷海 五首

遊東山〔一〕

雨餘徐步碧苔新，老樹雲封認不眞。莫道東山大寥廓，年年不盡廣陵春。

【校記】

〔一〕此首又見石倉歷代詩選卷三六七明詩次集一。

煉丹臺〔一〕

白石蒼苔路不分，頳霞紫霧晝氤氳。爐中煙火渾無氣，都入蓬萊一片雲。

【校記】

〔一〕此首又見石倉歷代詩選卷三六七明詩次集一。

磨劒石〔一〕

江頭片石星霜老，古昔曾經礪太阿。可惜英雄收不得，年年風雨倩人磨。

【校記】

〔一〕此首又見石倉歷代詩選卷三六七明詩次集一。

仙女洞〔一〕

地骨鑿開雲屋冷，阿姑曾此絶風塵。自從月下鞭鸞去，瑤草空餘洞口春。

【校記】

〔一〕此首又見石倉歷代詩選卷三六七明詩次集一。

贈北澗和尚〔一〕

橘州骨冷不容呼，正始遺音掃地无。一代文章歸北澗，十年梵語落西湖。人皆去獻遼東豕，我獨來看屋上烏。春盡閉門無恙否，楊花飛作雪模糊。

【校記】

〔一〕此首又見列朝詩集閏集卷二、南屏浄慈寺志卷七著述。

懷海，通州人。

立中 一首

臘月大燒山頌呈淨慈祖芳師〔一〕

白雲迷却舊行踪，臘月燒山火正紅。再得慈風來扇發，冷氷氷處煖烘烘。

【校記】

〔一〕此首又見五燈會元續略卷二下、五燈嚴統卷二三、繼燈録卷五、祖庭嫡傳指南、武林梵志卷十一。

立中，名□成，錢塘女，北鄉孫氏子。母夢比丘荷錫求宿而生，香霧滿空，彌日不散。年十三，投鐵佛寺若山安公爲師受具，謁淨慈祖芳聯公請益，垂語『臘月火燒山』句，師卽呈頌云云，聯公深器重之，命入室侍香。解職歸建普明寺，退席復建慈光寺。正統辛酉六月三十日，上堂說偈云：『今年八十一，老病隨緣且遣日，今年記着後年事，後年記着今朝日。』至癸亥八十三。六月三十日，焚沐坐化。建塔于普明本師窣堵波之側。

鑑中 三首

送僧還四明〔一〕

遠移瓶錫到金陵〔二〕，又逐烋風過四明。白石清泉尋舊約，碧雲紅樹動離情。路從朱雀橋邉去，舟自丹陽郭裏行。惆悵客中頻送客，更堪踈柳暮蟬聲。

【校記】

〔一〕此首又見四朝詩元詩卷六十七言律詩十八、明詩綜卷九十、石倉歷代詩選卷三六七明詩次集一。

〔二〕到金陵：四朝詩、明詩綜、石倉歷代詩選作『秣陵城』。

竹深翁拜徵命奉贈〔一〕

花邉停奈馬，柳外聽啼鶯。曉度〔二〕丹陽郭，春遊建業城。

【校記】

〔一〕此首又見四朝詩元詩卷六七五言絶句二。

〔二〕度：四朝詩作『渡』。

寧國寺〔一〕

一到無塵境，相留靜話長。秋聲歸古木，月色滿空廊。嵐氣侵衣潤，溪泉漱齒涼。終期整瓶錫，來此掩閒房。

【校記】

〔一〕此首又見武林梵志卷六、（雍正）浙江通志卷二三七。鑑中，名智圓，錢塘人，住寶幢寺。與默菴恂公道契，嘗同遊海寧安國寺，默菴詩云『白雪高歌有寶幢』，指鑑中也。

古鼎 一首

南屏雨中〔一〕

五月雨聲連六月，南屏雲氣擁柴扉。林巒有穴山精出，巖谷無人石燕飛。詩句偶從行處得，家鄉多在〔二〕夢中歸。曉來杖策湖頭厺〔三〕，春水〔四〕溶溶沒釣磯。

【校記】

〔一〕此首又見古今禪藻集卷二四、四朝詩元詩卷六十七言律詩十八、元詩選二集卷二六、石倉歷代詩選卷二六六明詩初集八六、大雅集卷七、（雍正）浙江通志卷九。

〔二〕多在：古今禪藻集作『都在』。

〔三〕此句古今禪藻集、石倉歷代詩選作『朝來杖策溪南路』。

〔四〕春水：古今禪藻集、石倉歷代詩選作『新水』。

古鼎，名永彝，雲間人。與明州銘公同時同號。或傳仇童子見天神扛鼎爲師事，誤矣，詳見七卷銘公跋中。

月林 一首

贈琳座元回嘉禾漏澤寺

五髻山高奇更絶，湧殿飛樓人境別。白雲巖際宿層層，澗底泉聲鳴決決。上人揚錫扣我門，風月平分情更悦。山頭鯉躍井塵飛，窸窣機鋒如電掣。含暉亭上望晴川，欝欝蒼松挺寒節。明朝拂袖賦歸歟，嘉禾舊隱存高潔。

月林，名□鏡，武林人。童真出家，弱冠剃染，專意淨業。間叩名碩，俾叅本來人，有省偈曰：『本來人，本來人，無腦無頭〔一〕作麽尋？驀然揪着箇鼻孔，試勘元來是白丁。』碩見睨視曰：『可是師與一摑？』由是名振一時。出世住徑山，當第八十代。嘗見張公寧賛曰：『宓以舞鳳飛龍，五結青蓮于天目；靈鷄馴兔，一鑑光徹于祖師。地既曰〔二〕靈，天其有待。恭惟新命徑山堂上大和尚鏡公月林禪師，瑞芝三秀，古栢十圍，得正度於無傳，嗣妙法於東嶼。頃者五百間，清風淨掃，人望方歸；邇來三千年，優鉢猛開，王氣猶在。起龍瞑于下界，興象教於中衰。丞相開選佛塲，和尚悟出世法。乘流而行，遇徑而止。命當年國一，亦起于崐山；容首度坡仙，重游於方丈。凡吾方外之友，盡讃山中此郎。』正德乙卯歸寂，年八十六。塔凌霄峰之東崕。

【校記】

〔一〕無腦無頭：補續高僧傳卷十四本傳作『無胸無頭』。

〔二〕曰：補續高僧傳作『白』。

西　源　一首

題吳興淩都御史賜老堂

子承恩養父宣時，朝野咸呼世所稀。詔向九天雲裏去，人從三徑菊邊歸。開尊會客歡情洽，拄笏看山酒力微。節序定應遥拜闕，兒孫扶擁掛朝衣。

西源，名法湧，姑蘇人。出家杭州天竺，晚年退居吳城西之蘭舍，幽密自娱，屏絶世慮，日與吳越諸公詩筒往來，甫里趙宗文尤稱莫逆交。一日，詞人咸集，師出玉杯傳飲，杜東原誤碎之，殊不自安，師曰：『我法萬物有無常，此乃常也。』舉座稱快，盡醉而别。可想見其爲人，勿深論其詩可也。

信　源　一首

早春江陰留别朱徵士

江舘淹留已及旬，歸期悮過早梅春。庸才自媿非支遁，高誼何緣遇許詢。聽雨不教生旅思，論詩今喜接清芬。懸知别後山中去，明月清風想故人。

信源，名宗潮，澱山僧。爲人凝重有度，與福嚴寺僧景爕、太倉龍福寺僧妙觀俱有詩聲在宣正間，惜其詩罕傳。余因慨國初諸老，卽吳中半屬銷沉，況罕人僻壤耶？每存一詩，以傳其人，未敢評其工拙。

道權　一首

題遠趣樓

吳松嘉景歷難窮，盡在斯樓眺咏中。蒼雪遠峰青接漢，洞庭秋水碧涵空。閒居固有陶潛趣，隱德寧無魯望風。曾記雪灘乘艇過，窅傳漁唱落垂虹。

道權，名睿署，中吳人。工詩善琹。洪武間，贈尹山隆菩薩詩章盈軸，推師爲傑作。姚少師有訪道權上人宿城南詩云：『遠尋應不憚，況爾只同城。一榻留人處，孤燈照雨明。稿添新覓句，琹變舊彈聲。此夕諧歡笑，元非狥俗情。』

道遐　二首

郭璞墓〔一〕

青囊祕術久無聞，水際空傳郭璞墳。此日題詩因弔古，夕昜沙鳥自成群。

【校記】

〔一〕此首又見古今禪藻集卷二七、京口三山志卷五集詩三。

烟雨奇觀亭〔一〕

江頭烟雨晝溟濛，水色山光淡復濃。詞客倚闌看不厭，恍然身在画圖中。

【校記】

〔一〕此首又見古今禪藻集卷二七、京口三山志卷五集詩三。

道遐，姑熟人，雪軒成公弟子。宣德間右覺義，撰牛首佛窟記。垂老，結茆松間，養一寉，匿影不出。獨菴老人贈句云：『白雲林寉影，青靄磵松陰。』可謂道公一幅小影。

雲屋 六首

題幻住菴〔一〕

夾徑列杉竹，茅堂絶四隣。野僧秋不到，明月夜相親。林靜鳥窺室，泉清魚避人。何時離城市，來此寄吟身。

【校記】

〔一〕此首又見谷響集卷一、吴都文粹續集卷三一寺院、（正德）姑蘇志卷二九。

舟次吴江〔一〕

客路渺無際，崎嶇何日平。積烟迷遠樹，殘照下荒城。水宿先歸港，朝行暗計程。長橋知漸近，笳鼓隔林鳴。

【校記】

〔一〕此首又見古今禪藻集卷一六、谷響集卷一、四朝詩元詩卷四二五言律詩八、元詩選初集卷六七、吴都文粹續集卷二四山水。

車溪道中〔一〕

葦白茆黄溪水清，倚篷閒看浪鷗〔二〕輕。枝橋〔三〕横處人家小，修竹〔四〕叅天落照明。

【校記】

〔一〕此首又見古今禪藻集卷一七、谷響集卷三、吴都文粹續集卷三七市鎮墳墓、百城烟水卷四，原爲二首。

〔二〕鷗：谷響集作『漚』。

〔三〕枝橋：古今禪藻集等均作「板橋」。

〔四〕修竹：古今禪藻集等均作「脩竹」。

范蠡祠〔一〕

越國謀臣吳國讐，如何廟食此江頭。扁舟載得蛾眉後，却作〔二〕三江汗漫游。

【校記】

〔一〕此首又見古今禪藻集卷一七、谷響集卷二。

〔二〕作：谷響集作「在」。

張翰祠〔一〕

季鷹倦作東曹掾，千里思歸獨向東。鱸膾蓴羹暫時事，不知塵世幾秋風。

【校記】

〔一〕此首又見古今禪藻集卷一七、谷響集卷二。

陸龜蒙祠〔一〕

聞說松陵此度過，長虹偃蹇卧晴波。往來不見天隨子，落日西風有棹歌。

【校記】

〔一〕此首又見古今禪藻集卷一七、谷響集卷二。

雲屋，名善住，吴人。有谷響集。洪武初，重修幻住菴，題詩于壁間。其紀略云：『幻住菴，在閶門外雁蕩村。大德間中峰禪師初至吴，喜其地名與雁蕩山合，遂結草菴于此，趙孟頫名曰「栖雲」，其後别創精舍，名曰「幻住」。』

存拙 一首

過彭蠡湖舟中次韵簡見心師〔一〕

楊栁青青聞櫂歌，東風三月放船過。山浮空翠濕烟霧，江出大魚吹浪波。上疏無因繼嵩璉，論詩漫自擬陰何。同參不負凌霄約，清夢時時繞薜蘿。

【校記】

〔一〕此首又見古今禪藻集卷二四、江西詩徵卷八八釋子。

存拙，名希能，臨江人。

明僧弘秀集卷九終

明僧弘秀集卷十

虞山毛晉子晉父編

南洲　六十九首

丙子歲三月十日早朝賜松花謝恩

高松採得黃金粉，中使擎來白玉墀。服食正宜增萬壽，賜沾何幸到羣緇。光華春布乾坤大，氣味時涵雨露滋。似勝流肪能辟穀，講臺長日贊洪基。

欽和賜僧無念

金門賜座曉談玄，鶴髮童顏一老禪。袞袞波瀾生碧海，昭昭日月麗青天。鉢中每散隨龍雨，瓶內時留浴佛泉。朝罷從容歸梵刹，願同羣衲祝堯年。

欽和賜安南雲水僧初至會同

缾錫遙從海外來，喜瞻天府向天開。華夷萬國歸清化，文武千官屬異才。霽日曉臨公舍靜，明河夜遶客簷回。遠緇亦解函經祝，自起焚香掃石臺。

題江東橋（二）

西出都門見石橋，虎城千雉共岧嶢。浮黿曉渡江流穩，役鵲晴瞻漢影遙。華表月明清露濕，欄干日近彩雲飄。四方車騎多如雨，舉目應思答聖朝。

【校記】

〔一〕此首又見古今禪藻集卷二四、石倉歷代詩選卷三六六明詩初集八六。

欽和僧無念武昌歸隱

朝回重入舊溪山，山色溪聲杳靄間。傍水疎梅先得煖，倚岩枯木幾經寒。枝頭晝下黄猿老，花底晴眠白鹿閒。深荷聖明長護教，天書昨日到松關。

欽和修撰張顯宗嘉禾詩

屯戍營田鉅野蒼，嘉禾隨地獻奇祥。穎分新雨朝添色，花褪涼風晝送香。銍艾觀時叢皓首，函封進處絢銀章。懽騰中外咸稱賀，萬歲聲中永壽昌。

鴨淥江

鴨淥秋波徹底清，滔滔不盡古今情。降幡終見來平壤，受幘徒聞築小城。曉渡發船霜氣白，晴川飲馬雪花明。誰言此水爲天塹，鯨海無邊亦已平。

送坦達中住姚江化安〔一〕

深居亦矯俗，用世非我期。徘徊越壠坂，所重遭明時。商〔二〕飈薄江陼，蘭蕙幸未衰。爲言采芳者，何以遺所思。

【校記】

〔一〕此首又見四明山志卷二、卷八、南雷文定前後三四集南雷文定卷十一。南江詩文鈔詩鈔卷一節録後四句。

〔二〕商：南江詩文鈔作「南」。

延月詞爲嘉定南翔古知客作

明月出東嶺，寒光亘疎林。開軒欵明月，可用鑒我心。時秋月初望，虚白澄商金。夕雲淨纎翳，神宇重開陰。分輝及衆水，衆水有濁清。清濁自異觀，圓鑑無虧盈。咨余失内照，將因託平生。明月不遐棄，毋使西南傾。

贈築塘主簿史從軥分題得淦里潮聲

三江滙巨海，風水無時争。秋潦折地軸，雷霆隱大聲。萬馬忽奔潰，百靈皆震驚。盈縮隨氣運，化機固無停。桑田入迤邐，土蝕沙岸平。自非堡障力，何以遂民生。

送鄉僧繼上人還越分韻得冕字

浮吴荞烟濤，陟越足岡巘。孤雲無定栖，去日苦流轉。送子遠道歸，及秋新露泫。鳥吟嗟我同，桑梓徒婉孌。將因罏筲問，拂石卧蒼蘚。鳴籟簧在竽，縣泉旒綴冕。

轆轆行

轆轆復轆轆，驅車出幽谷。侵星木杪過，帶月江臯宿。修途多嶮巇，所歷戒危覆。殷勤語僕夫，群輕能折軸。我轄屢加膏，我轂恒益輻。忘疲法大運，去去壯遐躅。嗟哉轅下駒，氣勢何局促。黄鷄啼斷烟，更度羊腸曲。

送亮西山住持瑞州府九峰禪寺　末山九蓉峰

江右饒名山，九峰亦奇秀。青天開芙蓉，朵朵若鐫鏤。虔公雙眼明，宅勝殆神授。攙空結高臺，連雲起重構。邇來一千年，遺業但如舊。當時所栽松，霜雪色愈茂。若人抱長才，幽懷在岩岫。振錫凌紫烟，傳燈炫清晝。蘿衣青可裁，溪石寒堪潄。將因脱塵韁，冥栖刻蓮漏。

西湖歸隱四景爲彌顯宗題

結廬西湖上，山明水何清。黛色落虛席，波光炫前榮。參差見梅栁，芬芳發蘭蘅。物性各有得，對之淡忘情。

右春景

花時忽已過，緑陰滿幽徑。艸木既欣榮，禽魚自翔泳。壁間無弦琴，欲彈諒難聽。不有眉山蘇，焉知龍井淨。

右夏景

涼飈動林壑，湖波際遙天。菱謌雜漁唱，要眇滄浪煙。靜復衆喧息，照之絶中邊。西方去非遠，落日如鼓縣。

右秋景

山空雪初深，凍木盡僵立。兩峰亦霄崢，高寒邈難及。凜然虛室中，明返忘積習。笑指南磵阿，孤梅有春色。

右冬景

贈別

合歡不成歡，離抱忽已切。今日縱相留，明日亦須別。秋風金臺柳，不堪持贈行。惟有長河水，可以喻我情。

江漢朝宗

江漢之源出西蜀，灌濫岷嶓兩山麓。派分枝別見沲潛，砰厓轉石爭馳逐。荊州二水方合流，滔滔萬里不能休。朝宗到海得歸宿，噴浸日月包神州。蜀宮突屼岷嶓上，只赤君親在瞻望。朝看江水接天光，暮看漢水如春釀。朝朝暮暮無已時，王心忠孝天下知。紀綱南國作江漢，貽謀百世稱藩維。涼秋波平煙景曙，龍艘西去風雲護。波臣川后勿云勞，還朝又認來時路。

紫虛丹室

絳宮深沈連紫極，眞人居之以爲宅。丹光日夜貫琳窓，照見天根忽生白。汞流鉛化春濛濛，笑囘金虎騰蒼龍。河車倒捲露華溼，上池直與玄冥通。是時方收内養功，霓旌颯沓來泠風。八瓊長搗五石碎，芙蓉狼籍砂牀紅。清湘無波江月曉，下視蟲沙何擾擾。一聲長笑落荊門，南山雲盡青如掃。

雲巢雪洞

仙人巢居白雲中，鑿開古雪雕玲瓏。洞天不扃清霧重，冷花涼葉飄回風。玉鸞呌月湘山莫，鶴群盤空下珠樹。眞君不來望三素，睥睨虛櫺如水度。

遊南翔寺追和葛天民韻〔一〕

白鶴南翔何日返，香雲不斷〔二〕春風轉。屋爲鱗次枕江安，江作蛇行到門遠。的的明燈金殿寒，沉沉複道長廊晚。老翁矍鑠皓〔三〕鬚眉，愛客將迎笑盈面。自言天監拓基來，食指數千猶共飯。斷碑壁下試摩挲，黿趺剝落埋荒蘚〔四〕。茫茫往事比寒潮，蒼烟落日愁難遣。就中何處怯深游〔五〕，玉甃清池〔六〕開別院。二齊已去老堪徂〔七〕，故壘空來舊栖燕。吾宗有弟知此懷，炊黍功名豈榮〔八〕願。便呼阿買寫新詩，硯池澁擁清氷片。

【校記】

〔一〕此首又見古今禪藻集卷二十、列朝詩集閏集卷一、吳都文粹續集卷三四寺院。
〔二〕不斷：吳都文粹續集作「不動」。
〔三〕皓：古今禪藻集、吳都文粹續集作「皎」。
〔四〕埋荒蘚：古今禪藻集、吳都文粹續集作「生苔蘚」。

〔五〕此句吳都文粹續集作「遣中何處慽深深」。怯：古今禪藻集、列朝詩集作「慽」。

〔六〕清池：吳都文粹續集作「新池」。

〔七〕此句下列朝詩集有注：「二齊者，梁得齊，唐行齊，興建此寺，皆有二鶴翔集之異。」

〔八〕榮：吳都文粹續集作「云」。

送高懺首還越〔一〕

昔我來吳今五年，青山目斷東南天。越音未改吳音熟，每見鄉僧一惘然。上人何來亦瀟洒，纔打鄉談便能解。觀光上國及期還，聽講長干前月罷。梵公此地迹猶存，爲我重開懺悔門。石橋花飛香杳藹，蓮池蛙靜雨黃昏。夢中金鼓聲初歇，却艤扁舟欲歸越。碧艸遙憐茂苑春，蒼苔不掃峩眉雪。竹間舊房蘿薜侵，篋書芸消生白蟫。人情懷土無古今，悒悒終爲莊舄吟。我亦因之思禹穴，負擔未息愁難任。陸沉鄉井亦何事，白鷗有盟宜重尋。清鏡閣前湖水深，曾爲先人照苦心。丈夫出處自努力，贈言愧比雙南金。

【校記】

〔一〕此首又見列朝詩集閏集卷一、四朝詩明詩卷四九七言古詩十四。

怡雲子鄧華山青山白雲小像圖

楚山縹緲吳山重，雲氣正接三茅峰。當年隱居脫朝服，至今靜者希高踪。鄧君蕭閒隱居同，籜冠藜杖穿青松。白雲可依山可住，笑傲恒在乎山中。山中白雲白衣白，淡拖濃抹無留跡。朝看一片帶修林，兜羅香綿繊手擘。莫看一片宿簷端，歸鶴來巢冷露漙。有時觸石細如縷，散作崩濤滿晴隖。忽然飛逐度溪風，頃刻變化如遊龍。悠揚闊遠不成雨，但見雲山自呑吐。雲山呑吐亦何心，翫之不足古猶今。丹青画手謾描貌，况我題画爲苦吟。鄧君鄧君可奈何，雲山得意且婆娑。

仙家鷄犬在烟蘿，碧桃花發春光多。

次韻送映碧潭歸金華住天王寺

秋林蕭蕭霜葉黄，人生離合那可常。喜君東來及初夏，忽復言邁過重陽。大江滔滔去無極，白鷗浩蕩如相忘。青山緑水互迎送，蒲帆十幅隨風揚。故園松桂渺何許，雙溪遶屋鳴浪浪。君不見初平叱羊化白石，至今百艸不敢芳。又不見幽棲岩谷老明覺，邑人長仰東原藏。古來學道有如此，區區晝錦非榮鄉。去日不如來日長，吾宗舊業多荒凉。考鍾伐鼓歸開堂，山中猿鳥争回翔。

愛山篇爲仁講師賦

道人愛山不出山，結茆長在青山間。重巒疊巘入肺腑，百年得與雲俱閒。朝看峰頭旭日出，莫看天外飛鳥還。朝朝暮暮看不厭，石床坐老苔花斑。青山不動太古色，别有丘壑非人寰。凉風入松起蕭瑟，春雨落磵流淙潺。我亦平生愛山者，因之便欲歸孱顔。煩師爲我掃蘿徑，明日拂衣來扣關。

送益上人之楚次夢觀韻

都門歌送别，欲和不成章。一衲隨雲去，孤帆帶雨張。天青過采石，潮白上潯陽。見説長沙寺，南風佛骨凉。

題靜林寺追次唐高僧靈一法師韻

千山幽絶處，一逕遠塵蹤。雲壑欹臺樹，風泉襍鼓鍾。秋衣池上葉，午盋屋頭松。花雨漳河外，時來聽講龍。

分翠軒爲洪山祐上人作

八分青不了，秀出楚山孤。對面如賓客，忘情當友于。嵐光浮户牖，樹色落床敷。定起聞啼鳥，藤蘿滴露珠。

賦山深艸堂次王右軍適齋韻〔一〕

聞說平夷堡，高居絶徼山。牽蘿秋補屋，伐竹曉開關。翠浥星旄上，嵐飛斗帳間。風松翻五鬣，雲岫列千鬟。盍塞蠻夷靜〔二〕，歸田士卒閒。都門回首處，頻喜寄詩還。

【校記】

〔一〕此首又見四朝詩明詩卷六六五言律詩十七、明詩綜卷九十。

〔二〕此句四朝詩、明詩綜作「款塞烽煙靜」。

夏月次適齋韻

赤日黃塵外，青山碧磵幽。四時忘檢曆，三伏只疑秋。竹靜褰書幌，花明上節樓。無端江上艸，日日喚離愁。

贈君山崇勝寺住持性一空

君山千古寺，縹緲水雲間。樓閣涵清鏡，林巒擁翠鬟。檣烏隨客集，沙鳥對僧閒。喜見無爲日，懽迎捧檄還。

送衡岳宗之奉川告成寺

東南山水窟，古寺接長汀。海曙波光赤，林寒石色青。樓臺雲外見，鍾鼓月中聽。送子新開法，逢僧且說經。

遊靈谷次清眞公韻

岩谷瀉春泉，溪行路杳然。石房霏竹雪，松榻颺茶煙。香霧遊蜂外，間雲去鳥前。風流慚大令，高論入重玄。

贈醫者還漢川

青山歸鴈外，碧水没鷗前。曉發千峰月，春行萬里船。奇方鄉皓授，祕訣婦翁傳。漢上新栽橘，回看綠滿川。

送性本源自天界遊匡廬上南岳

萬里長遊及壯年，煙雲漠漠思無邊。江通吳蜀開天塹，山落湘潭湧岳蓮。野寺鍾殘晨掛衲，官津月上夜挐船。更尋白社過廬阜，左蠡揚瀾匹練懸。

次韻寄答一初因懷南竺具菴老人二首〔一〕

自笑還鄉野性慵，有懷多爲白頭翁。山樓半照崦嵫日，海郭孤吟舶趠風。賀監秖應歸鏡曲，征西也復念譙東〔二〕。淒涼莫話平生事，容易魂消草莽中。

海門風雨送江聲，江上思君一愴情。泉石數回如昨日，野花幾樹發新晴。驪峰屋老春多夢，龍井茶香夜汲清。爲報稽山纔罷霧，短篷應許過州城。

【校記】

〔一〕列朝詩集閏集卷一、四朝詩明詩卷九十七言律詩二三選録第一首。

〔二〕譙東：四朝詩作「醮東」。

遊吉祥寺〔一〕

伏龍岡下舊招提，猶記兒時到竹西。白日幾何人易老，青山只赤〔二〕路都迷。高林霜木雲邊見，小閣冰花霜後題。最愛多才賢父子，薜蘿深處與扶藜。

【校記】

〔一〕此首又見列朝詩集閏集卷一。

〔二〕只赤：列朝詩集作「咫尺」。

野人居爲吳中行作〔一〕

桑抽稡綠麥生枝〔二〕，男女新年解穀絲。老至已憐同甲少，業成未覺見丁遲。槿籬日薄雞豚散，花塢春深燕雀知。却怪閒情消不盡，據牀長咏竹枝詞。

【校記】

〔一〕此首又見列朝詩集閏集卷一、四朝詩明詩卷九十七言律詩二三。

〔二〕枝：列朝詩集作「歧」，四朝詩作「岐」。

送謙選中住花涇寺〔一〕

秋風一櫂入花涇，楊柳夫容〔二〕接水亭。野老尚能談故事，鄉僧争請說新經。楸梧雨外聞啼鳥，樓閣烟中見溼螢。欲寫別離無限意，孤鴻遙没越山青。

【校記】

〔一〕此首又見列朝詩集閏集卷一、四朝詩明詩卷九十七言律詩二三、佩文齋咏物詩選卷二三一佛寺類。

〔二〕夫容：列朝詩集、四朝詩、佩文齋咏物詩選作「芙蓉」。

金園艸堂〔一〕

艸堂簷拂水雲低，花木叢蘩繞碧溪。捲幔躍魚搖倒影，攤書〔二〕巢燕落晴〔三〕泥。藥苗教子春前種，蕉葉逢僧雨後題。幾度畫船移晚棹，旁人錯比瀼東西。

【校記】

〔一〕此首又見列朝詩集閏集卷一、四朝詩明詩卷九十七言律詩二三。

〔二〕攤書：四朝詩作「擁書」。
〔三〕晴：列朝詩集作「情」。

千松關爲大徹和尚賦

兒時曾詠種松詩，信有毫芒到百圍。再世只知關頂盛，重栽未覺眼中稀。雲來朝暮蒼煙合，雷鬬尋常黑雨飛。此日萬牛回首處，夢尋蘿月覺還非。

事事幽軒

好山飛舞水深清，山水褱中屋數楹。一徑落花迷轍迹，滿林修竹隔書聲。捲簾細雨通雛燕，覓句晴風聽早鸎。始信少陵兼吏隱，釣鈎碁局揔忘情。

璚山艸亭

見說茆亭桂海南，雲濤浩渺接煙嵐。四州風物隨時異，百谷松聲到晚酣。椰子漿甜如醞美，檳榔水洌勝泉甘。翻思二十年前夢，湖上題時月滿龕。

螺川送別圖和徑山止菴韻

還鄉却覽去鄉圖，去日人如來日無。暖翠忽迷江上樹，新青纔發渚中蒲。匡廬仙佛多爲窟，彭蠡魚龍舊所都。後夜滄浪閒照影，滿天風露月同孤。

瑞竹枝

瑞竹駢生海嶺陲，斬根削玉稱扶持。六篇未截陰陽律，一氣長連兄弟枝。霹靂有時龍並起，參差何處鳳雙吹。明朝採藥璚臺外，休伴仙人過葛陂。

送妙談囘曲靖龍華寺

行盡西南萬疊山，平原如掌碧雲間。江連交水紆羅帶，路轉財峰擁翠環。花竹閒房僧共老，松蘿幽徑客常攀。廿年來往情無極，又送長江一舸還。

次哭親詩韻

母也重泉骨已霜，蓼莪長廢白華亡。哭親知子偏能咏，撫卷令人秖重慯。袖裏金存無復獻，足心痣在若爲忘。明朝莫過鄉山去，春艸萋萋一涕滂。

獨菴有詩謝清眞惠茶遂次韻

戚園分得玉芽奇，北苑頭綱絶等夷。曉籠進時封赤印，春衫採處逐紅旗。松鳴石鼎烹初熟，花泛瓷甌啜更宜。老我眠雲成痼疾，也霑餘賜沁枯脾。

大祀詩次清眞公韻

列衞宵嚴劍戟寒，大裘玄冕正臨壇。旂常影動紅雲外，鍾呂聲傳碧漢端。明靺藉時還用采，升柴燔處忽流丹。禮成不在龜龍格，百辟欣占四海安。

承恩堂茉莉花

密葉低垂翠欲濡，素葩明夏又秋敷。層層巧琢釵頭玉，的的淸含蚌内珠。靈種何年離瘴海，異香今日播天都。請看雨過黃萎後，猶帶餘芳戀舊柎。

次韻王起東夜宿琵琶洲〔一〕

倚棹寒江照白頭，看山不盡且遲留。無人爲寫琵琶恨，自撥鵾絃過〔二〕小洲。

【校記】

〔一〕此首又見列朝詩集閏集卷一、四朝詩明詩卷一一四七言絶句十四。

〔二〕過：四朝詩作「傍」。

過隖城

浦溆縈紆隴隰平，竹籬茅舍吠雲聲。兒童相見偷相問，何處名僧溪上行。

奉寄雪山大居士

峩眉縹緲隔千山，山雪先秋早閉關。青壁寅緣無路入，幾回飛夢白雲間。

古木爲琳老師題

大根擁腫小枝卷，老似山中一老禪。不願棟梁歸大厦，只承雨露樂天年。

贈衣生陳仲良

雜碎裁來馬齒縫，條堤分出稻畦同。待成一片功方到，不在霞綃絢日紅。

墨　梅

洗硯池頭玉一枝，花間長見墨淋漓。蒼烟漠漠山如織，日斷江南有所思。

梅

湖氷山雪未全消，幾度樓船過斷橋。疎影暗香人不管，一聲淸鶴夜迢迢。

紅　梅

雪滿孤山歲已闌，強因春酒破嚴寒。旁人不識心如鐵，便作紛紛桃李看。

題　畫

風滿雲林水滿湖，天光無際釣船孤。夜床忘却還山夢，不惜千金買畫圖。

題　畫

廿年瓶錫走江東，畫裏看山忽不同。春曉泊船京口寺，碧雲深處聽松風。

蘇子後游赤壁圖

千年赤壁舊江山，栖鶻危巢孰與攀。俊氣古今消不盡，至今猶在畫圖間。

栁塘飛鷺

楊柳和烟拂岸長，悠悠飛鷺不成行。鶻舟馬槳山陰道，記得芳草過野塘。

蘭棘圖

石巔棘雙峙，石趾蘭自芳。揚芬滿深谷，倒植庸何傷。

怪松爲遠西緒題

偃蹇根蒼壁，蟠拏瞰碧潯。萬牛回首處，誰識歲寒心。

小　景

山外盡赤日，山中多綠陰。幾人松栢下，忘却世間心。

題　梅

一枝香雪冷，春至不曾消。明月清湖夜，樓船過斷橋。

南洲，名溥洽，晚號迂叟，又稱一雨翁者，人卽其所居軒號之也。宋寶章閣待制陸游之後，世居會稽之山陰。

出家普濟寺，太祖召爲僧録司右講經，褒諭云：『通東魯之書，博西來之意。』居長干西丈室三年，命主報恩寺三年，陞右闡教，遂陞左善世。靖難兵起，金川門開，爲建文君削髮。長陵卽位，微聞其事，囚十餘年。榮國公疾革，長陵臨視，問所欲言，叩首云：『溥洽繫獄久矣，不及他事。』上卽日釋之。出獄，拜牀下，白髮已長數寸覆額矣。洪熙元年，上御便殿，召見慰勞甚至，遂奏乞還南京大報恩寺以終老，從之，賜賚隆重，命中官護送。既至，明年爲宣德元年，七月二十有八日，微疾，留偈云：『清淨自在中，還得如是住。一切大安樂，清淨自在住。』遂化。所著有金剛經注解附録二卷，應制及名人唱和詩若干卷。國家建法會，一切科儀文字，皆公貽規。

無辨　一首

遊五臺山次韻〔一〕

北來〔二〕乘興上〔三〕崔嵬，天外捫蘿鳥徑廻。寒谷未秋先落葉，陰厓不雨自生雷。低懸銀漢星千點，俯視滄溟水一盃。笑指曼殊栖跡處〔四〕，幾經劫火不曾灰。

【校記】

〔一〕此首又見古今禪藻集卷二四、清涼山志卷十八、（成化）山西通志卷十六。

〔二〕北來：（成化）山西通志作『比來』。

〔三〕上：清涼山志作『陟』。

〔四〕此句（成化）山西通志作『笑指牛心遺石在』。

無辨，名覺同，號雪岑，大同人，姓康氏。幼慧敏，攻詩文，嘗立就大同府善化寺記數千言，洒翰作艸書，鏤諸樂石，龍拗鳳舞，人稱之曰：『續佛慧命，湛然清淨。遐邇聞聲，詩禪艸聖。』

法 亮 一首

別衆偈

六十三年在世間，南北東西禮佛參。脱却火坑離地獄，拍手呵呵極樂天。

法亮，眞定人。從中官航海南禮佛而還，祝髮于福嚴寺，司殿鑰啟閉，惟謹起處，涕唾不敢褻視天日。道路間遇婦人，必遠避於左右。遇犬輒念佛號，犬皆馴化。成化癸卯六月告去，主人不許。越旬，復告曰：『有青衣見召。』三日前别衆，沐浴入龕。素不解文字，口占一偈云云。鼻中放三昧火，自焚其身，香光燭天，觀者如堵，張令超亦臨視之，俗稱『亮菩薩』云。

永 傑 二首

絶 句〔一〕

月在水中撈不上，幾回戳碎水中天。夜深山寺開心坐，月自飛來到面前。

掃盡空堦雨後苔，月明延憶獨徘徊。已知明日非今日，轉使情懷撥不開。

【校記】

〔一〕此二首又見金陵梵刹志卷三三。

永傑，青城僧。洪武初，住牛頭山，日夜惟默坐。會仁宗獵時，見而問之，傑起，應對亹亹。或問之，曰：『見天子不言，更待何時？』仁宗與之同宿兜率巖一夕，許爲建寺。忽無疾而化。

立中　七首

柬許廷佐〔一〕

近聞新出處，水北古招提。鵰鶚凌塵出，驊騮顧主嘶。失弓還問楚，抱瑟謾過齊。道上將軍樹〔二〕，詩篇莫浪題。

【校記】

〔一〕此首又見四朝詩元詩卷四二五言律詩八、大雅集卷五。

〔二〕樹：四朝詩作『柳』。

寄杭州許萬戶〔一〕

八月錢塘〔二〕蜃氣紅，守江諸將謾論功。遐荒未盡歸王貢，南海初聞奉使通。帥閫旌旗低白日，山城鼓角起悲風。不須吊古追前事，秋艸離離滿故宮。

【校記】

〔一〕此首又見大雅集卷六。

〔二〕錢塘：大雅集作『錢唐』。

富春歸隱圖爲鉄雅先生賦〔一〕

小橋流水隔紅塵，亦有漁郎解問津。要路只聞收壯士，好山還許住閑人。每思李愿歸盤谷，獨愛嚴陵老富春。便擬采芝歌隱曲，白雲紅樹漫爲隣。

【校記】

〔一〕此首又見四朝詩元詩卷六十七言律詩十八、大雅集卷七。

懷　歸〔一〕

憶昔兵戈際，艱難覲省歸。庭闈歡進酒，弟姪戲牽衣。慈竹春陰合，萱花夕露微。卽今懷父壟，祭掃久相違。

【校記】

〔一〕此首又見大雅集卷五。

泊雙井亭有感〔一〕

凉颸微動水雲收，漚鷺無聲泊處幽。露落梧桐雙井冷，月明砧杵萬家秋。貪歡盡醉吳姬酒，長往誰同范蠡舟。最憶多情鄭司馬，琵琶和淚上江州。

【校記】

〔一〕此首又見四朝詩元詩卷六十七言律詩十八、大雅集卷七。

送趙僉憲還司〔一〕

執簡曾趍玉几傍，繡衣猶帶御鑪香。九重哀詔蘇民瘼，一道澂清肅憲綱。興學已尊周禮樂，好賢多紀漢文章。鯨濤已息豺狼伏，歸騎嘶風滿路霜。

【校記】

〔一〕此首又見大雅集卷七。

秋夜懷崔府尹〔一〕

銀河淡淡月微明，花藥闌邊絡緯聲。爲問洛陽崔太守，幾何秋色在江城。

【校記】

〔一〕此首又見四朝詩元詩卷七九七言絶句十二、大雅集卷八。

立中，名元本，丹丘人。或云繼仲石住上竺。仲石名若芬，元末以画竹名，嘗自題云：『不是老僧親寫，曉來誰報平安。』可想見其人。

恒白　十一首

定公生焚詩〔一〕

吾釋氏者定，世古昆吾人，客漳久之，僑居開元寺，業白以老。至元四年秋，峒賊來攻城甚急，漳人莫知所出，定公禮空而祝曰：『使城不陷賊，吾當火吾身以荅。』已而果然。越六年夏，遂累薪爲龕，室西郊，行與衆訣，衆沮之不可，乃自燔其間。其火之始張也，人視之泰然无毫髮惴惴色。郡人咸大駭異，請卽其地作塔廟以祠。於乎！定以誓故生而自焚，宜若得罪於名教者，然與夫食人之食而見危不能致命，立人之朝臨大節而變者，不亦遠乎哉？况定之心，以一身全一城之死靡渝，亦宜若無得罪於名教者也。抑吾聞之，定老出世學，其成就豈此哉！人殆見其膚耳。定之詳，予寔得之靈源上人。源與之同居，又將經始其祠者，且請予爲之詩。曰：

群兇白日至，梯衝舞嚴城。疇能身獨死，而俾城不傾。定公出兹誓，金石開精誠。未幾來訊醜，復見溝壘淸。前言儻云食，吾將負神明。積薪自厝火，怡然就無生。何意金石軀，倏忽煨燼成。顧此乃餘事，足爲流俗驚。塔廟遂翼翼，鐘鼓初喤喤。爲國効死節，勗哉爾簪纓。

【校記】

〔一〕此首又見古今禪藻集卷十三、元詩選二集卷二六。

夏日同趙生鄭生許氏兄弟遊龜山，山有大石，下有遺址，相傳歐陽詹讀書于此，因造焉，相與慷慨賦詩，分韻得魚字〔一〕

閒情素乖俗，樂彼中林居。林居未云果，幽賞意有餘。出郭青山多，佳木亦扶疏。並遊得良友，方駕從所如。翠微薄炎景，蘿風汎涼裾。雲逕步窈窕，石門入清虛。少留席豐艸，緑縟綿以舒。叢柯翳鳴鳥，石澗清有〔二〕魚。形神一蕭散，疲勩亦已袪。□〔三〕緣亀巖東，遂卽歐陽廬。懷賢仰高躅，撫蹟驚廢墟。願畱石中室，畢誦人間書。兹焉恐遲暮，眷眷空躊躇。

【校記】

〔一〕此首又見古今禪藻集卷十三、四朝詩元詩卷二四五言古詩十二、元詩選二集卷二六、明詩綜卷九十、夢觀集卷一五言古詩、靜志居詩話卷二三。

〔二〕有：明詩綜、靜志居詩話作「游」。

〔三〕闕字明詩綜、靜志居詩話作「路」，古今禪藻集、四朝詩、元詩選、夢觀集作「夤」。

造唐山人居〔一〕

行行野田盡，荒蹊入秋水。何人有新屋，欝欝松林裡。欣然造其門，晤言乃〔二〕君子。解衣坐微涼，迢遙〔三〕適閒美。日澹疎雨晴，山色散窓几。石上聞鳥鳴，林端見雲起。平生事外心，卽此胡不喜。少暇同飲泉，幽期自今始。

【校記】

〔一〕此首又見古今禪藻集卷十三、四朝詩元詩卷二四五言古詩十二、元詩選二集卷二六、夢觀集卷一五言古詩、閩詩録戊集卷五釋子。

〔二〕乃：夢觀集作「得」。

〔三〕迢遙：古今禪藻集等均作「超遥」。

和詹生春雨寒歌〔一〕

十日春，九日雨，空屋貯寒寒色苦。曉雪都成陌上泥，暮雲不見城東樹。所思今何處，相去纔幾許。獨將寸心寄短琹，琹老無絃暗塵土。東風吹落錦一幅，文章字字成金玉。中有苦寒詞，詞古聲更悲。賡歌我不忍，上訴〔二〕蒼蒼知。俗眼瞳人久生脂，競收瑣尾遺瑰奇。野禽乗軒士徒步，黄土被繡人無衣。天公有意同春煥，千林一夜生紅緑。長年呻吟卧掩門，人生不解同艸木。君勿歌，春雨寒，我有兩耳愁心百盤。爐空葉已灰，屋漏苔生椽，簷聲夜夜春水懸。人間惟我與子同此味，鬓髪未白書如山。春雨寒，歌一闋，窮達在天愁不得。當時短衣夜半悲飯牛，何如學取商頌聲金石。

【校記】

〔一〕此首又見古今禪藻集卷十四、四朝詩元詩卷十二樂府歌行十、元詩選二集卷二六、夢觀集卷二七言古詩。題中「詹生」，古今禪藻集作「簷生」。

〔二〕訴：原作「訢」，據詩意及古今禪藻集、四朝詩、元詩選、夢觀集改。

夜聞水車〔一〕

旱火〔二〕秋蒸土山熱，新苗立死田寸裂。西風何處送嗚嗚，一夜水車啼不歇。水車身作水中龍，赤脚蹋龍憐老翁。白水田頭月未落，千畦萬畦雲雨同。流蘇醉卧誰家子，有耳不聞汝啼苦。水龍水龍汝勿苦，及物無功得如汝。

【校記】

〔一〕此首又見古今禪藻集卷十四、元詩選二集卷二六、夢觀集卷二七言古詩。

〔二〕早火：古今禪藻集、元詩選、夢觀集作「旱火」。

惜　春〔一〕

金尊瀉酒胡琹語，白日長看花在樹。東風〔二〕一夜來戲人，老紅飛盡江南雨。勸君莫苦愛流芳，紅顏百歲終黃土。山人眼底不見春，古檜陰陰翠虬舞。

【校記】

〔一〕此首又見古今禪藻集卷十四、四朝詩元詩卷三四七言古詩十、元詩選二集卷二六、夢觀集卷二七言古詩。

〔二〕東風：夢觀集作「東方」。

僧兵守城行〔一〕

驅僧爲兵守城郭，不知此謀誰所作。但言官以爲盜防，盜在深山笑叢薄。朝朝上城候點兵，群操長干立搶槊〔二〕。相看摩頂一驚笑，竹作兜鍪殊不惡。平生獨抱我家法，不殺爲律以自縛。那知今日墮卒伍，使守使攻受官約。謂僧非僧兵非兵，未聞官以兵爲謔。一臨倉卒將何如，盜不來時猶綽綽。敵人日夜徂〔三〕我城，示以假兵無乃弱。我官自有兵與民，願放諸僧卧雲壑。

【校記】

〔一〕此首又見古今禪藻集卷十四、元詩選二集卷二六、夢觀集卷二七言古詩。

〔二〕此句夢觀集作「羣操長竿立槍槊」，古今禪藻集、元詩選作「羣操長干立槍槊」。按：「于」當作「干」，「搶」當作「槍」。

〔三〕徂：元詩選作「狙」。

五日弔古〔一〕

楚國大夫去，彭咸從所居。秖今浮水馬，何處問江魚。異俗悲遺事，離騷讀舊書。一觴川上酒，斜日雨疎疎。

【校記】

〔一〕此首又見古今禪藻集卷十五、四朝詩元詩卷四二五言律詩八、元詩選二集卷二六、夢觀集卷三五言律詩。

湖月簡閒中〔一〕

秋近清波荷葉圓，葉陰疎處見青天。偶臨湖坐得佳樹，欲傍花行無小船。林院鶴歸山色外，水亭人去夕陽前。深知碧玉壺中樂，一笑臨風揖地仙。

【校記】

〔一〕此首又見古今禪藻集卷十六、元詩選二集卷二六、夢觀集卷四七言律詩、閩詩録戊集卷五釋子。

謝　橄〔一〕

謝橄歸〔二〕來臥白雲，秖今心事與誰論。故人不似蒼苔好，歲晚青青一到門。

【校記】

〔一〕此首又見古今禪藻集卷十七、四朝詩元詩卷七九七言絶句十二、元詩選二集卷二六、夢觀集卷五七言絶句、閩詩録戊集卷五釋子。

〔二〕歸：閩詩録作「掃」。

夜 起〔一〕

野人獨卧山中屋，夜半雨聲清夢熟。起來竹下一開門，秋入千峰月如玉。

【校記】

〔一〕此首又見古今禪藻集卷十七、四朝詩元詩卷七九七言絶句十二、元詩選二集卷二六、夢觀集卷五七言絶句。

恒白，名大圭，姓廖氏，晉江人，泉州開元寺僧。通儒釋二家學。時向同人云：『不讀東魯書，不知西來意。』所著有開士傳，各系一贊。自號『夢觀』，因曰夢觀集。一初仁公同時，集亦同名。余嘗在一山菴中見楣間一聯云：『山色宜茆屋，松花滿飯盂。』嘆賞不已，知是師句，徧覓其詩，僅得數首，眞不媿庚子山，惜未見其全集。

古 溪 五首

贈同雪岑字歌〔一〕

雲中上人號無辨〔二〕，筆法精微成獨善。畱心靜室寫華嚴，得意晴窓書素練。淮山買斷剡溪藤，潁水磨穿銅雀研。有時乘興掃鸞箋，鶴舞龍飛星斗轉。風渺渺兮鴈行行，雨蕭蕭兮雲片片。紅杏花開晝錦堂，侍臣鵠立通明殿。觀鳥欲登蒼頡臺，換鵞思覩羲之面。智永禪師去不逢，夢英作者誰能見。同也方今超等倫，操觚染翰人驚羨。索字人多日日來，也須鑄箇鉄門限。

【校記】

〔一〕此首又見古今禪藻集卷二一。

〔二〕無辨：古今禪藻集作「無辯」。

分題得朱雀橋治城送戴司訓〔一〕

朱雀橋成晉武年，行人一過一留連。豪華寂寞沉秋水，野艸淒涼起暮烟。王謝燕來巢已廢，劉郎詩在世空傳。先生此別堪題柱，相與推輪送上天。

【校記】

〔一〕此首又見古今禪藻集卷二四。

和杜牧之九日登高〔一〕

九日登高鴈正飛，馬嘶出郭〔二〕曉風微。菊花爛熳堪幽賞，尊酒留連盡醉歸。幾處園林澄夕霽，千家簾幙捲晴暉。今逢詩客多才思，不讓當年杜繡衣。

【校記】

〔一〕此首又見古今禪藻集卷二四。

〔二〕出郭：古今禪藻集作「山郭」。

雷公晚照〔一〕

雷公古廟倚嵳峩，風景偏宜晚照多。野鶴巢邊松偃翠，黑龍潭上水生波。疎簾暮捲千家雨，短笛晴吹萬頃禾。歸到故山行樂處，詩成還下夕陽坡。

【校記】

〔一〕此首又見古今禪藻集卷二四。

過比干廟〔一〕

疋馬東風古道傍，忠臣此地有祠堂。犯顔竟不辭君去，剖腹寧堪爲國亾。銅柱沉沙芳艸合，鉅橋流水野花香。褒封祀典神猶在，細讀殘碑欲斷腸。

【校記】

〔一〕此首又見古今禪藻集卷二四。

古溪，名覺澄，姓張氏，南陽人。禮大慶寺默菴長老薙染。每蒲團入定，時覺鼻孔中流出白水，徧滿堂宇，舉體輕安。參西蜀楚山琦公，問曰：『心外無法，滿目青山。』師應聲曰：『法外無心，青山滿目。』遂相契机。天順間，住持高座寺。有雨華集行世。

中行 一首

次韻遊石湖蘭若〔一〕

郡城西來山水深，石湖倒浸清〔二〕瑤岑。溪雲十里護僧舍，天樂六時鳴梵音。下界塵埃日滚滚，上方殿閣秋陰陰。吴王舊跡眼中見，萬古事往傷人心。

【校記】

〔一〕此首又見古今禪藻集卷二四。

〔二〕清：古今禪藻集作『青』。

中行，名守道，姑蘇人。住靈巖寺，又住治平寺。

萬峰 二十六首

寄雪山熙長老

我正閒時汝未閒，話頭今已落人間。高提鈯斧萬鈞重，付與新羅熙雪山。

行

步步春風起碧天，脚跟不動到平田。自從踏着遮些子，那管人間歲月遷。

住

滿目青山看不休，白雲流水自悠悠。茆菴占斷蒼崖底，一片丹青画未周。

坐

幽然兀兀若痴呆，禪道經書口嬾開。有客過門休問話，葫蘆無地與君栽。

卧

老朽終朝卧石床，了無閑夢到諸方。轉身不覺天邊日，又向紗窗透入房。

破衣歌

野禪和，超因果，把茅蓋頭癡呆坐。肌寒體露不知羞，八面狂風峭直過。赤灑灑，淨躶躶，孃衫著久風吹破。眞如面目本天然，笑道修行求佛做。有因果，無因果，疑是疑非招殃禍。著衫脱袴露眞常，靈通寳性難包裹。孤峯頂，隱泉坡，無常老病誰能躲。或寒或熱任交煎，且自長伸兩脚卧。披白雲，風吹躶，寒灰撥散無星火。人間多少好相那，仰面看渠誰識我。比榮華，少什麽，寸絲寸線頻難捨。不用千羅萬兩綿，青州布衫只一箇。忽有緣，撞着嗄，眼光迸出天來大。

手中執顆爍光珠，大地山河皆照破。東峯行，西峰坐，諦觀日月穿梭過。未曾折亂三斤麻，著破孃衫知幾箇。南州生，北州大，父母未生誰是我。恩愛頓忘眞出家，忍衣法空如來座。建法幢，立香火，堪笑堪悲老達磨。九年面壁向西歸，不得神光至今坐。拋隻履，露齒牙，身衣襤褸往回家。香至國王多富貴，且歸宮裏愛榮華。通知勝坐道場梵，衆衣祴，奉殿香。體煖安和心意樂，千生萬刦不思鄉。曠大刦，未爲常，繫珠何離七斤裳。傳布種麻栽石上，毳衣從棄火中央。經行坐，絶思量，隱山誰笑破衣裳。熱即捲簾寒放下，西天此土統家鄉。

示徒十首（一）

叅禪猶似下弓窩，莫放他行蹉路過。寂靜徑來還是發，忽然驚覺笑呵呵。

正信叅禪且覔呆，通身疑起震如雷。情忘意寂高提話，鐵作心肝頓豁開。

安然坐定困茫茫，滯寂沉空正念忘。未待放叅閒雜話，可憐空過（二）好時光。

一箇話頭叅到底，不須更做別生涯。若能念念心無退，智慧花敷不二家。

捭轉面皮爺不識，情忘意寂好叅疑。平湖湛水波中月，萬里寒花擁翠微。

道人誓不趍人情，截斷恩緣與愛憎。大戒不違心寂寂，眞名三界福田僧。

不用相拘自坐禪，如初月出漸團圓。經行坐臥心無間，定證如來大涅槃。

聞板方思去坐禪，若能成佛待驢年。死生大事何曾舉，此等愚人莫與言。

打板拘他不坐禪，不憂大事縱心猿。披毛戴角都擔了，警策徒勞結死冤。

安然體健好叅玄，大道何拘身少年。看他七歲黃梅老，歸來松栢已天然（三）。

【校記】

〔一〕此組詩石倉歷代詩選卷二七八元詩四八選録二首。

〔二〕空過：石倉歷代詩選作『空度』。

〔三〕此首石倉歷代詩選作：『四肢輕健好叅禪，大道何曾薄少年。七歲黄梅人未老，歸來松柏已蒼然。』

示出家十首

出家堅，戒精專，禮佛燒香習坐禪。佛祖也知無妄語，依行父母盡生天。

出家人，發眞心，一寸光陰一寸金。莫把世間閒骨董，等閑埋没少林心。

出家戒，諸病瘥，貪嗔頓息超三界。堅持戒律等金剛，邪魔外道不能壞。

出家客，達宗風，古今佛法没西東。一句了然超百億，萬象森羅轉笑容。

出家主，無散聚，色身外相分男女。赤白青黄體上衣，靈通佛性皆相似。

出家難，冲玄關，難中有易易中難。兀兀頓忘塵世念，呵呵一笑悉超凡。

出家人，莫因循，物物頭頭合本眞。運水搬柴親薦得，鐵樹花開别是春。

出家守，莫遊走，既是叅禪施毒手。鐵壁銀山盡打穿，草木叢林獅子吼。

出家僧，任騰騰，大道玄玄息智能。了了明明無可立，心心無法續傳燈。

出家仙，達無傳，西來祖意宜何宣。棒喝交馳談般若，永祝皇圖萬萬年。

示本果尼〔一〕

一花開發衆花鮮，花謝菩提果自圓。肯向給孤林下坐，淸香拂拂滿祇田。

【校記】

〔一〕此首又見石倉歷代詩選卷二七八元詩四八。

萬峰，名時蔚，温州金氏子。母鄭夢儒釋二大人入其寢，孿生二子，師居末，怪光燭空，母懼，欲弗舉，其姑保而育之。七歲失怙恃，十三歲皈演慶寺昇講主出家，十六歲爲僧，十九歲受具足戒，參訪止岩、無見諸老，既得法于千岩和尚。元末入吴，凡三築精藍。晚年入鄧蔚山中，搆聖恩禪院。一日，沐浴更衣，書偈示衆，云：『七十九年，一味杜田。懸厓撒手，杲日當天。』遂趺坐而逝，時洪武十四年正月二十九日也。龕留十有三日，顔色如生，傾城膜拜瞻嘆，弟子普壽等奉全身瘞于西崗。永樂十七年，弟子智璿立石。師一生未嘗讀書，惟以深悟自得，其徒普壽等輯萬峰語録傳世，非師志也。苕溪沈貫撰慈光寂照圓明利濟萬峰大禪師塔銘，永嘉陳元宗撰聖恩禪寺開山祖師萬峰蔚公傳，且贊曰：『昔中峰普應國師，以臨濟正宗振耀天目，得其心印者弟子千岩也。千岩再傳，而師實承之。厥後無念學公復親受師衣法之付，受知太祖高皇帝。千岩稱師「純粹質樸，有古人氣象」，深得之矣。』

幻菴 二十八首

蒲菴到京

天門曙色映朝珂，共祝皇圖億萬多。化育均沾新雨露，提封盡復舊山河。宫花萬樹凝香霧，御柳千條蘸碧波。自愧林泉無補報，但歌天保答元和。

次韻答劉克勤〔一〕

老來軒冕不須期，還慕林泉歲月遲。雙眼長青唯愛客，滿頭都白苦緣詩。尚傳天祿書千卷，猶對青藜杖一枝。無事閑來依佛日，白雲深處啓禪扉。

【校記】

〔一〕此首又見列朝詩集閏集卷一、江西詩徵卷九十釋子。

次韻答周文成

湖海歸來幾歲期，文章莫恨致身遲。消磨世慮唯憑酒，斷送年華秖賦詩。木落謾題霜後葉，桂香好折月中枝。太平海宇通文運，莫向林泉守素扉。

次韻答王祖年〔一〕

南山得話歲寒期，道合寧論會面遲。元亮休官能入社，少陵問法悟觀詩。茶烹石鼎新敲火，衣挂雲松舊偃枝。自是一閑天所放，日高尚閉竹間扉。

【校記】

〔一〕此首又見列朝詩集閏集卷一、江西詩徵卷九十釋子。

次韻畣郭朝宗

郭氏活人精術業，街頭問藥閉門遲。傳經妙合神農訣，漉酒長歌陶令詩。枸杞霜紅先摘子，篔簹雨綠早分枝。古來有術堪醫國，早晚徵求到竹扉。

送萬壽衵侍者還姑蘇

舘驛梅花雪滿株，翩翩歸錫問姑蘇。山蟠萬壑大垂越，水接三江地入吳。哦月松間蕭寺靜，看雲湖上野航孤。青春莫自淹鄉土，爲道應知是遠圖。

送徑山隆上主回吳中〔一〕

海内車書喜混同，飛雲流水逐行蹤。秋風偏〔二〕乞王城飰，夜月長聽官寺鐘。物外閑情憐淡泊，燈前軟語話從容。明朝棹指吳天杳，矯首東南送斷鴻。

【校記】

〔一〕此首又見列朝詩集閏集卷一、江西詩徵卷九十釋子。

〔二〕偏：列朝詩集作「遍」，江西詩徵作「偏」。

次靈谷隱首座韻

憶昔加沙禮道林，夜床曾共短長吟。寸毫掃退千軍勇，一字搜空萬刧心。雪竹霜筠諧夙好，江風山月足知音。淡然一衲無寒暑，誰管秋城急暮砧。

送周侍者歸南閩

江梅花發去年枝，白下城邊送客歸。上國經時淹旅食，南閩此日訪庭闈。海天晝暝蠻烟合，山市朝寒瘴雨飛。此去應須各努力，天涯交好莫相違。

贈張鎭撫

鐵騎南來擁皷笳，雄藩賛畫屬才華。龍墀奏對承天語，虎帳宣威到日斜。夜靜彩虹騰寶劒，秋清銀漢渺星槎。太平嬾說孫吳策，吟徧東風幾樹花。

竹梅坡爲皎然都綱賦

白石坡前半是苔，寒梅疎竹淨無埃。葉飄禪榻臨風掃，花落經函帶雪開。嶰谷聲從雲外響，羅浮香逐月中來。齋餘靜對觀空好，幻色都忘百念灰。

寄兄魏伯祥

伯氏吹塤仲氏篪，高堂懽賞記當時。氷鱗斫鱠春行酒，玉兔縈窗夜詠詩。客裏幾年添別夢，山中何日是歸期。盤盤先壠無由掃，南望松楸倚夕暉。

覽勝亭

陳家亭子臨江水，戶牖憑高發興清。風月不知天地老，江山無限古今情。風帆沙鳥日邊没，漁唱菱歌鏡裏行。客到但知留一醉，玉蕭吹與老龍聽。

畊樂爲張惟簡賦

白髪爲農與世踈，傍人錯比子眞居。壠頭香稻霜前斂，牆下青桑雨裏鉏。細釀村醪供伏臘，猶傳經訓足菑畬。大廷只恐勞宸夢，定遣徵書訪草廬。

送人才之京

蕭蕭落木洒飛霜，遠送官船入帝鄉。海內幸逢堯日月，朝中多用漢冠裳。騶虞頌進皇天近，鸚鵡杯傾玉露香。記取題詩相别處，滕王閣外暮山蒼。

蓼渚漁歌

花滿長洲水滿堤，老漁清唱夕陽時。船舷緩扣揚聲遠，樽酒微酣發興遲。素志不隨黄鵠舉，閑情先被白鷗知。桐江江上羊裘客，千古清風屬釣絲。

杏村牧笛〔一〕

杏村一徑遶湖西，牧子閑將短笛吹。顛倒自騎黄犢背，參差巧弄緑楊枝。花陰響度〔二〕風來處，樓外人聽日落時。憶昔雨中曾問酒，謾勞指點與人知。

【校記】

〔一〕此首又見四朝詩明詩卷九十七言律詩二三。

〔二〕度：四朝詩作『動』。

次韻方參政夜坐懷全室

夜久群動息，開軒面西林。端坐屏萬慮，於兹澄吾心。復念山中人，延月當花陰。悠悠曙鐘遠，悄悄清漏沉。一從違夙昔，還希金玉音。願持千里意，空外寫鳴琴。

送鑑上主回豊城

大師江西秀，邇作淮南客。氷雪灑襟懷，烟嵐點衣裓。予亦水雲流，相見豁胷臆。軟語當夜闌，青燈照孤壁。而翁甫垂老，鬓髮霜華積。子也篤倫理，承顔侍朝夕。是時秋氣高，西風送歸錫。猿嘯山月明，龍吟劒池黑。男兒四方志，莫自淹鄉國。幸逢海宇清，好展圖南翮。

除夜古詩　一首　用簡諸同志

大哉造化機，旋斡無停留。忽忽復除夕，旅食歲再周。主翁設華饌，青燈夜堂幽。山茗瀹寒雪，溪毛雜庶饈。嗤彼豪門客，達曙酣且謳。盛筵豈不樂，急景催白頭。而我同袍者，良晤信寡儔。冥觀周刼劫，高蹈追前修。

林皋遠思

長林被曠坂，芳樹成嘉陰。衡茅寄重崦，無路能追尋。中有靜者徒，逍遙謝瓊簪。飄飄動清思，遐舉遺浮沉。俯察品物理，冥觀天地心。百年一瞬息，矯首發長吟。

次方叅政雨後虚堂夜坐

靜坐夜無寐，蕭蕭野服輕。松臺涼月白，花徑石泉平。漏寂籌將盡，燈昏暈更生。若非塵外客，誰共此時清。

瓶錫初來此，雲山足可居。地偏心自遠，境寂迹全疎。苦詠多成癖，長貧豈羨餘。鐘沉定初起，皓月夜澄虚。

小景　四首　爲廣東王訓導作

洞門深鎖寂無譁，滿樹春風玉作花。讀罷南華經一卷，數聲啼鳥隔窗紗。

水邊樓閣蔭垂楊，淡淡荷風白晝涼。醉飲碧筩無一事，亂敲棋子送斜陽。

屋角凉生暑氣微，西風吹裂芰荷衣。扁舟萬里未歸客，故國鱸魚今正肥。

教鐸當年振海邦，六花飛趂馬蹄忙。嶺南一路梅花樹，吟得詩成字亦香。

題　梅

冷泉亭上看梅花，踏雪來尋處士家。最是西湖明月夜，一枝清影照窗紗。

幻菴，名法住，字曇鍠，豫章人，俗姓魏氏。親承蒲菴禪師復公法印，手録蒲菴内集行世。正統五年，弟子以寧亦同友塤友篪繕録幻菴詩九十三首，附於蒲菴卷末。

如海 二首

登靈巖

蜡月看山爲有期，小童荷担遠相隨。沽來竹葉一樽酒，吐出梅花歲首詩。晴日穿雲經鳥道，朔風吹雪點魚池。吴王已去西施没，博得遊人話昔時。

弔梅花道人墓〔一〕

小池雨後水蛙鳴，如對梅花話道情。我亦乘閒來到此，折松拂石坐聽聲。

【校記】

〔一〕此首又見古今禪藻集卷二八。

如海，名福辨，松江金澤寺僧。正德間，與錢鶴灘唱和，詩聲最著。年九十餘，無疾而化。曹定菴贈詩云：『雲間惟愛此僧閒，錫杖芒鞵懶出山。瓦鉢盂中清净水，布袈裟上木連環。無聲無色詩千首，聽雨聽風屋半間。春滿土牀誰是伴，白雲飛去又飛還。』

東白 二首

送僧還靈巖

雨露新霑出帝畿，匆匆别我向南歸。鳳城有路通香徑，雲谷無心戀紫微。萬里長空飛一錫，百花深處掛三衣。誰知絶頂琴臺石，多少時人得到稀。

元日郊行 弘治癸丑次丁壽卿韵

見説園西門不鎖，殘年換得好春來。暖歸腐草氣方吐，吟到梅花笑自開。流水隔橋分緑去，亂山觸目送春回。韶華正值元朝富，草屩間門沾紫苔。

東白，名定皚，嘉定人。留光寺僧，道清之法孫，戒縉之法子。成化中，任僧録司官，善書。弘治間寫經第一，擢左善世，賜賚甚隆。

起巖 一首

送計訓導考績

三老黌宫育俊英，及瓜又擬上神京。半肩行李因書重，數幅蒲帆帶雨輕。天闕簉聯鴛鷺序，朝陽重聽鳳凰鳴。聖皇有詔敷文教，拜命歸來晝錦榮。

起巖，名法震，常熟人。有戒行，工于詩□。計行簡邑人，永樂初以明經徵爲邑訓導，有師道，轉開封府學訓導，林大同爲文送之。或云轉於潜學致仕。

用潜 一首

過湖題五瞿村〔一〕

吳下〔二〕北陲荒索甚，五瞿風物〔三〕冠南沙。環村〔四〕楊柳十餘里，枕水〔五〕人烟三百家。土物偏宜種菱芡，生涯都是〔六〕捕魚鰕。明年幸得身強健，載酒重來看藕花。

【校記】

〔一〕此首又見（弘治）常熟縣志卷一、（同治）蘇州府志卷三一。

〔二〕吳下：（同治）蘇州府志作「吳郡」。

〔三〕風物：（同治）蘇州府志作「風景」。

〔四〕環村：（同治）蘇州府志作「沿堤」。

〔五〕枕水：（同治）蘇州府志作「繞水」。

〔六〕都是：（同治）蘇州府志作「多是」。

用潛，名□顯，常熟人。能詩文，洪武初瞿孝子莊方外友。

金　澤　八首

金山寺回文

潮隨暗浪雪山傾，遠浦漁舟釣月明。橋對寺門松徑小，檻當泉眼石波清。迢迢綠水江天晚，靄靄紅霞晚日晴。遙望四邊雲接水，碧峰千點素鷗輕。

清明日作

清明逆旅具區濆，倚棹閒將心事論。應候又更榆柳火，掃松遙憶祖宗墳。眼看風景渾無興，思入鄉關欲斷魂。此際愁腸誰爲解，直須沽酒杏花村。

耕隱

衡門俯澗小橋低，耕隱顏軒古篆題。桃杏村墟迷遠近，桑麻阡陌接東西。蛙兒水暖秧苗長，燕子泥融麥穗齊。賽社隣翁邀過飲，日斜歸路醉扶藜。

贈林裕叔

綠髮林夫子，田園樂隱居。桑麻三畝宅，燈火五車書。忠孝謀身切，聲容接目疎。徵賢頻下詔，萬里看鵬圖。

贈陶靖學

八月乘風駕漢槎，杖藜看遍洛陽花。歸來春入江東柳，驚見流年換歲華。

無題

蕋珠仙子朝元去，留得詩名翰墨間。却笑扶搖來太晚，空勞環佩月中還。

觀拂水

玉龍千尺挂丹崖，吐出瓊瑤百丈花。老衲坐觀心不厭，烟霞滿地遶袈裟。

次韻

玉虬出壑挂松崕，觸石迎風滾作花。仰看晴空洒甘雨，亂隨梅片撲袈裟。

金澤，常熟人。不知何寺僧，與林氏兄弟裕叔和季友善。永樂間，陶孝廉廉慎持身，極器重之。

明僧弘秀集卷十終

明僧弘秀集卷十一

虞山毛晉子晉父編

海舟 二十五首

頌古〔一〕

故園黃葉滿青苔，夢後城頭鼓角哀。此夜斷腸人不見，起行獨立影徘徊。

一夜寒聲來夢裡，平明着屐到聲邊。心期盛夏重過此，脫却荷衣石上眠。

五雲飛將擁霜戈，百里僵屍滿澅湖。日暮歸來看劍血，將軍却恨殺人多。

兩月潺潺雨不休，三春浪子尚披裘。農家辛苦尋常事，賣劍方當去買牛。

季春芣苡生前徑，三月桃花茂小園。可惜芳春人不識，樹頭百舌更能言。

三三曲水流松澗，亂石爲梁渡幽谷。惟有慵僧住薜蘿，時遇詩人漱寒玉。

日午空齋帶睡痕，水蔬山芋薦盤飧。林鳥信我無機械，時向窗前啄石盆。

風沙刮地塞雲愁，平坦交鋒晚未休。白骨又沾新戰血，青天猶列舊旌頭。

淚滿羅衣酒滿卮，一聲歌斷怨傷離。如今兩地心中事，直是瞿曇也不知。

風波不動影沉沉，翠色全微碧色深。應是水僊梳洗處，至今青黛鏡中心。

千重金鎖撼金鈴，萬顆明珠瀉玉瓶。恰值滿堂人盡醉，光芒觸得幾人醒。

潭底錦鱗多識釣，乍投香餌卽先知。欲令魚目無知見，須學揉藍染釣絲。

每嗟船子慣垂綸，恒泊谿邊荻映身。人問不言頭自點，恐驚魚去不膺人。

抛卻長竿捲卻絲，手攜蓑笠獻新詩。果然月照池如鏡，不是漁人下釣時。

雨霽長空蕩滌清，遠山初出未知名。夜來江上如鈎月，時有驚魚擲浪聲。

一覺開眸見月光，披衣起坐倚南窗。細聽隔水笙歌響，秖爲吹聲不按腔。

掘溝引水澆蔬圃，插竹爲籬護藥苗。楊柳如絲風易亂，梅花似雪日難消。

南窓一樹正花新，飛作琉璃地上塵。鍾鼓未聲空托鉢，不能飢得此中人。

散亂隨風處處勻，庭前幾日雪花新。無端惹著潘郎鬢，驚殺綠窓紅粉人。

半波風雨半波晴，漁曲飄秋野調清。多少遊船泛溪裡，幾人識得曲中情。

閒釣江魚勿得鯨，瓦甌歡酌暮山青。醉頭倒向蘆花裏，欲笑無端犯客星。

含春笑日花心艷，帶雨隨風柳態妖。珍重兩船堪比處，醉時紅頰舞時腰。

日暮途窮望本鄉，山遙水遠問程忙。林間一叟常相識，留宿山莊話轉長。

一聲叩出碧琅玕，能使秋猿呌欲難。詩興未窮心更遠，手垂白拂向雲看。

九月天時看不窮，秋山碧水映溪紅。不應摩詰輕描出，留與時人作畫宗。

【校記】

〔一〕此組詩列朝詩集閏集卷二收六首、四朝詩明詩卷一一四七言絶句十四收二首。

海舟，名普慈，吳郡海虞錢氏子也。世業儒，出家于破山寺，至慧日寺聽講楞嚴，至『但有言說，都無實義』，嘆曰：『今日言說愈多矣。』往叅鄧尉山萬峰和尚，得悟印可，付以法偈。遂結廬太湖西洞庭山，三十年不過湖。每嘗自痛未徹法源，萬峰久滅，寶藏已逝，今無其人發明差别法智。聞虚白旵公在安溪東明説法，親承萬峰祖印，遂往叩，居旬日，大悟，洞達濟宗源底。嗣法闡化，其得法弟子十有二人。景泰元年示寂，預期拈示弟子云：『若爲濟宗兒孫，必要明他家裏事。予昔萬峰老人付我偈，便以爲得，直至今日始知我錯，萬峰不錯。一遇東明和尚，乃明棒頭賞罰，言句亦然。果然悟在己，而法藉師，豈曰一悟卽爲了當？如以一悟靈通，不求師法，正謂威音已前，無師可也，威音已後，師師相授〔二〕者，此也。所以克賓識得父師苦心，策發已明向上關棙子，洞達閫閾中事，不在言宣，失身喫棒，受罰出院，骨碎身粉，也難酬報興化萬一，况打罰出院乎？海長老今日所以不嗣萬峰而東明者，亦此也。古諺云：「養女方知娘受苦，生子乃識父辛勤。」誠哉是言也。實是個中大事，豈容艸艸。若與人抽釘拔楔，坐獅子座，爲人天師，抉人眼翳，紹佛祖位者，必須一一透過，切莫以悟爲是，將綱宗抹殺〔三〕，置而勿究，何異天魔外道，莽蕩招殃，悔何及乎？眞我兒孫，不可忽之，愼之究之，叅之盡之，切須透之。』頌曰：『佛祖兒孫末法多，五家各各立成模。祇因恐落天魔外，故設綱宗繼祖圖。』又曰：『棒頭賞罰喝賓主，法法加工盡透過。佛事門中誰少得，法事緣來豈曰多。』又曰：『無意爲人惟自了，不須用此作規模。也該明得差别法，不入昭靈外道魔。』又曰：『個中豈容元字脚，文辭相寂絶言宣。奈何末法天魔盛，故假空中法事傳。』又曰：『賴此綱宗驗子孫，五家法脉不相紊。千山勢到嶽邊止，萬水終歸海便成。』其撰述絶少，僅有拈頌古機緣百則，或引人詩句，出自手眼，有合佛祖意者，采摭而成之。世壽九十六，僧臘七十四，全身塔在東明左側，明州天童七世孫圓悟梓其頌古以傳世，景泰丁丑年苑城弟子沈貫爲之敘。

【校記】

〔一〕相授：續指月録卷十二本傳作「相受」。

〔二〕殺：原誤作「教」，據續指月録改。

太初　十六首

聽松石〔一〕

一曲松風奏月明，無絃琹裏韻尤清。茅山聽得青牛化，千古愁雲石土〔二〕生。

【校記】

〔一〕此首又見古今禪藻集卷二七。

〔二〕土：古今禪藻集作「上」。

二聖對譚石〔一〕

妙德弘開向上關，維摩一默不輕還。對談若謂無言說，風雨依前點石斑。

【校記】

〔一〕此首又見古今禪藻集卷二七。

隱峰塔〔一〕

隱峰倒化古〔二〕巖前，筆立裙衣上聳然〔三〕。良妹已收靈骨後，石幢高樹在峰巔。

【校記】

〔一〕此首又見古今禪藻集卷二七。

〔二〕古：古今禪藻集作「石」。

〔三〕聳然：古今禪藻集作「聳天」。

獅子踪

爲訪維摩下此峰，由來獅子有遺踪。至今石上分明現，翹仰曼殊興轉濃。

現聖台

瑞靄雲飛杳莫窮，十千開士御寒空。繽紛不盡蓮花雨，無限眞人到此峰。

魏文人馬跡

魏帝鑾輿避暑來，旌旗卷日暎山臺。盤陀石上空留跡，風雨千年印綠苔。

泥齋和尚處

西臺東北古巖阿，尊者修行志不磨。日午自搓泥劑子，旋充中食省檀那。

白水池

江漢微茫尚炳靈，一泓池水自澄渟。溶溶淡染秋光白，想是仙家玉液醽。

仙人菴

何年仙子此修行，服日飡霞道氣清。袖拂天風騎鶴去，至今傳説有菴名。

般若泉

般若池邊止渴時，山瓢一吸樂何之。塵塵煩惱俱消歇，無限清涼説向誰。

梵仙山〔一〕

山頭紫氣日長浮，上有仙人汗漫游。餌菊換教風骨異，白雲影裡去悠悠。

【校記】

〔一〕此首又見古今禪藻集卷二七，題作「飯仙山」。

玉花池

何代池開白玉池，香風拂拂散天涯。雲行尊者飛空去，萬古芳聲不浪誇。

萬聖澡浴池

六月中臺已望期，聖凡交會在斯時。想應千佛同來此，一夜雲生澡浴池。

祈光塔

一上中臺自激昂，却將身世兩相忘。彩虹五色圓光現，人各居中不在傍。

般若寺

有緣尊者信前生，童子開門遠迓迎。盡説曾遊般若寺，不知誰在裡頭行。

圭峯寺

幾年聞説圭峰寺，未暇從容試一遊。丹鳳飛來形勢古，青猿啼斷海山秋。霜鐘擣日開金殿，銕鉢分泉漾碧流。嘉賞每思酧宿願，爽吟先付管成侯。

太初，名宗古，號竹深隱者，青浦儀鳳里望族錢氏子。壯歲棄妻妾爲僧，戒行精嚴，究心内典，不住寺院，不畜弟子，孤潔以終其身。宣德間，與小蒸曹氏世契，旅泊其園中數年，影不入城市。以詩聞諸名公間。所著有白雲集若干卷。

竹室　四十九首

竹室自題

披衣終日坐，惟道可爲憑。蒼雪千竿竹，白頭一個僧。雨苔迷石逕，山氣冷龕燈。門外幾多事，生來都不能。

墨梅　爲聰慧菴題

溪上同雲壓地黑，遙空亂亂飄瓊屑。玉龍何處蟠祇園，烟逕水濵尋不得。緑衣仙子羅浮來，芳心細把輕氷裁。天風吹徹素屏曉，不知滿樹梅花開。吟魂自覺有如許，千朶萬朶凝寒蘂。翠羽不啼林影横，黄昏似向低低語。竹爐静煑茶，索笑山僧家。癯肌淡烟掃，忘卻歸蓬島。上人坐倚蒲團青，硯池凍合空冥冥。暗香冷襲清夢去，寂寂柴門晝不扃。昨夜西湖峰頂月，來我窗前吐虚白。試問江南多少春，都在僧房散在枝頭雪。

僧舍墨菊

一枝霜露滿窗秋，靜倚東籬興獨幽。路隔白衣人不到，小苞金拆晚香浮。

僧壁梅

晴窗半壁江南雪，記得孤山那一枝。不意有人移在此，洞中誰與報春知。

浮　山

天光寫秋碧，林葉脫秋黃。片帆雲外去，歸興與秋長。

采　藥

洞口流來水，溪邊帶出花。偶因尋藥物，不覺入烟霞。

晝　寐

野禽聲隔樹，幽草碧侵簾。身外無他事，藤床午睡甜。

松陰小憩〔一〕

風來石上松，僧坐松下石。洗鉢將煮茶，溪流漾晴碧。

【校記】

〔一〕此首又見列朝詩集閏集卷二、四朝詩明詩卷一百五言絶句五。

訪曉山於東皋，見空中懸姚綉衣公綬和東坡叅寥泉詩，援毫次之

明月來小窗，白雲占高岑。下有叅寥泉，涵碧空人心。冰魂出石罅，泠泠不知深。想見先蘇子，微風動幽林。豈意公綬公，濡毫續雅音。良夜銀河泠，側浸三千尋。欲誰將一滴，去燒塵俗襟。禪餘間煮茗，玉鑑苔花侵。最共青山好，相看

忘古今。我老逸溪上，未見一投簪。

白銀峰

翹首白銀峰，層臺隔幾重。半天晴削出，千丈碧芙蓉。猿叫洞門月，鶴盤雲外松。倚窗僧笑指，高處有靈蹤。

佛頂峰

空崕倚天際，孤頂峭峨峨。眉接居庸翠，目含銀漢波。暝烟環黛髻，朝雨濕青螺。隻手斗牛外，應知未可摩。

古佛巖〔一〕

蒼松盤古巖，下有白雲屋。仙梵隔烟霞，洞門鎖幽谷。忽逢掃葉僧，不見啣花鹿。來此禮空王，苔碑再三讀。

【校記】

〔一〕此首又見四朝詩明詩卷一百五言絶句五、明詩綜卷九十，均録作：『蒼松蟠古巖，洞門鎖幽谷。但逢掃葉僧，不見銜花鹿。』

說法臺

偶來松下坐，苔護石臺平。谷口山泉響，林梢花雨晴。此時誰說聽，千古意分明。回首日將夕，雲堂鐘磬鳴。

雪　堂

冷烟生古木，寂寂山堂幽。簾捲千巖雪，身閒一衲頭。不聞樵客語，高卧輕王侯。童子燒松火，敲氷瀹茗甌。

茶　亭

寒翠擁西峰，茶亭一奇絶。杓分野澗泉，缾貯中團月。泠泠松風鳴，颼颼山雨歇。客來且坐閒，蕩盡煩襟熱。

清涼山

雪高五髻爛堆銀，迥比人間境界新。山外好山千萬叠，不來空老夢中身。

清涼頂

白雲藏盡千峰碧，微露摩空五頂圓。高步清風牛足下，不知身在幾重天。

清涼石

空巖一片天成石，傳說龍宮碧玉床。有客但來霑潤色，娘生毛骨總清涼。

清涼谷

谷口雲生物外心，流泉送出落花深。不知何處尋僧厺，坐石平分風月吟。

清涼橋

松溪深處跨長虹，山色微分一逕通。行客倚欄聽漱玉，洗清塵耳是非空。

清涼寺

白雲影裏掩朱扉，僧去何方日未歸。瑤草映堦香閣靜，鶴眠松下晚風微。

清涼洞

松風流水洞門深，策杖優游我一尋。回首秘魔巖上雨，暮雲歸去碧潭陰。

清涼泉

洗鉢雲邊取碧流，石池風定鏡光秋。可將涓滴清人思，吟倚長松一暫留。

清涼月

清磬一聲山月高，團團涼露滴松梢。山河萬里同良夜，都照文殊白玉毫。

清涼會

花散香風水滿池，此生此會恨遭遲。寶光現佛如雲集，記我菩提正是時。

顯通山夜話

深夜話寒盟，爐烟細縷生。相看頭共白，隔久骨尤清。衣冷不知睡，燈殘轉見情。依依山月上，分我半窗明。

送南山禪者下山

千山與萬山，只愛白雲閒。偶出洞中去，幾時溪上還。石床應自冷，松戶教誰關。老鶴懶傷别，孤眠林半間。

深院　爲崇善西白老禪題

披衣清坐碧瞳翁，小搆軒居古殿東。淡淡月來楊柳水，琅琅聲度竹窗風。日長一線篆烟白，霜落半山楓葉紅。看見語言文字性，目前何物不爲空。

金山　二首

塔古亭空海氣吞，洞中曾寄幾朝昏。玉壺侵夜寒侵榻，琪樹横秋冷映門。烟帶雨來前渚暗，月隨潮落淺沙渾。一時閒對爐香靄，静養詩魂不倒樽。

洞口閒雲淡不飛，亭高眞與世途違。青山緑樹環千里，霽月晴嵐滿四圍。定裏閣秋簾影静，講餘窗午磬聲微。一回獨倚闌干外，天水分陰半落暉。

送太常卿任坦然歸田

乞得君恩去種田，烏紗白髮杖過肩。立忘春水沙頭客，歸盡夕陽江上船。兀傲不居元亮後，高吟寧讓牧之先。青松小徑茅簷下，一榻高閒養暮年。

輓昭靖王

夢騎黄鶴入瀛洲，千丈文光冷画樓。瓶鉢暫留官寺日，鑾輿曾到客床頭。洞門雲斷青山遠，原上烟寒碧草幽。杖錫幾時還過晉，松楸十里謁丹丘。

題崔揮使書齋

淮山萬叠小齋幽，公暇還將舊業修。書枕蠹魚晴落雪，冷窗螢火靜含秋。惜花滿地嫌風掃，歸燕疎簾盡日鈎。見説家藏五千軸，黄金不爲子孫留。

早春望湖亭

烟隔孤村呌午鷄，登臨人立小亭西。雪厓日暖飛空翠，泉谷風寒吐白蜺。原上燒痕初得雨，隄邊新柳未拖泥。茫茫湖水渺天際，無限青山眼外低。

憶受業太華

故國太華峯頂寺，我年十五始初登。月邊幽唳青松鶴，雲外高眠白晝僧。到岸舟横流水曲，尋溪踏入落花藤。昨宵因憶石窗下，曾也尋經分夜燈。

僧院松棚

小院寥寥半畝寬，老松傍石壓簷盤。一窗風度夜聲碎，滿地月窺秋影寒。鐵榦低扶青雨蓋，虬枝細織碧雲團。山僧白日森陰下，無限塵緣了不干。

瘦 竹

孤根凝石小庭陰，自抱風霜歲月深。挺挺一竿清見骨，癯癯數節老無心。疏枝靜夜敲輕玉，个葉晴秋灑淡金。采蕨西山人去後，高操誰更是知音。

遊 頂

滿目青山不計層，高低隨步老還能。樓臺倒影中巖寺，仙梵回音上界僧。踏雨輕拖千里屐，入雲聊仗一枝藤。此遊未可便歸厺，容易何時再一登。

淨業堂

幾年禪悅費多吟，鷄叫前村月半林。清磬一聲千嶂曉，白雲數點萬山深。盡將南閣題詩夢，都作西樓念佛心。白髮願求歸去日，滿天飄下雨花陰。

送玉澗

策馬迢迢入翠微，春風吹冷着輕衣。高吟白雪千峰上，回首晴霞一片飛。最是身閑全晚節，由來官老自忘機。青山留我不容去，未得携囊隨步歸。

過暘白谷靈峰寺

青鞋布襪過南溪，小嶺崎嶇似躡梯。石咽泉聲能斷續，雲連山色自高低。樹頭落子偷松鼠，崕畔飛霜叫竹雞。一飯靈峯秋日短，杖藜回首野橋西。

遊廬山尋竹林跡

山色晴開一逕深，落花流水入春陰。不知坐石看雲處，遊徧無門聖竹林。

冬夜訪玉巖和尚于焦山

棹過焦山不捨廻，老枝横影水邊梅。最憐深夜談禪處，毳衲寒生月上隈。

曙　菴

月落潭空夜色濃，穿雲誰伴下危峰。歸來趺坐不知曉，窗外日高松影重。

山居雜吟〔一〕

自入青山世路遥，烟霞養得性情高。幾回日轉松陰厺，安枕柴床睡正牢。

無事山房門不開，土堦春雨緑生苔。此心將謂無人委，幽鳥一聲何處來。

野性生來愛住山，住來住去自空閑。秋霜冬雪不知老，瘦鶴枯松碧嶂間。

萬樹松花從亂落，萬樹松陰自虚廓。石窗雲厺山轉幽，鳥道曾無人跨脚。

山花自笑山苔緑，山鳥自啼山樹陰。竹几坐來朝又夕，無人能到白雲深。

每到齋時方啓扉，移床簷下曝晴暉。沙彌送厺出生飯，臺上鳥兒癡不飛。

【校記】

〔一〕雜毒海卷八、徑石滴乳集卷二、五燈全書卷五九、續指月録卷十二、續燈正統卷二九、續燈存稾卷九、補續高僧傳卷十五習禪篇收第二首。

寄古潭

倚樓終日看青山，自喜寥寥有許閒。何事故人渾不見，青山終日倚樓看。

九峰三泖讀書屋

翠挹九峰林雨霽，波平三泖浦雲開。茅齋靜啓讀周易，啼鳥一聲天外來。

與聰元二上人過南山聯句

策杖上南山倫，千峰指顧間聰。池開天鏡小元，簾掛月鈎彎。僧與山同瘦倫，鶴隨雲共閒聰。優游清絶處倫，乘興一躋攀。

余初讀竹室外集，見其詩調恬靜，不失風人和平之旨，惜未詳其始末。既讀内集，卷尾有示衆一則云：『淨倫，滇南昆明康氏。父泰，母何氏，生子四，倫居末。生宣德丁未。正統乙巳，年甫十一入學。庚申，是年十四，出家，受業本府太華無極泰和尚。戊辰春，年二十一，因請給，遂謁大方，究明大事。天順癸未臘末，參見古庭老和尚於浮山，是年已三十七矣。自戊辰及癸未十六七年間，江南江北，經寒經暑，話頭上冊子裏掠得些子古人汗臭氣，迢見老和尚總不當得。成化乙酉秋九月，別浮山，丁亥三月，京開山萬福，遂自領衆。戊戌夏，謝院事閑居。癸卯春，之五臺，掛錫顯通，約有年餘，常與數輩禪流，朝夕論其本有。丙午，京中飯僧。弘治庚戌秋，赴顯通，請淨業堂撫衆。壬子夏，是年六十有六，即京之舊隱，俟其終身，然幻迹尕在，又未必其何如。』此即師自傳也。詩句有可采者，如『宿雨吹空淨，新花落地輕』，『秋風生画閣，夜雨入琹床』，『松皮山舍小，石子野溪灣』，『琴空雲洞古，劒化石潭秋』，『橫谷生雲淡，隔林歸鳥啼』，『天高燈影小，霜黑雁聲寒』，『僧在竹房半窗月，鶴栖松逕滿窗雲』，『十里河橋通古潤，半程山水隔維揚』，『一水掬秋天外去，小山拳玉浪中浮』，『茶熟梦回虗榻上，梅開春到碧雲東』，『出洞白雲含海曙，映窗晴雪湛江流』，『參差泉石舊巖廬，千里携歸一篋書」，「黃茅恰好三間屋，白粥尋常數畝田」，「住後豈知門外事，鳥啼巖樹落花多」，「草鞋踏遍千巖雪，古路曾逢幾箇僧」，「石頭苔滑無行客，巖洞雲生有蟄虬」，「幾箇人家花發處，一聲啼鳥樹高頭」，「燈懸宴坐一肩並，粥罷纏行千指齊」，「天寒月轉氷輪小，雪霽峰排玉笋齊」，「遍界天花翻雪片，滿山佛號響松濤」，「簾垂香霧籠龕煖，風引鍾聲出澗深」，「明月不隨流水厺，青山常被白雲藏」，「長條石笋穿厓出，小朶金蓮遍地開」，「月下敲門投古寺，雲邊着屐下層臺」，「松影半窗明月夜，草霜一徑菊花秋」，「雲橫天際暮山遠，潮落江頭秋水平」，「開門最惱閒人過，踏破殘春滿地花」，「近日山家風色冷，半巖秋露菊花黃」，「林鳥一聲春色曉，青山雨後白雲多」，「記得去春相別厺，花開庭樹燕呢喃」，酷似中州集中句，若全篇未免塵雜礫亂矣。

守拙　一首

弔余廷心

南北音書杳莫通，先生猶自理春農。四方群起兵無援，七載孤操力已窮。江上洪濤張怒氣，城頭古木動悲風。不明廟食旌忠節，誰勒功名上景鐘。

守拙，名惠恕，四明人。四明教諭張湜云「石馬馳殘秋月白，庭烏啼斷夕陽紅」可並傳。

大用 一首

挽逯光古〔一〕

氣宇自〔二〕豪邁，孤超傲世時。冥鴻冲漢志，野鶴出塵姿。筆勢雲烟起，詩名艸木知。論交三十載，死別抱長〔三〕悲。

【校記】

〔一〕此首又見列朝詩集閏集卷六、石倉歷代詩選卷三二七明詩初集四七、滄海遺珠卷四、鄭開陽雜著卷四。

〔二〕自：石倉歷代詩選作「真」。

〔三〕長：石倉歷代詩選作「深」。

大用，日本人。

德寶 一首

梅花道人墨菜詩卷〔一〕

小園新雨〔二〕後，旋摘晚菘香。盡道羊羹美，誰知此味長。

【校記】

〔一〕此首又見式古堂書畫彙考卷四九畫十九、趙氏鐵網珊瑚卷十四。

〔二〕新雨：趙氏鐵網珊瑚作「春雨」。

德寶，吳郡北禪寺僧。

本初　一首

雲林竹〔一〕

海上琅玕碧玉枝。紛紛蒼雪帶雲飛。仙人拾得青鸞尾，裁作朝元翠羽衣。

【校記】

〔一〕此首又見式古堂書畫彙考卷五十畫二十、趙氏鐵網珊瑚卷十四、珊瑚木難卷六。

本　初〔一〕。

【校記】

〔一〕原闕下文，當脱。

惟信　一首

安分軒〔一〕

林壑淨囂塵，端居絶四鄰。青山對幽戶，綠樹繞通津。泉石多佳趣，交游少故人。怡然心澹泊，安分復安貧。

【校記】

〔一〕此首又見式古堂書畫彙考卷五四畫二四、趙氏鐵網珊瑚卷十六、題畫詩卷一一四宫室類。

惟信，婁江人。

祖瑛 一首〔一〕

黄氏菊山卷〔二〕

吴興黄君隱德不仕，賁于丘園，自號菊山，蓋有慕于靖節者也。靖節之時，八表同昏，南山蔽于陰霾，采菊之際悠然見之，不能不以之興懷。其不書義熙，更字元亮，其志將以有爲也。其賦歸去來而徜徉乎視菊之間，蓋知其無可柰何而安之若命者也。豈若吾黄君，老於太平之世，幅巾杖屨，優游田里，爲太平之民，蒔菊東籬之下，對南山之蒼寒，舉杯獨酌，挹爽氣而咀秋香之爲樂也。夫靖節之自謂『羲皇上人』，願爲之而不得者也。若黄君者，其無慊矣。爲賦詩一章，謌以侑酒。詩曰：

英英嘉菊，樹之盈畝。瞻彼南山，在我軒牖。邈矣羲黄〔三〕，同寓一宙。昔淳今澆，於我何有。嘉賓不速，翠瓢在手。酒酣歌起，清商滿天。矯然遐觀，南山蒼然。右麾寄奴，左拍陶肩。時不我與，已旃已旃。爰採一枝，笑插華顛。優哉游哉，聊以永年。

【校記】

〔一〕『一首』，原闕，據下文徑補。

〔二〕此首又見四朝詩元詩卷三樂府歌行一、式古堂書畫彙考卷二十書二十、趙氏鐵網珊瑚卷十。

〔三〕羲黄：四朝詩、式古堂書畫彙考、趙氏鐵網珊瑚作『羲皇』。

祖瑛，松陵人。是詩至元三年六月廿三日作。

觀幻 一首

齊王賜金田母圖〔一〕

子孝娛親奉百金，母辭不受母恩深。世間不是無田子，千古難求阿母心。

【校記】

〔一〕此首又見式古堂書畫彙考卷五三畫二三、趙氏鐵網珊瑚卷十三。

觀幻道人，名瑶壽。

雄覺 一首

題高尚夜山圖〔一〕

靜夜江山吳越中，高侯筆力壓晴空。雲開海□〔二〕波濤壯，月照城池氣象雄。高閣有人□〔三〕北極，平林落木□〔四〕西風。
誰知墨妙留塵世，□〔五〕老風流萬古同。

【校記】

〔一〕此首又見江西詩徵卷八八釋子、大觀録元賢名畫卷十八、式古堂書畫彙考卷四七畫十七、趙氏鐵網珊瑚卷十三、清河書畫舫卷十一下。

〔二〕闕字江西詩徵作「市」，大觀録作「氣」，趙氏鐵網珊瑚、清河書畫舫作「潤」。

〔三〕闕字江西詩徵、趙氏鐵網珊瑚作「瞻」，大觀録作「觀」，清河書畫舫作「通」。

〔四〕闕字江西詩徵作「趁」，大觀録作「晻」，趙氏鐵網珊瑚作「背」，清河書畫舫作「下」。

〔五〕闕字江西詩徵作「九」，大觀録作「彥」，趙氏鐵網珊瑚、清河書畫舫作「二」。

雄覺，臨川人，住漕山。

元鼎 一首

方寸銕歌贈伯盛朱隱君〔一〕

人心何危患多岐，方寸之銕貴自持。百鍊耿耿明秋暉，彼柔繞指惟〔二〕詭隨。朱盛剛勁眞吳兒，法書銕畫逼秦斯〔三〕。晴窗握管儼若思，學成變法出愈奇。銕畊代筆猶神錐，用之切玉如切泥。孤忠不媿月食時，清便更賦梅花〔四〕詞。元祐黨碑我所非，驢鳴犬吠我所嗤。雕蟲小技〔五〕同〔六〕兒嬉，屠龍妙割嗟奚爲。盛乎盛乎知不知，北南車書復復〔七〕來。中興定勒磨崖碑，大書深刻非子誰。

【校記】

〔一〕此首又見四朝詩元詩卷十二樂府歌行十、珊瑚網卷十一法書題跋、珊瑚木難卷三、書畫題跋記續卷八、式古堂書畫彙考卷二一書二一、趙氏鐵網珊瑚卷九、六藝之一録卷二二九、名蹟録卷六。

〔二〕惟：四朝詩、式古堂書畫彙考、六藝之一録等作「何」。

〔三〕逼秦斯：名蹟録作「過李斯」。

〔四〕梅花：四朝詩、式古堂書畫彙考、六藝之一録等作「楊花」。

〔五〕小技：書畫題跋記作「草技」。

〔六〕同：名蹟録作「用」。

〔七〕復復：四朝詩、式古堂書畫彙考、六藝之一録等作「滚滚」，名蹟録作「得得」。

元鼎，自記云：『至正三年，歲次庚子夏六月初吉，天台氏學者書于白蓮桂子軒。』

元遜一首

菊山詩〔一〕

東山黃處士，種菊擬淵明。遶屋秋香薄，穿林爽氣清。白衣殊不至，烏帽自多情。坐石有眞樂，看雲飡落英。

【校記】

〔一〕此首又見式古堂書畫彙考卷二十書二十、趙氏鐵網珊瑚卷十。

元遜，吴興人。

仲聯一首

謝氏石屏〔一〕

山青青兮欲雨，谷窅窅兮生雲。望楚臺兮何處歸，將賦兮屏文。

【校記】

〔一〕此首又見式古堂書畫彙考卷十九書十九、趙氏鐵網珊瑚卷九、六藝之一録卷二八四。

仲聯，名景芳，吴郡人。

平石 二首

菊山詩〔一〕

斯人在何許〔二〕，蒔菊向東山。造物無盡藏，秋風爲破慳。

【校記】

〔一〕此首又見式古堂書畫彙考卷二十書二十、趙氏鐵網珊瑚卷十。

〔二〕何許：趙氏鐵網珊瑚作『何處』。

送元叟〔一〕

山頭老漢八十一，如此東南大法城。雙髩又添新歲白，片言能使古風清。爲人不用擊虎術，養子寧忘舐犢情。明月堂前坐深夜，餘光分得到長庚。

【校記】

〔一〕此首又見平石和尚語録、五燈全書卷五一、續指月録卷七、續燈正統卷二五、續燈存稾卷七。

平石，名如砥，自稱『太白老衲』。

釋蕙 一首

黄氏菊山〔一〕

丈人愛菊菊滿山〔二〕，良時賸把芳心吐。紛紛桃李不足數，曉色〔三〕秋容稱獨步。霜明携客爲登臨，千年〔四〕陶令亦回顧。

興來應揷滿頭歸，貞松配德爲知已〔五〕。

【校記】

〔一〕此首又見式古堂書畫彙考卷二十書二十、趙氏鐵網珊瑚卷十。

〔二〕山：趙氏鐵網珊瑚作「圃」。

〔三〕曉色：式古堂書畫彙考、趙氏鐵網珊瑚作「晩色」。又，句中「秋容」，趙氏鐵網珊瑚作「秋雲」。

〔四〕千年：趙氏鐵網珊瑚作「千載」。

〔五〕知已：趙氏鐵網珊瑚作「知我」。

釋蕙，白雲住山池。

日章 一首

蘭亭舊本〔一〕

昭陵璽紙已成塵，棗本〔二〕傳來轉失眞。小黠大癡何足較，從今著眼看時人。

【校記】

〔一〕此首又見式古堂書畫彙考卷五書五、趙氏鐵網珊瑚卷一、六藝之一録卷一五九。

〔二〕棗本：式古堂書畫彙考作「棗木」。

日章，名祖偁，晩號用拙翁，常熟人，族張氏。年十二出家福山大慈寺，十七祝髮，進具戒，嗣法于天泉和尚。洪武二年，召入禁中，勅止翰林院以備顧問。八年，乞歸，營別業于蘇城東，曰「安隱』。十二年八月十二日，力疾念佛而化，世壽七十一，僧臘五十四。九皐老人作塔銘，題曰『慧辨普聞法師』。

大亨 一首

贈菊山〔一〕

先生卜隱青山傍〔二〕，繞山種菊延秋芳。屈子飡英有餘樂，杜陵摘蘂空悲傷。綠葉漠漠曉多露，寒香冉冉天雨霜。題詩頗覺幽興遠，淮南日暮烟蒼蒼。

【校記】

〔一〕此首又見式古堂書畫彙考卷二十書二十、趙氏鐵網珊瑚卷十、江西詩徵卷八九釋子。

〔二〕青山傍：江西詩徵作『秋山旁』。

大亨，南昌人。

別岸 一首

題蕭翼賺蘭亭圖〔一〕

笑談相對各歡顏，那信蘭亭去不還。千古昭陵遺恨〔二〕在，忍將眞本落人間。

【校記】

〔一〕此首又見六研齋筆記卷三、式古堂書畫彙考卷五書五、趙氏鐵網珊瑚卷一、六藝之一録卷一五九、檇李詩繫卷二十。

〔三〕遺恨：檇李詩繫作「遺憾」。

別岸，名若舟，檇李人。

書古 一首

題蕭翼賺蘭亭圖〔一〕

不知蠶客是朝紳，鮮後〔二〕全〔三〕無一語眞。賺得玉書〔四〕天上去，老僧方識世間人。

【校記】

〔一〕此首又見六研齋筆記卷三、式古堂書畫彙考卷五書五、趙氏鐵網珊瑚卷一、六藝之一録卷一五九。作者「書古」，趙氏鐵網珊瑚作「書右」，六藝之一録作「書石」。

〔二〕鮮後：六研齋筆記、趙氏鐵網珊瑚、六藝之一録作「邂逅」。

〔三〕全：六藝之一録作「曾」。

〔四〕玉書：趙氏鐵網珊瑚、六藝之一録作「王書」。

書古，自號「梅屋道人」。

壽智 一首

墨菜〔一〕

短短青菘菜，春風細作花。不須誇鼎鬻，清味〔二〕在吾家。

【校記】

〔一〕此首又見式古堂書畫彙考卷四九畫十九、趙氏鐵網珊瑚卷十四。

〔二〕清味：趙氏鐵網珊瑚作「清況」。

壽智。

永祚一首

菊山詩〔一〕

黄君嗜靜便幽獨，鋤雲種菊青山曲。樹林搖落花正開，客子歸來酒初熟。顧瞻繞屋翠欲流，采擷升堂香可掬。惟憐時世愛春花，寧識滿山總龐俗。

永祚。

【校記】

〔一〕此首又見式古堂書畫彙考卷二十書二十、趙氏鐵網珊瑚卷十一。

感芝一首

菊山詩〔一〕

采采東籬秋意長，品題多是晉文章。南陽壽客今誰在，重疊雲深晚節香。

【校記】

〔一〕此首又見四朝詩元詩卷七九七言絶句十二、式古堂書畫彙考卷二十書二十、趙氏鐵網珊瑚卷十一。作者「感芝」，式古堂書畫彙考作「感之」。

感芝，名慈感，苕城人。

元本　一首

墨菜〔一〕

茅屋淛江東，春深多白菘。披圖成一笑，淸味野人同。

【校記】

〔一〕此首又見四朝詩元詩卷六七五言絶句二、式古堂書畫彙考卷四九畫十九、趙氏鐵網珊瑚卷十四。

元本，丹丘人。

淨圭　十二首

遊仙詩〔一〕

霞光閃閃五雲東，樓觀巍巍照碧空。忽報夜池催賜宴，翠鸞飛景月明中。

縹緲仙山五色雲，玉眞飛佩度氤氳。不應名字題仙籍，猶著唐家舊賜裙〔二〕。

一會仙凡兩地分，雙雙緣脫〔三〕賜羊君。如何窈窕巫山女，只作襄王夢裏雲。

洞艸岩花處處春，壺中日月鏡中身。飈輪飛度麟洲水，知是仙班第一人。

松飄金粉落空庭，石上清齋玩易經。應笑世人工眼食〔四〕，滿頭垂白采參苓。

塵寰擾擾事如麻，恨我東風易落花。阿母蟠桃才一熟，人間幾度摘秋瓜。

璚樓十二亞相連，樓上仙姝笑粲然。青鳥忽煩將遠意，紫霞新寫寄來篇。

青童小隊鼓琅璈，仙子酣歌詠碧桃。下視人寰才洶洶，紅塵如海漲波濤。

青鳥啣書降玉京，芙蓉金掌露華清。深宮無限情緣在，不是神仙不易成。

漢武求仙或可期，仙人誰可帝王師。山河百二功成在，不似松林一局棊。

鸞書趣燕五城東，下視星辰在半空。行過瑤臺重廻首，玉清更在有無中。

虎豹眈眈守帝閽，銀灣水氣曉氤氳。石榴花下霓裳隊，競染香雲製舞裙。

【校記】

〔一〕此組詩又見四朝詩元詩卷十二樂府歌行十（選八首）、式古堂書畫彙考卷二三書二三、趙氏鐵網珊瑚卷九、六藝之一録卷三八五（均選十首）、明詩綜卷九十（選一首）。題中『詩』四朝詩作『詞』。

〔二〕裙：明詩綜作『裾』。

〔三〕緣脫：趙氏鐵網珊瑚作『條脫』。

〔四〕工眼食：四朝詩作『工肉食』，式古堂書畫彙考、趙氏鐵網珊瑚、六藝之一録作『工服食』。

淨圭，禪栖在磧里。

善行 一首

送瞿慧夫上青龍鎮學詩〔一〕

丈夫求仕非無術，只合明時作校官。弟子日來供茗飲，先生時坐取琴彈。澱山春樹簷前綠，谷水秋風帳底寒。善舞不須愁地褊，才名行且屬儒冠。

【校記】

〔一〕此首又見四朝詩元詩卷六十七言律詩十八、式古堂書畫彙考卷二十書二十、趙氏鐵網珊瑚卷七。題中「學詩」作「學官」。

善行，句吳沙門。

明僧弘秀集卷十一終

明僧弘秀集卷十二

虞山毛晉子晉父編

石　窓　十二首

題大安東谿草堂

愛爾東谿草堂靜，幾迴相過却忘還。窗含斜日吳山紫，門掩落花春蘚斑。問字船來虛載酒，濯纓歌罷每凭欄。忙忙奔走紅塵客，飛夢何曾到此間。

題福善寺僧天香閣

桂宮花滿吐幽芬，禪室金爐罷夕熏。月過只疑行處徧，風來不碍定中聞。穿簾半落軍持水，拂石涼侵貝葉文。清澈六窗無熱惱，秋空遮莫散氤氳。

龍塘見梅花悵然有作

空山寂歷徧荒榛，惟見寒梅倚磵濵。蕭散自然殊俗態，孤高渾不染緇塵。月明淺水珠流影，烟暖横梢玉露春。一自逋仙歸去後，微吟誰復對花神。

廣陵道中夜行有懷故園諸友（二）

潮落空江月滿洲，夜凉沙際淡螢流。人家遠近迷烟樹，燈火微茫映客舟。露下蒹葭欹岸夕，風驚絡緯野籬秋。天涯聚散相知少，惆悵篷窓憶舊游。

【校記】

〔一〕此首又見列朝詩集閏集卷二。

重過錢塘有懷舊游

春來江上重維舟，舊路依然水自流。謾對浮雲悲往事，靜臨芳草念同游。山光隔岸明斜日，帆影隨潮落遠洲。回首獨憐沙岸柳，若爲青眼笑人愁。

秋懷〔一〕

江潭葉落鴈初飛，又見凉風到客衣。日下浮雲迷北望，天涯孤棹滯東歸。驚看秋草流年換，夢憶青山故舊稀。明日一竿滄海去，白鷗應笑未忘機。

【校記】

〔一〕此首又見四朝詩明詩卷九十七言律詩二三、明詩綜卷九十。

晚泊東湖有懷姚醉雲〔一〕

水晚雲陰〔二〕思渺茫，若爲孤棹泊橫塘。夢囬明月人何遠，愁對殘燈夜更長。別渚沙寒移宿鴈，踈林葉響墮微霜。明朝有約新豐道，載酒重過舊草堂。

【校記】

〔一〕此首又見四朝詩明詩卷九十七言律詩二三、明詩綜卷九十。

〔二〕雲陰：四朝詩作「陰雲」。

輓隆空谷〔一〕

講罷西來最上乘，一漚幻滅竟〔二〕無憑。交游已散林間社，法印曾傳〔三〕海外僧。溪院白雲閑草座，石床〔四〕秋雨暗松燈。空遺靈塔西湖上，野樹啼猿思不勝。

【校記】

〔一〕此首又見檇李詩繫卷二一。

〔二〕竟：檇李詩繫作『覺』。

〔三〕曾傳：檇李詩繫作『神傳』。

〔四〕石床：檇李詩繫作『石房』。

遊崇道宫

南山山下蕊珠宫，幾度尋幽到此中。花裏振衣逢素女，溪頭采藥問青童。閑雲小洞棋聲遠，落日寒潭樹影空。欲向仙人借黄鶴，月明吹笛馭天風。

送王揮使襲職南還〔一〕

青年較藝謁彤闈，衣錦南還倍有輝。細雨緑波侵画舫，煖風晴日動牙旂。花飛楚驛聞鶯近，春盡湘潭見鴈稀。四海只今無戰伐，到家燈火莫相違。

【校記】

〔一〕此首又見檇李詩繫卷二一。

新春有感寄朱石田

長河臘盡水流澌，回首新年感別離。芳草無情隨客遠，寒梅有信寄君遲。滄波行倦思新隱，白首囊貧倚舊知。高館重來應不厭，酒燈相對話前期。

語溪夜泊

荒城寂寞閉寒流，幾度經過夜泊舟。白髮慈親長在別，滄波明月獨關愁。漁燈杳杳依沙岸，譙鼓鼕鼕出縣樓。回首鄉關明日是，還憑春酒慰離憂。

石窗，名德珉，字伯貞，又號石菴。洪熙間居虎丘，空谷隆公剃度師也，後爲徑山第七十九代禪師。躭文證果，趺坐而化。嘗於聖節拈香罷，雷震，師拍掌曰：『震法雷，擊法鼓，布慈雲兮洒甘露。即今法雷已震，法鼓已擊，慈雲已布，甘露已洒。事上也合，理上也合〔一〕。事理上既合，作麼生？』又題達磨祖師像曰：『臊臭老皮膿，面黑腸似漆。萬里見蕭王，覿面道不識。打落當門齒，少林去面壁。痴痴坐九年，着甚麼死急。吁！若不是神光眼有筋，千古萬古成狼藉。』讀此可想見其眞面目矣。虞山毛晉。

【校記】

〔一〕原文無『合』字，此據文意補。

空谷 二十首

送灝藏主

三呼三應，塞耳聞聲。通身泥水，睡眼未明。上人不墮此途轍，嘗翫虎丘峰頂月。劒池聽罷轆轤聲，圓通法法無差别。南來又陟靈鷲峰，灝然膽氣何其雄。信手撥轉如來藏，玲瓏八面生清風。抉得驪珠賦歸去，復覔余書贈行語。靈山宗旨任君看，一片門前冷泉水。

台宗曙院主求語

五千餘卷俱説禪，金烏杲杲懸中天。不墮語言窠臼裏，分明直指并單傳。列祖禪機俱説教，陽春雪曲元同調。嗔拳熱喝如怒雷，眼裏聞聲方得好。麻三斤，乾屎橛，古人説話非干舌。一毫頭上轉身來，打破千差并萬别。

除夜

東村王老夜燒錢，衲僧鼻孔無半邊。嗅破南泉舊公案，白牛露地重加鞭。重加鞭，未輕許，爛烹細切同分歲。和盤托出飽諸方，不用洞山分五位。風颯颯，雪飄飄，年窮歲盡在今宵。無暇爲人談佛法，圍爐團坐到明朝。

懷東白和尚有寄

龍猛辯論如懸河，發明大教功何多。開遮頓斬渺無際，一心三觀咸包羅。南岳天台四明老，相繼繩繩弘此道。剖裂荊溪不二明，脉絡貫通明杲杲。南竺雨翁承其宗，再傳東白僧中龍。綱維叢社宗眼正，東南法道全昌隆。水流西郭連三泖，一片漣漪晴淼淼。登樓眺遠豁吟眸，點點漁舟浮葉小。眇觀滄海玻瓈盃，參差島嶼青崔嵬。倚欄不覺日卓午，潮音震蕩鳴於雷。聲非聲兮色非色，諸佛衆生無朕跡。實相法門證非証，海印發光吞八極。樂其道兮何悠悠，别來倏忽經幾秋。

緬懷未克再良晤，尺書聊寄情綢繆。

題　画

高人肥遁古巖臺，閑向幽齋把卷開。應是久忘山下去，門前一逕鎖蒼苔。

彷彿嚴陵坐釣灘，寥寥四畔晝生寒。扁舟棲息緣何事，知有幽人樂考槃。

野　趣

朱溪溪上舊名家，詩禮論文幾歲華。撥棹近驚鷗聚散，到門不計路横斜。琴窗清思多朋舊，書院寒梅一樹花。何事久淹漁隱樂，好從天闕泛仙槎。

山　居

禪餘行樂動清吟，四遠凝眸盡碧岑。空性現前因境寂，市聲不到爲雲深。飛流善說單傳旨，頑石猶知古佛心。不假神通三昧力，尋常握土便成金。

寂寥閑談度流年，不用區區涉世緣。儘有山菁充供鉢，更多斛葉作眠氈。瓦瓶香浸金蓮蕊，竹筧溫通玉竇泉。不似法昌徒衆少，森羅萬象聽談玄。

叅禪看教總無能，任性隨緣樂此生。念盡是誰容聖量，藴空何處着凡情。曉霞忽墜山添色，宿雨初收澗有聲。曳杖閒吟春似海，杏花深處聽啼鶯。

每觀山色倚闌干，良夜開門更好看。風撼松頭琴瑟瑟，月穿潭底鏡團團。舊巢鶴返和雲宿，古洞龍歸帶露寒。萬法本來常寂滅，兩忘物我老巑岏。

示傳此宗

之子無端扣我禪，誰家竈裏火無烟。一鎚便就機猶鈍，三頓重施話未圓。既解尚塲吞栗棘，更從狹路透金圈。險崖莫厭難棲泊，擔荷吾宗豈小緣。

姑蘇懷古

伯國繁華冠九州，越人到後奄然收。鹿迷芳草酣春樂，猿斷青山起暮愁。響屧廊空三百步，齊雲樓冷二千秋。關情惟有長洲水，猶帶哀聲日夜流。

登岳王墓感懷

二聖歸來未有期，奮威力戰竟忘危。功高殞命同韓信，德重馳名類子儀。浪拍湖心噓怒氣，雲籠峰頂慘愁眉。墓中節節朝南樹，便是行人墮淚碑。

同李衛撫遊天龍寺作

一徑迢迢入翠微，老僧迎迓啟禪扉。鐘聲近挾潮聲吼，雲影遙連鴈影飛。下界紅塵山隔斷，上方清氣客來稀。同遊幸是賢章甫，吟賞何妨到夕暉。

正月十三掛燈值雪

瑞應鼇山節乍臨，紛紜滕六思難禁。梅花破玉重添玉，楊柳舒金不露金。懶奏笙歌春寂寂，罷燒燈燭夜沉沉。寄言遊冶長安客，暫輟今宵一賞心。

聽鶴軒爲杭衛千戸李公秉常賦

曉來鶴淚出蓬瀛，越海穿雲雪羽輕。巫峽頓醒中夜夢，天街争訝九皋聲。驚回幽壑潛龍蟄，喚起蒼梧宿鳳鳴。飲罷捲簾聽不厭，滿懷清興動吟情。

白雲堂

竺峰孤絶勢叅天，華搆嵯峩景物妍。花映六窓紅似錦，雲封四壁白於綿。戀巢鶴立清松上，抱子猿歸碧嶂前。日暮鍾聲何太速，猊床驚起老僧禪。

靜處齋

一室幽棲萬頃雲，晏然長日絶紛紜。苔封石徑人難到，鳥隔松蘿晝不聞。隱隱鐘聲天外落，沉沉燈影座中分。曉來入定初回定，不覺西巖又夕曛。

送璽藏主歸蘭溪

覺皇心印，匪假磨琢。不是宋人之燕石，亦非卞和之荊璞。謂其方兮了無中邊，謂其圓兮隨方圭角。輕若毫芒，重於山岳。三面狸奴左右逢源，八臂那吒摸索不着。印空印水印泥，文彩那容卜度。君不見香林紙襖抄成迷眞逐妄，南泉與汝往來亦非是藏。二途不涉解，翻身始識眉毛眼睛上。蓮華峰頂猿聲切，靜夜蘭江澄素月。擘破渾崙句子來，腦後神光倚寥泬。

空谷，名景隆，姑蘇人。父月潭處士，世居洞庭之黿峰。母金氏，見師成童時不茹葷，每趺坐若禪定，遇佛輒拜。求爲僧，父母許之。時石窗珉公宣導虎丘，即禮爲剃度。師既叅學于南極安公，安公嗣法于海門天眞則公。則公上沂、無極源公、雪岩欽公、無準範公，皆正傳正受，爲叢席龍象。其弟子文盛彙師法語及詩文凡七卷，曰空谷集，丐吳興少師楊公復序以行世，時正統五年也。又喜録海上方，顯有明效者曰『慈濟方』，亦流傳于時，臨川聶大年爲之序。詩調頗平，佳句亦不少，如『花明曉苑黐晴蝶，栁暗春塘轉乳鶯」，「一架荼盃延到客，半厨經史作傳家」，「天曉開門閒縱目，好山依舊送青來」，「數椽竹屋隨緣住，一扇柴門不用開」，「鳥啼乍煖嬌無力，蘚暈初晴濕有痕」，「幾度長吟岑寂夜，獨看明月上窓紗」，「一江碧水一明月，半擔青松半紫芝」，不愧晚唐。但「西湖十詠」多買臙脂，恐西子揜鼻耳。

秋 厓 九首

靈峰寺

一室千峰裡，幽居少客臨。經函就月案，禪榻倚雲岑。極目空天地，潛心無古今。流馨到人世，故我得相尋。

大廣宗寺

小朶天城寺，百年我遁中。青山雲影淡，紫府樹林豐。洗鉢龍吞水，扶筇鳥入空。天機何處是，黄葉舞秋風。

大文殊寺

幾番臨絶頂，禮塔更登樓。月上空山白，雲來野壑幽。花開多品目，樹老幾千秋。無限留題者，苔文滿石頭。

大顯通寺

古今皇帝勑，寺啟鷲峰頭。客喜松間屋，僧栖雲外樓。羣山皆北向，二水自南流。名宇聞天竺，神僧荷錫遊。

演敎寺

嵯峩高萬丈，氣宇眇蓬萊。塔影連空漢，鐘聲出斗隈。龍池藏日月，聖地絶塵埃。天下多名勝，難同是五臺。

竹林寺

清凉山畔幾叢林，羅列千峰萬水森。溪湧寒雲流碧玉，風飄落葉散黄金。縱横鴈塔新霜古，欹側龍碑歲月深。多少禪宫看代謝，徘徊誰不動愁吟。

梵仙山

愛翫吾家紫府山，溪雲老樹共僧閒。乹坤謾説蓬萊異，聞者雖多達者難。

太平興國寺

宋沙門睿見結廬子樓觀谷，平生自誓者四：『眼不覩非法之色，耳不聽非法之聲，口不道非法之語，心不緣非法之事。』太宗平晉，聞師道，詔見行宫，勑建寺，賜額『太平興國』，以師主之，即楊五郎之師也。中有五郎祠。五郎之後，眞寶，代州人，以義爲質，能外死生，欽宗厚遇。靖康之亂，寶爲金酋所獲，庭抗不禮，金不忍殺，百方勸誘，終不顧，且曰：『吾許宋皇帝以死，爲佛弟子豈當爲妄言耶？』怡然受戮。上聞，痛悼不已，立祠本寺。

宋世功臣志異常，棄名林下學僧郎。乾坤到此誰堪並，獨許英風動帝王。

阿師功業與天齊，恨殺丹青不與題。當得將軍常在世，宋朝争肯屬單于。

秋崖，名□□，清凉山僧。成化間，師同晉主祈光，遂願建祈光塔。正德初，上爲生民祈福，遣中官韋敏建大廣宗寺于鷲峰南半麓，鑄銅爲瓦，人稱『銅瓦殿』，賜印護持，命秋厓等十高僧秉法。空印和尚作清凉通傳序云：『唐初藍谷法師創集，宋僧延一又爲廣傳，我朝正德間，秋厓法師細搜古今舊文，通爲二十卷。』

孤月 四首

山居詩 三首〔一〕

寰中獨許五臺高，無位眞人伴寂寥。亦任〔二〕諸方風浩浩，常空兩眼視雲霄。

甘貧林下思悠悠，竹榻橫眠枕石頭〔三〕。格外生涯隨分足，都緣胸次爲無求〔四〕。

自任丹崖〔五〕綠水旁，了無榮辱與閒忙。老僧不會還源旨，亦任山青葉又黄〔六〕。

【校記】

〔一〕此三首又見雜毒海卷八、五燈會元續略卷四上、五燈全書卷五九、續指月録卷十二、續燈存稾卷九、繼燈録卷六，補續高僧傳卷十六習禪篇收二、三首，釋鑒稽古略續集卷三録第二首。

〔二〕亦任：雜毒海、五燈全書、續指月録、續燈存稾等作「一任」。

〔三〕此句雜毒海、五燈全書、續指月録、續燈存稾作「竹榻高眠石枕頭」。

〔四〕爲無求：雜毒海、五燈全書、續指月録、續燈存稾作「略無求」，補續高僧傳作「一無求」。

〔五〕丹崖：雜毒海作「丹巖」。

〔六〕此句雜毒海、五燈全書、續指月録、續燈存稾作「一任青山青又黄」。

普濟寺〔一〕

颯颯春風和鳥哀，清音直到耳邊來。爐燒栢子端然坐，對月殘經人〔二〕展開。

【校記】

〔一〕此首又見雜毒海卷八、五燈會元續略卷四上、五燈全書卷五九、五燈嚴統卷二三、續指月録卷十二、續燈存稾卷九、繼燈録卷六。

〔二〕人：雜毒海、五燈會元續略、五燈全書、續指月録、續燈存稾等作「又」。

孤月，燕京西河漕張氏子。生時適僧至，父喜，乞命名，名曰「清正」。父母亡，棄家往雙城子，路逢僧，即皈依，詢其詳，廼初命名僧也，遂就金河寺薙髮。未幾，老僧卒，遇五臺僧清善，易其名曰「淨澄」。自覺工夫不純，詣北都禮月溪老人，令叅「狗子無佛性」語，有省。南渡黄河，舟覆，附浮木而生，發願曰：「此行若不大悟，誓不北歸。」入蜀川飛雪山，獨居三載。一日，造飯中得定，既覺來，時飯已生白醭矣。打坐地上，冷氣傷足，衆荷至木頭上坐，忽聞爆竹聲，豁然心空。訪法鑑和尚，陳其所悟。又訪雲谷和尚，問答再三，針芥相入，遂付衣鉢。天順改元，返清涼，代王延入内掖，賜賚甚隆。建普濟寺于臺山華嚴谷。後坐化，烟生七竅以自焚。有清涼録行世。郭孔建作孤月禪師傳〔一〕，不詳其姓氏、邑里，傳曰：「余友揚〔二〕邦隆好佞佛，月夕過僧院，逢印菴和尚，譚問印何師，曰「予師爲孤月也」。」因談師入終南，狀甚奇。初至終南，望山勢逶迤崔巍，疑山中有至人藏丹處，曰：『余得皈依承密諦，幸矣！』遂裹糧行。日行百餘里，所至皆披茅蹂石，足爲之龜。行已十日，遇獵者，臂鷹逐犬，一俠少年也。問師何以至此，師曰：『尋師訪道，不遠千里，不識此有高僧可依否？』獵者曰：『封豕長蛇，射工山鬼，寔爲窟穴，更何處覓僧耶？子休矣！前有白熊洞，熊〔三〕踞視眈眈，過者蔑不齏粉，子毋以身嘗也。』師曰：『菩提心堅，無有恐怖。』起謝獵者去。行可百里，日入細栁矣。見一巖洞，師賞其幽奇，心頗怪〔四〕之，甫窺洞，白熊蹲踞，目光如電，張目視師。師曰：『去家萬里，求無上道，今乃遇子，子能相容乎？不然亦天也。』師不怖，熊視良久，掉尾向洞口出，師遂入洞宿。越三日，獵者至，驚曰：『子眞神人也，而脱熊口！』師曰：『幸免熊口，惟夜有二偉丈夫，黑幘長脛，立予傍，此何妖也？』獵者曰：『巖前古樹二章，曩伐爲薪，毋乃是爲祟乎？』請夷其根，師不忍絶樹生理，止勿夷。是夜，二丈夫不現，師慈悲動艸木矣。獵者止師，師復謝去。至山椒，一僧結艸廬栖焉。師色喜，行入艸廬，僧瞑目趺坐，五體如山，望之如木雞，啟視其釜，釜皆青苔也。向僧膜拜三日，竟屹然不動，乃從僧腰後扶〔五〕之，始覺。師曰：『願受教。』僧不應，第曰：『子于終南無緣。』師苦求教，僧示之八語曰：『逢山則藏，遇廬則止。』語畢，以杖指歸路示師，師遥見一青鳥，翩躚而來，若導師出岫。行數日，踰終南而西，忽見市民州處，問何地，曰：『西蜀。』問：『南閻浮提有廬山乎？』蜀人曰：『入豫章法宫亭，廬可躡也。』師色益〔六〕喜，從荊州棹而南，卓錫五老峰。

【校記】

〔一〕孤月禪師傳見郭孔建垂楊館集卷九。

〔二〕揚：孤月禪師傳作『楊』。

〔三〕『熊』字據孤月禪師傳補。

〔四〕怪：孤月禪師傳作『快』。

〔五〕扶：孤月禪師傳作『抶』。

〔六〕『益』字據孤月禪師傳補。

行紀　一首

顧玉山艸堂席上寓興〔一〕

春暉樓頭春最早，主人宴客情更好。萬斛蒲萄瀉緑波，一色氍毹剪芳草。捲簾山色何冥冥，吳天半掃蛾眉青。亂雲忽西起，倒壓白日停。野狐啼烟道路黑，海風吹雨蛟龍腥。短歌長吁傷我情，門前溪水聲泠泠。

【校記】

〔一〕此首又見四朝詩元詩卷二四七言古詩十、大雅集卷三。

行紀，名行方，嘉定人。玉山唱和集不知何失載其名。

道立　一首

遊大梅山憶中定鄭魏王〔一〕

獨秀峰前倚檻看，上方樓閣在雲端〔二〕。荒墳虎瘞唐僧骨，古井龍窺漢尉丹。霜沼荷枯秋鏡淨〔三〕，風林松撼〔四〕夜濤寒。年年四月黃梅熟，因憶和羹〔五〕齒頰酸。

【校記】

〔一〕此首又見甬上耆舊詩卷三。

〔二〕此句甬上耆舊詩作「翬飛樓閣出巑岏」。

〔三〕此句甬上耆舊詩作「荷沼秋枯霜鏡净」。

〔四〕風林松撼：甬上耆舊詩作「松林風撼」。

〔五〕因憶和羹：甬上耆舊詩作「猶憶調羹」。

道立，名本立，武進新塘吴氏子。生時香聞戶外，出家無錫法喜院，洪武間任常州府都綱。一日衆集，垂誡而逝，荼毘，有舍利子。有文集行世。

物外 一首

流翠亭〔一〕

道人性沉靜，置屋層巒間。四稠山淥瀉〔二〕，萬壑松濤翻。清秋爽氣集，落日衆鳥還。過客坐來久，又西垂，明夕還來不〔三〕。

【校記】

〔一〕此首又見明詩綜卷九十。

〔二〕淥：明詩綜作「溜」。

〔三〕「又西垂明夕還來不」，明詩綜作「寂寥誰叩關」。

物外，名至道，號梦室，臨海人。通內外學，卓錫無錫之嵩山，大建幢刹，爲開山祖。洪武初以高僧選至京，後乞還嵩山。既耄，端坐而化。有梦室詩集及語録。

秀崖 一首

和宋學士贈詩〔一〕

一回錯買離鄉舶，抹過鯨波萬里間。震旦扶桑無異土，參方飽看浙西山。

【校記】

〔一〕此首又見列朝詩集閏集卷六、四朝詩明詩卷一一六七言絶句十六、鄭開陽雜著卷四。

秀崖，名全俊，姓神氏，日本國北陸道信濃州高井州人。依善應寺印月江法嗣快鈍夫出家。

釋檇 一首

閒居述懷〔一〕

自從祝髮入山中，只有陶潛識遠公。老去翻嫌名是累，悟來方覺色爲空。孤懷夜嘯千峰月，吟思秋生一榻風。不踏紅塵三十載，琅函已得遍探窮。

〔一〕此首又見明詩粹選，逸其名氏。

天祥 十六首

題虎丘寺〔一〕

東西兩寺今爲一，有客登臨見斷碑。剩水殘山王霸〔二〕業，苦風酸〔三〕雨鬼仙詩。樓臺半落長洲苑〔四〕，簫鼓時來短簿祠。

盤郢魚腸何處是〔五〕，轆轤千尺響空池。

【校記】

〔一〕此首又見列朝詩集閏集卷六、四朝詩元詩卷六十七言律詩十八、四朝詩明詩卷九一七言律詩二四、鄭開陽雜著卷四。

〔二〕覇：四朝詩元詩作「伯」。

〔三〕酸：列朝詩集作「駿」。

〔四〕長洲苑：四朝詩元詩作「長洲縣」。

〔五〕何處是：四朝詩元詩作「不知處」。

寄南珍〔一〕

上人居處僻，心與石泉清。道在偏違俗〔二〕，身閒不用名。空階松子落，雨逕〔三〕蘚花生。怪得稀相見，年來懶到城。

【校記】

〔一〕此首又見列朝詩集閏集卷六、四朝詩明詩卷六七五言律詩十八、明詩綜卷九六、石倉歷代詩選卷三六六明詩初集八六、滄海遺珠卷四。

〔二〕此句列朝詩集、四朝詩、明詩綜、滄海遺珠作「道在從違俗」。

〔三〕雨逕：四朝詩作「雨過」。

題龍關水樓〔一〕

此樓登眺好，終日俯平湖。葉盡村村樹，花殘岸岸蘆。漁翁晴獨釣，沙鳥晚相呼。何處微鐘動〔二〕，雲藏島寺孤。

【校記】

〔一〕此首又見列朝詩集閏集卷六、四朝詩明詩卷六七五言律詩十八、石倉歷代詩選卷三六六明詩初集八六、滄海遺珠卷四、鄭開陽雜著卷四、滇略卷八。

〔二〕動：四朝詩作「在」。

次韻惟心見寄〔一〕

世間無住〔二〕著，林下且棲遲。暎戶幽花〔三〕發，侵階亂竹垂。老年銷記性，餘習未忘〔四〕詩。此意難爲說，西峰道者知。

【校記】

〔一〕此首又見列朝詩集閏集卷六、四朝詩明詩卷六七五言律詩十八、石倉歷代詩選卷二六六明詩初集八六、滄海遺珠卷四。又，此詩與以下四首據南京圖書館藏本補入。

〔二〕住：四朝詩作「往」。

〔三〕幽花：滄海遺珠作「幽光」。

〔四〕未忘：四朝詩作「未亡」。

贈李生〔一〕

異域無親友，孤懷苦別離。雨中春盡日，湖外客歸時。花落青山路，鶯啼綠樹枝。從今分手後，兩地可相思。

【校記】

〔一〕此首又見列朝詩集閏集卷六、四朝詩明詩卷六七五言律詩十八、石倉歷代詩選卷二六六明詩初集八六、滄海遺珠卷四。

送僧歸重慶〔一〕

東西千萬里，來去一身輕。碧鳳山前別，黃梅雨裏行。江長巴子國，地入夜郎城。昔我經過處，因君動遠情。

【校記】

〔一〕此首又見古今禪藻集卷二三、列朝詩集閏集卷六、四朝詩明詩卷六七五言律詩十八、石倉歷代詩選卷三六六明詩初集八六、滄海遺珠卷四。

哭宋士熙〔一〕

衆山搖落候〔二〕，那忍哭先生。老眼非無淚，深交最有情。人尤〔三〕惜才調，天可厭聰明。書法並詩律，空留後世名。

【校記】

〔一〕此首又見列朝詩集閏集卷六、石倉歷代詩選卷三六六明詩初集八六、滄海遺珠卷四。

〔二〕落候：列朝詩集、滄海遺珠作「落日」。

〔三〕尤：列朝詩集、石倉歷代詩選、滄海遺珠作「猶」。

呈同社諸友〔一〕

君住峰頭我水濵〔二〕，相思只隔一重雲〔三〕。夜燈影向空中見，晨磬聲從樹杪聞。咫尺誰知多役夢，尋常心似遠離群。今朝偶過高棲處，坐接微言到夕曛。

【校記】

〔一〕此首又見列朝詩集閏集卷六、四朝詩明詩卷九一七言律詩二四、石倉歷代詩選卷三六六明詩初集八六、滄海遺珠卷四。

〔二〕水濵：列朝詩集、四朝詩、石倉歷代詩選、滄海遺珠作「水濱」。

〔三〕一重雲：列朝詩集、四朝詩、滄海遺珠作「一孤雲」。

夢裏湖山爲孫懷玉作〔一〕

杭城一別已多年，夢裏湖山尚宛然。三竺樓臺晴似画，六橋楊柳晚如烟。青雲鶴下梅邊墓，白髮僧談石上緣。殘睡驚來倍惆悵，可看〔二〕身世老南滇。

【校記】

〔一〕此首又見列朝詩集閏集卷六、四朝詩明詩卷九一七言律詩二十四、石倉歷代詩選卷三六六明詩初集八六、滄海遺珠卷四。

〔二〕可看：列朝詩集、滄海遺珠作『可堪』，四朝詩作『可憐』。

長安春日作〔一〕

何事長安客，春來思易迷。樂遊原上艸，無日不萋萋。

【校記】

〔一〕此首又見古今禪藻集卷二六、列朝詩集閏集卷六、四朝詩明詩卷一百一七言絶句一、明詩綜卷九六、石倉歷代詩選卷三六六明詩初集八六、滄海遺珠卷四、鄭開陽雜著卷四。

榆城聽角〔一〕

十年遊子在天涯，一夜西風〔二〕又憶家。恨殺葉榆城上角，曉來吹入小梅花。

【校記】

〔一〕此首又見古今禪藻集卷二七、列朝詩集閏集卷二、卷六、四朝詩明詩卷一一四七言絶句十四、明詩綜卷九六、明詩鈔明詩七言絶句、石倉歷代詩選卷三六六明詩初集八六、滄海遺珠卷四、鄭開陽雜著卷四、逃虚子集詩集補遺、滇略卷八、（雍正）雲南通志卷二九之十四。

〔二〕西風：古今禪藻集作『秋來』，列朝詩集等均作『秋風』。

暮春病懷〔一〕

落花盈砌〔二〕雨絲絲，九十春光又別離。行樂送春〔三〕猶有恨，那堪多病過花時。

【校記】

〔一〕此首又見列朝詩集閏集卷六、四朝詩明詩卷一一六七言絶句十六、石倉歷代詩選卷三六六明詩初集八六、滄海遺珠卷四、鄭開陽雜著卷四。

〔二〕盈砌：列朝詩集、四朝詩、滄海遺珠、鄭開陽雜著作「滿地」。

〔三〕送春：四朝詩作「春深」。

寄西山石隱〔一〕

碧雞山上雪，想可埋巖房。老僧凍不死，燒葉生微陽。我欲往從之，杳杳川無梁。日落尚延佇，心隨歸鳥翔。

【校記】

〔一〕此首又見列朝詩集閏集卷六、石倉歷代詩選卷三六六明詩初集八六、滄海遺珠卷四。按：此詩另見本書卷七機先詩，當有一誤。

送　別〔一〕

天書召賈生，匹馬出滇城。白首相逢處，青雲送別情。山經巫峽盡，水到楚江平。好獻治安策，殷勤答聖明。

【校記】

〔一〕此首又見四朝詩明詩卷六七五言律詩十八、明詩綜卷九六、石倉歷代詩選卷三六六明詩初集八六、滄海遺珠卷四。

挽逯光古先生〔一〕

昨日來過我，今朝去哭君。那堪談笑際，便作死生分。曠達陶徵士，蕭條鄭廣文。猶憐埋骨處，西北有孤雲。

【校記】

〔一〕此首又見古今禪藻集卷二二、列朝詩集閏集卷六、明詩綜卷九六、石倉歷代詩選卷三六六明詩初集八六、滄海遺珠卷四。

送僧歸石城〔一〕

月照空山鶴在松，梦中猶聽石城鐘。今朝又向江頭別，目斷孤雲意萬重。

天祥，日本人。

【校記】

〔一〕此首又見石倉歷代詩選卷三六六明詩初集八六、卷三一九明詩初集四九、滄海遺珠卷四。

師文 一首

登玉龍山〔一〕

山中九日流清暉，涼飇滿堂吹客衣。黃花翠枝着蘂細，欲采未〔二〕采情依依。維侯好事美無度，載酒與客登山扉。陰陰蘿磴出良久，長嘯響遏白雲飛。良辰美景不易得，龍山舊事人今非。舉杯勸客盡樽酒，莫辭薄暮山中歸。

【校記】

〔一〕此首又見四朝詩元詩卷三四七言古詩十、百城烟水卷九。

〔二〕未：百城烟水作「不」。

師文，崇明人。至正二十三年秋九月，同遊者孟集、朱斌、賀庸〔一〕，共四人，各賦登高詩。

【校記】

〔一〕庸：百城烟水卷九作「鏞」。

雪江　七十七首

古意〔一〕

黃河滾滾天上來，客星獨照桐江臺。漢庭老吏不復見，天下清議安在哉。東家小兒富且貴，春城錦衣高馬廻。落日還隨高馬去，醉歌吸盡鸚鵡杯。前山大雪苦吟客，閉門飢腸千樹梅。千樹梅花萬年雪，侍中之血賈生才。南海猶聞越裳貢，市舶萬里風濤開。明珠翠羽不知數，神仙窟宅眞蓬萊。紛紛世事皆局戲，淚洒江雨江邊哀。

【校記】

〔一〕此首又見古今禪藻集卷二一、石倉歷代詩選卷五百六明詩次集一百四十。

楚江秋晚次石田翁韻三首〔一〕

艸寒霜渚夢悠悠，衡嶽西風落木秋。病裏斷猿司馬淚，吟餘殘月仲宣樓。自憐江漢猶遲暮，誰采芙蓉〔二〕寄遠遊。鴻鴈一行斜不度，水光山色滿汀洲。

山川搖落露華晞，野寺鳴鍾破曙暉。千里人烟江郭靜，數聲漁笛水禽飛。寒催刀尺風霜早，日遠關河信息〔三〕稀。叢菊又開身在客，長沙誰念未成衣。

睡起長年報水程，江花無數傍船明。漢陽人語舟横渡，夏口雞鳴月近城。寂寞陣圖諸葛計，支離心事杜鵑行。却從歲序悲黃葉，一夜湘潭白髮生。

【校記】

〔一〕此三首又見列朝詩集閏集卷二、石倉歷代詩選卷五百六明詩次集一百四十、古今禪藻集卷二四選録一、二首。題中「晚」，列朝詩集、石倉歷代詩選、古今禪藻集作「曉」。

〔二〕芙蓉：列朝詩集作「城蓉」。

〔三〕信息：列朝詩集作「資訊」。

答戴雙湖先生

滄海閉門秋已盡，白頭憂只在山林。長緘遠問維摩病，細讀深知長者心。日落孤鴻隨影度，天寒叢桂抱香深。何時坐對西峰月，啜茗高歌木客吟。

歸　雁〔一〕

萬里隨寒暑，南衡又北秦。雲飛時避弋，水宿更呼群。青艸湖邊雨，黄沙磧上春。天涯未歸客，愁向夜深聞。

【校記】

〔一〕此首又見古今禪藻集卷二三、石倉歷代詩選卷五百六明詩次集一百四十。

訪顧子重于瑞石山房〔一〕

故人喜我至，下榻埽烟蘿。丘壑此心在，文章如命何。鶯聲花外老，春事雨中過。何日西湖上，漁竿共艸蓑。

【校記】

〔一〕此首又見古今禪藻集卷二三、石倉歷代詩選卷五百六明詩次集一百四十。

懷太白山人〔一〕

堦前黄葉堆欲滿，湖上白雲閒自來。千里秋風悲斷鴈，兩峰寒日憶登臺。未能明月同移棹，想見黄花獨舉盃。吟遍長松千萬樹，南屏落日寺門開。

【校記】

〔一〕此首又見古今禪藻集卷二四、列朝詩集閏集卷二、明詩綜卷九十、石倉歷代詩選卷三六六明詩初集八六、卷五百六明詩次集一百四十。

許九杞過五畆山分杜韻〔一〕

杖藜竹閣欵斜暉，披拂清風暑亦微。山月又當書榻上，水禽時傍釣船飛。江關信息逢人問，丘壑心期與世違。博得倦遊鄉國味，鱸魚蓴菜入秋肥。

【校記】

〔一〕此首又見石倉歷代詩選卷五百六明詩次集一百四十。

雪中喜張雪樵司訓還家〔一〕

小山踏雪問歸舟，一别無書十二秋。明月梅花寒自好，艸堂春酒夜相留。老懷林壑欣重叙，塵跡江湖遂晚收。芳艸鹿鳴猶在耳，爲憐高致繼方洲。

【校記】

〔一〕此首又見石倉歷代詩選卷五百六明詩次集一百四十。

山中懷蘿石翁〔一〕

老懷常耿耿，歲暮一行書。寒日孤城短，山堂獨夜虛。病多憂到骨，吟苦淚盈裾。秖恐梅花笑，相逢齒髮疎。

【校記】

〔一〕此首又見列朝詩集閏集卷二、四朝詩明詩卷六六五言律詩十七、石倉歷代詩選卷五百六明詩次集一百四十。

中秋汎瀲灔湖，董蘿石許東山朱西村陳句溪許九杞孫太白沈紫峽同賦〔一〕

人物百年滄海上，釣竿裊裊拂珊瑚。前峰吹笛月在水，中流放歌秋滿湖。夜静魚龍廻浦瀲，天低星宿〔二〕動菰蒲。山川勝槩自今昔，天柱洞庭還有無。

【校記】

〔一〕此首又見古今禪藻集卷二四、石倉歷代詩選卷三六六明詩初集八六、卷五百六明詩次集一百四十、檇李詩繫卷三一。題中「村」，石倉歷代詩選卷五百六明詩次集一百四十作「川」。

〔二〕星宿：古今禪藻集作「星斗」。

至杭過長安道中先簡太白山人〔一〕

野日蒼蒼水氣寒，半篷斜日下長安。川平去鳥秋風没，葉落孤村暮雨乾。久客詩囊隨日富，漫遊心境與天寬。憑誰寄語南屏叟，猶有湖山興未闌。

【校記】

〔一〕此首又見石倉歷代詩選卷五百六明詩次集一百四十。

漫　興〔一〕

落日千峰拄〔二〕杖前，古苔長擬隱居篇。潁濵定有箕山月，廬岳時看瀑布泉。小閣梅花迎老眼，殘書白髮卧高天。聖朝有道憂今少，藥餌烟霞且歲年。

【校記】

〔一〕此首又見列朝詩集閏集卷二、石倉歷代詩選卷五百六明詩次集一百四十。

〔二〕扗：石倉歷代詩選作『柱』。

秋日詠懷

建康城邊秋艸黃，翠華猶未返龍驤。關山行在開春殿，羽獵戎衣拂曙霜。甯戚不須歌短褐，子雲空爲賦長楊。菊花欲開不自好，可應重負去年香。

梅　花〔一〕

凍絶深山萬木荒，一枝歲宴〔二〕獨含芳。水邊月落寒無夢，簾外花明夜有霜。甘向風塵棲艸莽，不隨桃李傍門牆。春園盡借陽和力，顔色何曾帶雪香。

【校記】

〔一〕此首又見石倉歷代詩選卷五百六明詩次集一百四十。

〔二〕宴：石倉歷代詩選作『晏』。

留句溪養病山中

病卧山中且莫歸，秖憐白髮故人稀。焚香竹裏哦詩坐，行藥池邊看鳥飛。省己有方須避地，求閒無願已忘機。狐裘三十年還在，丘壑相看只舊衣。

寓杭得四兄訃〔一〕

來書開不得，落葉聽還驚。病眼天涯淚，寒門歲暮情。朔風吹斷鴈，斜日照荒荊。哀痛兼時事，東歸百感生。

【校記】

〔一〕此首又見石倉歷代詩選卷三六六明詩初集八六。

過沈紫峽園亭〔一〕

抱道園居病五年，尋常起坐萬書前。驚看白髮搔仍〔二〕短，數問黄花瘦可憐。滄海孤舟移落日，紫薇（峽山名）高榻卧秋烟。秖今強健重攜手，把酒青峰錦石邊。

【校記】

〔一〕此首又見石倉歷代詩選卷五百六明詩次集一百四十。

〔二〕仍：石倉歷代詩選作「盈」。

許泉亭秋日〔一〕

手把傳燈録，西岩卧病翁。柴關上野色，石壁下秋風。歲月飛鴻外，江山落葉中。菊花知九日，青蒞更叢叢。

【校記】

〔一〕此首又見列朝詩集閏集卷二、四朝詩明詩卷六六五言律詩十七、石倉歷代詩選卷五百六明詩次集一百四十、槜李詩繫卷三一。

賓山駐錫雲居〔一〕

滿地雲山皆幻住，此心若了始爲僧。艸茆徑仄〔二〕須扶杖，霧雨堂昏要續燈。聲露鶴鳴穿壁月，弄花猿引掛岩藤。閉門細究楞嚴旨，鏡像年芳未可憑。

【校記】

〔一〕此首又見列朝詩集閏集卷二、石倉歷代詩選卷五百六明詩次集一百四十、槜李詩繫卷三一。

〔二〕仄：列朝詩集、石倉歷代詩選作「昃」。

悼猿寄王雨舟〔一〕

昨宵嘉樹庭前夢，杳杳還疑到桂林。群侶相悲秋月冷，舊巢猶在瘴烟深。雲根細艸埋通臂，林麓幽花見獨吟。萬里秋風如逆旅，塞鴻胡馬本同心。

【校記】

〔一〕此首又見石倉歷代詩選卷五百六明詩次集一百四十。

紅　梅〔一〕

絳紗籠月倚春江，薄袂生寒藉酒降。欲寫清愁寄東閣，綵毫硃露曉臨窓。

【校記】

〔一〕此首又見石倉歷代詩選卷五百六明詩次集一百四十。

宿歸雲堂〔一〕

寺前昨日雨，水滿放生池。獨往忽乘興，幽尋豈有期。夜深月未出，秋近竹先知。重把茶盃坐，雲山話所思。

【校記】

〔一〕此首又見列朝詩集閏集卷二、四朝詩明詩卷六六五言律詩十七、石倉歷代詩選卷五百六明詩次集一百四十、檇李詩繫卷三一。

賡徐襄陽秋夜之作〔一〕

江郭初聞一雁聲，鬢絲燈影伴殘更。懸知風雨聯床話〔二〕，卽是池塘夢艸情。十載宦遊存菊徑，百年歸老有柴荊。高堂白髮俱強健，遮莫當歌酒謾傾。

【校記】

〔一〕此首又見石倉歷代詩選卷五百六明詩次集一百四十。

〔二〕話：石倉歷代詩選作「夜」。

寄顧子重客燕山〔一〕

憐君湖海士，猶未得安居。世難還看劍，家貧不廢書。秋風吹塞鴈，鄉信憶江魚。隱志何時遂，山深小結廬。

【校記】

〔一〕此首又見石倉歷代詩選卷五百六明詩次集一百四十。

宿九杞山人雲濤莊〔一〕

叢桂石床雲霧深，柴門天風〔二〕鵝鸛臨。野寺晚花〔三〕閒落日，小山春月動高吟。衣裳自帶烟霞色，江海猶存獻納心。十載閉關名愈盛，羨〔四〕君裹足咫峰陰。

【校記】

〔一〕此首又見石倉歷代詩選卷五百六明詩次集一百四十。

〔二〕天風：石倉歷代詩選作「天陰」。

〔三〕晚花：石倉歷代詩選作「晚風」。

〔四〕羨：石倉歷代詩選作「多」。

日　暮〔一〕

西閣日將夕，川原生暮烟。遠林歸倦鳥，枯葉抱寒蟬。野岸漁罾外，秋風戍壘前。故人應念我，定有尺書傳。

【校記】

〔一〕此首又見四朝詩明詩卷六六五言律詩十七、明詩綜卷九十、石倉歷代詩選卷三六六明詩初集八六、卷五百六明詩次集一百四十、靜志居詩話卷二三。

錢塘懷古四首〔一〕

抉目吳門看越兵，闔閭城上艸青青。平生宰嚭讒非友，到死夫差諫弗聽。落日聞歌悲小海，秋風洒淚泣新亭。屬鏤已化鴟夷去，吞吐潮聲似有靈。

少傅大名中外垂，三台山下見新祠。山河定策三邊固，日月孤忠一劍知。相國幾年惟正笏，推功今日有穹碑。故應武穆長相並，一體春秋共歲時。

少師埋骨此林丘，零落中原幾百州。雲霧不遮高塚月，江山無復故宮秋。南枝拱木精靈萃，北面稱臣壯士羞。恢復無由勲業盡，千年遺恨幾時休。

梅花零落孤山路，放鶴亭前月自高。宇宙兩間眞處士，勲名千古一鴻毛。書無封禪存遺稿，祠有軒裳列布袍。惆悵先生招不起，滿湖烟雨暗〔二〕蘭皐。

【校記】

〔一〕石倉歷代詩選卷五百六明詩次集一百四十選録二、四首。

〔二〕暗：石倉歷代詩選作『瞑』。

觀下竺王叔明画壁〔一〕

千岩萬壑倚天開，風雨蒼蒼半壁苔。吟苦不知山月上，只疑黄鶴又飛來。

【校記】

〔一〕此首又見古今禪藻集卷二七。

小寒食寄王仁甫〔一〕

禁火空齋猶短褐，流鶯多事尚關關。此生天地惟憂道，何處江湖不著閒。春雨書邊長碧艸，梨花病裏過青山。肯來入社仍酤酒，看竹吟詩任往還。

【校記】

〔一〕此首又見石倉歷代詩選卷五百六明詩次集一百四十。

花　鳥〔一〕

滿眼春愁不自持，風輕雲暖並高枝。美人殊惜花枝老，應怪東園喚起遲。

【校記】

〔一〕此首又見石倉歷代詩選卷五百六明詩次集一百四十。

感興一首用韵〔一〕

江邊雨色曉〔二〕寒輕，昨夜柴門水又〔三〕生。桃葉隔溪猶喚渡，梨花酤酒正聞鶯。何人得似張平子，有客眞如阮步兵。富貴浮雲歌一放，玉壺還對美人傾。

【校記】

〔一〕此首又見古今禪藻集卷二四、石倉歷代詩選卷五百六明詩次集一百四十。古今禪藻集題作「感興用王履吉韻」。

〔二〕曉：古今禪藻集作「晚」。

〔三〕又：石倉歷代詩選作「乍」。

題墨山扇圖〔一〕

遠嶼孤烟起，林亭落日虛。青山半紅〔二〕影，竹裏照殘書。

【校記】

〔一〕此首又見列朝詩集閏集卷二、四朝詩明詩卷一百五言絶句五、石倉歷代詩選卷五百六明詩次集一百四十、題畫詩卷一三山水類。

〔二〕紅：列朝詩集、四朝詩、石倉歷代詩選、題畫詩作「江」。

春日簡城中諸友〔一〕

春山昨夜月明多，曉起看山客未過。自煮春茶了幽事，白雲嵓下紫芝歌。

【校記】

〔一〕此首又見石倉歷代詩選卷五百六明詩次集一百四十。

客　過〔一〕

春風湖上問桃花，雲水相逢一聚沙。明日登臨更何處，好山應只在僧家。

【校記】

〔一〕此首又見石倉歷代詩選卷五百六明詩次集一百四十。

秋興三首〔一〕

木落關山歲暮〔二〕時，風雲萬里憶京師。著書獨惜虞卿老，懷古猶含庾信悲。海郭清砧寒近搗，山樓短笛夜深吹。江南秋水平如鏡，秪恐無人照鬢絲。

澤國千家水氣浮，洞庭七十二峰秋。猶聞風雨延陵劍，不見江湖范蠡舟。鴻鴈高飛同逆旅，芙蓉遲發自芳洲。尊前形勝年年在，越舞吳歌志士愁。

良夜其如月色何，布袍尊酒晚涼多。瀛洲玉樹仙人宅，巴峽秋風逐客歌。天上黄河通漢使，江邊翠袖倚湘娥。頻年已作歸雲意，茆屋西岩補薜蘿。

【校記】

〔一〕列朝詩集閏集卷二、檇李詩繫卷三一選第一首，石倉歷代詩選卷五百六明詩次集一百四十收第二首。

〔二〕暮：檇李詩繫作『莫』。

烟霞寺一百七歲老僧〔一〕

垂老猶疑寶掌翁，一龕枯坐萬山中。閉門不管春來去，芳草滿階〔二〕棲落紅。

【校記】

〔一〕此首又見古今禪藻集卷二七、列朝詩集閏集卷二、石倉歷代詩選卷五百六明詩次集一百四十。

〔二〕滿階：古今禪藻集作『落階』。

陪洪司寇陳大理寶叔寺登高〔一〕

寶叔塔前秋色晴，黄花作意向人明。錦袍鐏酒重陽節，白髮山川故老情。萬里中原芳草歇，孤城落日大江横。翠華巡幸知何處，寂寞天南憶兩京。

【校記】

〔一〕此首又見石倉歷代詩選卷五百六明詩次集一百四十。

臘月二日與諸秋官苧村話別

短燭西齋夜幾更，自憐病眼見君明。宦途久別三千里，禪榻相看廿載情。江上朔雲來北鴈，寺前驛路接西城。京華到日多高詠，莫惜春風數寄聲。

和東濵先生餘春園作

沙寒竹淨草堂深，細雨鳩鳴不過林。采藥已知司馬樂，種瓜猶似邵平心。晚山留客酒初熟，春草閉門詩細吟。不減風流習池興，青山白浦可招尋。

勝果山中懷朱陳二翁〔一〕

西閣暮鐘雲氣陰，南山秋色故宮深。半巖落日照江雨，萬里長風吹桂林。喜見燈花頻入夢，病憐物色獨關心。青天兩夜負明月，黃葉思君秖自吟。

【校記】

〔一〕此首又見四朝詩明詩卷九十七言律詩二三、明詩綜卷九十、石倉歷代詩選卷五百六明詩次集一百四十、檇李詩繫卷三一。

登御校場〔一〕

形勝相傳是故宮，尚〔二〕餘介石倚秋風。寒雲野水龍池竭，蔓草荒烟玉殿空。無復西陵歌窈窕，誰應南渡惜英雄。至今遺恨斜陽裏，江上年年叫斷鴻。

【校記】

〔一〕此首又見石倉歷代詩選卷五百六明詩次集一百四十。

〔二〕尚：石倉歷代詩選作「祗」。

方棠陵宿石門山居

卧病南山寺，逢君又隔年。寒花幽思裏，高鳥晚晴邊。臺閣心尤壯，烟霞語獨玄。留衣見高致，長嘯向秋天。

上竺次邃菴國師韻〔一〕

半空樓閣倚崔嵬，海色霞光萬里開。驚起頭陀埽花去，傳呼宰相看山來。旌幢曉日千峰擁，騎從春風疊嶂廻。不向山僧留玉帶，恐教猿鶴亦〔二〕疑猜。

【校記】

〔一〕此首又見明詩鈔明詩七言排律、檇李詩繫卷三一。題中「國師」，明詩鈔、檇李詩繫作「國老」。

〔二〕亦：檇李詩繫作「也」。

挽淵湛空　淵，雲南人，終于杭之佛國山〔一〕

大千沙界空無住，坐破蒲團不露機。萬里秋風吹落日，一龕野色上閒扉。袖中山海家何在，世路干戈道不違。緣想〔二〕精魂似圓澤，葛洪川畔作雲歸。

【校記】

〔一〕此首又見古今禪藻集卷二四。

〔二〕緣想：古今禪藻集作「懸想」。

憶白泉郡伯

想見歸山舊業存，青青松竹在西園。秋風兩鬢休看鏡，春草三年獨閉門。林下閱耕閒有出，岩阿拂枕病無言。不知天下蒼生困，猶望東山雨露恩。

贈武夷徐羽士〔一〕

浮丘學仙子，祕法與誰傳。玄牝長生地，青牛小洞天。御風乘鶴駕，踏月弄漁船。九曲春源上，桃花紅欲然。

【校記】

〔一〕此首又見古今禪藻集卷二三、石倉歷代詩選卷五百六明詩次集一百四十。

讀謝翶傳〔一〕

南奔北走家何在，七里灘前許劍來。厓海夜寒惟月上，冬青樹老又花開。側身天地聊晞髮，悵望江山獨把杯。一掬當年知己淚，秋風洒盡下西臺。

【校記】

〔一〕此首又見列朝詩集閏集卷二、石倉歷代詩選卷五百六明詩次集一百四十、明詩別裁集卷十二、檇李詩繫卷三一。

紫峽園居夜話

病身應自惜，長日不開門。石榻尊前夜，篝燈夢裏言。風烟憐節序，梅柳動江村。此地非浮朴，如何得避喧。

夜　雨〔一〕

燈影西堂裏，三年病惠休。空山聞夜雨，獨客抱春愁。花鳥寒應苦，星河暗自流。誰家有明月，長笛倚高樓。

【校記】

〔一〕此首又見列朝詩集閏集卷二、四朝詩明詩卷六六五言律詩十七、明詩鈔明詩五言排律、石倉歷代詩選卷五百六明詩次集一百四十。

南江小閣爲孫僉憲

高棟晴窗俯碧溪，梧桐陰滿鳳凰隄。荊門落日巴陵迴，衡嶽秋風郢樹低。座擁雲濤天上下，星分翼軫地東西。十年通籍金閶遠，春酒花前憶舊題。

宿靈隱次棠陵韻

月上前峰烟霧消，隱隱樵歌天竺橋。泉鳴寒澗石齒齒，風吹落木霜蕭蕭。白首相逢意自好，黄花未發秋無聊。燈前忽憶棠陵客，雲榻山尊負此宵。

宿南屏大雲東院〔一〕

松花作餅粉含香，青蔓垂烟竹過牆。堂上粥魚朝未晏，簷前燕語日初長。藥苗培土闌〔二〕重整，茶樹開園草欲荒。却愛吾師眞了道，石牀趺坐歲都忘。

【校記】

〔一〕此首又見南屏淨慈寺志卷八著述。

〔二〕闌：南屏淨慈寺志作『蘭』。

九日與諸友登鳳山

海門潮落露平沙，遠樹殘陽集暮鴉。絶頂偶同冬日興，寒枝仍著去年花。山川險阻悲王粲，天地疎狂憶孟嘉。欲向孤峰發長嘯，恐驚林外野人家。

仲冬六日客至譚事

冬日凄凄無奈短，客來譚舊得新聞。黄花濁酒須傾月，白鹿寒裘不帶塵。洗劍尚憐青海水，看花猶惜錦江春。伏波勛業嗟誰是，跕跕飛鳶萬里身。

勝果寺西嵓〔一〕

病懷頗自愜，滿屋是秋山。磵水穿松過，荊扉帶月關。幽花憐客晚，獨鶴避人間。一月東歸計，西嵓已忘還。

【校記】

〔一〕此首又見石倉歷代詩選卷五百六明詩次集一百四十。

蘿石攜酒南屏山燕同錢緒山王龍溪〔一〕

嘉會不易得，兩峰幽興催。秋山迴寺下，曉雨過湖來。風葉吟詩落，岩花把酒開。對床談永夜，星斗動香臺。

【校記】

〔一〕此首又見南屏净慈寺志卷八著述。

九日勝果寺會汪東村顧青岩僧賓山

抱病逢君登絶頂，興來直欲更躋攀。滄江短褐飛鴻遠，濁酒孤亭落日閒。豈謂盧陳須少室，安知陶謝只廬山。中峰勝槩可留待，白石黃花照客顔。

聞方棠陵至家鍾西皋將歸〔一〕

微雲河漢坐新秋，院靜梧桐細雨收。淮海故人方稅駕，洞庭歸客在漁舟。相看鳧鴈江湖遠，漸覺風霜艸木愁。千里有期難縮地，一罇相與話林丘。

【校記】

〔一〕此首又見石倉歷代詩選卷五百六明詩次集一百四十。

懷瑞石艸堂〔一〕

新年斗酒故人意，梅花一枝應抱愁。牀頭日高殘雪在，竹裏鶴鳴春磵幽。遯世豈惟忘〔二〕盥櫛，安居終得藉林丘。已知賓榻青霞地，獨自吟詩憶壠頭。

【校記】

〔一〕此首又見石倉歷代詩選卷五百六明詩次集一百四十。

〔二〕忘：石倉歷代詩選作「憂」。

宜晚社西野席上〔一〕

遲暮山林意頗同，一尊且共話年豐。租傭不墮常時業，鉛槧兼收卒歲功。秋水衣巾明野色，朔雲杞菊倚寒叢。論兵策馬俱難用，只作江南白髮翁。

【校記】

〔一〕此首又見列朝詩集閏集卷二。

秋日登棲雲嶺〔一〕

黃落山川入望遙，行過雲嶺憶前朝。秋風廢苑悲叢棘，明月珠簾想玉簫。島嶼晴浮漁樹浦，江潮寒上海鮮橋。迢迢西崦斜陽路，惟見歸鴉趁暮樵。

【校記】

〔一〕此首又見列朝詩集閏集卷二。

聞顧子重過五畝山自杭歸欵叙數日〔一〕

桐花吹雨惜〔二〕殘春，滿地江湖見隱淪。短笛〔三〕輕舟終遠去，白雲春艸喚愁新〔四〕。畫牛事已知弘景，學稼心常憶子眞。山月一罇談未了，夜深猶照病閒人。

【校記】

〔一〕此首又見列朝詩集閏集卷二、石倉歷代詩選卷五百六明詩次集一百四十。

〔二〕惜：石倉歷代詩選作「濕」。

〔三〕短笛：列朝詩集、石倉歷代詩選作「短笠」。

〔四〕此句石倉歷代詩選作「白雲春草喚維新」。

重過勝果聞棠陵將至追憶少谷

舊榻青山我仍待，棠陵消息忽相聞。堦前落日埽黃葉，寺畔虛堂生白雲。稍喜秋花寒自放，却憐野鶴獨爲群。竹風梧月談詩夜，猶憶當年鄭廣文。

宿南屏讀少谷哭太白詩

暮春再宿湖南寺，可惜兩峰春月明。詞賦有才俱下世，雲山無語獨含情。每憐多病鄭司戸，尚憶遨遊孫子荊。華嶽武夷空想像，落花疎雨忍聞鶯。

積雨簡青嵓〔一〕

磵道水深不可渡，昨夜巖阿夢亦驚。江村破屋春一月，郡閣芳尊雨滿城。上林花事愁無賴，吳下人家久廢耕。苦憶新年與君約，看山藜杖幾時晴。

【校記】

〔一〕此首又見石倉歷代詩選卷五百六明詩次集一百四十。

嘗茶〔一〕

小堂春晚正寥寥，洗水烹〔二〕茶帶雨燒。病起不知紅葉老，開門忽報白雲招。松邊落日明虛閣，夢裏西山度野橋。我已慵書今數月，怪來幽思在芭蕉。

【校記】

〔一〕此首又見古今禪藻集卷二四。

〔二〕烹：古今禪藻集作『嘗』。

顧子重陳南賓沈懋學吳天澤九日勝果山登高〔一〕

越王臺上送長歌，落日秋風感慨多。艸莽野烟諸寢殿，寺門黃葉舊山河。半江〔二〕舟楫來鴻鴈，絶頂罇罍上薜蘿。此日相逢總陶謝，風流文采〔三〕復如何。

【校記】

〔一〕此首又見古今禪藻集卷二四、石倉歷代詩選卷三六六明詩初集八六、卷五百六明詩次集一百四十。

〔二〕半江：古今禪藻集作『高江』。

〔三〕文采：古今禪藻集作『文彩』。

田叟贈朱可麓〔一〕

早起飯黃犢〔二〕，落花春水渾。雨中青箬笠，溪上白雲村。食力古莘野，全生今鹿門。不知城府外，何處有桃源。

【校記】

〔一〕此首又見古今禪藻集卷二三、四朝詩明詩卷六六五言律詩十七、明詩綜卷九十、石倉歷代詩選卷三六六明詩初集八六、檇李詩繫卷三一。

〔二〕黄犢：古今禪藻集等均作『牛犢』。

過孫山人故居二首〔一〕

溪邊野竹映寒沙，茆屋青山處士家。燕子歸來寒食雨，春風開遍野棠花。

歌殘桂樹小山空，野鶴孤棲自一叢。萬里中原歸不得，空餘長劍卧秋風。

【校記】

〔一〕此二首又見古今禪藻集卷二七、列朝詩集閏集卷二、明詩鈔明詩七言絶句、四朝詩明詩卷一一四七言絶句十四、石倉歷代詩選卷五百六明詩次集一百四十、佩文齋咏物詩選卷三三一玉蕊花類、因樹屋書影卷十、雜毒海卷二選録第一首。

寄句溪翁〔一〕

苦憶溪翁久不見，白頭林壑却如何〔二〕。久淹老病違知已，長抱詩愁但索居。晚歲不妨生事薄，秋風殊覺物情疎。相逢應有無窮話，終夜青山月上初。

【校記】

〔一〕此首又見石倉歷代詩選卷五百六明詩次集一百四十。

〔二〕如何：石倉歷代詩選作『何如』。

雪江，名明秀，海鹽人，族姓王氏。薙髮天寧寺，後寓錢塘勝果寺，故自稱『石門子』。王陽明先生謫官龍場，以詩送之云：『蠻煙瘦馬經山驛，瘴雨寒雞夢早朝。』同時驚爲傑句。慰董碩甫下第云：

『自憐抱劍歸來客，却是傾城未嫁人』，挽碧空云：『獨聽鍾聲坐夜闌，一樹梅花月影寒』，挽曉長老云：『白髮卧雲眞是病，青山埋骨始完名』，贈沈散鶴云：『野竹漁沙閒立晚，滄江水月獨横秋』，皆弘正間傳誦者也。其後歸化邑之海門，留一偈云：『一夜小牀前，燈花雨中結。我欲照浮生，一笑生滅滅。』其於生死之際可槩見矣〔一〕。

【校記】

〔一〕上海圖書館藏本至此卷十二全終，以下卷十二文字均據南京圖書館藏本補入。

玄穆　一首

題焦山寺〔一〕

獅子峰前放晚參，直登絶頂縱幽探。帆檣遠近迷蒼靄，樓閣高低鎖翠嵐。水色倒涵天上下，山形雄壓地東南。焦仙〔二〕去後巖扉古，樹老碧桃春正酣。

【校記】

〔一〕此首又見四朝詩明詩卷九十七言律詩二三、明詩綜卷九十、靜志居詩話卷二三、京口三山志卷六集詩四。

〔二〕焦仙：四朝詩、明詩綜、靜志居詩話作『焦先』。

玄穆〔一〕，未知其詳。據天順間鎮江貳守常山張公春命山僧弘慧〔三〕搜摭古今題詠，我朝止選宗泐二首及此詩，云淮山玄穆作。

【校記】

〔一〕玄穆：靜志居詩話卷二三作「元穆」。

〔二〕弘慧：靜志居詩話作「宏慧」。

道　超 二首

追和本寺第五代南海珠和尚永明禪師山居詩二首〔一〕

此界西方法一同，西來東土總皆通。少林密旨傳無盡，大藏經文演不空。剗草鋤雲爲祖業，敲床拂竪振宗風。山中城裏皆名刹，却是從前造化工。

山巒青翠瑞雲濃，雲散天清處處通。此際安居千日會，昔時曾坐九年功。庭前月朗通宵白，窗外花開滿樹紅。衆鳥銜花無覓處，牛頭一祖是眞融。

【校記】

〔一〕此二首又見石倉歷代詩選卷三六六明詩初集八六。

道超，泉州安丘人。能詩，有雲外語録。

無方 一首

登多景樓〔一〕

太山〔二〕千丈青岩嶢，長江萬古鋪瑠瑤。銀河倒影落大塹，海門日日來春潮。偉哉孫劉輩，壯志摩雲霄。只今英雄遺艸木，秋霜肅殺寒不凋。朱闌仄□〔三〕橫斗杓，烟巒直下明金焦。黃鶴山空杜鵑〔四〕老，鴛鴦渚冷芙蓉嬌。人間笑傲輸漁樵，猶將興廢〔五〕論前朝。萬歲嶺，千秋橋，月明尚有人吹簫，月明尚有人吹簫。

【校記】

〔一〕此首又見古今禪藻集卷二十、列朝詩集閏集卷一、四朝詩元詩卷三四七言古詩十、輟耰述卷二、京口三山志卷三集詩一。

〔二〕太山：古今禪藻集等均作「大山」。

〔三〕仄□：古今禪藻集等均作「仄上」。

〔四〕杜鵑：京口三山志作「杜鴻」。

〔五〕興廢：列朝詩集作「舉廢」。

無方，或云卽北固山甘露寺僧存景也，未知確否。正德初，潤州張廷心集多景樓題詠，稱此詩描畫曲盡。

智鉉 三首

焦山〔一〕

誰移兜率向蓬萊，不著人間半點埃。盡日波光〔二〕浮几席，行空雲氣礙樓臺。隱君洞古多蒼竹，瘞鶴巖空但綠苔。閱罷楞嚴望秋碧〔三〕，群鷗沙際忽飛來。

【校記】

〔一〕此首又見京口三山志卷六集詩四。

〔二〕波光：京口三山志作「波姚」。

〔三〕此句京口三山志闕「閱」字。

北固山〔一〕

江上重樓江上山，躋登恍若出塵寰。窗涵遠水準〔二〕鋪練，檻繞群峰翠作鬟。萬古雲烟樽俎外，六朝風月笑談間。蕭公鐵鑊空相對，曾見微瀾擁碧蓮。

【校記】

〔一〕此首又見京口三山志卷三集詩一。

〔二〕準：京口三山志作「平」。

吞海亭〔一〕

般若航維兜率天〔二〕，金山山上禮金仙〔三〕。法門已入無多地〔四〕，利澤先嘗第一泉。鷲嶺秖宜雲作伴，鴈堂眞與水鳥緣〔五〕。魚遊鳥語如如趣，翠竹黃花總是禪。

【校記】

〔一〕此首又見京口三山志卷六集詩四。

〔二〕此句京口三山志闕「維」字。

〔三〕金仙：京口三山志作「奄仙」。

〔四〕無多地：京口三山志作「無分地」。

〔五〕此句京口三山志作「鴈堂其興水爲緣」。

智鉉，焦山僧。道行超卓，郡司李平陽、史君宗道折節事之，俾偕北固山僧存景彙輯京口三山志，正德七年告成，華亭顧東江爲之序。

本初　二首

重登多景樓〔一〕

十載摳衣登此樓，江上有待我重遊〔二〕。景多人立海東面，天近鳥飛雲上頭。雨過煙巒翠屏□〔三〕，月明氷塹鏡奩秋。世間無限丹青手，誰寫蓬萊第一洲。

【校記】

〔一〕此首又見四朝詩元詩卷六十七言律詩十八、京口三山志卷三集詩一。

〔二〕此句京口三山志作「江山有待□□遊」。

〔三〕此句京口三山志作「雨□烟巒翠扉曉」，四朝詩作「雨過煙巒翠屏曉」。

重鎸寶公石像

麼麼童行入靈谷，夤緣聖師慈庇福。食有廩兮居有屋，無以報稱成慙恧。昭代聖師尊之獨，六朝感仰如此育。道德神通皆具足，百世清風淨塵俗。唐時吳李顏之屬，像贊書工重金玉。有相無相匪拘束，硯沼筆峰春萬斛。非眞是眞難試卜，水月空花歸郢曲。石刻文光夜夜燭，森羅萬象娱心目。宣德壬子經回禄，星斗愆明神鬼哭。數載摸本求所蓄，命工重鎸踵芳躅。玄功鍾鼎人私淑，聖師光明燈再續。叢林宜寶非碌碌，千年恩澤期君沐。

本初，名性嘉。重鎸寶誌公像于石，作詩紀之。青齊銓部劉公珝序云：『本初嘉上人，一日持寶公聖師石刻小像見示，乃唐吳道子畫，李太白作贊，顏魯公眞卿書，誠三絶。先是，燬於宣德間，將泯所傳，上人披緇南都靈谷寺，聞此言實切慨歎，且摸本最尠，訪求數年，得之如拱璧，命工重摹鎸以圖永傳，因索識其顛末。余惟聖師示跡六朝，化行齊梁陳，其神通靈異未宜枚舉，故王公卿士多致禮敬，其行實具載忠獻張和公狀。』嗚呼！聖師道妙不可以名相取，匪名相無以褖聖師道妙，而二大老有是作也。今上人重續名相之燈，昭聖師光明於無窮，其賢于諸比丘遠矣。上人通内外學，詩翰早鳴，爲搢紳推重，嘗領春官，檄主五山大育王梵刹，兼承旨廣善戒壇宗師焉。

明僧弘秀集卷十二終

明僧弘秀集卷十三

虞山毛晉子晉父編

斯道　五十四首

石經山〔一〕

石經山，在燕之范陽郡，峰巒秀拔若天竺山，故稱曰『小西天』。隋大業間，有法師靜琬者處是山，愳聖教有難，不能流通，於是發願募緣，敦工鑿石爲板，刊造一大藏經儲積于山，以俻其後。法師首刊，至唐貞觀初僅成大涅槃一部，而法師乃卒。其後子孫繩繩，化億萬人，乞錢粟刊造餘部，歷遼與金，然後完此一大藏，貯于巖洞者七，地穴者二。洞以石門閉之，穴以浮屠鎮之。自隋、唐、遼、金及元，碑碣森列，照映巖野。然而累經干戈，無秋毫之犯。洪武二十一年，歲在戊辰春正月廿一日，余奉旨往觀，念法師之願力宏大堅固，是山之泉石靈異清勝，故賦是詩，鐫于華嚴堂之壁，雖未足彰法師之幽光，庶以紀兹行之歲月而托其不朽也。詩曰：

峩峩石經山，蓮峰吐金碧。秀氣鍾[illegible]〔二〕題，勝概擬西域。竺墳五千卷，華言百師譯。琬公愳變滅，鐵筆蒼蒼石。片片青瑤光，字字太古色。功非一代就，用藉萬人力。流傳鄙蔺編，堅固陋板刻。深由〔三〕地穴藏，高從巖洞積。初疑神鬼工，迺著造化迹。延洪勝汲塚，防虞猶孔壁。不畏野火燎，詎愁蘚苔蝕。兹山既無盡，是法寧有極。如何大業間，得此至人出。幽明獲爾利，乾坤配其德。大哉弘法心，吾徒可爲則。

【校記】

〔一〕此首又見逃虚子集詩集卷一、古今禪藻集卷十八、列朝詩集閏集卷一、四朝詩明詩卷三五五言古詩二十、石倉歷代詩選卷三三二明詩初集四二、明一統志卷一、帝京景物略卷八、日下舊聞考卷一三二，柳亭詩話卷十五有節録。

〔二〕**𢗋**：列朝詩集、四朝詩作「太」。按：據柳亭詩話引顏師古注，**𢗋**即古涉字。

〔三〕由：列朝詩集作「山」，帝京景物略作「田」。

寄谿上諸友〔一〕

獨坐白雲深，常懷二三字〔二〕。幽齋俯花竹，長溪渺煙水。迢迢不可到，惻惻那有已。尋訪定何時，短櫂秋風裏。

【校記】

〔一〕此首又見逃虚子集詩集卷一、古今禪藻集卷十八。

〔二〕字：古今禪藻集、逃虚子集作「子」。

海上回，與芝雲法師遊龍井，次辯才法師寄東坡翁韻〔一〕

遠行適瀛海，長嘯揖浮丘。葛衣掛白月，鐵錫橫清秋。烟霞已成性，塵寰豈容留。大鵬奮玄極，神龍躍靈湫。所以辯才師，飄然居井頭。蘿龕雲影合，竹閣泉香浮。堂堂大蘇公，曾賞此境優。豈知百年後，山荒水空流。玆行景先賢，題詩紀清遊。因悟無所住，不起人間憂。

【校記】

〔一〕此首又見逃虚子集詩集卷一。

鳴琴磵〔一〕

磵上松瑟瑟，磵下水涓涓。山人來磵阿，宴坐拂冰絃。松風〔二〕共流水，一奏一泠然。

【校記】

〔一〕此首又見逃虚子集詩集卷一。

〔二〕松風：逃虚子集作「風松」。

訪震師不遇〔一〕

波澄一溪雲，霜紅半山樹。荒烟滿空林，疎鍾在何處。不遇采樵人，復抱孤琹厺。

【校記】

〔一〕此首又見逃虚子集詩集卷一、列朝詩集閏集卷一、四朝詩明詩卷三五五言古詩二十、明詩紀事乙籤卷三。

味苦詩爲一初賦〔一〕

甘腴衆所歆，苦毒吾乃喜。味之曾勿厭，八珍同其美。簞瓢能久如，鍾鼎豈常爾。昔賢有遺戒，刀蜜不可舐。願言膏粱人，於斯當染指。

【校記】

〔一〕此首又見古今禪藻集卷十八、逃虚子集詩集卷一。

移竹〔一〕

客居悵無竹，尋植得佳本。乘兹烟雨餘，鮮帶親荷畚。苔壞夙所資，留護根不損。離叢蹔失恃，揷援恐風偃。旭篩影散新，雲冱色迷遠。君來俗遽消，延賞愧移晚。

【校記】

〔一〕此首又見逃虛子集詩集卷一。

寄天禧前堂竹菴上人〔一〕

終朝理清衆，不出長千山。奈此秋風高，何似白雲閑。亂蟬鳴竹塢，孤鳥度松關。愧我老病翁，無緣能往還。

【校記】

〔一〕此首又見逃虛子集詩集卷一。

題友鶴軒圖〔一〕

幽人適埜意，崇軒起山隈。凉風響澗木，晴霞明砌苔。荊扉夕不掩，多應放鶴來。

【校記】

〔一〕此首又見逃虛子集詩集卷二、列朝詩集閏集卷一、四朝詩明詩卷三五五言古詩二十、題畫詩卷一一四宫室類、佩文齋咏物詩選卷四二四鶴類。

上　方〔一〕

蓮宫據山椒〔二〕，岧嶤去天咫。風香花雨新，僧行白雲裏。幽沉樹樂靜，蕭散烟鐘〔三〕起。人登石路迷，依依緣澗水。

【校記】

〔一〕此首又見逃虛子集詩集卷二、列朝詩集閏集卷一、四朝詩明詩卷三五五言古詩二十、吳都文粹續集卷二十山、吳都文粹續集卷三一寺院。

〔二〕山椒：逃虛子集作「山樹」，吳都文粹續集作「山杪」。

〔三〕鐘：吳都文粹續集作「中」。

師林精舍遇盈師夜坐〔一〕

空林長掩關，閑〔二〕雲去無迹。偶來值禪侶，清談忘永夕。坐久磬聲沉，松堂〔三〕一燈寂。

【校記】

〔一〕此首又見逃虛子集詩集卷二、列朝詩集閏集卷一、四朝詩明詩卷三五五言古詩二十、明詩紀事乙籤卷二、石倉歷代詩選卷三二二明詩初集四二。

〔二〕閑：底本誤作「閉」，據諸本改。

〔三〕松堂：列朝詩集作「空堂」。

自阜平縣過大泒山二百里抵五台遊覽成詠〔一〕

阜平從西來，大山與連谷。曾〔二〕岡歷千重，一磵過百曲。劍鋩露遠峰，練色紓寒瀑。虎跡屢驚人，鳥道長仄足。霞光閃危嶠，雲氣沍崇麓。亂蟬咽陰吹，幽禽響佳木。斷徑鳴孤猱，平坡走群鹿。萬蘤雜紅紫，衆葉紛青綠。木皮野客衣，石广山氓屋。遐方日尋勝，空林暮投宿。漫遊許自知〔三〕，縱覽厭所欲。會當登五台，清凉我心目。

【校記】

〔一〕此首又見逃虛子集詩集卷二、石倉歷代詩選卷三二二明詩初集四二。

〔二〕曾：石倉歷代詩選作「層」。

〔三〕許自知：石倉歷代詩選作「知自許」。

贈金山愷公長老〔一〕

我昔游金山，秋盡空江寒。西風忽作惡，扁舟畏驚湍。雖隔一帶水，對面千里看。斯須風始定，到岸愁乃寬。翩然遂入山，倉皇整衣冠。山僧出遠接，慰我心方安。塵緣苦羈絆，勝境遇亦難。世事當暫輟，登臨且磐桓。扳蘿與陟磴，要盡平生歡。主者更愛我，泉頭坐團欒。爲施三昧手，斟泉烹月團。中泠一品貴，舊井雙龍蟠。矗矗雲巘碧，煒煒霜楓丹。江山趣無盡，我興何由闌。留題記歲月，苦吟雕肺肝。安能繼蘇子，佳句青瑤刊。別來已十載，每想與[二]長嘆。顧我七旬餘，白首居京官。愷公欻來訪，觸熱無他□[三]。高致似文暢，爲慕昌黎韓。才氣浩江漢，文采奇鳳鸞。茲山得是翁，景物愈可觀。載游當有目[四]，紓懷寫琅玕。更土[五]妙高臺，長嘯一憑欄。

【校記】

[一] 此首又見逃虛子集詩集卷三。

[二] 與：逃虛子集作「興」。按：似當作「興」。

[三] 闕字逃虛子集作「干」。

[四] 目：逃虛子集作「日」。按：似當作「日」。

[五] 土：逃虛子集作「上」。按：似當作「上」。

雨中過西湖，訪演福玘法師，復游靈隱，謁天鏡禪師，留別一首[一]

踏雨尋幽度湖曲，履滑泥深阻行躅。心事怱怱[二]眼眩花，愁路[三]不知重問牧。遂經麥嶺[四]披荒烟，却投靈石叅臞禪。筍轝送我疾於馬，不讓猋馭蓬壺仙。四山雲氣晴拖練，九里松風凉拂面。礀橋泉合走龍蛇，林葉陰分露臺殿。到門欻爾聞鐘聲，舉頭頓覺消凡情。扳蘿陟巘恣游歷，一身不抵孤猿輕。拉伴入巖求石乳，還訪冷泉泉上主。試將蘚磴作禪床，更折松枝代談麈。羨師氣岸摩雲霄，此日不數杭之標。茲山增重良可貴，高名已似山岧嶢。顧余晚進知無術，青眼相看論文筆。三生緣契非偶然，留題要訂重叅日。

【校記】

〔一〕此首又見逃虚子集詩集卷三。

〔二〕怱怱：逃虚子集作「忽忽」。

〔三〕愁路：逃虚子集作「熟路」。

〔四〕麥嶺：逃虚子集作「麦嶺」。

送護西堂還武林〔一〕

昨朝武林來，今朝武林去。流水與行雲，何曾知去住。雁送秋風帆，蟬鳴夕陽樹。悵望天東南，青山渺何處。

【校記】

〔一〕此首又見逃虚子集詩集卷三、古今禪藻集卷十八。

白雲泉次芝雲法師韻〔一〕

白雲飛來化爲水，欻然湧出蒼厓底。初疑銀潢自空墮，忽驚瓊沫因風起。流來礀曲隨方圓，有時不動爲雲眠。氣通昆阜石中玉，光挹泰華峰頭蓮。斗星倒影清可數，小池分出開榛莽。渴麋下飲跪兩足，靈禽並潔敷雙羽。雨餘更覺清且深，雪際欲汲應難尋。溶溶散野豈有意，滔滔出岫曾無心。嗟我重遊不知處，應喜樵人引來路。霞裾沽〔二〕潤帶天香，從兹領得山中趣。遂傾一勺調枯桐，千劫熱惱須臾空。期與雲泉作老友，日日來此聽松風。

【校記】

〔一〕此首又見逃虚子集詩集卷三。

〔二〕沽：逃虚子集作「沾」。

賀琇公住徑山〔一〕

徑山主席非公誰，山靈但恨公來遲。今年山中王氣廻，公忽自至逢其時。凌霄峰頭日杲杲，喝石巖畔風彼彼〔二〕。當年國一心爲喜，冥與諸老相追隨。陞堂妙闡第一義，緇白圍繞如春熙。諸天散花無路入，老龍獻供伸鬚眉。横〔三〕槃石剝舊苔蘚，洗研池發清漣漪。僧殘屋老固非昔，入門尚見穹肰碑。坐看檀越施金粟，飛樓湧殿重維持。嗟余老病不出戶，終日兀坐如蹲鴟。安得乘雲到山頂，援筆載和蘇公詩。

【校記】

〔一〕此首又見逃虛子集詩集卷四，（同治）蘇州府志卷一三四有節録。

〔二〕彼彼：逃虛子集作「披披」。

〔三〕横：逃虛子集作「棋」。

題恬上人松風閣圖〔一〕

萬松蒼蒼蟠峻嶺〔二〕，久向耶谿誇絶境。道人曾〔三〕搆萬松間，宴坐長年樂深靜。靈飆欻來巖谷口，髯君忽作蛟鼉吼。喧豗直得〔四〕嶺猨驚，振迅或令山鬼走。須臾瑟瑟復蕭蕭，初如笙竽載〔五〕如韶。裂石聲欺匡阜瀑，犇雷勢壓錢唐潮。清奇自適烟霞侶，冷落豈宜箏篴〔六〕耳。長夜寥寥四壁空，贏得此心如止水。黄鶴山中淨名老，援筆圖成過荊浩。金華太史製雄文，秋色南山兩相好。須知道人曾返聞，六根旋復消聲塵。我待明年試登閣，無絃琹奏桃花春。

【校記】

〔一〕此首又見逃虛子集詩集卷三、石倉歷代詩選卷三三二明詩初集四二、題畫詩卷一一四宮室類。

〔二〕峻嶺：逃虛子集作「嶺峻」。

〔三〕曾：石倉歷代詩選、題畫詩作「層」。

〔四〕直得：石倉歷代詩選、題畫詩作「直遣」。

〔五〕載：石倉歷代詩選、題畫詩作「再」。

〔六〕箏篴：石倉歷代詩選、題畫詩作「箏笛」。

重過師子林〔一〕

開扉近水邊，竹石總堪憐。遠想渾如夢，重游却信緣。蝶翻紅藥雨，鳥度碧蘿烟。即境自忘慮，何須更習禪。

【校記】

〔一〕此首又見逃虛子集詩集卷五。

重經常熟縣〔一〕

鉅邑當吳北，官無接送勞。水多歸海近，城半在山高。僧寺餘庭栢，人家盡野蒿。重遊逢日莫，惆悵促回舠。

【校記】

〔一〕此首又見逃虛子集詩集卷五、列朝詩集閏集卷一、古今禪藻集卷二一、吳都文粹續集卷四九詩。

贈虎溪僧〔一〕

家住虎溪邊，相尋信偶然。念兹一夜話，知是幾生緣。爐靄花間霧，琴聲竹下泉。明歸無可贈，聊賦碧苔篇。

【校記】

〔一〕此首又見逃虛子集詩集卷五。

秋日重游穹窿山海雲精舍〔一〕

迢遞青村外，崎嶇紫邏間。過林才〔二〕見日，到渡不逢山。一室依巖險，雙扉傍竹閑。曾看雲際鶴，向暮獨飛還。

【校記】

〔一〕此首又見逃虚子集詩集補遺、列朝詩集閏集卷一、四朝詩明詩卷六六五言律詩十、吴都文粹續集卷三三寺院、佩文齋咏物詩選卷二三三佛寺類、（正德）姑蘇志卷二九。

〔二〕才：四朝詩作『方』。

師子林三十韻〔一〕

上士栖禪地，精籃故有名。勝踰林屋洞，奇冠闔閭〔二〕城。岋岋諸峰秀，青青萬木〔三〕榮。室同圖藻麗，地等布金平。刹頂靈光集，幢陰瑞靄縈。梁飛晴蝀現〔四〕，礦踞怒猊獰。近悦罘罳擁，遙憐睥睨横。桂臨經閣暝，蕉傍佛龕清。井甃氷壺淨，池開玉鑑明。鉢拘龍伏臥，亭接鳳來鳴。曇萼還殊〔五〕菊，頻伽詎類鶯。庭梅新著彈，軒栢老垂纓。槲葉欺螺翠，榴英妒罽頳。露晨知蕙吐，日午覺葵傾。磵馥〔六〕叢生艿，渠陰樹列檉。藥闌蜂恣繞，蘚砌蟻艱征。風籟吟雙逕，天花雨兩楹。炊香馴鴿戀，屧響睡麛驚。日下幡交影，雲深磬一聲。蘭燈長際曉，蓮漏不違更。煖觸松煬竈，清喧茗沸鐺。篆烟重翳幌，鏡月獨懸〔七〕甍。僧出齋房靜，童歸化器盈。蟬號隨梵奏，鶴舞逐經行。慕境人勤〔八〕過，忘形客倦迎。叅時機較密，定處步宜輕。疏濶緣方絶，孤高道始成。遠閒思結社，潛醉願投盟。要適林中趣，應存物外情。會須來掃石，宴坐學空生〔九〕。

【校記】

〔一〕此首又見逃虚子集詩集卷六、吴都文粹續集卷三十寺院。

〔二〕闔閭：逃虚子集作『閤閭』。
〔三〕木：吳都文粹續集作『竹』。
〔四〕現：吳都文粹續集作『見』。
〔五〕殊：吳都文粹續集作『如』。
〔六〕馥：吳都文粹續集作『覆』。
〔七〕縣：吳都文粹續集作『懸』。
〔八〕勤：逃虚子集作『厘』。
〔九〕空生：吳都文粹續集作『無生』。

春日西溪卽事二首〔一〕

雲斷山峰遠遠，樹廻溪路斜斜。酒旗風颺村店，牛衣日曬田家。喚婦鳩藏窨竹，引雛鴨聚圓沙。人晚櫂歌歸去，爭先去折汀花。

人家半依沙觜〔二〕，舟子長停岸足。楊栁三株五株，桃花一簇兩簇。斜陽澹澹牽〔三〕黄，遠水盈盈漲緑。老翁忘却投綸，因看晴鷗對浴〔四〕。

【校記】

〔一〕此二首又見逃虚子集詩集卷七、古今禪藻集卷十九、列朝詩集閏集卷一、四朝詩明詩卷一一八六言詩二、佩文齋咏物詩選卷九七谿類。
〔二〕沙觜：逃虚子集作『山觜』。
〔三〕牽：逃虚子集作『掌』。

〔四〕此句原爲墨釘，據逃虚子集、古今禪藻集、列朝詩集、四朝詩、佩文齋咏物詩選補。

秋日登海虞致道觀〔一〕

琳館〔二〕無塵眞福地，門前萬竹自青青。丹成井底飛雙鴿，檜老壇邊布七星。鶴舞出林朝每見，龍吟歸壑夜還聽。我來秖爲逃秋暑，非是尋仙〔三〕問道經。

【校記】

〔一〕此首又見逃虚子集詩集卷七、吳都文粹續集卷二八道觀、石倉歷代詩選卷三三二明詩初集四二、（弘治）常熟縣志卷二林儒。

〔二〕琳館：（弘治）常熟縣志作「林館」。

〔三〕尋仙：吳都文粹續集作「神仙」。

亂後入城有感〔一〕

槐柳陰殘茀宅隳，行看不忍步頻移。歌鍾寂寂無今日，譙〔二〕鼓鼕鼕似舊時。人改冠裳〔三〕逢罕識，寺亡臺殿到還疑。故交況盡東西去，獨立斜陽倍感悲。

【校記】

〔一〕此首又見逃虚子集詩集卷七、吳都文粹續集卷四九詩。

〔二〕譙：逃虚子集、吳都文粹續集作「樵」。

〔三〕冠裳：逃虚子集、吳都文粹續集作「衣冠」。

寄虎丘蟾書記〔一〕

聞道蟾公似贊公〔二〕，一瓶一鉢寄山中。雲封蘿屋長疑雨〔三〕，泉響松巖半是風。履破只緣行脚久，囊空非爲作詩窮。遥思短簿祠前夜，共聽寒鍾出澗東。

【校記】

〔一〕此首又見逃虛子集詩集卷七、古今禪藻集卷二四、列朝詩集閏集卷一、四朝詩明詩卷九十七言律詩二三、明詩鈔明詩七言律、明詩紀事乙籤卷二、古今詩删卷二八。

〔二〕似賛公：古今詩删作『如遠公』。

〔三〕此句圍爐詩話卷六作『林封茅屋常疑雨』。疑：藝苑卮言增補藝苑卮言附録卷之八作『凝』。

春暮與行書記過師子林〔一〕

偶同看竹過林廬，素抱忻從此日舒。淺碧雲虛泉落後，孤紅霞澹澗芳餘。放禪時至鐘鳴室，施食人同鳥下除。勝地每嫌山水隔，不因〔二〕乘興到應疎。

【校記】

〔一〕此首又見逃虛子集詩集卷八、列朝詩集閏集卷一。

〔二〕不因：逃虛子集作『不應』。

懷師子林因上人〔一〕

自作京華游，每憶林間屋。何似白雲間，長年寄深竹。

【校記】

〔一〕此首又見逃虛子集詩集卷八。

題秋寺晚晴圖〔一〕

猿將朔吹哀，雲帶溪流駛。相送獨歸僧，蕭蕭夕陽寺。

【校記】

〔一〕此首又見逃虛子集詩集卷八、古今禪藻集卷二六、四朝詩明詩卷一百五言絶句五、明詩綜卷十九、吴都文粹續集卷二六題畫。

山中見王𣅀〔一〕

身外畱黄犢，山中畊〔二〕白雲。不隨樵子去，無路得尋君。

【校記】

〔一〕此首又見逃虛子集詩集卷八、列朝詩集閏集卷一、四朝詩明詩卷一百五言絶句五。題中「𣅀」，逃虛子集、列朝詩集、四朝詩作「**𥄂**」。

〔二〕畊：逃虛子集作「留」。

師子林十二詠〔一〕

師子峰

踞地似揚威，昂霄〔二〕渾欲吼。猛虎見還猜，妖狐寧敢走。

含暉峰

林端斂夕霏，泉石閟清景。澹然娱人心，相看忘日永。

吐月峰

空山無宿雲，月起〔三〕當殘夜。漸出一峰間，分光到林下。

禪窩

扃鐍總忘機，魔外自難入。虛圓日夜明，一塵元〔四〕不立。

棲鳳亭〔五〕

萬竹雲朝合，孤亭月夜〔六〕明。鳳來緣〔七〕覽〔八〕德，非爲〔九〕玉簫聲。

小飛虹

不雨自横空，低垂疑飲澗。樵子過還驚，神僧度應慣。

問梅軒

雪中疎蘂開，不知暗香發。幽人試問時，政〔一〇〕值黄昏月。

指栢軒

蒼蒼庭前柏，明明西來意。禪翁指示人，人〔一一〕在第一義。

玉鑑池〔一二〕

非假琢磨功，假泓〔一三〕似鑑同。朝來蓮葉盡〔一四〕，波動覺秋風。

氷壺井〔一五〕

疏鑿傍雲根，虛寒深百尺。時汲煮春芽，爲待參玄〔一六〕客。

立雪堂〔一七〕

兀立夜迢迢，松堂篆靄銷。安心了無法，徒受雪齊腰。

卧雲室〔一八〕

夜靜起山深，隨風舒片影。漠漠〔一九〕覆柴床〔二〇〕，獨卧衣裳冷。

【校記】

〔一〕此組詩又見逃虚子集詩集卷八、珊瑚網卷三六名畫題跋十二、式古堂書畫彙考卷五四畫二四、味水軒日記卷七。

〔二〕昂霄：珊瑚網、式古堂書畫彙考作「昂藏」。

〔三〕月起：逃虚子集作「月夜」。

〔四〕元：味水軒日記作「原」。

〔五〕此首又見吳都文粹續集卷三十寺院、愛日吟廬書畫録卷一。

〔六〕夜：愛日吟廬書畫録作「下」。

〔七〕緣：味水軒日記作「原」。

〔八〕覽：愛日吟廬書畫録作「覺」。

〔九〕非爲：吳都文粹續集作「不爲」。

〔一〇〕政：珊瑚網作「正」。

〔一一〕人：逃虚子集等均作「又」。

〔一二〕此首又見愛日吟廬書畫録卷一。

〔一三〕假泓：逃虚子集、珊瑚網、式古堂書畫彙考、愛日吟廬書畫録作「泓澄」，味水軒日記作「浤澄」。

〔一四〕盡：逃虚子集作「靜」。

〔一五〕珊瑚網作「汲壺井」。

〔一六〕玄：味水軒日記作「元」。

〔一七〕此首又見愛日吟廬書畫録卷一。

〔一八〕此首又見愛日吟廬書畫録卷一。

〔一九〕漠漠：味水軒日記作「澹澹」。

〔二〇〕柴床：珊瑚網、式古堂書畫彙考、愛日吟廬書畫録作「紫床」。

題画二首〔一〕

遠遠數峰青靄，微微幾樹斜陽。不是西江烟渚，定應南浦霞鄉。

小小板橋樵路〔二〕，深深茅屋人家。竹塢夕陰非雨〔三〕，桃源春暖多花。

【校記】

〔一〕此二首又見逃虚子集詩集卷八，古今禪藻集卷二六、列朝詩集閏集卷一、四朝詩明詩卷一一八六言詩二、吳都文粹續集卷二六題畫、題畫詩卷二五山水類收第二首。

〔二〕樵路：列朝詩集、四朝詩、題畫詩作「邪路」。

〔三〕夕陰非雨：吳都文粹續集作「夕陽微雨」。非雨：題畫詩作「似雨」，列朝詩集、四朝詩作「多雨」。

送昂上人遊洞庭諸山〔一〕

西風飛錫度〔二〕如舟，來向湖山〔三〕作勝游。七十二峰青一色，君看何處獨宜〔四〕秋。

【校記】

〔一〕此首又見逃虛子集詩集卷九、列朝詩集閏集卷一、四朝詩明詩卷一一四七言絶句十四、吳都文粹續集卷二一山水、吳都文粹續集卷四九詩。

〔二〕度：吳都文粹續集卷二一作『渡』。

〔三〕湖山：吳都文粹續集卷二一作『湖間』。

〔四〕宜：吳都文粹續集卷二一作『堪』。

送白楊長老二首〔一〕

師住江西我浙西，龍河同客去難齊。今朝悵别新亭畔，烟雨孤舟一鳥啼。

拂衣觸暑便西還，一錫冷然杳靄間。此去莫尋師隱處，隔江空望夕陽山。

【校記】

〔一〕此二首又見逃虛子集詩集卷九。

鄭氏隨夫謫嶺南，夫死，蒙恩宥釋歸事姑〔一〕

夫死南荒志不違，八千里外爲姑歸。瘴烟歷盡芳肌瘦，寬却隨夫去日衣。

【校記】

〔一〕此首又見逃虛子集詩集卷九、古今禪藻集卷二七。題中『恩』原爲墨釘，據逃虛子集補。

開元寺雨中觀梅〔一〕

遥思西崦開千樹〔二〕，漫往東林見一枝。烟雨冥濛〔三〕香影盡，爲緣惆悵立多時。

【校記】

〔一〕此首又見逃虚子集詩集卷九、吳都文粹續集卷二九寺院、明詩紀事乙籤卷二。

〔二〕樹：逃虚子集作「梅」。

〔三〕冥濛：吳都文粹續集作「溟濛」。

題薛澹園墨竹〔一〕

澹澹烟中映夕曛，疎疎石上拂晴雲。展圖却憶西岡夜，坐聽秋聲亦有名〔二〕。

【校記】

〔一〕此首又見逃虚子集詩集卷九、列朝詩集閏集卷一、四朝詩明詩卷一一四七言絶句十四、佩文齋咏物詩選卷三三六笋類、題畫詩卷八一蘭竹類。

〔二〕名：逃虚子集、列朝詩集、四朝詩、佩文齋咏物詩選、題畫詩作「君」。

題倪雲林墨竹〔一〕

開元寺裏長〔二〕同宿，笠澤湖邊每共過。誰說江南君去後，更無人聽竹枝歌。

【校記】

〔一〕此首又見逃虚子集詩集卷九、列朝詩集閏集卷一、題畫詩卷八十蘭竹類、元詩選初集卷五八、六研齋二筆卷一、書畫題跋記卷九。

〔二〕長：元詩選、六研齋二筆作「常」。

尋通上人不遇〔一〕

雲跡〔二〕鳥跡布香臺，屋外疎梅竹裏開。不見萬囘憑客報，施經昨日出山來。

【校記】

〔一〕此首又見逃虛子集詩集卷九。

〔二〕雲跡：逃虛子集作『雲踪』。

題王冕梅〔一〕

臈未殘時已報春，水邊林際每相親。短梢忽向雲窗見，澹影寒香亦媚人。

【校記】

〔一〕此首又見逃虛子集詩集卷九。

離亭栁〔一〕

翠絲低雨拂離舟，眉未伸時正抱愁。一日贈行無限折，哀殘那得待深秋。

【校記】

〔一〕此首又見逃虛子集詩集卷九。

夜聞角〔一〕

咽月悲風夜未分，數聲軋軋入江雲。梅花不使人愁絶，愁絶人緣客裏聞〔二〕。

【校記】

〔一〕此首又見逃虛子集詩集卷九。

〔二〕聞：逃虛子集作『間』。

題聰上人山居圖〔一〕

結樓曾向萬峰間，放鷴歸來錫已閑。夕景無多樵唱斷，疎鍾寒溜繞空山。

【校記】

〔一〕此首又見逃虛子集詩集卷九、石倉歷代詩選卷三三二明詩初集四二。

題幻住山居圖〔一〕

萬疊青山萬疊雲，亂泉流處〔二〕路微分。嶺猿悽斷人愁聽，只隔烟蘿便不聞。

【校記】

〔一〕此首又見逃虛子集詩集卷九、列朝詩集閏集卷一、四朝詩明詩卷一一四七言絶句十四、天目山志卷三。

〔二〕流處：天目山志作「流去」。

題聽菴悼眞禪師〔一〕

聽松菴遠路難通，竹外幽花艸際紅。今日我來禪老去，一庭梧葉自秋風。

【校記】

〔一〕此首又見逃虛子集詩集卷九，題作「過聽松菴悼真禪師」。

題雪梅雙鷺圖〔一〕

孤山山下雪茫茫，雪裏寒梅已早芳。雙鷺飛來花底立，却憐同色不同香。

【校記】

〔一〕此首又見逃虛子集詩集卷十、古今禪藻集卷二七、吳都文粹續集卷二六題畫。

還山吟〔一〕

我住在青山，君住在青山。昔日不同出，今日不同還。青山去我才只尺，幾度欲歸歸不得。尖頭茅屋虺蛇穿，高脚繩床薜苔積。唯有青山知我心，我心日日在山深。巖花澗鳥總吾友，流水松風奏雅琴。今君歸樂烟霞裏，笋蕨〔二〕春肥香到齒。坐石眠雲猨鶴〔三〕親，定知念我塵中士。羨君非是等閑人，牽〔四〕蘿補屋未爲貧。明朝會君不可得，悵望烟鬟〔五〕曉鏡新。

【校記】

〔一〕此首又見逃虚子集詩續集。

〔二〕笋蕨：逃虚子集作『芦蕨』。

〔三〕鶴：逃虚子集作『雀』。

〔四〕牽：逃虚子集作『掌』。

〔五〕烟鬟：逃虚子集作『烟寰』。

寄鼒書記二首〔一〕

瓶錫高懸嬾出山，雲閑那得似師閑。舊詩〔二〕題徧巖前〔三〕石，不撥蒼苔露一班〔四〕。

師居巖谷我居城，無去無來兩絶情。今日何緣忽相會，山華含笑嶺猿驚。

【校記】

〔一〕此二首又見逃虚子集詩續集。

〔二〕舊詩：逃虚子集作『旧时』。

〔三〕前：逃虚子集作「泉」。

〔四〕班：逃虚子集作「斑」。

斯道，名道衍，號獨菴，又號逃虚子，吳郡相城里人。父號震卿。家世善岐黄之術，初命師名曰「天禧」〔一〕，俾習世業。夷然不屑，白父曰：「兒將學佛，或學儒，兼學劍，致身王朝，以顯父母，兒願畢矣。」年十四，祝髮里中妙智菴，遨遊湖海，肆力詩文，追古作者。洪武初，隱迹南屏、天竺諸山中，與清遠、祖芳、止菴、希古、大朴諸老爲同參友。後以高僧入燕府，佐成祖靖難，官至太子少師。復姓姚，賜名廣孝，賜玉封榮國公。永樂十六年，坐化北京慶壽寺，謚恭靖。余選其詩，擬入國秀集，質諸師，師曰：「少師居北平，每夜夢與劉仲晦語。厥後以佐命元臣，位列公孤，恪守僧律，不蓄髮，不近上賜宮人，端坐觀化，亦與仲晦不少異。人言兩公賜名，一曰「秉忠」，一曰「廣孝」，豈非夙乘願輪再世示現者歟？仍列釋氏。」吾黨之所以崇少師者至矣。

【校記】

〔一〕天禧：明詩紀事乙籤卷三作「天僖」。

鳳陽僧　一首

讀御題作〔一〕

御筆題詩不敢留，留時日夜鬼神愁〔二〕。常將法水頻頻洗〔三〕，尚有文光射斗牛〔四〕。

【校記】

〔一〕此首又見古今禪藻集卷二七、蓬窗日録卷七、江城名蹟卷三、堯山堂外紀卷七八、堅瓠集二集卷二、寄園寄所寄卷四、七修類稿卷三七、道聽録卷四、雪濤詩評等。

〔二〕此句江城名蹟作「留時惟恐鬼神愁」，道聽録、堯山堂外紀、蓬窗日録作「留時只恐鬼神愁」，堅瓠集、雪濤詩評作「留時恐惹鬼神愁」，寄園寄所寄作「留時深恐鬼神愁」，七修類稿作「留時常恐鬼神愁」。

〔三〕此句江城名蹟作「好將法水頻頻洗」，道聽録、堯山堂外紀、蓬窗日録作「曾將法水輕輕洗」，堅瓠集、七修類稿、寄園寄所寄作「故將法水輕輕洗」，雪濤詩評作「僧將法水輕輕洗」。

〔四〕此句江城名蹟作「猶有毫光射斗牛」，七修類稿作「尚有毫光射斗牛」，道聽録、堯山堂外紀、蓬窗日録作「猶有餘光射斗牛」，堅瓠集、雪濤詩評、寄園寄所寄作「尚有龍光射斗牛」。

西湖僧 一首

寄沈石田〔一〕

寄將一幅剡溪藤，湖上〔二〕青山画〔三〕幾層。筆到斷崖泉落處，石邊添個看雲僧。

【校記】

〔一〕此首又見列朝詩集閏集卷五、四朝詩明詩卷一一五七言絶句十五、全浙詩話卷二八、本事詩卷三、柳亭詩話卷四、輟耰述卷一、蓬窗日録卷八、堯山堂外紀卷九一、畫史會要卷四、蓮坡詩話卷中、國朝畫識卷五、夷白齋詩話、北遊録。

〔二〕湖上：列朝詩集、四朝詩等作「江面」。

〔三〕画：堯山堂外紀、本事詩作「寫」。

無名氏　一首

偶作〔一〕

霜拂金鞍墜玉腰〔二〕，鷄聲催入紫宸朝。何如林下飽清夢〔三〕，月在半窗松影摇〔四〕。

【校記】

〔一〕此首又見古今禪藻集卷二七、吳興藝文補卷五四、新鐫東厓王先生遺集卷下、希叟和尚廣録卷五。

〔二〕墜玉腰：吳興藝文補、新鐫東厓王先生遺集、希叟和尚廣録作「玉墜腰」。

〔三〕此句希叟和尚廣録作「何如雲壑飽清夢」。何如：吳興藝文補、新鐫東厓王先生遺集作「争如」。飽：新鐫東厓王先生遺集作「抱」。

〔四〕此句希叟和尚廣録作「殘月半囪松影摇」。松影：吳興藝文補作「紅影」。

明僧弘秀集卷十三終

校後記

毛晉（一五九九—一六五九）初名鳳苞，字子晉，一字子九，後更名晉，别號潛在，江蘇常熟人。明末著名藏書家、出版家和文學家。毛晉青年時代蹭蹬科場，後家居讀書，立志藏書，前後聚書達八萬四千餘册。約從而立之年開始，毛晉便著手經營校勘刻書事業，建有汲古閣、目耕樓、緑君亭等，高價收購宋元刻本，延聘名士校勘，一生刊刻書籍六百多種，爲歷代私家刻書之最。由於毛晉所刻圖書選本稀見，繕寫精良，雕鐫細工，又多經精校，故後人極爲珍視，以『毛鈔』譽之，明僧弘秀集即是其中較具代表性的一部。

明僧弘秀集是一部專門輯録明代僧人詩歌的總集，共收洪武元年（一三六八）至正德十六年（一五二一）之間一百九十七位僧人的一千七百多首詩作，是迄今所見收録明代僧詩最多的著作。衆所周知，僧侶與詩歌結緣始于晉而盛于唐，此後輯録僧詩之作接踵出現，如宋李恭輯唐僧弘秀集、宋陳起輯聖宋高僧詩選、元陳世隆輯宋僧詩選補等。元代以後從事詩歌創作的僧人數量更衆，據統計，全唐詩收唐僧一百零九人，宋詩紀事收宋僧兩百四十人，而明詩綜則收有明僧三百一十人，由此可窺一斑。明僧弘秀集所收僧人與僧詩數量皆很可觀，即使與另一部輯有明代僧詩的古今禪藻集相比，是書亦多收明僧二十餘人、詩作兩百四十餘首，無疑是研究明代詩僧和僧詩的重要文獻。

明僧弘秀集爲毛晉自編自刻，目前僅見崇禎十六年（一六四三）毛氏汲古閣刻本，九行十九字白口左右雙邊，凡十三卷，各卷篇幅不一，各家所選詩歌數量亦不一，詩末爲各家撰有小傳。書前有毛晉崇禎十六年序。目前通行的幾套大型圖書，如四庫全書系列、叢書集成系列、四部叢刊系列等，皆未收有此書，且無論影印本還是整理本，迄今亦未見有現代單行本行世。易言之，該書在編成以後僅刊刻過一次，故存世甚少，知之者亦不甚多。所幸國家圖書館、南京圖書館、上海圖書館等幾個大型圖書館均藏有存本，此次整理即是以上海圖書館藏本爲底本，參以南京圖書館藏本和北京圖書館藏本校補而成。

此次出版采用繁體豎排形式，除少量過於生冷怪癖之字依據現行規範略作處理外，其餘文字一仍其舊，版面排版亦儘量貼近原著格式，在一定程度上保持了原著風貌。

本書整理出版受到全國高等院校古籍整理研究工作委員會項目（編號1005）、國家社科基金重大項目（編號13&ZD116）、安徽省省級學科建設重大項目等資助，得到安徽師範大學文學院、上海師範大學人文與傳播學院、安徽師範大學中國詩學研究中心等鼎力支援，國家圖書館、上海圖書館、南京圖書館爲整理工作提供了諸多便利，安徽師範大學出版社侯宏堂副總編對此書出版給予了極大關心和幫助，房國貴責編認真審校了書稿，在此一并表示感謝！

胡才芳參與本書的整理與復核，牛夢婷、吴寧辛、賴瑩、朱麗麗、陳祖耀、李媛等也做過資料收集、文字校對等方面的工作，爲本書的最終出版做出了很大貢獻，在此致以誠摯謝意！

限於水平，本書訛誤難免，懇請讀者批評指正。

李玉栓

二〇一五年六月於蕪湖醒石閣